汉语言文学新文科一流专业博雅书系

U0725017

中国现当代文学名篇导读

曾利君　刘志华 / 主编

重庆大学出版社

图书在版编目（CIP）数据

中国现当代文学名篇导读 / 曾利君, 刘志华主编.
重庆 : 重庆大学出版社, 2025. 1. -- （汉语言文学新
文科一流专业博雅书系）. -- ISBN 978-7-5689-4560-8

Ⅰ. I206.6

中国国家版本馆CIP数据核字第2024HR2493号

中国现当代文学名篇导读
ZHONGGUO XIANDANGDAI WENXUE MINGPIAN DAODU
曾利君　刘志华　主　编
责任编辑：张慧梓　　　版式设计：张慧梓
责任校对：关德强　　责任印制：张　策

＊

重庆大学出版社出版发行
出版人：陈晓阳
社址：重庆市沙坪坝区大学城西路21号
邮编：401331
电话：（023）88617190　88617185（中小学）
传真：（023）88617186　88617166
网址：http：//www.cqup.com.cn
邮箱：fxk@cqup.com.cn（营销中心）
全国新华书店经销
重庆新荟雅科技有限公司印刷

＊

开本：720mm×1020mm　1/16　印张：24.5　字数：402千
2025年1月第1版　　2025年1月第1次印刷
ISBN 978-7-5689-4560-8　定价：78.00元

目 录

小 说

散　文

诗　歌

戏　剧

小 说

《狂人日记》导读

　　短篇小说《狂人日记》最初发表在 1918 年 5 月的《新青年》杂志上，后来被收入小说集《呐喊》，编入《鲁迅全集》第一卷。小说首次采用"鲁迅"这一笔名，它是鲁迅的第一篇白话小说，也是中国新文学史上的第一篇现代白话小说。小说包括文言小序和正文两个部分。正文由十三则日记组成，以第一人称的视角生动描写了狂人从发现"吃人"到自己或许也"吃"过人的心理活动，对旧制度进行了深入骨髓的揭露和批判。

一、《狂人日记》的经典化考论

　　据《呐喊·自序》中所说，《狂人日记》是应钱玄同之邀而写成的。鲁迅曾因创办《新生》杂志的失败，觉得自己绝不是"一个振臂一呼应者云集的英雄"[1]，内心有着无端的悲哀。他把昔日的慷慨激昂掩埋于内心深处，将自己沉潜于搜集、研究中国古代的造像和墓志等金石拓本之中。彼时的《新青年》，没有足够的群众基础，作者队伍和文学地盘也要扩充。对于钱玄同来说，"周氏兄弟的思想，是国内数一数二的"[2]。在此情形下，身为教育部金事的周树人便进入了钱玄同的视野。两人经过一番交谈，鲁迅有感于"决不能以我之必无的证明，来折服了他之所谓可有"[3]，便答应了钱玄同写文章的请求。

　　关于《狂人日记》的艺术水平，鲁迅曾在《对于〈新潮〉一部分的意见》

---

[1] 鲁迅：《呐喊·自序》，《鲁迅全集》第一卷，人民文学出版社，2005，第 439–440 页。

[2] 钱玄同：《我对于周豫才君之追忆与略评》，《师大月刊》1936 年第 30 期。

[3] 鲁迅：《呐喊·自序》，《鲁迅全集》第一卷，人民文学出版社，2005，第 441 页。

中评价其"很幼稚，而且太逼促，照艺术上说，是不应该的"[1]。那么在鲁迅看来艺术上比较粗糙的《狂人日记》，为何在后世拥有如此重要的地位呢？从小说接受史的角度来看，这与学界此后在各个时期对它的认可和评价有很大的关系，同时也与其被选入中学教材有关。其实《狂人日记》并非人们所想象的那般，一经发表就在文坛掀起了千层浪。从当时的相关资料和文献来看，《狂人日记》在发表之初并没有引起多大的反响。最早对它作出反应和评价的文章发表在1919年2月1日的《新潮》第一卷第二号上，此时距离《狂人日记》发表已经过去了将近一年。傅斯年署名为"记者"发文，认为《狂人日记》是"中国近来第一篇好小说……他的见解可帮助青年人的主义，他的趣味可促进青年人前进的生活"[2]。同年11月，《新青年》第六卷第六号发表的吴虞的《吃人与礼教》一文，则最早从"反封建性"和"现代性"对《狂人日记》作出评价。

1927年，谭正璧的《中国文学史大纲》首次将鲁迅纳入其中，鲁迅及其作品渐渐成为中国现代文学史上绕不开的话题。此后，《狂人日记》逐步成为研究的重心和焦点。中华人民共和国成立前，谭正璧的《中国文学史大纲》、陈子展的《中国近代文学之变迁》、高滔的《五四运动与中国文学》等著作，都注意到了小说中对封建社会的批判和"吃人"礼教的暴露。中华人民共和国成立以后，文学界普遍将"五四"作为中国现代文学的起点，认为"反帝反封建是由'五四'开始的中国现代文学的基本特征"[3]。在王瑶的《中国新文学史稿》一书中，他认为《狂人日记》表现了彻底的反帝反封建精神，"开始了中国文学史的一个新的时代"[4]。唐弢则在《中国现代文学史》中指出，鲁迅有意通过"迫害狂"患者的感受，揭示精神领域内更加普遍地存在着"人吃人"的具体事实，认为小说的艺术构思非常巧妙。这两本文学史以其权威性，在很长

[1] 鲁迅：《对于〈新潮〉一部分的意见》，《新潮》1919年第5期。

[2] 记者（傅斯年）：《书报介绍》，《新潮》1919年第2期。

[3] 王瑶："五四"新文学前进的道路——重版代序》，《中国新文学史稿（上册）》，上海文艺出版社，1982，第7页。

[4] 王瑶："五四"新文学前进的道路——重版代序》，《中国新文学史稿（上册）》，上海文艺出版社，1982，第98页。

一段时间奠定了人们对《狂人日记》的理解和看法，产生了深远而巨大的影响。

鲁迅的作品是作为首批现代白话文学作品而进入语文教材的，鲁迅的第一篇白话文小说《狂人日记》自然也得到了越来越多人的重视。1978年人教版初级中学语文课本将《狂人日记》收入其中，随后《狂人日记》又被编入1982年人教版的高级中学语文课本。《狂人日记》成为鲁迅作品的必读篇目，被越来越多的人知晓和阅读。从《狂人日记》的接受史可以看出，鲁迅作为文学史上的大家，成名也并非一朝一夕，其间更是经过了时间的检验和沉淀。

二、反封建：狂人的形象及其理解

鲁迅创作《狂人日记》正值五四运动前一年。辛亥革命推翻了清朝的统治，但并没有从根本上触动封建统治的传统文化基础，此时的中国民众仍处于水深火热之中。身处其中的鲁迅，自然明白革命并未能改变人民的思想，"贤"和"孝"的封建礼教价值观仍根植于国人的脑海中。在给许寿裳的信中，他谈及了《狂人日记》的创作动机，"后以偶阅《通鉴》，乃悟中国人尚是食人民族，因成此篇"[1]。有感于封建制度对人的迫害与荼毒，他写下了这篇《狂人日记》，其"意在暴露家族制度和礼教的弊害"[2]。

在小说中，鲁迅采用第一人称叙事，以日记体的形式塑造了一个迫害狂的形象。"吃人"二字虽贯穿全文，但却不是实际意义上的"吃人"，更多的是指对人精神和主体性的吞噬。在《狂人日记》中，存在着多处对家族制度和礼教的抨击，如狂人口中的易子而食、徐锡林事件。小说还涉及了关于"吃人"问题的探讨。狂人因为屡次谈及"吃人"的话题，而被身边的人视为疯子。对于狂人来说，"吃人"是一种有违常理的行为。而身为"正常人"的大哥，却将"割股疗亲"视为孝道的一种体现。面对大多数人向来如此的行事，狂人发出了质疑与追问："从来如此，便对么？"[3]这是狂人发自内心深处的灵魂拷问，

---

[1] 鲁迅：《19180820 致许寿裳》，《鲁迅全集》第十一卷，人民文学出版社，2005，第365页。

[2] 鲁迅：《小说二集·序》，《中国新文学大系·小说二集（影印本）》，上海文艺出版社，2003，第2页。

[3] 鲁迅：《狂人日记》，《鲁迅全集》第一卷，人民文学出版社，2005，第451页。

《狂人日记》导读　　5

更是对腐朽制度、麻木人民的追问。鲁迅抨击的正是此种蒙昧。因此，狂人并不是世俗意义上的疯子，而是鲁迅内心对这愚昧世界的控诉。借狂人之眼，看到的是历史以"仁义道德"一以贯之，满本都写着"吃人"。鲁迅以一种癫狂的方式，撕开了历史虚伪的面纱，将心中的不满倾诉出来。从这个意义上来说，狂人并不是真正的疯子，而是旧世界的发现和揭露者，小说借狂人之狂来抒发作者的愤懑之情。

狂人醒悟过来后，经历了从批判社会到自我批判的过程。小说开头写道："我不见他，已是三十多年；今天见了，精神分外爽快"[1]，"精神分外爽快"暗示了狂人的清醒。清醒后的狂人意识到了历史自古以来就有着"吃人"的传统，自己则身处在一个"吃人"的社会。狂人试图唤醒周围的人，然而现实中没有"吃人"一说，他被视为一个疯子。狂人发现，书中所载的"仁义道德"背后，其实是为"吃人"找的理由。从易牙烹子给齐桓公食，到人们用犯人的血蘸馒头吃治痨病，"吃人"者以礼教的名头行着"吃人"的勾当，剥削人民，荼毒人民的思想，使人民变得愚昧麻木。小说结尾笔锋一转，狂人回想从前，猛然发现自己也可能在无意中吃了妹妹。"吃人的是我哥哥！我是吃人的人的兄弟！我自己被人吃了，可仍然是吃人的人的兄弟！"[2]"现在也轮到我自己"[3]，这是多么悲哀、无法摆脱的人生，于是狂人发出了"救救孩子"[4]的呼声，因为"没有吃过人的孩子，或者还有？"

在鲁迅看来，假设一间铁屋子是"绝无窗户而万难破毁的"[5]，那么清醒的人将十分痛苦，因为他们面临着无可挽救的苦楚和无人理解的孤独。从小说中可以看出，狂人是十分绝望和无助的。狂人正是鲁迅铁屋子里的那几个清醒过来的人中的一个，他发现了四周皆是"吃人"者。他清醒地意识到大家长期生活在一个"吃人"的社会中，然而他在痛恨这个"吃人"的社会的同时，

---

[1] 鲁迅：《狂人日记》，《鲁迅全集》第一卷，人民文学出版社，2005，第444页。

[2] 鲁迅：《狂人日记》，《鲁迅全集》第一卷，人民文学出版社，2005，第448页。

[3] 鲁迅：《狂人日记》，《鲁迅全集》第一卷，人民文学出版社，2005，第454页。

[4] 鲁迅：《狂人日记》，《鲁迅全集》第一卷，人民文学出版社，2005，第455页。

[5] 鲁迅：《呐喊·自序》，《鲁迅全集》第一卷，人民文学出版社，2005，第441页。

发现自己也难逃被人"吃"和"吃"他人的命运。狂人这一形象是鲁迅对于铁屋子理论的具象化和思考，也即清醒的人到底该怎么办。意识到了"吃人"的危机，清醒的狂人便想要去唤醒其他还在"沉睡"中的人。狂人试图去改变他的哥哥，让他不要再"吃人"了，然而却无济于事，自己反而被坐实了"疯子"这一名目。狂人面对大家的执迷不悟，终于还是发出了"你们立刻改了，从真心改起！你们要晓得将来是容不得吃人的人"的呼喊。

然而，狂人被关了起来，他因自身生命安全受到威胁而万分紧张："吃人"不再是历史书里的故事，它变成了现实中正在上演着的悲剧，而狂人自己也面临着被"吃"的危险。狂人终于意识到身处在这个社会的可怕，每个人都难逃"吃人"的命运。如同《祝福》中的祥林嫂，正是在封建迷信的笼罩下，在众人的无意识中被逼死。于是，狂人只能发出"救救孩子……"[1]的呼喊，将希望寄托于下一代，寄托于青年，希望这样的恶习不再延续下去，如此才有光明的未来。这既是狂人的呼喊，也是鲁迅的呐喊。狂人这一形象，其实是五四时期许多觉醒知识分子的化身。他们以己身，抛头颅，洒热血。对于晚清民众来说，革命者就是疯子，就是狂人。该如何革命，怎样才能唤醒群众，是鲁迅一直思考的问题。鲁迅以笔代枪，塑造了这样一个狂人形象，揭露封建制度的黑暗和封建礼教"吃人"的本质，试图唤醒麻木不仁的国民。

三、正文和小序：个体的自觉与赎罪意识

《狂人日记》由小序和正文两个部分组成，小序采用文言写成，正文由十三则白话日记组成。小序交代了日记的来历及狂人的去处。日记是狂人的大哥拿给"余"的，"余"将其整理成册。正文结尾，清醒后的狂人因无法直面"吃人"的社会，内心崩溃。"救救孩子"的呼喊，传达出狂人对当时社会的控诉和对未来的希冀。而在小序中，"余"听闻狂人的病已痊愈，"赴某地候补"[2]。从小说的内容构成来看，小序代表着当时的正常人的世界，日记则意指狂人所

---

[1] 鲁迅：《狂人日记》，《鲁迅全集》第一卷，人民文学出版社，2005，第 455 页。

[2] 鲁迅：《狂人日记》，《鲁迅全集》第一卷，人民文学出版社，2005，第 444 页。

处的疯癫的世界。文言和白话的运用，巧妙地暗示了这是两个相对抗的世界。

对"吃人"社会如此痛恨和失望的狂人，小序中却交代他痊愈后去"候补"了，这无疑是十分矛盾的行为。然而须注意的是，狂人并不是一个真正意义上的疯子，因此他痊愈后去候补的行为在小说中也具有更深一层的含义。"候补"是清朝官制，指那些不能马上上任而又通过科举考试或者花钱买官的人以抽签的方式被派往某省某部，听候实际委任。狂人病愈之后，面对现实无可奈何而选择去"候补"，可以理解为鲁迅对自身情况的一种类比。从鲁迅自身经历来说，虽然有感于当前社会的黑暗，但是他却在北洋政府教育部工作了相当长的一段时间。1918 年 1 月 4 日，鲁迅给许寿裳的信中曾有这么一段话："若问鄙意，则以为不如先自作官，至整顿一层，不如待天气清明以后，或官已做稳，行有余力时耳。"[1]这是鲁迅当时对"做官"情况的想法，先做官，待时机成熟时，再"行有余力"。这可以作为理解鲁迅小说中设置狂人病愈后候补情节的一个参考。

同时，小序和正文环环相扣，互为补充。正文中曾提及了"徐锡林"这一人，徐锡林其实隐指徐锡麟。他是清末革命团体光复会的重要成员，在 1907 年的一次起义中弹尽被捕，惨遭杀害，心肝被卫队剜来炒食。鲁迅在此处提及徐锡麟，并非只是对"吃人"社会的揭露和批判，同时包含着对狂人处境及命运的预设。徐锡麟自 1906 年从日本回国后，为了便于从事推翻清王朝的革命活动，曾以"候补"的方式当官。可以看到，小序的"候补"与日记正文"徐锡林"以及狼子村的恶人事件环环相扣，正如郜元宝所说，"候补"是"极有可能暗指日记正文未作交代的狂人之真正结局"[2]的。从这一层面来讲，狂人在"康复"之后去"某地候补"的行为，并不是狂人对"吃人"社会的"投降"，而是一种韬光养晦之术。他正因清醒地认识到了个人能力的局限和局势的严峻，

---

[1] 鲁迅：《180104 致许寿裳》，《鲁迅全集》第十一卷，人民文学出版社，2005，第 357 页。

[2] 郜元宝：《"赴某地候补矣"及其他——重审〈狂人日记〉的一段学术史公案》，《中国现代文学研究丛刊》2022 年第 8 期。

才会在对"吃人"社会进行痛恨和忏悔的同时，选择以另一种方式反抗。他虽然对当时的社会感到绝望，但这绝望并不等于自身的放弃，而是在发现自己也吃过人的忏悔之中进行一种绝望的反抗。

这样一种绝望的反抗体现的正是鲁迅的人生哲学："绝望之为虚妄，正与希望相同。"[1]鲁迅曾将自己视为历史的"中间物"，这是一种"在"而"不属于"两个社会的历史"中间物"的深刻而具体的人生体验。知晓自身正如狂人一样面对"吃人"的社会，或许自己也早已深陷其中，然而却偏要扛住"黑暗的闸门"，让后来的人到光明的地方去。狂人的遭遇在某种程度上与鲁迅是相似的，他们都是鲁迅口中所说的铁屋子里的少数清醒者。然而鲁迅"并不愿将自以为苦的寂寞，再来传染给也如我那年青时候似的正做着好梦的青年"[2]。狂人康复去"某地候补"的结局，表现的是鲁迅隐含在内心的对革命的担忧以及期冀。明明知道周围的人都在"沉睡"之中，而自己既然醒了，自己虽然也"吃"过人，受到过封建礼教的熏染，但是仍然要做一种绝望的反抗。正如他在《呐喊·自序》中所说的那样，"独有叫喊于生人中，而生人并无反应，既非赞同，也无反对，如置身毫无边际的荒原"[3]，但是仍然要"呐喊几声，聊以慰藉那在寂寞里奔驰的猛士"[4]。

撰稿人：高兴凤

拓展阅读

1. 鲁迅：《呐喊·自序》，《鲁迅全集》第一卷，人民文学出版社，2005。

---

[1] 鲁迅：《野草》，《鲁迅全集》第二卷，人民文学出版社，2005，第182页。

[2] 鲁迅：《呐喊·自序》，《鲁迅全集》第一卷，人民文学出版社，2005，第441-442页。

[3] 鲁迅：《呐喊·自序》，《鲁迅全集》第一卷，人民文学出版社，2005，第439页。

[4] 鲁迅：《呐喊·自序》，《鲁迅全集》第一卷，人民文学出版社，2005，第441页。

2. 郜元宝：《"赴某地候补矣"及其他——重审〈狂人日记〉的一段学术史公案》，《中国现代文学研究丛刊》2022 年第 8 期。

3. 鲁迅：《野草》，《鲁迅全集》第二卷，人民文学出版社，2005。

4. 钱理群：《鲁迅作品十五讲》，北京大学出版社，2003。

《莎菲女士的日记》导读

　　丁玲（1904—1986），原名蒋伟，字冰之，又名蒋炜、蒋玮、丁冰之，湖南省临澧县人，中国现代著名女作家、社会活动家。1927年底，丁玲因发表《梦珂》而登上文坛。如果说《梦珂》的意义是阐明了处于传统向现代转型而仍有若干封建礼教残余的社会对个人、个性的压迫的话，那么1928年丁玲发表于《小说月报》第19卷第2期的《莎菲女士的日记》，则反映了后"五四"时期在旧的体制对青年一代的束缚日益松散的背景下女性内心世界的挣扎。1980年，丁玲答《开卷》杂志记者问时曾谈到，"关于'莎菲'，我以为还是茅盾说得对，茅盾说莎菲女士是'心灵上负着时代苦闷创伤的青年女性的叛逆的绝叫者'。她是一个叛逆女性，她有着一种叛逆女性的倔强……她眼睛里看到的尽是黑暗，她对旧社会实在不喜欢，连同生活在这个社会中的人她也都不喜欢、不满意。她想寻找光明，但她看不到一个真正理想的东西，一个真正理想的人。她的全部不满是对着这个社会而发的"[1]。

　　小说记述的是居住在北京一所公寓的女大学生莎菲从某年12月24日到次年3月28日（可以看作1926年底到1927年春）的33条日记，这些日记集中展现了莎菲3个月的心绪，这其中，有对自我生命状态和自我意识的挖掘、评价，有对与"我"有着感情纠葛的男性的审视、书写，还有对同性友谊的认识、体验。

　　在日记体小说中，读者只能看到第一人称"我"的视角所及的世界，即"我"

---

[1] 袁良骏：《丁玲研究资料》，知识产权出版社，2011，第169页。

所遇见的人物和"我"身边发生的事情，所以这些人物和事情自然而然地烙上"我"的态度与印象。《莎菲女士的日记》将视野聚焦于"我"的社交圈，聚焦于"我"与两位男性——苇弟、凌吉士的感情纠葛。痴情于"我"的苇弟始终对"我"殷勤讨好，甚至言听计从，可是在"我"的眼中，苇弟是卑弱的、怯懦的，充斥"我"头脑的往往不是他真挚的爱意、贴心的关怀，而是他那唯一的本能——哭。但"我"对于苇弟的哭没有同情，只有鄙夷和轻蔑——看到苇弟落泪，"我""却像野人一样在得意的笑了"[1]，并且说"请珍重点你的眼泪吧"[2]，"我看见眼泪就讨厌"[3]。作者似乎意在通过弱化苇弟这一男性人物来达成作为女性的莎菲成为掌控者的"幻想"。而对于与"我"有感情纠葛的另一位男性人物——凌吉士，文中用了不少笔墨来描写其外貌和仪态："那高个儿可真漂亮，这是我第一次感觉到男人的美，从来我还没有留心到。只以为一个男人的本行是会说话，会看眼色，会小心就够了。今天我看了这高个儿，才懂得男人是另铸有一种高贵的模型……"[4]，凌吉士还有着"颀长的身躯，白嫩的面庞，薄薄的小嘴唇，柔软的头发"[5]，这里，"漂亮""美""白嫩的面庞""柔软的头发"等传统上用来形容女性的词汇都被加在凌吉士身上，"我"无法自拔地爱上了丰仪俊美的他，大胆地观察、揣摩着他。更重要的是，"我"对凌吉士并不仅仅停留在"看"的层面，而是带着强烈的欲望和念想对他进行审视，他那充满诱惑的面容和躯体常常引起"我"最原始的性欲与冲动，"但我知道在这个社会里面是不准许任我去取得我所要的来满足我的冲动，我的欲望，无论这于人并没有损害的事，我只得忍耐着"[6]，与此同时"我"又在觉醒的女性意识和传统的社会规约间挣扎、游离。在这篇小说中，莎菲打破了以往传统女性"被看"的局面，将自身作为审美主体，使凌吉士物化，成为被观赏者，将男性降格为被凝视、被定义、被评判的对象。作者从欲望书写

---

[1] 丁玲：《丁玲全集（3）》，河北人民出版社，2001，第45页。

[2] 丁玲：《丁玲全集（3）》，河北人民出版社，2001，第45页。

[3] 丁玲：《丁玲全集（3）》，河北人民出版社，2001，第45页。

[4] 丁玲：《丁玲全集（3）》，河北人民出版社，2001，第46页。

[5] 丁玲：《丁玲全集（3）》，河北人民出版社，2001，第47页。

[6] 丁玲：《丁玲全集（3）》，河北人民出版社，2001，第47页。

的层面上，确立了女性的主体性，以真实的笔触书写着女性的感受。

需要注意的是，莎菲对于自己伴侣的选择还有着心灵相通、境界高尚的要求。"真的，在他最近的谈话中，我懂得了他的可怜的思想；他需要的是什么？是金钱，是在客厅中能应酬买卖中朋友们的年轻太太，是几个穿得很标致的白胖儿子。他的爱情是什么？是拿金钱在妓院中，去挥霍而得来的一时肉感的享受，和坐在软软的沙发上，拥着香喷喷的肉体，抽着烟卷，同朋友们任意谈笑，还把左腿叠压在右膝上；不高兴时，便拉倒，回到家里老婆那里去。"[1]"他真得到过一个女人的爱吗？他爱过一个女人吗？我敢说不曾！"[2]莎菲虽爱上了凌吉士，但仍时时为他"不懂得爱"而忧愁、纠结。她虽大胆地面对肉体欲望，但并不代表她不在乎另一方的精神内心是否充盈，莎菲对凌吉士那"热心于演讲辩论会，网球比赛，留学哈佛，做外交官，公使大臣，或继承父亲的职业，做橡树生意，成资本家……"[3]的志趣和追求同样不以为然。其实，莎菲不满意的是凌吉士那过于功利且缺少精神追求的人生观，"你以为我所希望的是'家庭'吗？我所欢喜的是'金钱'吗？我所骄傲的是'地位'吗？"[4]可是，在和凌吉士的关系中，"我"不再占据主导地位，也无法把控自己的感情与对方的情绪。日记既然是与自我的对话，那写日记的过程自然就是不断挖掘"我"内心隐秘的过程。文本中大量的篇幅写到了"我"在面对凌吉士的吻时内心的挣扎，"这样一个可鄙的人，吻了我！我静静默默地承受着！但那时，在一个温润的软热的东西放到我脸上，我心中得到的是些什么呢？我不能像别的女人一样晕倒在她那爱人的臂膀里！我张大着眼睛望他，我想：'我胜利了！我胜利了！'因为他所使我迷恋的那东西，在吻我时，我已知道是如何的滋味——我同时鄙夷我自己了！"[5]在别人所不知道的内心深处，"我"撕裂伪装、直面欲望，审视着自己的骄纵任性与孤寂脆弱："我用所有的力量，来

[1] 丁玲：《丁玲全集（3）》，河北人民出版社，2001，第62–63页。

[2] 丁玲：《丁玲全集（3）》，河北人民出版社，2001，第69页。

[3] 丁玲：《丁玲全集（3）》，河北人民出版社，2001，第63页。

[4] 丁玲：《丁玲全集（3）》，河北人民出版社，2001，第76页。

[5] 丁玲：《丁玲全集（3）》，河北人民出版社，2001，第77页。

痛击我的心！为什么呢，给一个我如此看不起的男人接吻？既不爱他，还嘲笑他，又让他来拥抱？真的，单凭了一种骑士般的风度，就能使我堕落到如此地步吗？"[1] 可以看到，"我"对凌吉士的欲望是强烈又克制的，"我"的自我的意识既有进步、觉醒，又有嘲讽、谴责，指向"我"内心深处的各种复杂思绪以日记这一特殊的形式得到了淋漓尽致的宣泄。凌吉士总能轻易挑起"我"的欲望与情绪，但他浅薄的情意、卑劣的处世，以及对女性的偏见与轻视，又使追求人格平等、心意相通的"我"看不起他、暗骂他、嘲笑他。凌吉士为人庸俗、灵魂低劣，一心追求金钱、名誉，他对莎菲的"关心"，只是为了满足一己私欲。外貌的美丽与内心的丑陋在一个人身上同时出现的冲突感引发了莎菲内心情感的冲突，莎菲被激发的原始欲望与理性下的自我约束交织在一起，陷入灵与肉分裂的痛苦中。

除了与"我"有感情纠葛的苇弟和凌吉士，小说中还有一位经常出现但又不怎么引人注目的男性——云霖。云霖的形象是模糊化的，他常常与毓芳同时出现，他的身份是莎菲的好友，但更多时候充当的是莎菲与凌吉士之间的桥梁和传声筒。在充当"我"的感情的桥梁和"工具人"时，云霖又常常被"我"欺骗。而"我"能够多次欺骗云霖，能够不担心他发现被骗（或者说发现了也无所谓），并且同时云霖也相信了"我"的谎言，这说明，首先，在"我"心里，云霖是一个老实人，是容易被骗的，也是一个好脾气的人，哪怕他知道被骗，也不会指责"我"，只会因被"我"欺骗而感到伤心、难过；其次，云霖是一个比较迟钝的、不太懂人情世故的人，他没有参透"我"在欺骗背后对于爱情和欲望的渴望。同样，因为日记体的限制，读者对云霖的认识实际上仅限于"我"的主观感受。我们会发现，在文本中，一方面，云霖作为"我"的好友毓芳的爱人，"我"对云霖在爱情上的表现是赞赏的，同时对他给予病中的"我"的照顾和帮助也是感激的；另一方面，在与凌吉士比较时，"我"眼中的云霖却变成了"呆拙""猥琐"的代名词，尤其是在他为了预防婚前性行为而不与毓芳同居时，"我"的态度更是转变成了轻蔑甚至嘲讽，"我"不能理解为什么

---

[1] 丁玲：《丁玲全集（3）》，河北人民出版社，2001，第78页。

相爱的人要克制肉体和情感的欲望。在莎菲看来，云霖没有主见、缺乏自我立场，总是妥协、屈服，在这里，男性与女性的主体性位置又一次对换了，这也体现出丁玲强烈的反男权书写意识。可以说，在《莎菲女士的日记》中，不论是何种类型的男性，不论他们与莎菲的关系如何，均被剥夺了男权社会的话语权，成为女性眼中或卑弱、或低俗、或平庸的存在。

《莎菲女士的日记》除了叙写莎菲和男性之间的感情纠葛，还写到莎菲与女性好友们的交往。"我"和毓芳之间是友爱的、和谐的，她无微不至地关怀着"我"，"我"也很珍视这段友谊，但毓芳同苇弟一样，无法理解"我"的感情和精神世界，"我们"的关系超越了相识却没有到达相知，"我"为"我们"之间精神上的不一致感到遗憾，也对毓芳在和云霖的情感关系中的节制和遏制欲望不理解、不赞同。这说明，莎菲对于同性之间情谊的要求已经不再仅限于简单的友爱、互助，更需要精神上的共鸣。这时，同性关系的理想模型——"我"和蕴姊登场了。"最神经质、最热情"的蕴姊是唯一能够看懂"我"、理解"我"、抚慰"我"的精神伤痛的人，她对"我"没有批评，只有怜爱——"假设蕴姊在，看见我这日记，我知道，她会抱着我哭：'莎菲，我的莎菲！我为什么不再变得伟大点，让我的莎菲不至于这样苦啊……'"[1]。另外，"我"和蕴姊的生活也体现了女性在情爱关系中的两种困境：一是莎菲心灵与肉体的无法统一；二是蕴姊婚后夫妇感情的消亡。最终，莎菲走向了颓废消沉，蕴姊走向了死亡。蕴姊始终没有真正在场，她先是在远方，后来死亡，这样看来，女性同性之间情感相通的理想关系似乎成了一种不切实际的、无法实现的虚妄。她们反对男权社会，女性意识觉醒；她们直面自身的欲望与情感，彼此情感相通；她们虽身不在一处，但灵魂永远相交；她们在传统的约束和现代的意识中挣扎，却都没有找到出路。由此可见，作者对后"五四"时期女性的情爱处境、同性情谊和个人命运有憧憬，也有绝望。从某种意义上说，与"我"有着精神共鸣、共同价值取向的蕴姊也是莎菲自怜自恋的体现。

作为典型的"日记体"小说，《莎菲女士的日记》既是丁玲本人情绪的审

---

[1] 丁玲：《丁玲全集（3）》，河北人民出版社，2001，第70页。

美外化，也是后"五四"时期社会情绪的一种折射。"五四"之后，许多知识青年陷入了不知往何处去的彷徨困境，在"五四"以来新女性阶层的思想和自身的社会经历的共同影响下，丁玲完成了《莎菲女士的日记》这部日记体小说的创作。《莎菲女士的日记》是丁玲对"五四"落潮后女性迷茫困苦的内心世界的直接揭示，"莎菲"更因其丰富的内涵和文学史上多次争议而引发的轰动，走出了具体的文本，在中国现当代文学史上形成了复杂又典型的"莎菲现象"。同时，《莎菲女士的日记》作为丁玲早期创作中的代表作，展现了极为自尊敏感的女性自我，建构了更为崭新的新女性形象。

撰稿人：丁雨

拓展阅读

1. 丁玲：《"三八"节有感》，《丁玲全集（7）》，河北人民出版社，2001。

2. 袁良骏：《丁玲研究资料》，知识产权出版社，2011。

3. 夏晓虹：《晚清女性与近代中国》，北京大学出版社，2004。

4. 苏珊·桑塔格：《疾病的隐喻》，程巍译，上海译文出版社，2003。

《子夜》导读

　　茅盾（1896—1981），原名沈德鸿，字雁冰，出生于浙江省桐乡县（今桐乡市）乌镇，中国现代著名作家、文学评论家、社会活动家。"茅盾"是他1927年发表处女作《幻灭》时使用的笔名，其常用的笔名还有蒲牢、微明、郎损、玄珠、方璧、止敬等。20世纪20年代初他曾担任《小说月报》的主编，也同周作人、郑振铎等人一道发起组织"文学研究会"，是左翼作家的代表。茅盾在鲁迅所开创的中国现代短篇小说体例的基础上，拓展小说表现的内容与篇幅，推进了中国现代长篇小说创作。

　　《子夜》原名《夕阳》，全书共有19章，是茅盾于1931年10月至1932年12月间创作的一部现实主义长篇小说。在《子夜》尚未全部完成之前，应郑振铎邀约，茅盾曾计划以"逃墨馆主"为笔名从1932年起在《小说月报》上连载此小说，然而"一·二八"战火打破了这一计划。随后，在1932年6月和7月，茅盾将第二章与第四章以《火山上》和《骚动》为题名，分别发表在《文学月报》创刊号和第二期上。而《子夜》的初版单行本则是由开明书店于1933年1月出版发行。《子夜》开创了"社会剖析小说"这一文学范式，引得吴组缃、沙汀、艾芜等人仿效，它标志着茅盾的创作进入一个新的成熟阶段，也代表了20世纪30年代左翼文学的实绩。

　　在《子夜》中，茅盾运用马克思主义社会科学方法论，力图从政治、经济、文化等视角对中国社会进行全面剖析，深刻揭示了20世纪30年代中国半殖民地半封建的性质，描绘了这一时代背景下广阔而复杂的社会图景。"一个做小说的人不但须有广博的生活经验，亦必须有一个训练过的头脑能够分析那复杂的社会现象；尤其是我们这转变中的社会，非得认真研究过社会科学的人每每不能把它分析得正确。而社会对于我们的作家的迫切要求，也就是那社会现象的正确而有为的反映！"[1]《子夜》以旧中国的上海为主要叙事空间，对社会现实进行了全景式的描绘。不仅展示了在西方帝国主义国家转嫁经济危机、蒋冯阎军阀混战等内忧外患的社会背景下，中国农村经济与民族工业在多方势力摧残中的挣扎与破产，还具体描绘了城市工人罢工运动、农村地主对农民的压迫剥削以及农民的殊死反抗斗争等情况，更有交易所中公债市场上"多头"和"空头"等各种疯狂的投机活动，兼以吴公馆的生活探讨，家庭、爱情伦理，又以豪华别墅、饭店、旅馆、电影院、夜总会等都市场景展示了颓靡的都市生活。

　　在小说中，茅盾运用阶级分析理论，剖析了当时社会中存在的一系列矛盾冲突。其中，既有民族资产阶级的内部矛盾、民族资产阶级与买办资产阶级的矛盾，又有资产阶级与工人阶级、农民阶级的矛盾，还有地主阶级与农民阶级的矛盾，小说揭示出 20 世纪 30 年代的中国阶级斗争的尖锐性与复杂性。在激烈、复杂的矛盾冲突中，民族资产阶级一方面与帝国主义难舍难分，另一方面又被国内金融买办资本家"牵着鼻子走"，军阀混战也极大地影响着其命运。在此，茅盾独具匠心地将小说的叙事时间压缩为两个月，在这极短的时间内，吴荪甫在与赵伯韬的斗争中失败，从一个在商场风光无限的资本家沦落为出走避难的落魄者，这一戏剧性的遭际，凸显出资产阶级惨淡的前途命运和悲剧性，揭示了当时的中国仍处于半殖民地半封建社会。在写作《子夜》之前，国内正进行着一场关于社会性质的大讨论，茅盾曾提到："我写这部小说，就是想用形象的表现来回答托派和资产阶级学者：中国没有走向资本主义发展的道路，中国在帝国主义、封建势力和官僚买办阶级的压迫下，是更加半封建半殖民地化了……中国民族资产阶级的前途是非常暗淡的。它们软弱而且动摇。当时，它们的出路只有两条：投降帝国主义，走向买办化，或者与封建势力妥协。"[2]

---

[1] 茅盾：《我的回顾》，《茅盾自选集》，天马书店，1933，第 2—3 页。

[2] 茅盾：《〈子夜〉写作的前前后后》，《我走过的道路（上）》，人民文学出版社，1997，第 482 页。

可以看出，茅盾对 20 世纪 30 年代的中国社会现实有着清醒的认识和理解，《子夜》对中国社会性质的形象展现，在一定程度上表明了中国共产党领导反帝反封建新民主主义革命的合理性与必然性，显露出茅盾的无产阶级的写作立场。

《子夜》选取了宏大的社会题材，亦突出显示了茅盾对史诗般篇章结构的驾驭能力。在《子夜》中，他以雄心勃勃的民族资本家吴荪甫与阴险狡诈的金融买办资本家赵伯韬之间的争斗为主要线索，去铺陈工人罢工、农民暴动、公债投机、情爱纠葛等其他次要线索，各条线索既主次分明，又交相辉映，共同丰富、深化了作品的思想内容。在《子夜》中，茅盾极其擅长描写大场面，小说开端即借助吴老太爷的丧事，将《子夜》中的主要人物汇集于吴公馆这一场景中，进行集中描绘。这些人物的身份、地位不尽相同，几乎代表了当时上流社会各个阶层与派别。茅盾通过客厅、餐室、庭院、花园等场景的切换，安排人物有序地出场，其中，有实业公司总经理王和甫、孙吉人，工厂老板周仲伟、朱吟秋、陈君宜等资产阶级典型；有雷鸣、黄奋、唐云山等国民党军政代表；有范博文、吴芝生、林佩珊、杜新箨等资产阶级青年知识分子；还有丁医生、交易所经纪人韩孟祥、律师秋隼、经济学教授李玉亭、交际花徐曼丽；等等。茅盾抓住人物的主要特征进行描绘，如"红头火柴"周仲伟、"长脖子"孙吉人、"牙刷须"李壮飞等，初步勾勒出人物的外貌特征与思想性格，给读者留下了深刻的印象。与此同时，茅盾又通过大量的人物对话，揭示了错综复杂的人际关系，反映出广阔的时代内容——人物之间的谈话内容既有"标金""大条银""花纱"等经济话题，又有军事政治话题与娱乐信息，为其后各条支线的展开作铺垫。

在众多人物中，茅盾着力塑造了吴荪甫这一"典型环境"中的"典型形象"。吴荪甫的身上体现着 20 世纪 30 年代民族资产阶级的复杂性：一方面，他有着宏大的社会理想，在上海开设裕华丝厂，又与王和甫、孙吉人和杜竹斋合资成立益中信托公司，决心振兴民族工业，还打算以发电厂为基础，在家乡建立起一个"双桥王国"，然而，当其他同行遭遇困境时，他唯利是图的本性便暴露了出来，他精心设计各种手段吞并了朱吟秋、陈君宜等人规模较小的丝绸厂，企图一家独大；另一方面，他极度压迫、剥削丝厂工人，当听到裕华丝厂工人闹事的消息时，瞬间暴跳如雷，破口大骂，"紫酱色的脸"显得恐怖可怕，随即搬出警察镇压工潮。他仇视农民革命，曾雇用反动武装去打压双桥镇的农民运动。为了扩展势力，他也参与到公债投机活动中，与买办资本家赵伯韬公开对垒。而从家庭生活来看，留学欧美回国的吴荪甫在吴公馆仍实行着封建家长制统治，甚至在心理崩溃、狂怒暴躁时欺负了仆人王妈。吴荪甫这一形象，在与其他人物的对比中更显立体、丰满。没有赵伯韬的对照，吴荪甫身上所具有的民族资产阶级的正面性与软弱性便不能深刻地凸显；没有屠维岳的映衬，《子夜》就不能很好地表现出吴荪甫那样的民族资本家的反动性。朱吟秋、陈君宜、杜竹斋等人的保守与懦弱又使得吴荪甫"冒险的精神，硬干的胆力"得到强化。

《子夜》虽是一部以男性角色为主的小说，但也塑造了众多女性形象，她们看似并不是主要的描写对象，却也不是可有可无的存在。正是她们的出现，才给"商战"中紧张、刺激的氛围带来了一丝和缓的气息，同时又对资产阶级的展示起着补充作用。嫁给"商界大亨"吴荪甫的林佩瑶，在物质上是十分富足的，然而这位吴少奶奶所追求的是一种古典式的浪漫爱情，嫁给一个自己不爱的男人令她痛苦不已。在与初恋情人雷鸣再次相遇之后，她更是变得郁郁寡欢，显示出资产阶级情感上的空虚。林佩瑶这一形象也从另一方面说明吴荪甫的失败是全方位的，他不仅败在商场，也败在情场。与传统、封建的四小姐吴慧芳相比，张素素可说是十足的现代进步女性，她敢爱敢恨又勇于参加示威运动，然而当游行队伍遭难时她还是选择了退缩，资产阶级的局限性使其反抗仅仅停留在表面。吴老太爷出殡当日，交际花徐曼丽却在"弹子房"一个台子上跳舞，引得那些观看的男子拍手狂笑。在小说第十七章，吴荪甫等人甚至在一艘豪华轮船上为徐曼丽庆生，这一切行径都显示出资产阶级纸醉金迷、腐败堕落的生活情状。在生意场上受挫的吴荪甫也会从交际花刘玉英身上寻求安慰，这让我们看到了资产阶级颓靡、脆弱的一面。

"现实主义在文学作品中起到主要的、基本的作用。要使人物、作品具有典型性，作家则必须有一定的生活经验，必须有切身感受……换言之，是以当时所达到的马克思主义水平，尽力去理解、分析所观察到的事物。"[1] 茅盾

---

[1] 苏珊娜·贝尔纳：《走访茅盾》，《新文学史料》第3辑，丁世中、罗新璋译，人民文学出版社，1979，第194页。

以社会主义现实主义为出发点，为使小说中的环境、人物更加具有典型性，在开始《子夜》创作之前，茅盾回到素有"丝绸之府"之称的故乡桐乡进行实地考察，去研究中国的经济现状，为《子夜》的创作作准备。茅盾的故乡有着悠久的桑蚕历史，茅盾在与同乡故旧的交谈及实际参观中深入了解到各地丝厂、火柴厂在与日本企业竞争中破产倒闭的情况，因此，决定将其作为《子夜》中民族工业的典型代表。同时，他还在交易所经纪人章郁庵的帮助下，得以进入上海华商证券交易所了解其中的运行机制，这为他在《子夜》中写公债投机打下了基础。茅盾以卢表叔、同乡工业者为原型塑造出吴荪甫、周仲伟等民族资产阶级的典型形象，也显得真实可信。这些，使得《子夜》的描写不仅真实有据，而且具有极强的现实冲击力。

相比之下，《子夜》对革命运动及城市工人罢工的描绘就不如对资产阶级的描写那样真实可感，分析也并不深入，茅盾曾谈及导致这一状况的原因是缺乏直接经验："这本书写了三个方面：买办资产阶级，民族资产阶级，革命运动者及工人群众。三者之中，前两者是作者与有接触，并且熟悉，比较真切地观察了其人与其事的；后一者则凭'第二手'的材料，即身与其事者乃至第三者的口述。"[1] 比如，《子夜》第四章描写双桥镇农民运动，就游离于主线之外，也常为人所诟病，茅盾对此也曾作出解释："至于农村革命势力的发展，则连'第二手'的材料也很缺乏，我又不愿意向壁虚构，结果只好不写。"[2] 虽然为了遵循真实性的原则，茅盾在动笔之前就已经不断地反复修改《子夜》的提纲，努力删去那些自己未能详细调查又无经验储备的素材内容。但是，他对于已经落笔的部分又不忍割舍，于是第四章中农村革命运动的部分被保留了下来，但又未充分展开，这影响到小说整体框架结构的和谐性，也被视为《子夜》中的败笔。

但瑕不掩瑜，《子夜》无疑是中国现代文学史上的经典之一，它也标志着茅盾文艺创作思想及方向的转变，"我决定把题名由《夕阳》改为《子夜》。《子夜》即半夜，既已半夜，快天亮了；这是从当时革命发展的形势而言"[3]。《子

---

[1] 丁尔纲：《茅盾序跋集》，生活·读书·新知三联书店，1994，第183页。

[2] 同注释[1]

[3] 茅盾：《〈子夜〉写作的前前后后》，《我走过的道路（上）》，人民文学出版社，1997，第505页。

夜》的创作，意味着茅盾摆脱了前一阶段大革命失败后创作《蚀》时的悲观消极情绪，对革命形势有了乐观和正确的认知，因此，文中出现了罢工工人蔡真、玛金、苏伦等正面人物。《子夜》的成功，也引来改编热，它曾被改编成木刻、连环画、电影、电视剧等，而1996年版与2008年版的电视剧《子夜》中呈现出截然不同的改编理念与内容，个中缘由不予详述，留给读者去思考、探索。

撰稿人：相帅英

拓展阅读

1. 茅盾：《茅盾全集（第1卷）·小说一集》，人民文学出版社，1984。

2. 茅盾：《茅盾论创作》，上海文艺出版社，1980。

3. 茅盾：《我走过的道路》，人民文学出版社，1997。

4. 文宗理：《从感性的热烈到理性的冷峻——〈蚀〉与〈子夜〉的比较并兼及茅盾评价》，《山东大学学报（哲学社会科学版）》2008年第6期。

5. 妥佳宁：《从汪蒋之争到"回答托派"：茅盾对〈子夜〉主题的改写》，《中山大学学报（社会科学版）》2017年第1期。

《上海的狐步舞》导读
——都市诗化小说的艺术魅力

穆时英（1912—1940），浙江慈溪人，中国现代小说家、"新感觉派"代表人物。短篇小说《上海的狐步舞（一个断片）》[1]是他的力作，原刊载于1932年11月1日的《现代（上海）》月刊的第2卷第1期，后被收入作者第二部小说集《公墓》，并于1933年6月由上海现代书局出版发行。

谈及穆时英，不免勾连起中国"新感觉派"（也称"海派""上海现代派""心理分析派"），即20世纪30年代流行于上海的一种现代主义小说流派，其主要成员有施蛰存、刘呐鸥、穆时英、叶灵凤、杜衡、黑婴等。"新感觉派"的创作题材多取自半殖民地大都市市民的病态生活：描绘的是灯红酒绿下堕落空虚的世态生活。在创作技巧层面上，"新感觉派"小说十分注重感觉描写、心理分析、叙事技巧的创新，常常在叙事中采用"意识流""电影蒙太奇"等手法。但"新感觉派"的文学史地位并非从诞生起就得到确立，反而是到了20世纪80年代其特殊的价值才被发现，其标志是严家炎发表《三十年代的现代派小说——中国现代小说流派之五》《论三十年代的新感觉派小说》等论著后，中国"新感觉派"才被正式命名，在经过严家炎的系统阐释后，"新感觉派"研究才有了基础，这一流派才开始进入各种版本的文学史中。[2]

---

[1] 注释：为方便行文，后文统一简称为《上海的狐步舞》。

[2] 唐蕾：《中国"新感觉派"研究史论》，南京大学硕士论文，2011。

一、小说技巧与内容初探

《上海的狐步舞》一直被视作"新感觉派圣手"穆时英的代表作，它确实是颇具技巧试练的实验性作品。《上海的狐步舞》采用了剪辑组合、印象拼贴的方式，通过一个一个看似互不相关的画面，描绘了黑夜沉沉的大都会中的种种社会病象：夜晚僻静的郊区铁轨上发生了一起凶杀案，3个穿黑绸衫的人枪杀了一个提着饭篮的人；一列火车疾驶而过；接着出现的场景是，富翁刘有德在深夜归家后，年轻的妻子刘颜蓉珠及儿子先后向他要钱，用于夜生活的享受；同时推进的镜头是工地上一位建筑工人被木柱压死、赤身滚铜子的孩子、拾取煤渣的媳妇、迫于生活的街角妓女、仗势欺人的印度巡捕，充斥着死亡、贫困、混乱、肮脏，却无人为之注目；镜头忽转，一个失恋青年在江边呆立，不知未来的命运将会牵引他何去何从……作者的文字描述像电影镜头般跳跃，让人目不暇接。读者在其行文走墨中，脑海里交织着枪声、笑声、麻将声、赌场上的叫喊声、华尔兹旋律、Saxophone（萨克斯声）、叫卖声……声声入耳之余让人不禁感叹：一部半殖民地"都市黑暗面检阅"Sonata（奏鸣曲）！就连嗅觉也被调动起来：香水味、英腿蛋的气味、酒味、鸦片味、淫欲味，使人朦胧恍惚，不知今夕何夕！而眼里也充斥着视觉刺激：那些擦满粉的白腿、红润的指甲、白衣侍者、蓝眼珠的姑娘、五光十色的 Neon light（霓虹灯）……好一个纸醉金迷的销金窟！在这个被称为"上海滩""十里洋场""魔都"的空间里，每一个意外闯入者的五官五识都会被调动到极致，每一根感官神经都被放大至尽头。在这里，声音、画面、感觉组合在一起，如同纺织娘巧手中那一簇簇光滑的丝线，巧妙地编织出都市的一个个片段，并将一桩桩黑暗中发生的事件串联起来：强权、枪杀、乱伦、卖淫、腐化、堕落，闪现的是上层人的诡谲和欺诈，是生命的沦丧和生存的嚎叫，是革命家被压制的活动，是工人的创造与牺牲、劳动人民被欺压的心酸，等等。穆时英将一出出正在上演的悲剧写出来，反映了底层人的不幸与无奈，而错综复杂的都市景观给人的感受，则真是应了开篇和文末的那一句："上海，造在地狱上的天堂！"

二、都市书写：语言诗化与创新

鲁迅曾经评价中国文坛"有馆阁诗人，山林诗人，花月诗人"，但是"没有都会诗人"[1]。而诞生在上海的海派，可以算是小说上的"都会诗人"，似乎填补了文学风貌的空白之地。

小说《上海的狐步舞》在结构上的特色是时间交叉、空间跳跃、扑朔迷离、令人眼花缭乱，语言风格上充满了戏谑、悲叹的调子，描写手法上有追随主观感觉的心理书写，兼之繁复意象、通感的调动，体现出"新感觉派"小说的文学魅力。不可否认，小说叙事语言在穆时英天才式的表达和运用下，呈现出了情节的片段性、时间的交错跳跃、结构的转合与突闪等特色，打破了传统小说线性叙事的痼疾。其语言的创新运用包含在断裂、碎片、意识流、交错闪现的画面场景和文学片段中，由此构建出光怪陆离、奇异刺激、颓废色情的"都市风景线"。

穆时英通过诗化结构、空间颠倒、心理分析、标点符号的运用，打造出20世纪30年代的都市文学世界。1930年代的上海已成为仅次于东京、巴黎、伦敦、纽约的"世界的第五大都市"[2]，经济、文化发展到新阶段，催生了独特的城市街景文化。作为不可或缺的城市地理空间，都市大街成了人们的消闲去处，亦是作家笔下常见的风景线，文中有这样一个描写上海街景的片段："上了白漆的街树的腿，电杆木的腿，一切静物的腿……revue 似地，把擦满了粉的大腿交叉地伸出来的姑娘们……白漆腿的行列。"[3]这里，作家用排比句展现城市的街景和肉感的女人，中间多次运用省略号、间隔号，给读者留下了充足的想象空间，留白之余使都市里神秘魅惑、惊奇怪异的一面跃然纸上。此外，在这篇小说中，标点符号的创新使用也较为突出，省略号前后用了30多次，尤其是在写工人被木柱压倒致死的这一段，蒙太奇手法加上省略号的运用，产生了绝佳的表现效果："脊梁断了，嘴里哇的一口血……孤灯……碰！木桩顺

---

[1] 鲁迅：《〈十二个〉后记》，《鲁迅全集》第七卷，人民文学出版社，2005，第311页。

[2] 李洪华：《都市的"风景线"与"狐步舞"——20世纪30年代上海的公共空间与现代派的文学想象》，《江西社会科学》2007年第3期。

[3] 穆时英：《上海的狐步舞》，中国文联出版社，2004，第157页。

着木架又溜了上去……光着身子在煤屑路滚铜子的孩子……大木架顶上的弧灯在夜空里像月亮……捡煤渣的媳妇……月亮有两个……月亮叫天狗吞了——月亮没有了。"[1]作者并没探究底层人的悲惨根源，只截取他们生活中的一个片段，却让我们感受到匍匐在城市"地下"那些众多根系的命运：背负着黑暗、绝望、凄惨等众多世相。无独有偶，作者也用了三处括号来展示心理分析和叙事立场，开篇就写道：

林肯路。（在这儿，道德给践在脚下，罪恶给高高地捧在脑袋上面。）

（作家心里想：）

（可不是吗那么好的题材技术不成问题她讲出来的话意识一定正确的不怕人家再说我人道主义咧……）

在第三个括号中，语句不用标点，一气呵成，十分自然地展露了作家的心理流动过程。该片段涉及的情节内容是，孤苦女郎为了娘俩的生存，不得不在街上向游荡的作家自荐枕席。括号里面的话看似是叙述者"我"即那位"长头发不刮胡须的作家"的内心活动，实则为这个"我"投射着作者穆时英的情感。而在括号外的部分，穆时英在尽量客观叙述这些人事，不带道德审视和情感偏见去展示都市众生[2]，之所以有括号内外的差异存在，是因为穆时英自身面对都市文明有着矛盾心理，才会把自己投射到那位游荡的作家身上。

在描写都市情感时，作家的语言修辞也耐人寻味。比如，在写到刘有德的儿子小德对继母和对电影明星殷芙蓉的窃窃私语时，两组人物语言对话异中有同："有许多话是一定要跳着华尔滋才能说的，你是顶好的华尔滋的舞侣——可是，蓉珠，我爱你呢！"[3]一句重复的话，主体、内容未变，却瞬时变了听的对象。无独有偶，比利时珠宝掮客对两个不同女性重复说着甜言蜜语——"你嘴上的笑是会使天下的女子妒忌的——可是，我爱你呢！"[4]说话者是情场上的浪荡子，是万花丛中过片叶不沾身的老手，他们的话当不得真。这类重

[1] 穆时英：《上海的狐步舞》，中国文联出版社，2004，第 165-166 页。

[2] 李松睿：《误认与都市现代性体验——论〈上海的狐步舞（一个断片）〉》，《兰州大学学报（社会科学版）》2017 年第 6 期。

[3] 穆时英：《上海的狐步舞》，中国文联出版社，2004，第 158 页。

[4] 穆时英：《上海的狐步舞》，中国文联出版社，2004，第 161 页。

复的修辞，使得激情驱动下的恋爱充满了虚情假意、走马观花似的都市节奏和氛围，恰似穆时英本人的经历：他在舞厅中结识了大他 6 岁的舞女仇佩佩，并对其狂热地展开攻势，追至香港与其结婚。这正如刘呐鸥对都市的整体感受："人们是坐在速度的上面的……一切的风景都只在眼膜中占了片刻的存在就消灭了"[1]，爱也好，风花雪月也罢，一切都像是 20 世纪 30 年代上海爱情交际的游戏，显得廉价和快捷。

《上海的狐步舞》的语言诗化还表现在，通过词语的高频输出，罗列众多城市意象，让语言焕发出奇异的色彩。沈从文曾经评价穆时英的语言修辞多"创新句"，且有着"新腔、新境……味道很新，很美"[2]，正是在语词繁复的"短篇速写"中，穆时英的这篇小说才显得如此独特和新奇。

三、病态与新生：意象世界的构成

在《上海的狐步舞》中，都市世界充满了多元的意象。其中，有大量象征现代性的物品，如与谋杀案相关的铁路、铁轨，表征物欲横流的汽车——"奥斯汀孩车，爱山克水，福特，别克跑车，别克小九，八汽缸，六汽缸"[3]，高昂的名车象征着财富，还有与纵情纵欲紧密联系的 Cabaret（卡巴莱）夜总会、霓虹灯、西洋穿插歌舞的轻喜剧 Revue，抑或是作为时尚潮流晴雨表的美国口红 Rangee（丹祺口红）、法国 Crepé（绉纱）、时装杂志，等等，由此勾勒出一幅"上海物质文化生活和消费主义的精神时尚地图"[4]。

都市生活方式确实带来了文化意象的更新，各色各类的城市生活娱乐场所和新潮物品，改变了城市的文化风尚，变相地促进了社会交往，"新"的市民文化正在培育着。但在上海这个半殖民地商埠中开出的市民文化之花，只能是善与恶、鲜妍与腐朽交叠的双生花。继母继子的暧昧虽然是对传统伦理的颠覆，但是又陷入了资产阶级的感情游戏，造成道德的沉沦。都市处处充满了狂欢、

---

[1] 刘呐鸥：《风景》，姜德铭主编《中国现代名家名作文库》，中国戏剧出版社，2001，第 359 页。

[2] 沈从文：《论穆时英》，《大公报》1935 年 9 月 9 日。

[3] 穆时英：《上海的狐步舞》，中国文联出版社，2004，第 162 页。

[4] 旷新年：《另一种"上海摩登"》，《中国现代文学研究丛刊》2004 年第 1 期。

纵欲，甚至犯罪。另外，发达的物质文明不仅建立在生命的毁灭之上，也以健康情感的畸变为代价。《上海的狐步舞》写道，法律上的妻子对晚归的丈夫没有爱，没有体贴，仅仅在索取"三千块钱的支票"时才略示温存，而父子之间亦冷漠无情，儿子唯一的电话问候也是为了向父亲"拿钱"！当然，作为丈夫、父亲的刘有德说不上"有德""有情"，巨大的财富给他带来的是空虚和沉沦，他常常夜不归宿，频繁在赌场里一掷千金。作品对都市人的家庭生活、情感的描摹，折射出都市家庭中情感上的脆薄、利益至上的市侩、触目惊心的纵欲，多维度展现了现代家庭病态的人际关系与都市人病态的精神情感。

与上流人士竭尽所能地狂欢享受形成鲜明对照的是，那些被剥削、压榨的底层人士的悲惨人生。都市的繁华尽是由骷髅堆积而成，那群为都市建设而死去的工人们遭受着无情的对待——"死尸给搬了开去。空地里：横一道竖一道的沟，钢骨，瓦砾，还有一堆他的血。在血上，铺上了士敏土，造起了钢骨，新的饭店造起来了！新的舞场造起来了！新的旅馆造起来了！把他的力气，把他的血，把他的生命压在底下"[1]。而以挣钱为生的黄包车夫，不仅被醉酒的水兵踹，而且最后在讨要车费时还被印度巡捕粗暴地赶走，以至于空手而归。都市中的底层生命在呻吟、垂泪，并走向毁灭，却无人为其呐喊。那些看不见的乱象、悲惨的图景，也如同尘烟一般没入城市滚滚向前的大潮之中，模糊了是非善恶。但穆时英却看清楚了，并且以一种现代的形式给以形象的书写和揭露。

在华洋杂处的上海，既有本土资本家的敲骨吮髓，又有帝国主义的倾销和殖民，有穿着红色燕尾服的英国绅士，"挟着手杖，那么精神抖擞地在散步。脚下写着：'Johnny Walker: Still Going Strong.'路旁一小块草地上展开了地产公司的乌托邦"的狂想，而抽吉士牌香烟的美国人在旁边看着，像在说："可惜这是小人国的乌托邦；那片大草原里还放不下我的一只脚呢？"[2]这些目空一切的欧美资本家们，无视贫弱与富裕的差距，只会将殖民地的每一滴血都

---

[1] 穆时英：《上海的狐步舞》，中国文联出版社，2004，第166页。

[2] 穆时英：《上海的狐步舞》，中国文联出版社，2004，第157页。

吸食殆尽。而在自己的国土上，国人还遭受着盛气凌人的印度巡捕的揩油、骚扰。此外，还有沦落为妓女的"白俄浪人"，作为珠宝掮客的比利时人。形形色色的人们显示出上海这一现代都市开放、包容的一面。难能可贵的是，穆时英能看到资产阶级和平民阶层的贫富之差，暴露出城市资产阶级腐化堕落的生活，揭露了帝国主义列强的殖民统治给弱小民族带来的无尽伤害和破坏。单从这一点来看，穆时英小说里的现代性书写其实与"左翼文学"的"先锋""尖端"特质有相近之处。

撰稿人：袁莉

拓展阅读

1. 严家炎：《中国现代小说流派史》，长江文艺出版社，2009。

2. 李欧梵：《上海摩登：一种新都市文化在中国（1930—1945）》，毛尖译，人民文学出版社，2010。

3. 吴福辉：《都市漩流中的海派小说》，湖南教育出版社，1995。

4. 穆时英：《穆时英文集》，线装书局，2009。

《迟桂花》导读

——生命意识与作家偏嗜

    1932 年，郁达夫第二次出选集。与第一次不同的是，这次选集作品由他本人亲自选出，收入集中的作品有十篇小说、五篇散记。他在序中说："《迟桂花》《过去》《在寒风里》的三篇……大约因平时爱读德国小说，是于无意之中，受了德国人的 Erzählungen（短篇小说）的麻醉之后的作品。特选三篇，以明偏嗜。"[1] 诚然，《迟桂花》是郁达夫的偏爱之作，其文本叙述处处涌动着生命意识。在小说中，人格化的自然流淌着生命气息，处于自然中的翁家山人雄健向上，呈现出昂扬向上的生存状态，在人与自然的相互转喻、互参互证中，"我"的欲情得以净化。小说中的生命意识与作家在风云激荡的文化和政治场域中逃离上海、南下杭州的生命体验密不可分，寄托着作家的精神情操。作为兼具传统情怀与西学视野的新式知识分子，郁达夫对自然物性与人性的关系理解及其入世与出世的矛盾冲突，也折射出那一代学人的心灵意志，蕴含着具有现代中国特色的生命诗学。

一、"人文化"的自然：灵魂的净化场

    "生命诗学……大致的含义是指直接指向人的生命，以生命观照为核心内涵，展示生命形式，同时赋予生命以审美关怀，以文学的形式展示出来的艺术世界。"[2] 与此同时，要想理解深受传统浸染的中国作家笔下的人的生命，

---

[1] 郁达夫：《郁达夫全集》第十一卷，浙江大学出版社，2007，第 32 页。

[2] 吴投文：《沈从文的生命诗学》，东方出版社，2007，第 7 页。

就不能忽视作品中对自然的描写与呈现。这离不开天人合一、人与自然和谐共生的传统因子，也是寄情于景、美在意象的文脉延续。正如学者刘长华所说："……其实也就是中国式的生命诗学之表征与延展，自然界不再简单是一个要被征服的符号或人类对立面，它同样是生命体，富于'人文性'。"[1]

在《迟桂花》中，作者渲染出一幅幽静秀美而又生机勃发的自然图景：在去往翁家山的路上，人影稀少而树影婆娑，在冷僻的山林里竟然传来一股浓郁的桂花香气，尽情绽放的桂花给山林以生机；在翁家留宿的晚上，"我"听到窗外的鸟声"喧噪得厉害"[2]；在和莲妹游山之日，五云山峰和钱塘江水像是深山的野鹿，"虽没有高原的狮虎那么雄壮，但一股自由奔放之情，却可以从它那里摄取得来"[3]。这里，作者通过嗅觉、听觉、视觉多重感官体验，有动有静地进行了多角度书写，山水、动物、植物等多种物象，都展现着翁家山不同于上海的欣欣向荣的一面，涌动着强烈的生命意识。自然书写在《迟桂花》中当然不是个例。早期作品《沉沦》也多次写到主人公逃到自然中，以逃离社交，得到大自然的化育而疗愈忧郁，"这里就是你的避难所。世间的一般庸人都在那里妒忌你，轻笑你，愚弄你；只有这大自然，这终古常新的苍空皎日，这晚夏的微风，这初秋的清气，还是你的朋友，还是你的慈母，还是你的情人……"[4]《沉沦》中的自然还具有民族国家的话语内涵，因此无论自然如何美妙，但却都是异国他乡，无论自然如何疗愈主人公，但它的色调却都是清冷和银灰色的。在《沉沦》中，"风景再也不仅仅是单纯的自然山水，而是纠结在家国情感、地缘记忆和文化政治之中"[5]。相比之下，《迟桂花》中的自然则更具灵性与活力，它展现出不同于煤烟灰土气的上海的乡土图景，并以雄健、向上的生命力不断给人以惊喜与舒畅。

中国现代作家笔下的自然，不论其物性如何舒展，都仍然是使人性净化的。

[1] 刘长华：《民族神话、传说意象与中国新诗民族性的建构研究》，湖南师范大学出版社，2017，第136页。

[2] 郁达夫：《迟桂花》，《郁达夫全集》第二卷，浙江大学出版社，2007，第392页。

[3] 郁达夫：《迟桂花》，《郁达夫全集》第二卷，浙江大学出版社，2007，第399页。

[4] 郁达夫：《沉沦》，《郁达夫全集》第一卷，浙江大学出版社，2007，第40页。

[5] 郭晓平：《论郁达夫小说的风景书写》，《鲁迅研究月刊》2016年第3期。

正如郁达夫在《卢梭传》中所说：山水、自然，是可以使人性发现，使名利心减淡，使人格净化的陶冶工具。[1]诚然，在《迟桂花》中，在桂花飘香的、静谧祥和的风景里，天真美丽的翁莲与馥郁怡人的迟桂花自然融为一体，相互转喻，成为让"我"获得道德自救的女神，化解了"我"的性冲动与自我忏悔的尖锐冲突，体现出理性敛情的美。翁莲恰如其名，像一朵自然里的莲花，出淤泥而不染，改造着"我"的性邪念，使"我"欲情净化、获得新生。在自然的熏陶和感化下，翁莲由一个欲望符号转化为"我"纯洁可爱的妹妹。由此，"我"完成了由低级欲望向精神追求的飞跃，实现了本能欲望的自然化。如果说《沉沦》中的大自然是主人公逃离社会空间的"避难所"，那么《迟桂花》中的自然则是"净化场"，具有乡土意味的自然展现出灵性与生命感，进而以雄健、向上的生命力净化着"我"的欲望与心灵，从而构建起独特的审美图景。

大自然成为文人士大夫、现代知识分子摆脱苦闷的精神出口，但是《迟桂花》的书写又比寄情于景、托物言志的传统更向前一步，自然不仅仅是风景描摹，还完成了"我"灵魂的净化与升华。自然中的多种物象，都参与了"我"的主体建构，它使得"我"获得了健全的理想的人性，达到了更丰盈的生命形态，从而"在对象中体验了自我，在自我中体验了对象"[2]，呈现出主体间性的美。

二、主体的生存状态：生命的救赎

人在自然的滋养下，呈现出昂扬向上、雄健勃发的生存状态，处处洋溢着生命激情。翁则生的不治之病，竟在这片山林中奇迹般痊愈："各色各样的奇形的草药，和各色各样的异味的单方，差不多都尝了一个遍。但是怪得很，连我自己都满以为没有希望的这致命的病症，一到了回国后所经过的第二个春天，竟似乎有神助似地，忽然减轻了。"[3]翁则生肺病痊愈、身体强健，还做起了焙茶事业，"去年也竟出产了一二百斤"[4]，翁则生还能连夜写信、连读

[1] 郁达夫：《郁达夫全集》第十一卷，浙江大学出版社，2007，第230页。

[2] 杨经建：《20世纪中国存在主义文学史论》，人民出版社，2014，第30页。

[3] 郁达夫：《迟桂花》，《郁达夫全集》第二卷，浙江大学出版社，2007，第374—375页。

[4] 郁达夫：《迟桂花》，《郁达夫全集》第二卷，浙江大学出版社，2007，第378页。

七八本"我"的著书，都可见精神之好。名字"则生"也更有一种隐喻色彩，象征着在大自然的怀抱中，生命力的再次昂扬勃发。

"我"的食欲和酒量也在文中被多次叙述，在赴约之前"我"就吃了两大碗饭、喝完了半斤酒；在游山中，"若讲到心境的满足，和谐，与食欲的高潮亢进，那恐怕亚历山大王还远不及当时的我"[1]；游山后，"我和他两人干杯，竟干满了十八九杯"[2]。由此可见"我"从城市空间转入乡间田野的不同状态。不光饭量见长，"我"还经历了性欲的涨落。初闻迟桂花，"似乎要起性欲冲动的样子"[3]，这是一种原始生命力量在自然中勃发，寓意着生命激情。"原始生命力是能够使个人完全置于其力量控制之下的自然功能。性与爱、愤怒与激昂、对强力的渴望等便是主要的例证。"[4]郁达夫的生命诗学离不开对原始欲望、生命本能的书写，正如其言："性欲和死，是人生的两大根本问题。"[5]但较之以暴露欲望著称的《沉沦》，《迟桂花》则让这种原始之力得以在自然中升华，既体现出男性自我的生命状态，又使得它导向的不是亢奋与盲目的冲动，从而避免了露骨的性爱狂欢化书写，展现出理性敛情的美，达到了更高的生命境界。郁达夫在此次编写自选集，并未将《沉沦》选入，他曾认为《沉沦》在展现灵肉冲突方面是失败的，相反，《迟桂花》则更好地表现出灵与肉的张力，构成郁达夫所偏嗜的生命诗学。

在"我"初见翁莲时，她"身体强健，两颊微红，看起来约莫有二十四五的一位女性"[6]，虽然她是居家寡妇，但样貌依然如少女，美丽馥郁的翁家山重新激活了她生性中健康向上的因子，使她呈现出别样的少妇样态。同时，翁莲婚姻的不幸、内心的创伤也在翁家山中被冲淡了。在"我"开口询问翁莲年龄时，她说："女人不生产是不大会老的"[7]，这句回答貌似显得突兀，

[1] 郁达夫：《迟桂花》，《郁达夫全集》第二卷，浙江大学出版社，2007，第399页。

[2] 郁达夫：《迟桂花》，《郁达夫全集》第二卷，浙江大学出版社，2007，第403页。

[3] 郁达夫：《迟桂花》，《郁达夫全集》第二卷，浙江大学出版社，2007，第387页。

[4] （美）罗洛·梅：《爱与意志》，冯川译，国际文化出版公司，1987，第126-127页。

[5] 郁达夫：《郁达夫全集》第十卷，浙江大学出版社，2007，第82页。

[6] 郁达夫：《迟桂花》，《郁达夫全集》第二卷，浙江大学出版社，2007，第383页。

[7] 郁达夫：《迟桂花》，《郁达夫全集》第二卷，浙江大学出版社，2007，第395页。

实则是翁莲对婚姻不幸的释怀，她与前夫虽然结婚十年，却未能生育，旧社会的女性承担着传宗接代、生儿育女的责任，这对翁莲来说，本是个沉重的包袱，但回到娘家后，翁莲慢慢地放下了这段不愉快的往事，这才能轻描淡写地说出口，翁莲的言行都体现着作者淡化苦难的生命美学。翁莲天性纯真烂漫，但是在与"我"游山时展现出她对山中的动植物知识涉猎之广泛，"无论是如何小的一只鸟一个虫一株草一棵树，她非但各能把它们的名字叫出来，并且连几时孵化，几时他迁，几时鸣叫，几时脱壳，或几时开花，几时结实，花的颜色如何，果的味道如何等，都说得非常有趣而详尽"[1]，她的知识从自然中来，这些自然知识带给她既不同于知识分子，又相异于乡间姑娘的生命韵味。

翁家老太太虽然被亲戚族人剥削，为儿子治病担忧劳累，但是脚步轻健、精神矍铄。在老郁来到家中时，她没有让女儿去叫翁则生回来，而是"踏着很平稳的脚步，走出大门，下台阶去通知则生去了"[2]。"我"一路上碰到的农夫乡民都热情淳朴、憨厚朴实，他们为"我"热情指路……翁家山人以向上的精神面貌，相互联结而形成了具有生命活力的生活画卷，显示出作者对生命的礼赞。

总之，翁家山人在自然中得到生命的舒展与救赎，以符合自然的生存状态与精神活力，展现着作家的生命意识。

三、作家的生命体验：矛盾的心境

郁达夫曾为"文学作品是作家的自叙传"作过进一步阐释：艺术品都是艺术家的自叙传，意思是作家要重经验，"想在作品里表现一点力量出来，总要不离开实地的经验，不违背 realism 的原则才可以"[3]。《迟桂花》也离不开郁达夫的深层生命体验，前期在《沉沦》中民族国家话语的表达是其日本留学的情感体验的反映，《迟桂花》则在一定程度上消解了民族、启蒙等宏大叙事，寄予了作家这一时期的精神转向。

---

[1] 郁达夫：《迟桂花》，《郁达夫全集》第二卷，浙江大学出版社，2007，第 394 页。

[2] 郁达夫：《迟桂花》，《郁达夫全集》第二卷，浙江大学出版社，2007，第 384 页。

[3] 郁达夫：《郁达夫全集》第十卷，浙江大学出版社，2007，第 418 页。

文中的"我"赴约,是想要逃离煤烟灰土很深的上海,"像这样的秋高气爽的时节,白白地消磨在煤烟灰土很深的上海,实在有点可惜"[1]。而作者何尝不是如此?郁达夫此时面对国内的政治高压和革命局势,心态也逐渐消极,鲁迅曾两劝郁达夫留沪,但他还是与王映霞一同南下杭州、游山玩水,此时他与王映霞的感情生活日趋稳定,在诗词文章中多表达出世情绪和隐逸情怀,如在赠给王映霞的诗中写道:"朝来风色暗高楼,偕隐名山誓白头。好事只愁天妒我,为君先买五湖舟""一带溪山曲又弯,秦亭回望更清闲。沿途都是灵官殿,合共君来隐此间"[2]都挥写着隐居意味的生活。尽管他曾经的同仁冯乃超在《文化批判》上发表《艺术与社会生活》批评他对社会的消极态度,但他仍然不改"要设法回浙江去实行我的乡居的宿愿"[3]。在《迟桂花》中,"我"在翁家山嗅到浓郁的桂花香,感受到翁家山人的质朴康健,最终使"我"的欲情得以净化,这些都象征着作者从都市回到农村后,生命重回本真,人性返归自然,象征着作家回归自然的精神旨趣。同时,迟桂花虽然姗姗来迟但持久芬芳,小说以"但愿得我们都是迟桂花"收尾,隐喻着作者对未来的憧憬。

但需要注意的是,郁达夫并不是要全然隐逸,在这一时期,他还接受了杭江铁路局的邀请,沿着新开辟的铁路遍游浙东,写作广告性质的游记,因此,他并非消极避世。在《迟桂花》中,翁家山不是真正意义上的世外桃源,"我"从上海出发,杭州站前面停着的黄包车师傅,十分熟悉到翁家山的路程,甚至还为"我"分析交通工具,可见翁家山并不是与上海完全对立的另一片空间,在翁则生家,"我"从琳琅满目的精致物品中,感到他的客厅"不像是乡下人家的俗恶的客厅"[4],虽然挂着"归去来辞"的屏条似乎显示出隐士姿态,但是其鲜艳的墨色、秀腴的字迹、柔媚的风格,都显示着对欲望的表达。山中住民日出而作、日落而息,这种"天地与我并生,而万物与我为一"的境界,

[1] 郁达夫:《迟桂花》,《郁达夫全集》第二卷,浙江大学出版社,2007,第381页。
[2] 唐小林:《超越性亏空:郁达夫出世心态的文化审理》,《社会科学研究》2003年第5期。
[3] 郁达夫:《郁达夫全集》第三卷,浙江大学出版社,2007,第83页。
[4] 郁达夫:《迟桂花》,《郁达夫全集》第二卷,浙江大学出版社,2007,第385页。

"使我对他们感到了无穷的敬意"[1]，但这终究是一种"敬意"，而非纯然向往。作者此时在现实中的碰壁促成了他在杭州养病期间与自然美景相遇，也因此产生了一定的隐逸意绪，"因为对现实感到了不满，才想逃回到大自然的怀中"[2]，大自然成为他短暂的避难所和疗养站。因此，"《迟桂花》生动地显示了郁达夫一触时代即立刻逃避时代进而陷溺于自我营造的艺术化生命美学空间的惯常思路"[3]，它亦因此成为郁达夫心境的喻体。

郁达夫作为从传统走来的新式知识分子，有皈依自然放浪形骸的魏晋名士风度，但身处纷扰激荡的文化场域中又不可能独善其身，"家国之变激发其发扬传统文人的担当意识，赶赴抗战烽火，最后超越了魏晋名士"[4]。在《迟桂花》的最后，作者特意写下："读者注意！这小说中的人物事迹，当然都是虚拟的，请大家不要误会。"[5]似乎显得欲盖弥彰。其实，文中的翁则生和老郁的形象，构成了郁达夫内心世界的两极。翁则生最终还是顺从了老母亲的心意，娶了亲，在翁家山当了小学老师，这像是在现实受挫后消极避世的郁达夫，隐遁山林以求清福；而老郁是更为真实的郁达夫，他在吃完喜酒后，"就离开翁家山去乘早上的特别快车赶回上海"[6]，走入充满紧张斗争的场域，这也是日后郁达夫的生命轨迹。

四、结语

《迟桂花》是郁达夫小说中的上乘之作，既体现了他从前期"感性纵情"到后期"理性敛情"的转变[7]，又建构起作家的生命诗学。小说中人格化的自然洋溢着生命激情，风景与人物相互转喻，自然成为人性的净化场，灵与肉

[1] 郁达夫：《迟桂花》，《郁达夫全集》第二卷，浙江大学出版社，2007，第393页。

[2] 郁达夫：《郁达夫全集》第十卷，浙江大学出版社，2007，第499页。

[3] 程小强：《美好的幻梦 自慰的救赎——重读〈迟桂花〉》，《中国现代文学研究丛刊》2021年第3期。

[4] 贺根民：《郁达夫的魏晋名士风度》，《燕山大学学报（哲学社会科学版）》2017年第2期。

[5] 郁达夫：《迟桂花》，《郁达夫全集》第二卷，浙江大学出版社，2007，第404页。

[6] 郁达夫：《迟桂花》，《郁达夫全集》第二卷，浙江大学出版社，2007，第404页。

[7] 吴文权：《感性纵情与理性敛情——从〈沉沦〉和〈迟桂花〉看郁达夫前后期的创作风格》，《重庆工学院学报》2005年第7期。

的冲突从而转变为审美事件；翁家山人与自然和谐共生，经过自然的疗养，实现了生命力的回归。小说勾勒出一幅具有诗意的生活画卷。生命体验的强力介入，使得老郁、翁则生的人物形象活灵活现，虽然传达了郁达夫一定的隐逸意绪，但是在短暂的避世后，他仍旧以知识分子强烈的社会责任感回归现实，既体现了属于郁达夫的生命诗学，又折射出那一代知识分子在自然与社会、入世与出世中的精神困境，成为中国现代作家生命诗学的重要组成部分。

撰稿人：刘丹

拓展阅读

1. 贺根民：《郁达夫的魏晋名士风度》，《燕山大学学报（哲学社会科学版）》2017 年第 2 期。

2. 唐小林：《超越性亏空：郁达夫出世心态的文化审理》，《社会科学研究》2003 年第 5 期。

3. 吴投文：《沈从文的生命诗学》，东方出版社，2007。

4. 郭晓平：《论郁达夫小说的风景书写》，《鲁迅研究月刊》2016 年第 3 期。

5. 文贵良：《"中国那里有这一种体裁？"——论郁达夫小说集〈沉沦〉的汉语诗学》，《小说评论》2022 年第 5 期。

《边城》导读
——沈从文矛盾命运观的一次透视

沈从文（1902—1988），苗族，出生于湘西凤凰小城，现代著名作家。他从小就不受约束、四处流荡，敏锐的感知力和强烈的好奇心似乎注定他将与文学相遇。他 14 岁进入军队，开始四处漂泊，接触了形形色色的生命形态，因此形成了世俗民间的审美情趣。在 20 世纪 30 年代，沈从文传承了"五四"新文化的人文主义关怀，他目睹了都市人的堕落，因此借书写湘西的理想人生形式来寻求民族品德的重建，他能平心静气地思考生命、人生等命题，实在难能可贵。他重建的路径在当时实属独树一帜，即由边地观照中心，从长期以来被认为具有"国民劣根性"的下层人民身上，发现了行将泯灭的纯粹自然的人性。虽然沈从文也清楚湘西有落后的一面，但他由民族自身资源寻求重建民族精神品质的方式是有意义的，也突破了一味地批判国民性的局限。不仅如此，沈从文还被誉为文体家，他将废名手中的抒情小说发挥到极致，其小说以风俗画的铺叙、主体情绪的融入和闲散的结构独具审美韵味。沈从文的作品文字简省却准确传神，融合了文言与湘西方言，为现代汉语的试验作了精彩的示范。《边城》是沈从文的名作，原载于 1934 年《国闻周报》第 11 卷，1934 年 9 月由上海生活书店出版单行本。

"这些人生活却仿佛同'自然'已相融合，很从容的各在那里尽其性命之理"，"人是如何渺小的东西，这些人比起世界上任何哲人，也似乎还更知道的多一些"[1]。面对平凡的乡下人，沈从文从不掩饰对其自然平淡生活的欣赏，然而作为旁观者，他又清楚地明白湘西正经受外界的冲击，这种生活态度存在危机，"我们用什么方法，就可以使这些人心中感觉一种'惶恐'，且放弃过去对自然和平的态度，重新来一股劲儿，用划龙船的精神活下去"[2]。在现世追求上，沈从文从来不是一个听天由命的人。然而在他笔下，我们却难以见到现实生活中这般明确的自为状态，而更多地混杂了面临命运压倒人生时的命定感、平淡和无知，《边城》就是一个典型。

小说的开头，读者很容易被湘西那古朴清丽的山水攫住心神，随着作家的画笔缓缓荡开，纯真灵动的翠翠、朴质善良的老船夫、大方慷慨的顺顺等一行人更完美地满足了读者的桃源美梦，这一切都极其符合沈从文构建理想人生模式的创作追求。然而，正当读者欣喜于傩送开始追求翠翠时，美梦却陡然一转，天保大老负气出走、不幸被淹死，顺顺一家再难如往常一般对待老船夫了，这幅桃源画卷正逐渐被一隅阴影侵蚀、模糊，沈从文似乎有意摧毁亲手营造的美梦。

细心的读者其实不难发现，早在故事开头，作者就铺垫了翠翠的身世，翠翠的父母既无法在当地厮守，而离乡又会背弃军人的职责、割舍挚爱的亲情，只好双双赴死。第五章中祖父第一次提及婚事，本来无理由哀愁，却在章末残留一缕忧伤的叹息，"（祖父）仿佛看到了什么东西，轻轻的吁了一口气"[3]。接着在第七章、第十一章都提到老船夫想起了旧事。而隐约发觉翠翠爱二老不爱大老后，老船夫更是"隐隐约约便感觉到这母女二人共通的命运"[4]，前文似不经意的哀愁情绪在此处找到了清晰的落点——翠翠很可能重蹈母亲的悲剧。噩梦不仅成为老船夫心头难以卸除的重压，也给读者对翠翠恋情的想象蒙上了一层阴翳。文中还多次提到"死"，比如第四章翠翠找不到爷爷时，心里两次腾起不祥的预感——假若爷爷死了；第七章老船夫也预感自己离死不远了，

[1] 沈从文：《箱子岩》，《沈从文全集》第 11 卷，北岳文艺出版社，2009，第 280 页。

[2] 沈从文：《箱子岩》，《沈从文全集》第 11 卷，北岳文艺出版社，2009，第 281 页。

[3] 沈从文：《边城》，《沈从文全集》第 8 卷，北岳文艺出版社，2009，第 85 页。

[4] 沈从文：《边城》，《沈从文全集》第 8 卷，北岳文艺出版社，2009，第 114 页。

因此必须让翠翠有个着落；第十三章翠翠等不到爷爷回家就哭时，老船夫却提到假如自己死了，翠翠该怎么办；第十五章面对横亘在翠翠和傩送之间的碾坊陪嫁，老船夫又一次想到了"死"……随着恋情愈发艰难，老船夫似乎愈加感到死亡的威胁。翠翠母亲的不幸和老船夫对死的预感成为悬浮于优美湘西之上的乌云，正在无可把控地靠近、笼罩，即将暴雨如注，冲毁一切。

老船夫清楚命运的安排，"一生中生活下来所应得到的劳苦与不幸，（祖父）业已全得到了……（上帝）应当把祖父先收回去，再来让那个年青的在新的生活上得到应分接受那一份的"[1]。然而，老船夫不愿意接受命运，他执意要为翠翠找好托付才能安心离开。也许为了渲染命运的不可捉摸，沈从文有意回避或冲淡了人为的冲突，转而突显众多的"不凑巧"：兄弟两人竟都爱上了翠翠，然而竞争之中只能有一人遂心如意。在唱歌竞争的情形下，大老自知不是敌手，烦恼焦躁、负气出行，水鸭子竟也丢了性命，可以想见恋情失利给大老带去了沉重的打击。从此，顺顺一家心存芥蒂，但老船夫并不打算就此放弃，他一直从中斡旋，想挽留二老的真心。然而，沈从文却让老船夫的主观努力节节败退，老船夫借翠翠摘虎耳草的梦境委婉地表达了翠翠的心意，反被傩送认为其"为人弯弯曲曲""大老是他弄死的"[2]。在顺顺面前，老船夫也难以从容大方，他忸怩不安地探听顺顺的真意，仍遭到误解，"船总想起家庭间的近事，以为全与这老而好事的船夫有关"[3]。人事的纠葛在沈从文笔下幽微曲折，老船夫本是出于爱护翠翠的好意，顺顺一家也确乎难以在短时间内超脱丧亲的哀痛，双方均无过错，然而其中的纠葛就是难以化解，似乎这段恋情注定要走向悲剧了。老船夫的主观努力在人与人之间的误会中如一石沉潭、不见回响，最终他输给了人与人之间的"不凑巧"。

因人事的无法掌控而郁结在心，老船夫再次拾起湘西人顺应自然的古旧智慧，"一切要来的都得来，不必怕"[4]，言语之间仿佛充满了坦然接受命运

---

[1] 沈从文：《边城》，《沈从文全集》第8卷，北岳文艺出版社，2009，第91页。

[2] 沈从文：《边城》，《沈从文全集》第8卷，北岳文艺出版社，2009，第134页。

[3] 沈从文：《边城》，《沈从文全集》第8卷，北岳文艺出版社，2009，第143页。

[4] 沈从文：《边城》，《沈从文全集》第8卷，北岳文艺出版社，2009，第145页。

的勇气，但本质上反向证明了命运之力无从反抗的压倒性。小说不少地方渗透着顺应自然的平静坦然，当洪水冲毁房屋时，人们"对于所受的损失仿佛无话可说，与在自然安排下，眼见其他无可挽救的不幸来时相似"[1]，"各人自然也一定皆各在分定一份日子里"[2]，"祖父是一个在自然里活了七十年的人，但在人事上的自然现象，就有了些不能安排处"[3]，"这些事（指翠翠父母的死）从老船夫说来谁也无罪过，只应'天'去负责"[4]。面对大老的不幸，双方纷纷归因为"天意"，虽然不愿接受却无从反抗。沈从文常说"各人应有的一分哀乐"[5]，可见他认为人生固然有欢愉，也必定经受始料未及的苦难，哀乐都是命中注定、无法逃脱。沈从文竟然就甘心让桃源美梦毁于一旦，天造地设的情人也难逃命运的玩弄，诚挚大方的老船夫却也难于应付人事的纠葛，一切莫不是叹息，只能像翠翠手里的豆荚随水漂走，无可奈何。

　　翠翠的恋情之所以备受磨难，并不仅仅是因为大老的死和碾坊的横阻，翠翠自身在恋情中的懵懂无为状态也是重要原因。当老船夫说二老因天保之死生气时，翠翠"心中极乱"，似乎不知如何面对。此后两次遇见傩送，她都刻意躲开，只停留于自身狭小的羞涩中，并未料及傩送已心生疙瘩、不再主动，自己的逃避在对方看来会被误解。但这在翠翠自身是易于理解的，因为她初次面对恋情，不懂得主动表达，在翠翠这个自然懵懂的生命身上，似乎并没有生来掌握人生的自为意识。无论是祖孙之间，还是彼此倾心的翠翠和二老之间，都没能敞开心扉交谈一次。在翠翠和傩送的恋情中，只有老船夫在其中穿针引线、曲折暗示，但双方皆无机会直接确定对方心意，很容易因误会产生怀疑，翠翠不知天保是因为无法娶得她而负气离家、落水身亡，不知顺顺已在心中对这段婚事心怀芥蒂，也不知自己的羞涩逃避反倒令傩送误解心意，更不知心爱的爷爷是因为承受所有的人事纠葛而郁郁辞别。翠翠固然纯真灵动，但她就像沈从

[1] 沈从文：《边城》，《沈从文全集》第8卷，北岳文艺出版社，2009，第66页。

[2] 沈从文：《边城》，《沈从文全集》第8卷，北岳文艺出版社，2009，第68页。

[3] 沈从文：《边城》，《沈从文全集》第8卷，北岳文艺出版社，2009，第90页。

[4] 沈从文：《边城》，《沈从文全集》第8卷，北岳文艺出版社，2009，第90页。

[5] 沈从文：《习作选集代序》，《凤凰集》，江苏凤凰文艺出版社，2020，第7页。

文记忆里那个浑浑噩噩的小兵，任生命在日月流淌中悄悄消逝，从不问缺少什么、失去什么、想要什么，在命运面前茫然无知。

但矛盾的是，沈从文并未因自然凌驾于人为努力而沉浸于忧郁中，他设置了杨马兵这个角色。杨马兵把所有的误会向翠翠讲透，哭过后的翠翠仿佛从一个不谙人事的懵懂少女成长起来，她独立撑着渡船，也等待着傩送的归来。翠翠身上那份自主自为的意识被唤醒，她开始独立地面对人生，而倒塌的白塔被重新修好，似乎又暗示着希望，连结尾处沈从文都不相信这是一个彻底的悲剧，"这个人也许永远不回来了，也许'明天'回来"[1]。但同时无法忽视的是，翠翠始终只能"等待"傩送的归来，而归来与否依旧属于无法言说的宿命。沈从文太矛盾了，连在读者寄语里他都说道，"这作品或者只能给他们一点怀古的幽情，或者只能给他们一次苦笑，或者又将给他们一个噩梦，但同时说不定，也许尚能给他们一种勇气同信心"[2]，因为对人生的悲欢难测过于熟稔，沈从文自己也并不认定唯一的答案。

沈从文的一生就是一个传奇，他在十四岁时进入地方军队，开始了长达六年的流浪士兵生涯，他辗转流徙于湘川黔交界地带，所见所闻中有军阀混战、土匪横行、统治者对苗人的任意杀戮，他从小就看过了太多死亡、太多陨灭。"现时轮到我们的军队作这种事，前后不过杀一千人罢了"[3]，"我在那地方约一年零四个月，大致眼看杀过七百人"[4]。这些生命的毁灭必然强烈撞击着沈从文初入社会的心灵，即使很长一段时间和距离的间隔都难以抹平，当他回忆起来，就有一种不可言说的痛苦和莫名的悲哀，"没有人能够了解一个人生活里被这种上百个故事压住时，他用的是一种如何心情过日子"[5]。这些人的无端死亡、生命中的偶然与莫名其妙，注定了沈从文对生命顺遂的天生怀疑。王晓明认为，沈从文那种明丽与忧伤交织的文体就源于这种点染黑暗的回忆，

---

[1] 沈从文：《边城》，《沈从文全集》第 8 卷，北岳文艺出版社，2009，第 152 页。

[2] 沈从文：《边城》，《沈从文全集》第 8 卷，北岳文艺出版社，2009，第 59 页。

[3] 沈从文：《从文自传》，《沈从文全集》第 13 卷，北岳文艺出版社，2009，第 303 页。

[4] 沈从文：《从文自传》，《沈从文全集》第 13 卷，北岳文艺出版社，2009，第 306 页。

[5] 沈从文：《三个男人和一个女人》，《沈从文文集》第 6 卷，花城出版社，1983，第 49 页。

他不知道如何将勾勒边地风习的热情与对黑暗隐伏的担忧结合起来，直到发现突转式的结尾，而《边城》就是那个杰作——"最动听的牧歌声和最忧郁的暗示交织在一起，最热切的铺叙和最突然的刹尾紧紧相连"[1]，也许只有这样，他才能心安理得地叙写湘西风情。

沈从文前期颇为"偏爱"书写难以预料的偶然，在《媚金·豹子与那羊》中，豹子一定要找到最美丽的羊作为礼物送给心上人，然而却忽视了约定的时间，媚金则误解成豹子违背诺言，她为忠于爱情而选择了自杀。悲剧并非大错导致，而是由双方在"为善"本意下的不幸误会造成。在《阿金》中，阿金本来经住了地保的重重阻拦，却没料在赌场打发时间会输光娶妻的钱。还有《菜园》中女主人从天伦之乐到突临儿女双双惨死的悲剧，《三三》中女孩被告知白脸男子突然死去、梦境破碎……诸如此类的故事似乎都深埋着沈从文挥之不去的宿命感，但1934年返乡后，沈从文更清楚地意识到外界剧变之下湘西人仍旧举步不前，一味顺应天命的人生应当贯注一种"劲儿"。《边城》尾声所呈现的翠翠的成长也许就是沈从文对主观努力的一种找寻，他不再"眷恋"命运的笼罩，也对人生的光亮有所期待，此后《贵生》中放火反抗的农民，以及《长河》中不屈从于恶势力的夭夭等，或许就寄托了沈从文的这份现实关怀。

在不同阶段，沈从文都在苦苦探索命运与自为的话题，因此即使"用'意志'代替'命运'"[2]的呼喊也不能代表沈从文的最终答案。翠翠的确独立面对人生了，但命运的捉摸不定仍旧如影随形。因为对沈从文个人而言，他不可能成为一个彻底的乐天派，正如他自己所说，一个是"对生命有计划对理性有信心的我"[3]，一个是"宿命论不可知论的我"[4]。

撰稿人：杨璐瑶

[1] 王晓明：《"乡下人"的文体与"士绅士"的理想——论沈从文的小说文体》，《二十世纪中国文学史论》上卷，东方出版中心，2005，第454页。

[2] 沈从文：《长庚》，《沈从文全集》第12卷，北岳文艺出版社，2009，第40页。

[3] 沈从文：《水云》，《沈从文全集》第12卷，北岳文艺出版社，2009，第101页。

[4] 沈从文：《水云》，《沈从文全集》第12卷，北岳文艺出版社，2009，第101页。

拓展阅读

1. 张新颖：《沈从文的前半生：1902—1948》，上海三联书店，2018。

2. 张新颖：《沈从文的后半生：1948—1988》，上海三联书店，2018。

3. 王晓明：《"乡下人"的文体与"土绅士"的理想——论沈从文的小说文体》，载《二十世纪中国文学史论》（上卷），东方出版中心，2005。

4. 赵园：《沈从文构筑的"湘西世界"》，《文学评论》1986 年第 6 期。

5. 凌宇：《沈从文创作的思想价值论——写在沈从文百年诞辰之际》，《文学评论》2002 年第 6 期。

《呼兰河传》导读

　　萧红（1911—1942），原名张迺莹，出生于黑龙江省呼兰县（今黑龙江省哈尔滨市呼兰区），中国现代女作家，1942年因病逝世于香港，"萧红"是她在发表《生死场》时使用的笔名。其主要作品有《跋涉》《生死场》《桥》《牛车上》《旷野的呼喊》《回忆鲁迅先生》《马伯乐》《呼兰河传》等。长篇小说《呼兰河传》最初于1940年9月1日—12月27日连载于香港的《星岛日报》。

　　萧红是中国现代文学史上一位独具风格的女作家，她以自己悲剧性的人生、丰富的感受和生命体验，观照她所熟悉的乡土社会的生命形态和生存境遇，凝练出具有强烈现实意义和细腻感伤色彩的作品。鲁迅赞誉萧红的作品具有女性作者的细致观察和"越轨的笔致"，认为这种女性作者的细致观察和"越轨的笔致"为其小说增加了不少明丽和新鲜。萧红的小说常常带有浓烈而深沉的悲剧意蕴和独特批判意味的女性笔调，这在其代表作《呼兰河传》中表现得尤为明显。《呼兰河传》立足于萧红自己的童年生活与体验，把孤独的童年故事串了起来，形象地反映出呼兰这座小城的社会风貌、人情百态，无情地揭露和鞭挞了中国几千年的封建陋习在社会上形成的毒瘤，以及这毒瘤溃烂漫浸所造成的瘟疫般的灾难。《呼兰河传》因其独特、异质的艺术魅力而成为经典之作，不断被研究者注目与阐释解读。其中，有人以民族国家话语为参照，将其视为隔绝了"大时代"，"蛰居"于"私生活的圈子"的寂寞女性的低吟浅唱；有人则以启蒙的眼光来考察它，认为它是对乡间愚昧落后生活的揭露和批判；而在女权主义者的视野中，萧红则成了女性话语写作的典型作家。总之，学界对《呼兰河传》有着多样化的阐释。《呼兰河传》的多重叙事视角，幼年的童稚、成年的嘲讽与批判裹挟在一起，形成了"众多的各自独立而不相融合的声音和意识"[1]协奏的多声部交响曲；同时，作为女性故事的讲述者，萧红的叙述中浸润着她细腻的观察和"越轨的笔致"，这些构成了《呼兰河传》的丰富性与独特性。

一、独特视角中的"风土画"与"凄婉歌谣"

《呼兰河传》既像是一幅小城"风土画"，又像是人物命运的凄婉歌谣，在这部小说中，儿童视角和成人视角交互使用，童稚、沧桑和理智裹挟在一起，热闹和荒凉都在同一支曲子中杂糅出现。

在小说第一、第二章中，作者使用第三人称全知全能的视角叙述呼兰城的地理风物和社会活动，这种叙述视角主观情感被削弱，是一种"非人格化"的外向视角。作者以这种"非人格化"的超然与"间离"的态度透视整个呼兰小城人的生存和精神状态。叙述者与叙述对象（呼兰城）之间拉开了一定的距离，用冷峻客观的笔调质疑、批判以父权为中心的社会，发出诸如"年轻的女子，莫名其妙的，不知道自己为什么要有这样的命"[2] "……节妇坊上为什么没写着赞美女子跳井跳得勇敢的赞词"[3]的疑问，对"男人打女人是天理应该，神鬼齐一"[4]的荒谬思想进行了辛辣的讽刺，嘲讽那些随波逐流、好面子的小市民，"庙会一过，家家户户就都有一个不倒翁……回到家里，摆在迎门的向口，使别人一过眼就看见了，他家的确有一个不倒翁。不差，这证明逛庙会的时节他家并没有落伍，的确是去逛了的"[5]。在全知全能视角的俯瞰下，这个小城是一个封闭、麻木、空虚的世界。

从第三章开始，萧红调转视角，以第一人称聚焦视点叙述"充满我幼年记忆，忘却不了，难以忘却"的算不上什么优美的故事。在儿童"我"和成年的"我"的视角所见、所闻、所感的交互统摄下，萧红写出了儿童"我"与祖父在后花

[1] 巴赫金：《诗学与访谈》，白春仁、顾亚铃等译，河北教育出版社，1998，第4页。

[2] 萧红：《呼兰河传》，《萧红小说全集（下）》，时代文艺出版社，1996，第539页。

[3] 萧红：《呼兰河传》，《萧红小说全集（下）》，时代文艺出版社，1996，第546页。

[4] 萧红：《呼兰河传》，《萧红小说全集（下）》，时代文艺出版社，1996，第553页。

[5] 萧红：《呼兰河传》，《萧红小说全集（下）》，时代文艺出版社，1996，第554页。

园无忧无虑、充满欢乐自由的生活，在后花园，"我"感知到的是万物有灵的世界，在"我"童稚烂漫的视角里，天空又高又远，目之所及的东西仿佛都有自我意识，都是自由自在的，愿意怎么样就怎么样。"我"整天像个跟屁虫似的跟在祖父身后，栽花、拔草、种菜、追蜻蜓、捉蚂蚱，生活陶然自得。这欢快、跳跃、明丽的笔调为呼兰城绘制了"一幅多彩的风土画"。在儿时的"我"眼中，呼兰城的社会是怎样的面貌呢？因孩子看不清事件的真相，"我"在旁观小团圆媳妇、有二伯和冯歪嘴子的悲惨遭遇时，是好奇和不解的。当"我"看到冯歪嘴子一家屋里结了冰，新生的婴儿没有衣服穿，只能盖着面袋睡觉时，只觉得新奇，"我想那磨房的温度在零度以下，岂不是等于露天地了吗？这真笑话，房子和露天地一样。我越想越可笑，也就越高兴"[1]。阅读到这里，读者的感受绝不会像"我"一样高兴，反而在"我"天真的发问中，只会感到无法抑制的凄凉。这里，儿童视角还原了生活的原貌，但同时也因为儿童认知的朦胧性，要实现文本意义上的升华，则须以成人的理性获得对社会人生的思考。萧红通过书写小团圆媳妇、有二伯和冯歪嘴子这几个"难以忘却、忘却不了"的人来回溯童年记忆，凸显她对弱势群体的关注。而成年人视角则不断强化"我的家是荒凉的"体验，随着叙述的推进，"荒凉"的范围不断扩大，强化了悲凉感，谱就了"一串凄婉的歌谣"。这里，双重视角发出的声音相互碰撞和映衬，产生极强的内在张力，生成丰富的文本内涵，拓展了小说的意义空间。

二、细致的观察：庸众与异类

《呼兰河传》写了很多人，有名字的和无名字的，这些有名和无名的人可以划分为两类：庸众与异类。萧红对他们细致的观察，体现出她对整个人类群体生存的认识。

小说开头写的是年老的人、赶车的车夫、卖豆腐的人、卖馒头的老人、牙科医生，统称为"叫化子"的不幸者等，他们面目模糊，更像是与环境一同存在的人。小说也聚焦于一些特殊的人，如有二伯这类被奴役但却毫无觉悟的底层人，他对于与自己处境相似的小团圆媳妇竟然没有半点儿同情，埋葬了小团

---

[1] 萧红：《呼兰河传》，《萧红小说全集（下）》，时代文艺出版社，2001，第661页。

圆媳妇回来后，他连连夸赞"酒菜真不错""鸡蛋也打得热乎"，欢乐得如同过年一样。当然，如果小说只是一味地表现底层人的麻木和愚昧，那么它体现的或许只是一个接受了新式教育的知识分子居高临下的启蒙，但显然《呼兰河传》不止于此，在这部小说中，萧红以其细致的观察，揭示出庸常大众对与自己不同的"异类"的戕害。

在小团圆媳妇、冯歪嘴子和王大姑娘的故事中，就出现了这么一群庸众，他们愚昧而不自知，漠视不幸者的不幸，甚至对不幸者来说他们是无意识的"施暴者"。他们空虚无聊，外来的新事物会让他们万分好奇，如"我"家租客胡家新来的小团圆媳妇成了他们看热闹和品头论足的对象。小团圆媳妇初到呼兰城的时候，头发又黑又长，笑呵呵的，却有人说她年纪太大了，不像团圆媳妇，见人也不知羞，头一天到婆家就吃了三碗饭。而小团圆媳妇的婆婆也因此打了她一个月，要"规矩出一个好人来"。小团圆媳妇的故事最吊诡之处就在于此，周边的庸众认为是在"规矩"她，以便让她符合庸众的想象，于是大家都热衷于给她开"治疗"偏方，但其实是在戕害她。故事中极具象征意味的一笔是婆婆请来"大神"给小团圆媳妇当众洗澡"治病"，小团圆媳妇被抬进热水缸中，她想要跳出来，而看热闹的"浇水的浇水，按头的按头"，"大神"说洗澡要连着洗三次，看热闹的个个眼睛发亮，精神百倍。对小团圆媳妇的治疗更像是给众人观看的"表演"，以至于后来在她婆婆给她烧替身时，"跑到大街上来看这热闹的人也不很多"，"团圆媳妇的婆婆一边烧着还一边后悔，若早知道没有什么看热闹的人，那又何必给这扎彩人穿上真衣裳"[1]。从小团圆媳妇的故事中可见，人们因为看到不符合自己想象的异类，就将其折磨致死，而这些人自以为是为了她好，实际上是为了让她成为符合大家想象的人。这与小说第一章写到的大泥坑形成了强烈对比，大泥坑让呼兰城的人出行不便，甚至危及居民和牲畜的性命。大泥坑这个异类让人不舒服，但是人们并不想去改变它，而是适应它。反观小团圆媳妇，因为她是弱者，所以人们都想改造她。庸众对力量强弱不同的异类采取了不同的态度，这深刻揭露了愚昧的庸众是如何"欺

---

[1] 萧红：《呼兰河传》，《萧红小说全集（下）》，时代文艺出版社，2001，第627页。

软怕硬"，戕害比自己弱小的"异类"的。除了小团圆媳妇，自由结合的冯歪嘴子和王大姑娘也是不为庸众所容的"异类"。此前，大家夸王大姑娘将来会是"兴家立业的好手"，而在与冯歪嘴子同居生子后，她就变成了众人口中的坏东西。人们经常去草棚子看他们，但不是出于关心，而是去看热闹，看王姑娘和冯歪嘴子的孩子有没有被冻死。知道了小孩没被冻死，人们又用愤懑的语气说："他妈的，没有死，那小孩还没冻死呢！还在娘怀里吃奶呢。"[1]王姑娘在生完第二个孩子后死了，人们又来看冯歪嘴子的热闹，觉得他这次非完不可了，刚出生的孩子也活不成了。但是冯歪嘴子并没有被绝望击倒，看到两个孩子，反而镇定下来，照常尽他的那份责任。别人看他孩子没有长大，他却看到了变化：

"……他看他的孩子是一天比一天大。

大的孩子会拉着小驴到井边上去饮水了。小的会笑了，会拍手了，会摇头了。给他东西吃，他会伸手来拿。而且小牙也长出来了。

微微一咧嘴笑，那小白牙就露出来了。"[2]

在冯嘴歪子身上，萧红不止看到了庸众对弱者的戕害，还看到了即使是弱小的异类，也有令人震撼的生命力。萧红对"异类"和其周围的庸众的细致观察，体现了她对人类群体生存的认识：在人的生存里，既有苟且和无奈，又有坚韧和超越。

三、越轨的笔致：对底层女性的凝视

自"五四"以来，大批接受新式教育的女性走向文坛，用笔来表现妇女解放这一时代主题。其中，有写爱情、婚姻悲剧的，有写旧式家庭中婉顺女性的苦闷与幽怨，也有写觉醒女性敢于向命运挑战，反对封建礼教追求个性解放的。萧红则蘸着中国北方农村苦难女性的血泪，吟唱着生存与毁灭的悲歌。[3]

鲁迅曾经提到过"无名杀人团"，从这个意义上去理解，我们会发现，那

[1] 萧红：《呼兰河传》，《萧红小说全集（下）》，时代文艺出版社，2001，第667页。

[2] 萧红：《呼兰河传》，《萧红小说全集（下）》，时代文艺出版社，2001，第676页。

[3] 黄晓娟：《"雪中芭蕉"——萧红创作论》，华东师范大学硕士学位论文，2001。

些给小团圆媳妇开偏方的人，往她身上泼热水的人，那些对王姑娘说三道四的人，希望冯歪嘴子一家冻死的人，在某种意义上就是无名杀人团。萧红和鲁迅一样，看到了底层穷苦人对穷苦人的迫害，尤其是对女性的迫害。正如众多研究者所说，《呼兰河传》有鲜明的女性视角和女性立场，不仅体现在作者对失独的王寡妇、小团圆媳妇、王大姑娘遭遇的关注，还体现在她对祖母、婆婆等人的凝视上。从根本上说，小团圆媳妇和王大姑娘的悲剧是封建宗法观念扼杀人性、摧残生命的结果，但荒谬的是，挥刀向她们砍去的刽子手却是女性。祖母因重男轻女而对"我"十分冷漠，小团圆媳妇的婆婆亲手断送了她的性命，邻里的婆婆奶奶们则交口称赞说：这是为她好。她们以闲言碎语作为武器中伤王大姑娘，并以幸灾乐祸的心态谈论她的死。生育是王大姑娘的死因，也是所有女性都可能面临的危险，同为女性的她们非但没有同理心，反倒以极大的乐趣期待这磨倌一家家破人亡。这些残酷的乡村图景，不能不引起读者深思，使其警觉封建文化对底层妇女精神的残害之深。

此外，萧红对男权笼罩下的女性生存处境也有清醒的认识。文中虽然没有明写封建父权的压迫，但处处潜藏着父权思想对女性的影响。比如在第二章写呼兰河人的"精神盛举"之"四月十八娘娘庙大会"时，写道：送子观音看起来很温顺，但是男性雕像则是威风凛凛，气概盖世的样子，"塑泥像的人是男人，他把女人塑得很温顺，似乎对女人很尊敬"，而"老爷庙有大泥像十多尊，不知道哪个是老爷，都是威风凛凛，气概盖世的样子"。在萧红看来，塑造雕像的人是男人。把男性塑像做得高大威猛，让人看了生畏，男性等于权威这样的思想就形成了。而把女性塑造得温柔亲和，并非出于对女性的尊重，而是要让人觉得女性是柔弱的、老实的、好欺负的。于是就有了"男人打老婆的时候便说：'娘娘还得怕老爷打呢？何况你一个长舌妇！'"[1]女性就是在几千年的封建父权话语霸权枷锁的桎梏下形成了"集体无意识"，并以此规范她们的一言一行。女人不被当人看，女人就应该温顺、服从、低声下气，这种父权话语已经成为无所不在的主宰力量。而在这种父权话语霸权思想之下，女人们习

---

[1] 萧红：《呼兰河传》，《萧红小说全集（下）》，时代文艺出版社，2001，第553页。

得的无意识却又去规训反叛世俗的"异类"同性的行为，又是何其惨痛的悲剧！

《呼兰河传》是在给故乡立传，又何尝不是为中国的乡村立传？萧红在呈现中国乡村风土画的同时，也是在低吟一首凄婉的乡村歌谣。她以敏感的灵魂和细腻的观察关注底层不幸者的生与死，并以"越轨的笔致"和女性视角凝视妇女的生存处境，表现一个现代作家对社会问题的积极关注和深思。

撰稿人：陆娜

拓展阅读

1. 谭桂林：《论萧红创作中的童年母题》，《中国现代文学研究丛刊》1994 年第 4 期。

2. 施久铭：《疲惫的终点——〈呼兰河传〉叙述中的时间悲剧》，《中国现代文学研究丛刊》2004 年第 2 期。

3. 姚华：《自我言说的超越——〈呼兰河传〉的叙述视角解读》，《湘南学院学报》2005 年第 1 期。

4. 葛浩文：《萧红传》，复旦大学出版社，2011。

《小二黑结婚》导读

赵树理（1906—1970），原名赵树礼，中国当代小说家。《小二黑结婚》是他 1943 年创作的中篇小说，1944 年，胶东大众报社出版《小二黑结婚》单行本；1945 年，新华书店发行该作，并将其标注为通俗故事；1947 年，新民主出版社也发行了《小二黑结婚》。中华人民共和国成立后，《小二黑结婚》被改编成各种艺术形式，1950 年，香港拍摄的电影《小二黑结婚》上映；1953 年，由中央戏剧学院创作的歌舞剧《小二黑结婚》首映于北京试验剧场；1964 年，由于学伟执导，北京电影制片厂拍摄的《小二黑结婚》上映；1979 年 12 月，电影出版社出版连环画《小二黑结婚》；1985 年 12 月，四川美术社出版连环画《小二黑结婚》；2007 年，连环画大师贺友直创作的年画版连环画《小二黑结婚》由上海人民美术出版社出版。《小二黑结婚》是新中国文艺史上影响较大的作品之一。

《小二黑结婚》的主题主要包括三个方面：一、破除封建迷信；二、实现婚姻自主；三、打倒封建恶势力。围绕这三个方面，小说塑造了三组人物：具有迷信思想的二诸葛和利用封建迷信别有所图的三仙姑；争取婚姻自主的小二黑和小芹；作为封建恶势力代表的金旺和兴旺。[1] 从这个角度看，争取婚姻自主的小二黑与小芹才应该是故事的主人公，但在小说中作者对于二人的描述篇幅并不算多，而对二诸葛和三仙姑的叙述和描写要详细得多。小说共十二节，第一节"神仙的忌讳"首先介绍二诸葛和三仙姑，与之相比，小二黑出场很晚，

---

[1] 李慧：《〈小二黑结婚〉的文本特征与电影改编》，《电影新作》2021 年第 5 期。

直到第五节才出场。在这之后，专写三仙姑的有"三仙姑的来历""三仙姑许亲""看看仙姑"三节，专写二诸葛的有"二诸葛的神课""恩典恩典"两节，以上六节就占了小说篇幅的一半，而且在其他章节对小二黑与小芹的描写中也都穿插着二人。赵树理正是通过这些看似游离在主题之外的人物描写来传达主题思想。

　　如果说《小二黑结婚》的主题是通过一个有情人终成眷属的故事来体现解放区民主进步的历史趋向，抗日民主政权对传统乡村成功的现代化改造；那么，这样的改造显然是在现实与文化象征两个层面中展开的。[1]现实层面的改造主要通过金旺兴旺两兄弟在乡村权力结构中的瓦解以及小二黑与小芹作为新时代主人的登台来展现；另一层面便是根据地乡村的移风易俗，这在小说中居于更重要的位置，即对乡村传统旧文化的改造，这主要体现在对刘家峧两位"神仙"——三仙姑、二诸葛的改造上。三仙姑与二诸葛都是旧乡村封建残余的代表人物，而且他们有一个共同的身份——巫文化的代表。在"五四"以来的文学作品中，不少作品都提到了巫婆、神婆等作为一种身份的无逻辑性以及非科学性，为了给予这种封建思想强烈的抨击，在塑造类似三仙姑这类角色时，作者在取材于现实的基础上又夸大了她们身上的妖魔性。但从《小二黑结婚》来看，三仙姑、二诸葛虽说都是落后农民的代表，但在一些细节上，二人的落后表现又有所不同。从小说开篇的"不宜栽种"和"米烂了"两个事件中就可发现这点。二诸葛好摆弄阴阳八卦、黄道黑道，并对此深信不疑。他还因虔诚相信历书上的"不宜栽种"而误了农时，给家里带来不小的经济损失。而三仙姑就不同了，她装神弄鬼，但自己却不信这一套，所以才会在跳神的过程中趁求神问病的金旺爹外出小便的间隙提醒女儿"米烂了"。在对待小二黑与小芹的婚姻问题上，她虽然也去二诸葛家大闹了一番，但更多的主体行为仍是从"母亲"的身份出发，这种吵闹仅限于家庭亲情关系之中，"一来为的是呈呈闹气的本领，二来是为了遮遮外人耳目"。王宇在《三仙姑形象的多重文化隐喻》一文中将三姑六婆形象与西方的女巫形象代入到三仙姑身上，认为三仙姑的身上兼具了巫、

---

[1] 王宇：《三仙姑形象的多重文化隐喻——重读赵树理〈小二黑结婚〉》，《学术月刊》2013年第1期。

医、淫的特点，而在现代性的面前，这一人物身上所具有的那些特征都将被污名化。因此可以说三仙姑是一个极具矛盾性的人物，在《小二黑结婚》中，三仙姑不仅是一个需要被斗争的对象，更是一个需要被改造的对象，是应该被清除的部分，而文本中为解放区革命文化而发声的基调从一开始就奠定了这一人物妖魔化的身份特征。[1] 除了三仙姑这一特殊女性形象，另一个性格鲜明的人物就是小芹。小芹是一个地地道道的农村姑娘，年龄只有18岁，年轻又淳朴，乐观又清纯，对爱情既向往又羞涩。虽然是一个农村女性，但是她却有强大的自我意识，在追求幸福的道路上不妥协、不后退。小芹也一直在与旧文化作抗争，她敢于与封建思想作斗争，内心对新社会、新世界满怀期待，面对金旺的骚扰、母亲三仙姑的爱财如命，她心里一直坚持着自己的想法，她与小二黑自由而纯洁的爱情正是她反抗母亲、反抗封建思想的重要体现。在故事中，金旺作为村武装委员会主任，趁着小二黑不在，故意调戏小芹，而小芹却靠着自己的聪明才智气走了金旺，捍卫了自己的女性尊严。

《小二黑结婚》不仅展示了山西农村朴实的人物形象，还将民间的通俗文化和盘托出。可以说赵树理的文本很好地呈现了当时中国民间的发展状态，是了解民间的一面镜子。[2] 赵树理谙熟民间的风土人情与风俗习惯，并将其贯穿于文学创作之中。与不同时期致力于表现民俗的作家所不同的是，赵树理在小说中极少用大量篇幅刻画自然风景，他笔下的民间没有老舍的"四九城"那么闲适，没有沈从文的湘西世界那么优美，也不似汪曾祺的高邮水乡那般静谧，但却因为其对民风民俗的极致刻画展现了一道独特的乡土景观。通过对赵树理文学创作的梳理不难发现，他小说中的人文景观大多表现为对民间婚丧礼仪、崇神信鬼，以及人与人之间日常交往的风气等方面的探勘与挖掘。赵树理通过立足于民间实际，并融入自身对民风民俗的深入了解，来进行极具个人特色的创作。《小二黑结婚》中的二诸葛与三仙姑就是民间占卜、鬼神文化的实施者，其代表的落后的习俗实际上就是封建传统文化糟粕的一面。二诸葛因为对占卜、

---

[1] 王天乐：《乡村传统势力的延续者——三仙姑人物形象探究》，《名作欣赏》2021年第12期。

[2] 罗会菊、陈士部：《再探〈小二黑结婚〉的文化内蕴》，《佳木斯大学社会科学学报》2018年第6期。

风水等的了解，以致迈不出这些习俗的禁锢，成了这些习俗的奴隶。三仙姑本人倒不是真正虔诚地信奉鬼神，只是她善于抓住人们对鬼神敬畏的心理，将"身上神"作为自己为所欲为的借口，成了落后的民风民俗的煽风点火者。

从语言方面来看，《小二黑结婚》是从农村看世界，以农民的口吻创作的属于农民的文学，在通俗化的语言中饱含着赵树理对于农民的文化期待。首先，他善于运用地方方言，大量使用俚语、俗语、歇后语等，语言通俗幽默，拉近了与农民读者的心灵距离。[1] 如小说中用"每天嘻嘻哈哈，十分哄伙"形容年轻人来陪新媳妇的场景，其中"哄伙"是地道的山西方言，形容热闹的场景，这种口语化的表达让读者倍感亲切；形容三仙姑布满皱纹的脸上擦粉就像"驴粪蛋上下了霜"，以农村地区常见的驴粪蛋作比喻，既抓住了农村语言的精髓，又生动刻画了三仙姑的形象，在诙谐生动的语言中表达了讽刺的意味；金旺凌辱小芹时说"要正经除非自己锅底没有黑"，以农村常见炊具作比喻，不是使用"冰清玉洁"等文雅的形容词，而是将抽象词汇具体化，显得生动形象又通俗易懂；形容金旺兴旺兄弟给溃兵做内线工作，使用歇后语"又做巫婆又做鬼，两头出面装好人"，将他们两面三刀、虚情假意的丑恶形象刻画得淋漓尽致。其次，小说采用口语化的语言描写方式。小说对三仙姑妆容的描写采用的就是口语化的语言描述方法，让其既具有大众气息而又幽默。再次，小说对叠音词的大量运用，这些叠音词多为大众语，可使读者充分体验到往复重叠的语言美感。小说中主要采用 AABB 的叠词形式，如嘻嘻哈哈、说说笑笑、哼哼唧唧等；同时，也有 ABAB 的叠词形式，如打听打听、管教管教、捉住捉住等，通过这些百姓常说的口语化词汇，充分将农民说话的情感态度和日常生活展现出来，让作品更加接地气。

《小二黑结婚》这一文本不仅在艺术表达上特立独行，在文化内蕴上也发人深省。在作者力透纸背的叙述中，很好地揭示了民间藏污纳垢的一面，并且将民间的风貌与习俗很好地交织融合，在此基础上更进一步勘探出人性的本真

---

[1] 钱瑶瑶：《通俗化写作与乡土文化精神——谈赵树理的〈小二黑结婚〉》，《名作欣赏》2022 年第 5 期。

状态。[1]赵树理的乡土文学写作是一座里程碑，具有深远的文化价值和文学史意义，为当代乡土文学提供了许多有价值的参考。周扬曾赞扬说："赵树理，他是一个新人，但是一个在创作、思想、生活各方面都有准备的作者，一位在成名之前已经相当成熟了的作家，一位具有新颖独创的大众风格的人民艺术家。"[2]在特定的时代，"赵树理方向"成了引领文学走向的新潮流，赵树理的文学创作被解释为一种新型文学方向的代表，是能体现毛泽东《在延安文艺座谈会上的讲话》所提出的文艺路线的典范。[3]赵树理创作的突出特征，就在于它是真正的人民大众的文学。它的所有特色，都是围绕着人民大众来展开的，比如着重表现农村生活和塑造农民形象的创作宗旨，比如直面现实、努力揭示生活矛盾的精神追求，比如致力于通俗化、大众化、民族化的艺术表现形式等。赵树理希望通过文学这种形式，帮助和激励广大农民群众卸掉身上的历史重负，改变自身的落后面貌，让文学成为广大农民群众不可或缺的精神食粮。赵树理的小说拉近了文学与民众的距离，努力将普通劳动者搬上文学大舞台，极力表达民众对于生活的感受与情感态度，将文学灵感的触角伸进普通农民日常生活的夹层中，敏锐地察觉时代风云给他们带来的感情、思想变化，真正做到了文学源于生活，而又高于生活。时至今日，赵树理那种向生活学习、向农民学习、向民间学习的创作思想与精神姿态，对于新世纪的中国作家如何书写中国故事，依然有着极为重要的启示意义。

撰稿人：赵茂林

拓展阅读

1. 贺桂梅：《书写"中国气派"——当代文学与民族形式建构》，北京大

---

[1] 罗会菊、陈士部：《再探〈小二黑结婚〉的文化内蕴》，《佳木斯大学社会科学学报》2018年第6期。

[2] 周扬：《论赵树理的创作》，《周扬文集》第一卷，人民文学出版社，1984，第486-487页。

[3] 钱理群、温儒敏、吴福辉：《中国现代文学三十年（修订本）》，北京大学出版社，1998，第475页。

学出版社，2020。

2. 朱晓进：《“山药蛋派”与三晋文化》，湖南教育出版社，1995。

3. 费孝通：《乡土中国》，人民出版社，2015。

4. 中国赵树理研究会：《赵树理研究文集——近二十年赵树理研究选萃》，中国文联出版公司，1996。

《金锁记》导读

张爱玲（1920—1995），原名张煐，曾用笔名梁京，中国现当代女作家。张爱玲出身于一个没落的封建贵族家庭，曾外祖父为晚清重臣李鸿章，祖父为晚清名臣张佩纶，祖母是李鸿章的大女儿。18岁时，张爱玲应《西风》杂志征文，写下散文《天才梦》，留下一句"生命是一袭华美的袍，爬满了蚤子"，为其文学风格与人生境遇作了预言。1943年，张爱玲在《紫罗兰》杂志上发表处女作《沉香屑·第一炉香》，由此名声大振，其后陆续发表《沉香屑·第二炉香》《茉莉香片》《倾城之恋》《金锁记》《红玫瑰与白玫瑰》等小说。1955年，张爱玲赴美定居，并以英文创作小说，但其作品反响甚微。1969年以后主要从事古典小说的研究，著有红学论集《红楼梦魇》。1995年9月，张爱玲在位于美国洛杉矶的公寓中去世，终年74岁。《金锁记》初载于1943年11、12月《杂志》第12卷第2、3期，后被收入1944年8月出版的小说集《传奇》中，被夏志清誉为"中国从古以来最伟大的中篇小说"[1]。

一、女性写作：浮出历史地表

一直以来，女性常常以男子代言的形式出现于文学作品中，悼亡诗、闺怨诗等诸种写作塑造出了存在于男子臆想中的女性形象。然而真正的女性，作为"他者"，却始终被遮蔽，被排除在由男性所主导的书写传统外，被深埋于历史地表之下，等待着一个"兴兴轰轰橙红色的时代"让其"浮出历史地表"，

---

[1]　夏志清：《中国现代小说史》，复旦大学出版社，2005，第261页。

并以独立的姿态出现，发出属于自己的声音。伴随着新文化运动"娜拉出走"的呼声，诞生了中国现代文学史上的第一批女性作家：庐隐、苏雪林、凌叔华、萧红、丁玲……，一直到"孤岛"时期的张爱玲。张爱玲的创作远离了主流的政治话语，以日常性书写而闻名，她着力刻画饮食男女的悲欢离合，挖掘人的内在情感，尤其是女性的隐秘心理和传统意识中的痼疾，成为20世纪女性文学的奇葩（傅雷称张爱玲的小说是在一个低气压的时代里，文艺园地里探出头来的"奇花异卉"）。

《金锁记》讲述了麻油铺出身的曹七巧，如何被兄嫂嫁给姜家患软骨病的二少爷，空有名分，却不受尊重，毫无地位。妯娌排挤她，姜家老太太不时地为难她，丈夫的半死不活折磨着她，连小丫鬟也在背地里讥讽她。她拼命压抑着自己的情感，直到遇到姜家三少爷姜季泽，她才鼓足了勇气，以真诚或挑逗的语言，想要得到爱的回应，却遭遇了更深的绝望。好容易熬到丈夫、婆婆去世，她得以独立门户，姜季泽却再次上门打着"诉衷肠"的幌子对其行骗。

张爱玲如此描绘彼时在姜季泽的花言巧语下暂时求得圆满的七巧，她"低着头，沐浴在光辉里，细细的音乐，细细的喜悦……"[1]，这是七巧一生中为数不多的温情时刻，身为一个女性，她有着健康的身体，却必须伴着一个病人苦熬一生，她的情感注定被压抑，在这灰暗的人生中，她苦求一抹亮色、一丝真情，"人生就是这样的错综复杂，不讲理。当初她为什么嫁到姜家来？为了钱么？不是的，为了要遇见季泽，为了命中注定她要和季泽相爱。"[2]张爱玲在此大肆渲染七巧爱得决绝，然而爱的另一面是恨。当她发现自己被欺骗后，她也恨得决绝。她深恨季泽欺骗她，以姜家特有的"伪善"和巧言令色构陷她，深爱终究落空，于是她狠狠地骂了他一顿，将他赶走。情欲不得圆满，便辗转化为物欲，她死死守住继承的家产，打造了黄金枷锁，锁住自己，也锁住了自己的儿女。

在张爱玲的笔下，男性只是"颓败王国中的物质性存在"，他们虚伪、懦

[1] 张爱玲：《金锁记》，《杂志》1943年第12卷第2期。

[2] 张爱玲：《金锁记》，《杂志》1943年第12卷第2期。

弱却又自负，是"酒精缸里泡着的孩尸"，用戴锦华和孟悦的话来说，"张爱玲的世界毕竟是一个女人的、关于女人的世界"[1]。女性在她笔下不仅成了故事的主角，更成了权利的拥有者，虽然张爱玲并非一个十足的女权主义者，却在无意中凭借她的创作挑战，反抗了同时期的男性话语权威，撕裂了那副完整的"男性神话的镜像"[2]。她毫不避讳地描绘七巧的女性躯体，从她年轻时滚圆的胳膊，大镶大滚的蓝夏布衫袖下一双雪白的手腕，年轻有活力，到她去世前骨瘦如柴的手臂，腮上的泪痕，衰老近颓。马春花认为，在文化和人们的潜意识中，女性的生命和欲望需求是被忽视、被遮蔽的不可言说的禁忌之物，"女性的躯体往往以文化审美的形式包装起来而成为公共的欲望对象"[3]，而女性自身则很难成为欲望实际上的发出者和主体，所以女性意识的觉醒往往首先表现在对身体的感知上，以及主动地掌握自己身体上的需求。张爱玲直面七巧的躯体，书写她的欲望，写出她是如何在爱欲的折磨下一步步走入自我毁灭与毁灭他人的绝境。

张爱玲的小说以内宅为场，刻意回避、绕开宏大的社会现实情景，在触及女性躯体的同时，书写女性的生命经验，谱写女性的心灵史，以女性的"血肉之躯"书写女性的"空白之页"[4]，呈现出游离于主流文学之外的"另类"姿态，从而挑战、颠覆了男性话语权威。

二、曹七巧：女狂人形象

在中国现代文学史上有两个著名的"狂人"形象，一个是疑心自己吃了人而发疯的鲁迅笔下的"男狂人"，另一个则是戴着黄金枷锁，被压抑了欲望而一点点发疯的"女狂人"——曹七巧。如果说鲁迅的"狂人"形象意义在于以寓言化的方式概括了中国社会的某种本性，揭露了封建礼教规约下抽象化

---

[1] 孟悦、戴锦华：《张爱玲：苍凉的莞尔一笑》，《浮出历史地表：现代妇女文学研究》，中国人民大学出版社，2004，第239页。

[2] 马春花：《被缚与反抗——中国当代女性文学思潮论》，齐鲁书社，2008，第15页。

[3] 马春花：《被缚与反抗——中国当代女性文学思潮论》，齐鲁书社，2008，第147页。

[4] 苏珊·格巴：《"空白之页"与女性创造力问题》，张京媛主编《当代女性主义文学批评》，北京大学出版社，1992，第161页。

的"人吃人"的社会现状的话，那么《金锁记》则是从鲁迅的《狂人日记》中抽取了"'母亲吃人'这根肋骨而敷衍成文"[1]，它写的是具体的吃人。张爱玲以日常性的笔法叙写麻油店健康、美丽、富有生机的姑娘——七巧，如何被哥嫂嫁给患了软骨症的姜家二少爷，日复一日地伴着一个"非常人"，压抑着自己的情感，受着妯娌的搓磨，下人的鄙夷，想爱而不能爱，在姜家苦熬了三十年。最终，在情欲与物欲的双重折磨下，她的性格被扭曲，行为变得乖戾，并亲手毁掉了儿女的幸福。故事的尾声，曹七巧似睡非睡地横在烟铺上，回忆起自己的一生，年轻时滚圆的胳膊，爱慕过她的少年郎，戴了一辈子的黄金枷锁，被她那沉重的枷锁劈杀了的几个人，有血脉相连的亲人，也包括她自己，她流下泪来。夏志清曾将七巧死前摸索着手腕上的镯子，缓缓将其推到腋下这一情节与陀思妥耶夫斯基的《白痴》中娜斯塔霞死去时苍蝇在她身上飞舞这一情节相比较，他认为"这段文章的力量不在陀思妥耶夫斯基之下。套过滚圆胳膊的翠玉镯子，现在顺着骨瘦如柴的手臂往上推——这正表示她的生命的浪费，她的天真之一去不可复返"[2]。

曹七巧作为"狂人"的"疯癫"是多种因素造成的。首先，她作为商品被哥嫂"卖"给姜家，虽生儿育女，却始终没有得到应有的尊重，下人轻视她，妯娌也瞧不起她；其次，在商品之外，她是一个活生生的人，有着健康的身体，纯粹的爱欲，但她所爱慕的对象姜家三少爷姜季泽初始并不拿她当回事，分家后上门表白心意也不过是为了骗取她的钱财，七巧对真爱的渴求成了一场幻影，她在欲望中的挣扎也不过是一场梦。终于，在爱欲与物欲的漩涡中，她发狂了，扭曲了，疯癫了，她抱着以爱情和青春换来的黄金，打造了一个黄金牢笼，困住了自己，也困住了她的儿女。

她的疯癫对外表现为对他人肆无忌惮的攻击。对待妯娌凤仙一干人，她出言讽刺，对待儿女则是不加掩饰的恶意。儿子长白作为她生命中唯一健全的男性，她臆想中的"异性"，尚且得以保有尊严，但换来的是其身边女子的被折

---

[1] 杜瑞华、刘锋杰：《她从他抽取了一根肋骨——〈狂人日记〉与〈金锁记〉的叙事比较论》，《文艺争鸣》2019年第4期。

[2] 夏志清：《中国现代小说史》，复旦大学出版社，2005，第266页。

辱，七巧要求儿子为她烧大烟，将夫妻房事说给她听，再大肆嘲笑他的妻子，最终使得儿媳芝寿精神崩溃，死于非命。七巧对女儿长安的态度颇值得玩味，并不像母亲对待女儿，反倒像是一个女人对待她的仇人、情敌。她肆无忌惮地辱骂、攻击长安，从外貌到婚事。长安患病，得了痢疾，她不给她请医生拿药，反而让她抽上了大烟。甚至在长安与童世舫恋爱后，她私下邀童世舫到家里来，并告诉他长安吸食鸦片一事，"世舫直觉地感到那是个疯人——无缘无故的，他只是毛骨悚然"[1]。七巧以"一个疯子的审慎与机智"将自己的女儿拉进了深渊，使之坠入"没有光的所在"。

被长安故事背后隐露的恐怖与阴森触动，中国台湾学者、张爱玲研究专家唐文标认为，《金锁记》根本就是一篇"现代鬼话"[2]，曹七巧作为张爱玲笔下唯一一个"彻底的人物"，她以她的"癫狂"和"没有光的所在"的公馆共同建构了一个人间鬼域。

三、七巧与银娣：女性的时间

1955 年，张爱玲离港赴美，希望能以娴熟的小说技艺在英文世界崭露头角。20 世纪 60 年代她以英文创作了《怨女》，后又将其译成中文。《怨女》的故事其实是《金锁记》的翻版与改写，加上英文版的《粉泪》和《北地胭脂》，在二十几年的时间里，张爱玲将同一个故事用双语写了四遍。

《怨女》的故事以麻油店女子柴银娣的一生为主线，细细地叙述她如何从一个娇嗔不群、生机勃勃的少女，变成一个抑郁愤懑、恶毒变态的怨妇。张爱玲将《金锁记》原本三万字的篇幅扩充至数十万字，银娣所受的煎熬与委屈相比起七巧要绵长得多。王德威指出，张爱玲笔下"怨女"的"怨"是一种"小火慢炖式的煎熬"[3]，因为没有适当的发泄渠道，所以往往指向自身，使自己成为最大的受害者。银娣与七巧不同，在无钱却健康的夫婿与有钱却缠绵病榻的丈夫中，她毅然决然地主动选择嫁入姚家，作了金钱的奴隶；在与小叔子

---

[1] 张爱玲：《金锁记》，《杂志》1943 年第 12 卷第 3 期。

[2] 唐文标：《一级一级走进没有光的所在——张爱玲早期小说长论》，子通、亦清主编《张爱玲评说六十年》，中国华侨出版社，2001，第 291 页。

[3] 王德威：《落地的麦子不死——张爱玲与"张派"传人》，山东画报出版社，2004，第 13 页。

乱伦的恋情中，她也曾付出真心，独自逃到无人的阳台上低声唱起《十二月花名》以传情，甚至险些在寺庙偏殿成其好事，她的每一步都比七巧要坚定决绝，却最终招致一层又一层的"怨"，深陷围困的怪圈，难有救赎。

　　小说篇幅扩充，故事内容却并未大肆增添，是因为张爱玲在《怨女》一书中堆叠了大量琐碎的细节，这些细节冲淡了《金锁记》中因篇幅简短造就的故事情节的传奇性与尖锐性，银娣的蜕变过程展现得也更为详细。有意思的是，张爱玲虽然改写了故事的主线，将七巧独自死在烟铺上的悲剧结局改为银娣在儿孙的吵闹中不得片刻清静，但却保留了故事的叙事结构，即小说的主人公都在故事的尾声回忆起年少时健壮的模样，她们的时间不是以线性的方式予以呈现的。

　　"进化论"带来的是时间和历史的线性叙述，新的必然优于旧的，预示着一个更加美好的未来。但是在张爱玲的世界中，一直存在着一种"惘惘的威胁"，亲身经历港战后，整个文明的破坏感与毁灭感始终渗透在她的作品中，她切断线性时间的发展，以女性的立场、女性的姿态打造出非线性的女性的时间。

　　《倾城之恋》中白公馆内的白家众人可以调慢的时间，"跟不上生命的胡琴"；《第一炉香》中梁太太一手挽住了时代的巨轮，留住了满清末年的淫逸空气，自造了一个西方人眼中"荒诞、精巧、滑稽"的中国；《封锁》中因"封锁"而抽空了其物质性，被悬置的时空，给主人公带来了永恒的体验，让他们自然而然地恋爱了。

　　克里斯蒂娃在《妇女的时间》中指出，人们惯常使用的研究历史发展脉络的时间模式为线性时间模式，如同我们在日常生活中依靠钟表确定时间，安排日程一般，它具有强烈的计划性和目的性，是一种"历史的时间"[1]。可一旦将女性主题安置于这一时间建构中，就会发现其自身的主体性出现问题，因而克里斯蒂娃提出了一种新的时间模式，即"妇女的时间"，她认为，由于女性生物节律重复出现的特点，女性主体性带来了一种特殊的时间测定概念，"一种具体的尺度"[2]，即重复和永恒。在这里，时间并非线性向前，而是意味

[1] 克里斯蒂娃：《妇女的时间》，张京媛主编《当代女性主义文学批评》，北京大学出版社，1992，第351页。
[2] 克里斯蒂娃：《妇女的时间》，张京媛主编《当代女性主义文学批评》，北京大学出版社，1992，第350页。

着无尽的重复和永恒。所以，张爱玲在《金锁记》中反复书写那个三十年前的月亮，七巧到死还在回忆过去的自己；张爱玲二十几年来也一直在以不同的语言文字，从中文到英文，再由英文到中文，书写同一个故事，这种循环的时间观念，正是"女性的时间"。

撰稿人：丁茂

拓展阅读

1. 袁良骏：《张爱玲论》，华龄出版社，2010。

2. 王德威：《落地的麦子不死——张爱玲与"张派"传人》，山东画报出版社，2004。

3. 刘绍铭、梁秉钧、许子东：《再读张爱玲》，山东画报出版社，2004。

4. 余斌：《张爱玲传》，广西师范大学出版社，2001。

5. 金宏达：《平视张爱玲》，文化艺术出版社，2005。

《四世同堂》导读

　　老舍（1899—1966），原名舒庆春，字舍予，满族正红旗人。因为老舍生于立春，父母便为之取名"庆春"，似含有庆贺春来、前景美好之意。上学后，自己改名为舒舍予，含有"舍弃自我""忘我"之意。老舍是中华人民共和国成立后第一位获得"人民艺术家"称号的作家。代表作有小说《骆驼祥子》《四世同堂》，话剧《茶馆》《龙须沟》等。

　　老舍的创作大多取材于市井生活，他善于描绘城市贫民的生活和命运，尤其擅长刻画浸透了封建宗法观念的保守落后的中下层市民。《四世同堂》是中国现代长篇小说的经典名著，是老舍的代表作之一，分为《惶惑》《偷生》《饥荒》三部。前两部在重庆北碚创作，后一部于旅美期间完稿。该小说以卢沟桥事变爆发、北平沦陷为背景，以北平城内"小羊圈胡同"中四世同堂的祁家的生活为主线，描写了抗战期间处于沦陷区的北平人民的悲惨遭遇和艰苦抗争，生动刻画了他们从日本侵略者铁蹄蹂躏下的惶惶不安、忍辱偷生，到逐渐觉醒，最终奋起反抗的全过程，既辛辣地讽刺和抨击了投降派的为虎作伥，又史诗般地展现和歌颂了中国人民伟大的爱国主义精神和坚贞高尚的民族气节，更对中国传统文化进行了全面理性的审视。

　　《四世同堂》的第一部《惶惑》从 1944 年 11 月 10 日起在《扫荡报》（抗战胜利后改为《和平日报》）上开始连载，于 1945 年 9 月 2 日载毕。《惶惑》单行本交由良友公司出版发行，但该公司因种种原因到抗战胜利半年后才在上海将其印成发售，而售罄后，也未再版。第二部《偷生》从 1945 年 5 月 1 日起在重庆《世界日报》上开始连载，于同年 12 月 5 日载毕。后因良友公司营业尚未恢复，老舍遂将书稿赎回，并将它与刚完成的第二部《偷生》一起于1946年11月交晨光出版公司出版。第三部《饥荒》则是老舍在赴美国讲学期间创作完成的，但未全文发表和出版。1950年5月至1951年1月《四世同堂》曾在上海《小说月刊》上连载，但只连载到第87段就停止了。"文革"期间，《饥荒》的手稿不幸被毁，《四世同堂》的文本遂成为残本。1982年，翻译家马小弥依据美国哈考特出版社1951年出版的《四世同堂》节译本《黄色风暴》回译了小说的最后13段，1983年，由天津百花文艺出版社以单本《四世同堂补篇》的形式出版。2016年，《四世同堂》中《饥荒》的21段到36段，约十万字的英文原稿被翻译家赵武平发现并进行了回译。2017年秋，中国现代长篇小说经典《四世同堂》完整版由天津人民出版社和东方出版中心出版，增添了由英译本回译的十六章内容，目前见到的最新版本《四世同堂》总共为103段。[1]新发现的《四世同堂》第三部英文全译本，解答了多年以来老舍的《四世同堂》未写完的困惑，老舍不仅按照最初的设想写满了100段，而且还超出预期多写了3段，该作最终以钱默吟写的悔过书作为小说的结尾。

老舍是中国现代文学史上公认的文化批判高手，在《四世同堂》这部不朽的文学作品中，作者透过小人物看抗日战争，透过战争思考民族文化，对民族传统文化作出了理性的批判和思考。在表现"宏大主题"——战争的残酷、战争对人类文明和生活的摧残、民族命运的颠沛沉浮、民族精神时，老舍对叙事内容作了微观化的处理。在《四世同堂》中，宏大主题的微观化处理手法，主要表现在两个方面，一是对北平市民生活的凸显。《四世同堂》视野开阔，表现的时代是长达八年的抗日战争中的时期，反映的主题是战争对民族文化的考验和扬弃，描写的内容是小羊圈胡同市民生活的沉浮，市民生活在题材上得到了凸显。《四世同堂》的描写对象涉及的主要家庭有七八个，主要人物有几十个，囊括了老派市民、新派市民、洋派市民和城市贫民等各类形象，涉及五行八作、三教九流的众多角色。在作品中，凸显的是每个人的成长历史、情感历史和生活历史，其中有瑞宣由彷徨到奋斗的历史，城市贫民刘棚匠、孙七、小崔们的

---

[1] 周珉佳：《小说〈四世同堂〉的版本流变及原因》，吉林大学硕士学位论文，2012。

艰辛人生的历史等。透过一个个小人物的生活和生存来展现历史事件，是这部作品表现抗日战争的独到之处，而众多个体的历史则构成了民族的历史。

《四世同堂》对"宏大主题"微观化处理的另一个表现，是对历史和战争的虚化处理。在《四世同堂》中，战争只是人物故事的背景和底色。小说以时间为序，以七七事变为开端，以抗日战争胜利为结尾，记述了一个个真实的历史事件，如七七事变、淞沪会战、太原会战、台儿庄大捷、汪伪政府成立、日本偷袭珍珠港、日本投降等。但作者在表现这些历史事件时，不是直接描写事件的发生、发展、曲折和高潮，而是透过人物的眼睛、活动、所见所闻来作侧面描写，将北平人的生活，将人性放置在战争这样的特殊环境中加以观照，使《四世同堂》达到了一种超越历史的高度，具有了超越一般抗战文学政治意义的审美力量和更丰富的人性内涵。在这里，战争不是按照编年、纪传等方式来作的客观描述，而是从文化、人性的角度对历史进行认识和剖析，从人的生存需要出发去反思战争。将战争作为背景和底色是《四世同堂》消解宏大主题的重要方式，在反映历史事件时，作者避开了惨烈的战争场面和对正面战场的描写，而营造一种战争带来的凝重、窒闷的氛围和基调，写出了老百姓如何承受战争的屈辱和苦难，民众如何在战争中觉醒和反抗，把侵略者紧紧钉在了耻辱柱上。

《四世同堂》叙写了我们民族深重的灾难，处处流露出国破家亡的刻骨之痛，在这里，对苦难年代中的社会动向的表现是真实的，偷生就是自取灭亡。小说在抗战的时代背景下，对中国传统文化中的国民劣根性，尤其是家族文化造成的人的自私、怯懦、忍辱偷生进行了批判性的反思，而这种理性的反思又与作者情感上对家族伦理的眷恋之情交织在一起。《四世同堂》以抗战时期北平一个普通的小羊圈胡同作为故事展开的具体环境，以几个家庭众多小人物屈辱、悲惨的经历来反映北平市民在抗战中惶惑、偷生、苟安的社会心态，再现他们在国破家亡之际缓慢、痛苦而又艰难的觉醒历程。作品集中地审视了中国传统的家族文化，对其消极性因素进行了理性的审视与批判。"四世同堂"是传统中国人的家族理想，是历来为人们所崇尚的家庭模式，也是祁老人唯一可以向他人夸耀的资本。他尽一切可能去保持这个家庭的圆满，享受别人所没有的天伦之乐，因此，他对祁瑞宣未经他的允许而放走老三感到不满，对瑞宣在中秋节驱逐瑞丰不以为然，对儿子因受日本人的侮辱而含恨自杀深表愤怒，对孙女被饥饿夺去幼小的生命义愤填膺，他在忍无可忍之际终于站起来向日本人发出了愤怒的呐喊，然而一旦抗战结束，他又很快忘掉了自己所遭受的苦难，家族文化的精神重负依然在身。在《四世同堂》中，老舍借助战争对家族文化展开了沉痛而深刻的反思，引发读者去作进一步的思索。

《四世同堂》的抗战叙事是我们解读这部作品的又一个重要基点。日军占领北平，亡国灭种的危机感笼罩在每一个国民头上，他们的生活方式、文化心态构成了《四世同堂》不同层面的文化圈层。在探讨战争与生活的关系时，小说将北平人个体生活哲学放在日军入侵这样一个火炉上来"烤"，"烤"出形态迥异的文化心态与生活伦理。其中，祁老太爷、瑞宣、韵梅等是以家庭生活为根本，钱先生与瑞全等人则是以国家存在为前提，而大赤包、冠晓荷等人却是以个人欲望享受为追求。这些生活心态的多元呈现，体现了作家对抗战语境下市民生活哲学的深刻理解。老舍在文化层面上思考着民族的心理构成，以及北平人在各自人生选择中的文化肌理。透过抗战时期的北平市民空间，审视《四世同堂》众多人物的文化心态与生活形态，能够更好地理解作家对市民生活哲学的把握，尤其是对传统文化及家庭伦理的思考。

老舍文学创作中的思想是多元而复杂的，不仅具有同时代知识分子作家的启蒙认知，同时由于从小家里贫寒困苦，在成长过程中接触更多的是底层人民，老舍对他们的痛苦与无助有着深厚的悲悯情怀，这也形成了老舍以民间为本位的文学观。所谓"民间本位"，是指老舍在创作中所坚持的民间立场。《四世同堂》虽然内容涉及较广、规模宏大，但是仍旧立足于民间文化形态来作表达。《四世同堂》作为"大纪念碑式的作品"，是老舍众多作品中极具代表性的一部，其艺术特点可大致概括为：小说主要描写了小羊圈胡同里的小市民在沦陷后的苦难生活，风格上体现出"京味儿"与"旗味儿"；小说结构既有中国传统小说的显著特点，同时又能见出狄更斯等世界文坛巨匠的影响，既有长河奔流之恢宏，又在细节上精雕细琢；小说的主题延续了早期作品对"国民性"与民族性等问题的思考，并进一步将其置于战争背景中去加以探讨。

《四世同堂》以北平人的日常生活实际为依据，揭示他们在战争中的生存、选择，描写他们如何一步步走向觉醒与反抗，或者如何在怯懦与自私中一步步走向沉沦与堕落，老舍以朴实的语言、细密而又宏大的结构，呈现了一部战争里中国人心灵创伤的史诗。从世界反法西斯文学的角度来看，抗日战争是世界反法西斯战争的一部分，《四世同堂》中北平人那段在苦难中挣扎、反抗的生活，欧洲不少民族也有类似的经历，曾有法国批评家在读了《四世同堂》之后说，《四世同堂》让他们想起了曾经沦陷的巴黎。可见，《四世同堂》所展现的国破家亡的创伤记忆和反法西斯的斗争既是中国的，也是世界的，《四世同堂》因此成为世界反法西斯文学中的一道靓丽风景。

撰稿人：唐敬

拓展阅读

1. 王本朝：《老舍研究》，重庆大学出版社，2013。

2. 杨义：《老舍与二十世纪中国文学》，天津人民出版社，2000。

3. 关纪新：《老舍评传》，重庆出版社，1998。

4. 石兴泽：《老舍与二十世纪中国文学和文化》，人民文学出版社，2005。

5. 于昊燕：《经典回归的策略与实践——评〈四世同堂〉两种回译本的得失》，《文艺研究》2020 年第 3 期。

《寒夜》导读

　　巴金（1904—2005），原名李尧棠，字芾甘，中国现当代著名作家。《寒夜》是其后期小说的代表作，较之前期小说，其创作题材和情感基调已有所转变，由前期的青春浪漫转向中年人的沉稳，冷静的人生世相描写代替了奔放的抒情咏叹。《寒夜》开始创作于 1944 年冬天的重庆，1946 年 12 月在上海完稿。小说以抗战后期的战时陪都重庆为背景，真实地刻画了底层知识分子的悲惨命运。

　　在《寒夜》里，疾病是贯穿全篇的重要线索，它兼具隐喻与叙事的功能，使文本充满了巨大的张力，不仅表现了 20 世纪 40 年代战争背景下小知识分子生存艰难的社会现实，还揭示了家庭伦理中复杂的人性冲突和知识分子心灵世界的悲怆和裂变。

一、社会之疾：战时生活写照

　　巴金在《寒夜》后记中说："我只写了一些耳闻目睹的小事，我只写一个肺病患者的血痰，我只写了一个渺小的读书人的生与死。"巴金书写患肺结核的知识分子有其独特的心理情结和生命体验。巴金自己就患过肺结核，从他的处女作《灭亡》开始，其小说中就塑造了一系列肺病患者形象，包括《灭亡》中的杜大心，《雨》中的陈真、熊智君，《家》中的梅表姐，《秋》中的周枚，以及《寒夜》中的汪文宣。除了自己切身的肺病体验，肺结核还给巴金造成了沉痛的情感体验。尤其是在抗战的 20 世纪 40 年代，肺病夺去了巴金太多亲友的生命，巴金的三哥、一个表弟和教他英文的表哥，朋友缪崇群、范予、鲁彦等都像汪文宣一样"吐尽血痰后寂寞地死去的：在这中间'胜利'给我们带来希望，又把希望逐渐给我们拿走"[1]。他在 1947 年出版的《怀念》集中感叹道，"抗战期间的中国好像成了肺病的培养所"[2]。从疾病叙事写实的角度来看，巴金在《寒夜》中对汪文宣肺结核病情的详细刻画是源自真切的生命体验，而这也正是 20 世纪 40 年代知识分子的生活现实，由于他们没有稳定的经济来源，物资短缺，因贫而病，因病而贫夺去了许多人的生命，《寒夜》中的汪文宣就因结核病而耗尽生命，巴金的许多亲友，也都在旧社会里被黑暗不合理的制度压榨，在贫病中过着朝不保夕的生活乃至于断送年轻的生命。

"一九四四年冬天桂林沦陷的时候"，巴金"住在重庆民国路文化生活社楼下一间小得不可再小的屋子里，晚上常常得预备蜡烛来照亮书桌，午夜还得拿热水瓶向叫卖'炒米糖开水'的老人买一点白开水解渴"。在他所住的小屋内，"老鼠整夜不停地在那三合土的地下打洞"，影响着他的睡眠质量，白天整个房子的隔音极差，始终充斥着"叫卖声，吵架声，谈话声，戏院里的锣鼓声"[3]。房间的外围甚至民国路和附近的几条街区上也是这样的"景观"，"人们躲警报，喝酒，吵架，生病……这一类的事每天都在发生"[4]，这就是巴金所体验的重庆，一个"物价飞涨，生活困难，战场失利，人心惶惶"的战时陪都。而巴金描述的这些生活的细节，我们大多可以在《寒夜》中看到，可以说，巴金是以自己在战时重庆的真实生活感受来构造汪文宣的生活环境的，小说基本展现了 1940 年代小知识分子普遍的一种生存状态。

当然，巴金写汪文宣痛苦的肺病和那触目惊心的血痰不只是为了展现 1940 年代战争中重庆小市民生活的艰苦和疾病的常态，更是蕴含着深刻的爱憎批判，对疾病的真实乃至恐怖的刻画是为了揭露和控诉国民党统治下善良和罪恶颠倒的社会病态。在阴暗、病态的社会中，像汪文宣这样一个忠厚善良的小知识分子，哪怕他老老实实地工作，从不偷懒，可是依然薪水低廉无法养家糊口，还处处被侮辱被轻视，遭受着不平等的待遇。汪文宣的病是在外部环境的压力下

[1] 巴金：《〈寒夜〉后记》，李存光编《巴金研究资料（上）》，知识产权出版社，2010，第 449 页。

[2] 巴金：《〈怀念〉前记》，李存光编《巴金研究资料（中）》，知识产权出版社，2010，第 577 页。

[3] 巴金：《〈寒夜〉后记》，李存光编《巴金研究资料（上）》，知识产权出版社，2010，第 448 页。

[4] 巴金：《谈〈寒夜〉》，巴金《寒夜》，上海文艺出版社，1980（1985 印刷），第 283 页。

逐渐恶化的，并且从肺部到喉部，这也是一种象征，隐喻了像汪文宣这样的"老好人""良心没有丧尽的读书人"在这个黑暗世道中不仅得不到公正的待遇和生存的权利，就连发声的机会也没有。汪文宣病死在战争胜利的前夜，不得不说这是一个意味深长的讽喻，正如他死之前的质问："他装满了一肚皮的怨气，他想叫，想号。但是他没有声音。没有人听得见他的话。他要求'公平'。他能够在哪里找到'公平'呢？他不能够喊出他的悲愤。他必须沉默地死去。"[1]因为无论是战争还是胜利，汪文宣们都无法获得生存的资格和自我实现的价值。20世纪40年代，战争的环境恶劣，小知识分子、小市民的生活不仅受到战争的影响，也受到上层社会有钱阶级的挤压和剥削。譬如汪文宣在无法养家糊口、生病不敢求医、连送妻子一块生日蛋糕都不能的情况下，却要拿出大部分的薪水去给上司做寿。在当时的重庆和其他的"国统区"，那些社会上流阶层人士依然混迹于电影院、舞厅、咖啡馆等各种享乐的场所。巴金曾表示，写《寒夜》"不是为了鞭挞汪文宣或者别的人，是控诉那个不合理的社会制度，那个一天天腐烂下去的使善良人受苦的制度"，"在当时的重庆和其他的'国统区'，知识分子的处境很困难，生活十分艰苦，社会上最活跃、最吃得开的是搞囤积居奇，做黄（金）白（米）生意的人，还有卡车司机。当然做官的知识分子是例外，但要做大官的才有权有势。做小官、没有掌握实权的只得吃平价米。"[2]

二、家庭之疾：尖锐的家庭矛盾

虽然巴金是要以汪文宣这个社会小人物、小知识分子的命运来控诉当时罪恶的社会制度，但小说并不是以广阔的社会生活为主要聚焦点，汪文宣所受到的社会不公正待遇也只能从公司里枯燥无聊的工作、刻薄的上司和冷漠的人际关系中见出。小说是将广阔的时代和社会生活作为背景，所有外部的矛盾和困境都凝聚在一个小家庭的悲欢中。"家"本来是一个安定、休息的庇护所，尤

---

[1] 巴金：《寒夜》，上海文艺出版社，1980，第267页。

[2] 巴金：《关于〈寒夜〉（节录）》，李存光编《巴金研究资料》，知识产权出版社，2010，第462页。

其是像汪文宣和曾树生这样要求个性解放、因志趣相投而组成的小家庭，应该是现代新的家庭伦理的代表。可母亲和妻子之间的斗争令汪文宣苦不堪言，扭曲、仇视、尖锐的家庭矛盾在小说中占有很大的比重，甚至成为汪文宣肺病和心理病态的主要压力来源。

汪文宣一直有教育救国的崇高理想，毕业后在上海和妻子从事着理想的工作。可随着战争爆发，一家人避难来到重庆，汪文宣失业了，"他在这个山城里没有一个居高位或者有势力的亲戚朋友，这个小小位置还是靠了一位同乡的大力得来的。那是在他失业三个月、靠着妻子的薪金过活的时候"[1]。因为无法改善家人的物质生活条件，甚至连儿子的教育经费都要靠妻子来负担，也无力调解母亲和妻子的纷争，汪文宣常常陷入心理的自卑、自责中。妻子曾树生是受过现代大学教育的新女性，与汪文宣志趣相投走到一起办教育，可是战争爆发导致丈夫失业，使得她不得不另找工作来养家糊口，在大川银行里做"花瓶"，"每天上班，工作并不重要，只要打扮得漂漂亮亮，能说会笑，让经理、主任们高兴就算尽职了"。从实现了自由独立的新女性沦为受人欺负的"花瓶"，她自己内心对这份工作也是不满意的，可她的苦闷不仅在家庭中得不到慰藉，那个家甚至还让她感到寒凉、寂寞和空虚，婆母的冷嘲热讽更是加重了婆媳之间的对立。汪母是旧时代书香门第中读过诗书的女性，在上海时她能够享受安闲愉快的生活，可逃难到了重庆，为了补贴家用，她成了二等老妈子。她看不惯媳妇那样的"花瓶"生活，不愿意靠媳妇的收入度日，却又不得不间接地花媳妇的钱，这让汪母产生了屈辱心理，内心极其痛苦，因为用媳妇的钱就使得她在家庭伦理关系中落了下风。为掩饰或者说调节这种屈辱感，汪母不甘下风，就用传统家庭伦理中明媒正娶的合法性来攻击媳妇，指责、咒骂曾树生和自己儿子自由恋爱的婚姻关系不具备传统伦理的正当性，以此来进行心理防卫。

从小说情节来看，汪文宣肺病症状的显现和恶化与家庭矛盾的加剧有很深的关联，道德上强烈的自我谴责和受罚意识"召唤"出生理上的疾病。汪文宣

---

[1] 巴金：《寒夜》，上海文艺出版社，1980，第70-71页。

的心理冲突除了社会和经济的压力，还包括家庭伦理中话语权力的丧失。母亲和妻子都不愿意为他让步，他在婆媳关系中插不上话，只能充当尴尬的"夹板"，既无处施力又无力可施，丧失了父系社会传统伦理体制中"夫"的预设地位。在母亲与妻子无休止的谩骂、斗争中，不能阻止斗争，维持家庭内部两个他深爱的人的和谐时，身心交瘁的汪文宣以"吐血"的方式第一次向外界宣告了他的病。可悲的是，汪文宣发现，唯有牺牲自我的健康，通过彰显自己的痛苦与凄凉，才能缓解深深折磨着他的家庭矛盾，当母亲和妻子看到他吐血的时候，一切争端都没有了。封建嫁娶观念、对媳妇的怨妒、新女性的反抗意识等这些造成她们冲突的不同价值观念都被抛在脑后，她们开始一起关心他、照顾他。这种情况加深了汪文宣对疾病的认同，甚至将期望寄托在这种身体的自戕上来缓解家庭内部的矛盾。所谓"患病自戕"的行为最初并非是由"患病"所塑造的，而是"患病"突然被赋予了自我认可的价值。"只希望他们从此和好起来，吐血也值得"，对汪文宣来说，疾病成为一种被需要的特质，成为让这个家庭关系恢复短暂和平的调和剂。尽管疾病的效果使得扭曲、病态的家庭关系得到缓解，可现实的疾病一直在吞噬着汪文宣的身体，让他越来越不堪重负，甚至连缓解家庭矛盾的功能都逐渐消失。到后来，汪文宣的病越来越重，妻子劝他去治病，汪母则怪罪儿媳不让他休息，当病情恶化到必须要请医生的时候，关于请西医还是请中医的不同观念又使得婆媳之间产生了争论。

三、个体之疾：身份认同危机

个体存在受到自然属性和社会属性的双重制约，依据自我认同和社会认同来建构自我的主体性认知，形成内在的心理防御机制。《寒夜》中的故事发生在 1944 年到 1945 年的陪都重庆。随着 1944 年豫湘桂战役的惨败，抗战后期国统区正处于物价飞涨，失业骤增，政局腐败的非常时期，知识阶层的生活受到极大的冲击。相关研究表明：抗战后期，大后方公教人员的"五种基本需要"[1]基本无一得到满足，外部社会冲击和自我心理困境使得知识分子的自我身份认

---

[1] 美国心理学家马斯洛在《人的动机理论》中提出人的"生理、安全、爱、尊重和自我实现"的五种基本需要。

同受到威胁，甚至断裂。知识分子在 20 世纪 40 年代进退失据，像汪文宣这样从有教育理想的"新青年"到不得不忍气吞声的"老好人"不知凡几，当现实的"自我"远远不及理想的期待时，心理防御被打破，个体精神陷入无所依靠的焦虑中。吉登斯认为，这种自我感分裂的个体常常会缺乏个人经历连续性的一致感受，进而无法形成一种认为自己活着的持久观念。伴随上述感受而来的，还有对被外在的冲击性事件吞没、摧毁或倾覆的焦虑。人们或陷入行动的瘫痪，或寻求与周遭环境融合，却又因此缺乏"善意的自我关注的热情"而在道德上感到"空虚"，最终自我在生命上的自发状态逐渐变为一种无生命状态。[1]

汪文宣的肺病是其受困于社会、家庭、个体三重压力的激烈冲突而逐渐显现和恶化的，开始只是咳嗽，发烧，不舒服，后来是咳血，最后结核病发展到喉咙，连声音都失去了。苏桑·桑塔格在《疾病的隐喻》中认为，肺结核的疾病人格代表了意志的失败，也意味着病患在活力、生命力方面有所欠缺，在西方早期浪漫派眼里，"那些无力去把这些充满活力和健全冲动的理想化为现实的人，被认为是结核病的理想人选。"[2] 因此，贯穿整个小说的肺病，在其既有的文化内涵上也在不断地指向"个体"问题，疾病好像由个体的人格缺点引起的。汪文宣的"老好人"性格，虽然内含深刻的社会文化等因素，但肺结核暗地里也指向了他作为文人缺乏现实行动力和难以适应社会变化的无力感。

小说对肺病的描写既凸显了现实病症的实感，又让它成为人物精神世界的外在表征。当恶化的肺病不断侵蚀汪文宣的身体，他的外貌消瘦、病态，他的两颊深陷，他的手"那么黄，倒更像鸡爪了"，曾树生甚至觉得在这个人身上感觉不到活气了。他与社会认知中健康的标准越来越远，工作中原本被他猜测为看不起、嘲笑他的同事们开始真正嫌弃他，拒绝和他一起吃饭。在家庭内部，他和妻子丰腴、年轻、活力的身体和精神状态形成鲜明的对比，以至于在看到情敌陈主任的"意态轩昂"时，汪文宣完全失去了作为丈夫的话语权威，他不敢正面对抗，也不敢质问妻子，对比起来他感到自己的软弱和猥琐。疾病让他

---

[1] 安东尼·吉登斯：《现代性与自我认同现代晚期的自我与社会》，赵旭东，方文译，生活·读书·新知三联书店，1998，第 59 页。

[2] 苏桑·桑塔格：《疾病的隐喻》，程巍译，上海译文出版社，2003，第 42 页。

的现实"自我"更加衰落，加深了精神上的自卑，甚至让他觉得配不上妻子，还让他几次违心劝说妻子去兰州。疾病已经剥夺了他作为一个正常人的生活权利，因此他只能不断退缩，压抑自己，以内部情感的激流和热情反衬出现实身体的衰颓。

撰稿人：陈全丽

拓展阅读

1. 李存光：《巴金研究资料》，知识产权出版社，2010。

2. 陈思和、李辉：《巴金论稿》，人民文学出版社，1986。

3. 李怡：《巴金，反什么"封建"与如何"反封建"？——重述〈家〉到〈寒夜〉的精神脉络》，《四川大学学报（哲学社会科学版）》2018 年第 3 期。

4. 陈少华：《二项冲突中的毁灭——也谈〈寒夜〉》，《文学评论》2002年第 2 期。

《围城》导读

　　钱锺书（1910—1998），江苏无锡人，字默存，号槐聚，曾用笔名中书君，中国现当代著名作家和学者。《围城》是钱锺书在 20 世纪 40 年代创作的一部长篇小说。钱锺书学贯中西，在中国的史学、哲学、文学等领域颇有建树，被誉为"博学鸿儒""文化昆仑"。1929 年，钱锺书考入清华大学外国语言文学系。1935 年，以第一名的成绩，成功获得英国庚子赔款公费留学生名额，赴英国牛津大学艾克赛特学院英文系留学。20 世纪 40 年代，钱锺书的散文集《写在人生边上》、短篇小说集《人兽鬼》、长篇小说《围城》、古诗文评论专著《谈艺录》相继出版，在学术界引起巨大反响。《围城》最初连载于《文艺复兴》杂志，后由上海晨光公司于 1947 年出版，作为一部以讽刺著称的长篇小说，它塑造了抗战时期知识分子的"反英雄"群像，被誉为"新儒林外史"。

一、"反英雄"知识分子群像

　　在《围城》初版序言中，钱锺书提醒读者："在这本书里，我想写现代中国某一部分社会、某一类人物。写这类人，我没忘记他们是人类，只是人类，具有无毛两足动物的基本根性"[1]。这一警言实则暗示了《围城》中以方鸿渐为代表的一系列人物只是"人类"，只是"具有无毛两足动物的基本根性"，他们褪去人性光辉的外衣，只剩下人类的惰性与灰暗面，所以整篇小说没有"英雄"与"崇高者"，有的只是在一个个围城中经受"进入—挣扎—跳出—再进入—

---

[1] 钱锺书：《围城》，人民文学出版社，2017，第 1 页。

再挣扎"的轮回，因而丧失一切勇气与希望的"反英雄"式人物。

以主角方鸿渐为例，他出身于一个江南士绅家庭，高中读书时父母就为其定下婚约，他内心虽不愿，却也无力反抗权威，未婚妻早逝，他得以凭借对方的"嫁妆"出洋留学。但"到了欧洲，既不钞敦煌卷子，又不访《永乐大典》，也不找太平天国文献，更不学蒙古文、西藏文或梵文。四年中倒换了三个大学，伦敦、巴黎、柏林；随便听几门功课，兴趣颇广，心得全无，生活尤其懒散"[1]。回国在即，文凭无望，又面临父亲和丈人的威逼，无奈之下他只好从一个在美国的爱尔兰人骗子处购买了一张"克莱登大学"的博士文凭。

回国途中，方鸿渐在船上虽曾畅想未来，然而之后却每日忙着与鲍小姐调情，等到鲍小姐未婚夫出现才明了自己不过成了对方的消遣之物。他虽生气却也没有采取行动予以抗争，只能心里默默念叨着"鲍小姐谈不上心和灵魂。她不是变心，因为她没有心；只能算日子久了，肉会变味。反正自己并没吃亏，也许还占了便宜，没得什么可怨"[2]。拿这样的理由来搪塞自己，简直是阿Q精神的继承者。当他受到苏文纨青睐时，表现出欲拒还迎的姿态，私下里却又爱恋着苏的表妹唐晓芙，在两个女子中周旋，最终只落得竹篮打水一场空，两个女子皆与他擦身而过。终于，他决定接受三闾大学的聘请奔赴内地，却又遭遇教授被降为"副教授"的待遇，他仍然没有反抗，只是自顾自地安慰自己"降级为副教授已经天恩高厚"了。小说最后写他与妻子孙柔嘉因家庭琐事而争吵，仍表现出极好面子与小男人的一面。方鸿渐不是英雄，他近似于西方现代文学中"反英雄"的人物。赵一凡认为，所谓的"反英雄"（Anti-Hero），并非是指反派角色，而是指那些"从西洋传统英雄的高度跌落下来，成为嘲弄反衬前者的一类'哭笑不得变种'"[3]。他们既不是君子也不是穷凶极恶者，他们孤独困惑，在乱世中自行其道，坚守自己的信念。

除了方鸿渐，《围城》中的其他人物也远非"英雄"：苏文纨外表"冷若冰霜、颜若桃李"，实则老于世故、虚伪自负；孙柔嘉外表柔顺，却心机内敛，

[1] 钱锺书：《围城》2版，人民文学出版社，2017，第9页。
[2] 钱锺书：《围城》2版，人民文学出版社，2017，第21页。
[3] 赵一凡：《〈围城〉的隐喻及主题》，《读书》1991年第5期。

一步一步将方鸿渐算计到手；褚慎明以"哲学家"自我标榜，实则擅长投机取巧、故弄玄虚；以三闾大学为中心的一干知识分子更是典型的以校园为官场，做了学术官僚。

这里没有一个英雄，钱锺书是以"反英雄"的角度去写这批知识分子的。其独特之处在于，他并非像"五四"一代作家一般通过批判旧式知识分子的保守与落伍，来讽刺"儒林"如"丑林"，进而反思传统文化的弊端，而是以一批"最新式"的、"留过洋"的高级知识分子，来对传统文化进行批判与反思。《围城》的伟大之处正在于此：以"反英雄"的方式塑造了战时知识分子群像，描绘出他们的战时丑态，进而提醒我们反思现代文明。

二、"流浪汉"小说写法

《围城》围绕主人公方鸿渐一路的所见所闻展开，颇似欧洲"流浪汉"体小说的写法，主角方鸿渐也蕴含了"流浪汉"的特质，终其一生都在旅途中流浪，他不仅没有实质上的终点，心灵亦没有归宿。尤以方鸿渐、孙柔嘉、李梅亭等一干人奔赴内地三闾大学一段最为典型，这段故事以人物在旅途中的遭遇体验为线索，将彼时中国闭塞、封闭的乡镇中种种污垢之事一一道出，如"欧亚大旅社"中发生的"蚤虱大会"，在鹰潭小饭馆内查看一块风干肉上从腻睡里惊醒的蛆虫，众人因目睹风干肉中袅袅蠕动的蛆虫而与伙计争吵，颇具堂·吉诃德之风。

但方鸿渐的旅途是没有归宿的，他的冒险之旅一开始就注定要失败，在北平上大学期间他混沌度日，欧洲留学期间更是无心学业，教育求学之旅辛酸颠沛，求文凭失败。归国途中，在游轮上临着海阔天空对未来满怀期望的方鸿渐根本不知他接下来还将面临一系列坎坷，一系列失败。紧随其后的是爱情上的失败，他先是被鲍小姐当了消遣的玩物，又在与苏小姐和唐晓芙的交往中两面受挫，最后陷入孙柔嘉的温柔圈套，进了"金漆的鸟笼"。至于事业，他归国后先是在"岳丈"工作的"点金"银行帮忙，好容易收到内地三闾大学的聘请，从上海一路颠簸至湖南平成，却因为没有学位，只得到了副教授的职位，最后更是被停止聘用。同孙柔嘉回到上海后，在赵辛楣的引荐下，他到了赵辛楣之前工作的华美新闻社就业，后又收到赵辛楣请他去重庆工作的邀请，然而孙柔嘉却颇不赞同丈夫如此依赖赵辛楣，于是故事以方孙二人大吵一架而告终。方鸿渐的事业路线亦清晰可见：欧洲—游轮—上海—湖南平成—上海，然而他的求索之旅亦像一个"围城"一般，他只是进入一座"城"，失败后面目全非地出来，又浑浑噩噩地进入下一座"城"。他在人生路上对自己的事业没有丝毫规划，内心没有坚定的信念，只是得过且过，他始终像浮萍一般，随遇而安，如流浪汉般漂泊一生。

在家中，他不仅如流浪汉般无归宿，还如局外人一般冷眼旁观。他出身于士绅家庭，作为家里的长子本应继承家业，却因受了"岳丈"的资助，归国后没在家待上两天就去岳家"寄人篱下"了，等到自己成了婚，家里却没有夫妻俩居住的空间，只能外出租房子，自食其力。父母试图主导他的家庭，妯娌也对他们夫妻指指点点，妻子颇有主见，一心争夺这个小家的主导权，他像一个家庭生活中的"多余人"，不仅没有自主权，也没有话语权，是一个彻头彻尾的"流浪汉"与"局外人"。

总的来说，《围城》通过"流浪汉"小说的叙述模式，将方鸿渐漂泊不定的一生及其在教育、爱情、事业、婚姻之途中的挫折和失败一一道来，把方鸿渐这样一个普通的"现代人"毁灭给读者看，尤其写出他精神上的萎缩和人生信念上的空无，从而使他的人生经历具有极大的象征意味，象征着整个现代人类的生存困境。值得深思的是，正如小说结尾处那个似乎未完的结局，方鸿渐的流浪之旅还将继续，现代性危机的深渊也正在"惘惘地"注视着我们。

三、现代性危机的揭示

1944 年，钱锺书开始创作《围城》，他在初刊本序中说"忧乱伤生，屡想中止"，吴晓东认为这是由于第二次世界大战的创伤所致，故《围城》可以看成是钱锺书对这一时代的检讨，对战争年代文明现状的审视与自我审视，"从而使中国知识分子在时代正在行进的过程中就补上了文明批判和人性反思的一课"[1]。经过了两年的"忧世伤生"，1946 年《围城》终于完成，连载于郑振铎、李健吾主编的《文艺复兴》杂志上。小说以老练的文笔，辛辣的讽刺艺术，颇具智慧的警句，成为 20 世纪 40 年代中国小说的翘楚之一，其颇具现代性意味的讽刺主题，亦体现了作者思考的深广度。

《围城》在内容上虽围绕方鸿渐等一干知识分子在战乱中的爱情、工作、家庭、教育等方面展开，但钱锺书在整部书中所渗透的思考并非仅仅是具体时代语境的反映，而是远超其所处的 20 世纪 40 年代，他的"审美概括是涵盖整个人生——当然事实上主要是现代文明中的现代人生"[2]。

《围城》中当然有钱锺书对中国特定时代背景的反映和历史文化的反思，但与同样在 20 世纪 40 年代大红大紫的张爱玲执着于饮食男女，书写"不彻底的人物""安稳的一面"不同，钱锺书立足于当时畸形繁荣的资本主义土壤——上海，将中国文明与世界文明相连，所以《围城》实际上是对整个现代文明进行整体反思和审视的艺术结晶，它所要"反映和揭示的是整个现代文明的危机和现代人生的困境"[3]。因此，《围城》不仅仅是一部如《儒林外史》一般讽刺知识分子精神空虚、生活颓废的讽刺小说，也不是一部"地地道道的爱情小说"，而是把审美观照与思想批判指向了整个人类世界，尤其是现代世界。在《魔鬼夜访钱锺书先生》一文中，钱锺书曾借魔鬼之口道出："到了十九世纪中叶，忽然来了个大变动，除了极少数外，人类几乎全无灵魂。"[4]他深刻地反思了现代性的危机、人类灵魂的有无、心灵的孤独等形而上的问题。与此同时，作为小说前景的战争与隐藏在小说语言中的战争修辞也同样可以作为一种隐喻，成为钱锺书传达时代症候的"有意味的形式"，毕竟没有什么比第二次世界大战更能表现人类文明的危机了，而战争正是现代性危机的重要表现形式。

值得一提的是，在《围城》的故事接近尾声时，钱锺书还在借方、孙二人

[1] 吴晓东：《"既遥远又无所不在"——〈围城〉中作为讽喻的"战争"话语》，《中国现代文学研究丛刊》2019 年第 7 期。

[2] 解志熙：《人生的困境与存在的勇气：论〈围城〉的现代性》，《文学评论》1989 年第 5 期。

[3] 解志熙：《人生的困境与存在的勇气：论〈围城〉的现代性》，《文学评论》1989 年第 5 期。

[4] 钱锺书：《魔鬼夜访钱锺书先生》，《钱锺书作品集》，甘肃人民出版社，1997，第 425 页。

的争吵中孙柔嘉的一句抱怨——"好好的讲咱们两个人的事，为什么要扯到全船的人，整个人类？"[1]提醒我们，这个故事所指涉的不仅仅是俗世男女、知识分子，而是"整个人类"，也点出《围城》的终极意旨是在整个人类存在的维度之上，关于人的本性、人存在的价值和意义、人的出路等问题的思考，尤其是"整个人类"所面临的"现代性危机"。"围城"一如卡夫卡笔下的"城堡"，是个圈套，终将俘获无数"西西弗斯"日复一日地往复。

撰稿人：丁茂

拓展阅读

1. 温儒敏：《〈围城〉的三层意蕴》，《中国现代文学研究丛刊》1989 年第 1 期。

2. 蓝棣之：《对于人生的讽刺和感伤——钱锺书〈围城〉症候分析》，《贵州社会科学》1999 年第 3 期。

3. 金宏达：《钱锺书小说艺术初探》，《江汉论坛》1983 年第 1 期。

4. 田蕙兰、马光裕、陈珂玉：《钱锺书 杨绛研究资料》，知识产权出版社，2010。

5. 杨联芬：《钱锺书评说七十年》，文化艺术出版社，2010。

---

[1] 钱锺书：《围城》，人民文学出版社，2017，第 303 页。

《我们夫妇之间》导读

　　萧也牧（1918—1970），浙江吴兴人，原名吴承淦，笔名吴犁厂、萧也牧等。他创作的短篇小说《我们夫妇之间》是当代文学史上一部毁誉参半的作品，它所引发的文学批评也是文学史上的标志性事件。小说主要讲述了知识分子李克和贫农出身的妻子张同志在"革命之后"进城及其与战争时期不同的生存、精神状态，拥有"小资产阶级情调"的李克与劳动者出身的妻子产生了形形色色的矛盾，最终在互相"调和"中重归于好，重新成为"知识分子和工农结合的典型"。小说注重对个人细腻情感的刻画，萧也牧也因这一短篇小说成为1949年后第一个受到大规模批判的作家。然而在《我们夫妇之间》发表之初，颇有过一阵赞扬之声，自1950年发表在《人民文学》上起，它就因其城市题材和对日常生活的描写受到读者的欢迎，并带动了电影、话剧和连环画改编，多种形式的改编不断托举出这一作品的热度，这也为其后遭遇大规模批判埋下了伏笔。

一、批判事件始末

　　《我们夫妇之间》在初发表时被认为是"一篇具有一定思想内容的作品，情节单纯明显，描写细腻委婉，尤其在语言上更显得生动朴素，读起来也动人，可以说是一个有感染力的短篇"，然而事情的导向发生了变化，1951年6月10日，陈涌发表了《萧也牧创作的倾向》一文，指出《我们夫妇之间》有意丑化工农兵干部，将知识分子和工农干部之间的思想斗争庸俗化，"它在创作上的表现是脱离生活，或者依据小资产阶级的观点趣味来观察生活"。此时陈涌的批评尚属于文学评论的范畴，语气还算温和。真正将《我们夫妇之间》和萧也牧送上审判席的是化名"李定中"的冯雪峰发表于《文艺报》上的《反对玩弄人民的态度，反对低级趣味》的文章，文中斥责萧也牧是"敌对阶级"，认为作者的态度"是阶级敌人对劳动人民的态度"[1]，并将作者的创作定性为"脱离政治"[2]，这就引起了人们的广泛关注。8月18日，《文艺报》的主编丁玲正式代表官方发声，公开批评《我们夫妇之间》，斥责其小资产阶级倾向。此后，在丁玲的领导下，以《文艺报》为核心的文学界名流形成了对萧也牧创作的攻势，其中包括出席《我们夫妇之间》改编影片座谈会的官员及作家，如严文井、王震以及刘宾雁等人，最终10月25日，萧也牧在《文艺报》上发表了检讨《我一定要切实地改正错误》。发表《我们夫妇之间》的《人民文学》也"被波及"，它在这一全国性批判风波中的缄默也被清算，被迫在1952年初的"文艺整风"中就其表现出来的"迟钝"作出检讨和反省。事实上，有关《我们夫妇之间》的批判事件反映出强大的政治力量对文学的干预，文学自身的秩序被极大地破坏。

二、政治伦理下的"乡下人进城"

《我们夫妇之间》看似围绕着李克和张同志的种种生活琐事而展开，实际上夫妻矛盾几乎全部都是在"进城"以后集中发生的。其矛盾主要源于二人身份、生活方式等方面的差异。小说开篇就指出："我"和妻子出身差异巨大，"我是一个知识分子出身的干部；我的妻却是贫农出身"[3]。学者王彬彬提出，《我们夫妇之间》是当代最早触及"城市生活"和"城市问题"的小说，萧也牧也成为城市问题的发见者。[4]"乡下人进城"意味着一个新的时代的开始，

[1] 萧也牧：《我们夫妇之间》，花城出版社，2010，第94页。

[2] 萧也牧：《我们夫妇之间》，花城出版社，2010，第97页。

[3] 萧也牧：《我们夫妇之间》，花城出版社，2010，第1页。

[4] 王彬彬：《王彬彬专栏："姑妄言之"之二——"城市文学的消亡与再生"——从〈我们夫妇之间〉到〈美食家〉》，《小说评论》2003年第3期。

同时也指向了革命党向执政党转变过程中的巨大焦虑。[1]大批干部开始进入城市，或主动或被动地接受着城市的改造，而他们又以自己的生活方式影响着城市。这也为和平年代的城乡冲突添加了一层政治伦理的意味。早在1949年，毛泽东同志就告诫干部们，在将党的工作重心从乡村转移到城市的过程中要防止资产阶级"糖衣炮弹"的侵蚀，要戒骄戒躁。"必须学会在城市中向帝国主义者、国民党、资产阶级作政治斗争、经济斗争和文化斗争……并在斗争中取得胜利"，否则"我们就不能维持政权，我们会站不住脚"。"农村包围城市"更多指的是结合农村的革命力量和资源来消灭城市中的帝国主义和封建主义势力。即使战争胜利之后成为城市的主人，人民已然翻身，但在潜意识中仍然不免将城市与农村对立起来。在1949年之前，城市是滋生腐败和罪恶的渊薮，是资产阶级聚生之地与大本营，是阶级敌人的容身之所。因此，革命成功后的社会主义改造事实上面临着双重改造，即资本主义、资产阶级的社会主义改造和农业社会的城市化改造，而"乡下人进城"，实现由"农民"向"市民"身份的转变，也是城市化改造的题中应有之意。

三、"进城者"与"返城者"的冲突与焦虑

"进入城市"在某种意义上表征着政权的合法性。[2]事实上，《我们夫妇之间》之所以引起全国性的批判，也正是因为触及了这一重要命题。它对中华人民共和国成立后生活重心由农村转向城市而引起的焦虑和冲突作了注解。在这部小说中，夫妇间的一切矛盾都在"进城"后铺展开，这种不同生活习惯和日常观念带来的冲突实际上也意味着"进城者"与"返城者"的冲突、"改造"与"被改造"的焦虑。对城里人李克来说，"返城"意味着享之不尽的幸福生活，虽然也是第一次进北京城，"但那些高楼大厦，那些丝织的窗帘，有花的地毯，那些沙发，那些洁净的街道，霓虹灯，那些从跳舞厅里传出来的爵

---

[1] 徐刚：《"十七年文学"中的"乡下人进城"》，《文艺争鸣》2012年第8期。

[2] 王亚平、徐刚：《"进城"的冲突与"改造"的焦虑——〈我们夫妇之间〉及其批判的再阐释》，《中国文学研究》2013年第2期。

士乐"都是无比熟悉的元素，即使身上"还是披着满是尘土的粗布棉衣"[1]，李克的心里仍然充满了对"新生活"的欣喜与渴望。

与之形成鲜明对比的是张同志的态度，她大发议论，"那么多的人！男不像男女不像女的！男人头上也抹油……女人更看不得！那么冷的天气也露着小腿；怕人不知道她有皮衣，就让毛儿朝外翻着穿！嘴唇血红红，像是吃了死老鼠似的，头发像个草鸡窝！那样子她还觉得美的不行！坐在电车里还掏出小镜子来照半天！整天挤挤嚷嚷，来来去去，成天干什么呵……'总之，一句话：看不惯！'"。口中还不时地吐露着脏话，这一切在李克的眼中都失去了原先的朴素之美，随着城市生活的展开，她的保守狭隘也越发明显，她在行动上显得与城市的一切生活习惯都不合拍，变成了一个"农村观点"十足的"土豹子"。而在妻子眼中，李克则失去了艰苦朴素的优良传统，沉溺于小资情调的城市生活，他的心"大大的变了"，两人的冲突与矛盾裹挟在生活的鸡毛蒜皮里：张同志的艰苦朴素到了城市里变成了刁钻小气，她还常常爱在众人面前责难李克，李克宁愿用稿费自我享受也不愿救济被水灾困扰的农村家庭。

除此之外，我们还应该关注到二人对于同一事物的不同理解：比如李克对城里人"剥削"式的生活方式几乎就是肉眼可见的淡漠和习惯，"十三四"岁"瘦得像只猴儿"的"蹬三轮的小孩"，却拖着一个"气儿吹起来似的大胖子"[2]，皮鞋铺老板辱骂学徒，对他而言，返城不过是将熟悉的城市消费元素重新唤起。张同志则以不愿意妥协的姿态抗拒城市中的一切生活习惯，欲改造城市。看似是夫妻间的冲突，实质是其背后代表的种种阶级观念和伦理道德的冲突，体现了"改造"与"被改造"背后的政治焦虑，以及农民与知识分子的话语权冲突。

四、小说的删改

萧也牧为小说设置了一个"和解"的大团圆结局，以此塑造一个"知识分子与工农结合的典型"。然而萧也牧在《我一定要切实地改正错误》一文中自述，因不断"听到对我作品不满的意见"后感到惴惴不安，最终在 1950 年秋

---

[1] 萧也牧：《我们夫妇之间》，花城出版社，2010，第3-4页。

[2] 萧也牧：《我们夫妇之间》，花城出版社，2010，第4页。

对这篇小说进行了两次删改："张同志不骂人了，李克一进北京城那段城市景色以及'爵士乐'等等删掉了，张同志'偷'李克的钱以及夫妇吵架的场面改掉了，凡'知识分子和工农结合'等字样删掉了。结尾处，李克的'自我批评'中删去了'取长补短'等字眼，在李克自认的错误之前，加上了'严重''危险'等形容词，并且把李克改成参加革命才四五年的一个新干部等等"[1]。然而"只动皮毛，筋骨依旧"，不难发现萧也牧所作的几次删改，只是为了美化张同志的形象，从而弱化"进城"和"返城"之间的冲突与焦虑。在政治高压下，萧也牧所作的两次补救是完全徒劳的。

毛泽东同志曾经将"进城"比作"赶考"，萧也牧也写到了李克夫妇进城后，生活所面临的考验，不得不说他作为创作者的嗅觉是敏锐的：一旦进城，必然就会触及"变"与"不变"的问题，男女主人公的所有矛盾事实上也是源于"变"，"进城"就是一道考验。就像张同志多次担忧李克被城市改造，某种程度上也是隐含着对"变质"的担忧。因此，批评根本源于"改造"与"被改造"的矛盾，而萧也牧也无法解决好这个矛盾。

撰稿人：叶亦杉

拓展阅读

1. 李屹：《从北平到北京：〈我们夫妇之间〉中的城市接管史与反思》，《文艺争鸣》2017 年第 4 期。

2. 张鸿声：《〈我们夫妇之间〉及其批判在当代城市文学中的意义》，《郑州大学学报 (哲学社会科学版)》2005 年第 4 期。

3. 周燕芬：《1950 年代初中国文艺运动中的文学问题——以对〈武训传〉〈我们夫妇之间〉的批判为例》，《中国现代文学研究丛刊》2015 年第 7 期。

4. 姚丹：《"艺术力"与"人民力"——从冯雪峰批评〈我们夫妇之间〉谈起》，《文艺争鸣》2014 年第 4 期。

---

[1] 萧也牧：《我们夫妇之间》，花城出版社，2010，第 138 页。

《青春之歌》导读
——革命与女性的互动

  杨沫（1914—1995），原名杨成业，湖南湘阴人，中国当代女作家。著有《青春之歌》《芳菲之歌》《英华之歌》等小说以及散文与报告文学。长篇小说《青春之歌》于 1958 年由人民文学出版社出版，该小说一出版便成为畅销书，仅在当年就印行了 121 万册；1959 年初被改编成电影，并作为新中国成立十周年献礼片公映，是当时的优秀影片之一。2019 年，该小说入选"新中国 70 年 70 部长篇小说典藏"。

  《青春之歌》也被学界认为是作者杨沫的自传体小说，在主人公林道静身上可以看到作者杨沫的影子，杨沫在《青春之歌》的《初版后记》中说道："我的整个幼年和青年的一段时间，曾经生活在国民党统治下的黑暗社会中，受尽了压榨、迫害和失学失业的痛苦，那生活深深烙印在我的心中，使我时常有要控诉的愿望；而在那暗无天日的日子中，正当我走投无路的时候，幸而遇见了党。是党拯救了我，使我在绝望中看见了光明，看见了人类的美丽的远景；是党给了我一个真正的生命，使我有勇气和力量度过了长期的残酷的战争岁月，而终于成为革命队伍中的一员……这感激，这刻骨的感念，就成为这部小说的原始的基础。"[1] 林道静与杨沫的成长经历高度相似，两人都出生在大户人家，但从未感受到家庭的温暖，老鬼在《我的母亲杨沫》中曾说："杨沫小时候像

---

  [1] 杨沫：《青春之歌》，北京出版社，1996，第 598 页。

个孤儿，缺衣少穿，还经常遭到打骂"[1]，这与林道静的童年生活颇为相似，两人亦都经历了反抗父母包办婚姻—离家出走—为生活而奔波—同进步青年相识—在抗日战争中接受教育并逐步成为一个坚定的无产阶级革命女战士的成长过程。

在"十七年"文学中，出现了一定数量的以女性形象为主体的文本，但受传统观念的约束，女性意识依然隐约细微，须隐藏在男性话语之下，这些女性形象既没有"秋风秋雨愁煞人"式的悲凉，也不会在现实与理想之间徘徊，而是站在时代的潮头上，淋漓尽致地展现女人的"雄姿"，常表现出男性特征。比如"咋看去活像一个地地道道的小伙子"（李金山《锻炼》），走路"登登登，说话瓮声瓮气"（建才《管家嫂子》），"高喉咙大嗓子"（王汶石《新结识的伙伴》），等等。[2] 作为"十七年"文学中少有的小资产阶级知识女性形象，林道静虽然最终也成长为一个坚定的无产阶级革命女战士，但是在她的成长过程中不时会显露出女性对浪漫的向往，所以《青春之歌》在当时饱受争议，甚至在出版之前就被编辑指出小说有很多地方充满着小资产阶级知识分子的不健康的思想和感情[3]，出版之后更是遭到热议，工人郭开首先发难，指责《青春之歌》"充满了小资产阶级情调，作者是站在小资产阶级的立场上，把自己的作品当作小资产阶级的自我表现来进行创作的"[4]，随即《文艺报》《中国青年》《人民日报》《中国青年报》等报刊展开了有关《青春之歌》的热烈论争，茅盾、何其芳等人还发表文章支持《青春之歌》。但即便当时支持《青春之歌》的文章众多，杨沫还是对《青春之歌》进行了修改，在1960年的修订本中修改了林道静经受革命教育和锻炼之后过多流露的小资产阶级感情，减少了其中的爱情描写，增写了"一二·九"运动的第三章和在农村与工农结合的第七章。

与其说《青春之歌》中林道静对爱情的选择和她一开始对革命的天真理解，

---

[1] 老鬼：《我的母亲杨沫》，同心出版社，2011，第7页。

[2] 李旭琴：《革命与女性的纠结——小说〈青春之歌〉的一种解读》，《牡丹江大学学报》2007年第2期。

[3] 张羽：《〈青春之歌〉出版之前》，《新文学史料》2007年第1期。

[4] 沈阳师范学院中文系：《中国当代文学研究资料·杨沫专集》，沈阳师范学院中文系，1979，第406页。

体现了小资产阶级知识分子的缺陷，毋宁说这是林道静身为女性的情感的自然流露。作为跳出传统命运安排走上革命道路的新女性，杨沫始终关注女性问题，对妇女遭受的歧视十分敏感。"由这样一位具有强烈女性意识的女作家创作的《青春之歌》，作为一部以女性为中心焦点、流贯作者个人生活体验和经历的'自传式的小说'，必然是女性独特的精神表达，是女性追求自由解放、探求人生意义的心路历程。正如《钢铁是怎样炼成的》是典型的男性写作，《青春之歌》也以它混沌乃至扭曲的形态表现出女性写作的实质。"[1]虽然小说由于时代主流观念强有力的推动，也被纳入文学一体化的趋势，其中处于权威的、主导地位的话语，是革命与阶级斗争的话语。一方面，作家认同了"革命"的主流意识形态；但另一方面，我们仍可看出潜在的女性话语。正如张清华所言："《青春之歌》中隐含了一个'女性主义'的叙事，这在革命叙事中显然是一个特例，同时也是这部作品的另一个值得称道的地方，因为在十七年小说中，类似'一个女人和几个男人的悲欢离合'这样的叙事差不多是绝无仅有的。"[2]

一、女儿——革命中的合法化身份

在"十七年"时期的文学创作中，女性失去了性别身份，丧失了主体意识，女性叙事"被迫隐去自己的性别身份，而成为宏伟历史叙事的一小块装饰物和调味品"[3]。因此，"在革命的场景中，可以'合法'保有的女性身份主要有两种：一种是母亲——大地之母、子弟兵之母、祖国母亲、党母亲等等；另一种则是女儿"[4]。《青春之歌》中的林道静，则是以女儿的身份走向了革命之路。在小说中，林道静通过对革命认识的步步深入，由此从地主之女蜕变为党的女儿。林道静出身于官僚地主家庭，生母秀妮是佃户的女儿，在她一周岁时生母就被林家赶出家门，随后投河自尽，继母一心想将林道静培养成"摇

---

[1] 张懿红：《"革命"：作为女性写作的〈青春之歌〉》，《甘肃联合大学学报（社会科学版）》2005年第1期。

[2] 张清华：《从"青春之歌"到"长恨歌"——中国当代小说的叙事奥秘及其美学变迁的一个视角》，《当代作家评论》2003年第2期。

[3] 张清华：《抗争·迷失·寻找——20世纪中国女性意识的变迁与当代女性主义小说》，《山东理工大学学报（社会科学版）》1999年第2期。

[4] 李旭琴：《革命与女性的纠结——小说〈青春之歌〉的一种解读》，《牡丹江大学学报》2007年第2期。

钱树",在虐待她的同时还送她去学校读书,林道静因此接触了许多新式事物。当继母逼迫她嫁给官僚胡梦安时,为了反抗包办婚姻,她毅然决然地离家出走。在那个时期,挪威戏剧家易卜生的《玩偶之家》极大地鼓舞了青年男女对个性解放和婚姻自由的追求,一时之间大家都像娜拉一样,选择出走。然而,鲁迅先生在《娜拉走后怎样》的讲演中,尖锐地谈到了娜拉出走后可能发生的两种结局:一为堕落,一为回来。《伤逝》中的子君恰恰印证了这点。林道静在离家后,也差一点儿走上了娜拉们的悲剧道路,在投奔表哥未果,又意识到余敬唐的龌龊心思后,她在绝望中选择了投海自杀,后被余永泽所救。林道静很快陷入与余永泽的热恋,可当热情退却之后,她开始怀疑这样的生活,她感到不安和愧疚,此时,她的内心已如一潭死水,可卢嘉川的出现又让她重新燃起了对未来的期望,卢嘉川以精神拯救者的形象,作为"党"的人格化身出现在她面前,一步步指引她走向真正的新生。

林道静与余永泽是自由恋爱,这似乎符合"娜拉们"的婚恋观念,但事实上,尽管余永泽是一位现代知识分子,他与林道静的结合也带有反封建礼教的性质,但他的爱情婚姻观仍浸染着传统的男权主义,他只希望林道静成为他的贤内助。所以林道静这一次的出走是失败的,她还是处在封建传统家庭的围墙之中。这个时候,卢嘉川出现了,他赠予林道静一些革命理论书籍,在卢嘉川的影响和引导下,林道静开始改变了,"过去沉默寡言、常常忧郁不安的她,现在竟然坐在门边哼哼唧唧地唱着,好像一个活泼的小女孩……她那双眼睛——过去它虽然美丽,但却呆滞无神,愁闷得像块乌云;现在呢,闪烁着欢乐的光彩,明亮得像秋天的湖水,里面还仿佛荡漾着迷人的幸福的光辉。"[1]在卢嘉川被捕后,林道静感觉"失掉了卢嘉川的领导,失掉了党的爱抚,她觉得自己重又变成了一个死水里面的蝌蚪"[2]。在林道静心里,卢嘉川和党之间已无明显界限,而江华则是卢嘉川的精神延续,小说写道,林道静入党后对江华说:"我把你看成我的恩师,看成我的兄长。我一直非常感激你对我的培养……你对我

---

[1] 杨沫:《青春之歌》,人民文学出版社,2005,第103-104页。
[2] 杨沫:《青春之歌》,人民文学出版社,2005,第184页。

各方面的帮助很大，正像卢嘉川对我一样……"[1]无疑，在林道静眼里，江华已具备了"父亲"的神圣性。在林道静心中，卢嘉川和江华都成了党的化身——一位非肉身的父亲：共产党、社会主义制度及共产主义事业。正如有论者所说："他们事实上扮演着'代父'的角色。他们秉承了崭新意识形态的秩序与法，并向林道静灌输之……无论是卢嘉川还是江华无疑都具有了成为林道静精神父亲的资格与条件。"[2]在党的指引下，林道静成功规避了"娜拉"们的困境，这也告诉人们：女性在出走"玩偶之家"后，应投身于"集体""人民"或"革命"的群体之中，才有出路和壮丽的青春。

二、爱情——女性话语的隐现

有论者认为，《青春之歌》讲述的是一个女人和三个男人的情感故事，是对红色经典宏大叙事的另类解构。[3]张均在《"莎菲"如何驯服革命——长篇小说〈青春之歌〉本事研究》一文中则提出，杨沫以革命的名义相对完整地记录了自己的隐秘经验，尤其是以"成长"机制将自己不宜公开的"莎菲"化的婚外私情翻转成了圣洁的"革命时代的爱情"。[4]也有论者指出，余永泽、卢嘉川和江华分别代表着中国知识分子不同的历史选择：余永泽代表的是资产阶级人道主义，卢嘉川代表了理论化的马克思主义，江华代表了中国化的马克思主义，林道静最终选择了江华，也就意味着知识分子只有选择中国化的马克思主义才是正确的道路。[5]从这一角度来看，林道静的选择似乎与革命、阶级有关，而与爱情无关，"在主导意识形态的影响下，更多的是女作家在叙述故事时自觉或不自觉地采取男性视点。因此，在叙述者的位置、感知程度和视点运用方面，'男性的'可以概括为权威的、集体的，也就是主流的；而'女

---

[1] 杨沫：《青春之歌》，人民文学出版社，2005，第405页。

[2] 王宇：《性别／政治：〈青春之歌〉的叙事伦理》，《江苏社会科学》2003年第4期。

[3] 朱冰：《〈青春之歌〉：一个女人和三个男人的故事——红色经典宏大叙事的另类解构》，海南师范大学硕士学位论文，2008。

[4] 张均：《"莎菲"如何驯服革命——长篇小说〈青春之歌〉本事研究》，《中国当代文学研究》2020年第5期。

[5] 朱冰：《〈青春之歌〉：一个女人和三个男人的故事——红色经典宏大叙事的另类解构》，海南师范大学硕士学位论文，2008。

性的'则可以概括为情感的、个体的，也就是边缘的。"[1]但即便是边缘的，我们依然能看到潜藏在革命话语之下的属于女性的隐秘、独特的爱情体验。

从表面上看，《青春之歌》意在揭示林道静的性格发展、成长的动力是革命，她向往革命，在革命中成长是主导。革命形势的热潮熏染带动了林道静，使之与温情脉脉的小资产阶级生活决裂；革命血雨腥风的锤炼，使她成为真正的革命者。归结起来，革命是林道静成长的出发点和最终归宿。但潜在的文本信息告诉我们，林道静走上革命之路还有其他原因，那就是她爱上了卢嘉川。林道静初次接触与革命有关的事物应该是过年期间在白莉苹家中的聚会，一开始面对其他人对时局的控诉，林道静一直处于一种旁观者的状态，作者没有描写她内心的波动。可卢嘉川一出现，林道静的心便微微一动，为他俊朗的外表所吸引。第二次见到卢嘉川，他的魅力更使林道静沉醉，她同卢嘉川谈话时是喜悦的，甚至心里是慌乱的，这些都证明她已经爱上了他。巧的是，林道静对革命道路的选择与她对爱情的选择正好相吻合，"因为你革命，所以我爱你"，反过来亦然，"因为我爱你，所以我革命"，因为她所爱的人是革命者卢嘉川，所以爱屋及乌，她也就爱上了卢嘉川所从事的革命事业。林道静在与余永泽分开前曾经说道："这就是政治上分歧、不是走一条道路的'伴侣'是没法生活在一起的。光靠着'情感'来维系，幻想着和平共居互不相扰，这只是自己欺骗自己。"[2]事实上，林道静和余永泽不仅对革命的态度不同，林道静后来对余永泽也没有那种少女式的爱慕了，她已经爱上了卢嘉川，政治道路的分歧只是林道静为自己离开余永泽找到的最合适的理由罢了，革命为爱情作了掩护。

在女性与革命的维度中，作为"党的女儿"，林道静在娜拉"不是堕落，就是回来"的两条道路之外，寻找到了第三条道路，即走向革命。妇女解放是伴随着社会的解放而实现的，而在林道静成长为革命者的过程当中，男性发挥着极大的作用，这在一定程度上体现出对父权领导地位的皈依。但林道静的成长过程始终伴随着爱情，这又使小说中有女性话语的隐现。"小说以林道静情

---

[1] 陈顺馨：《中国当代文学的叙事与性别（增订版）》，北京大学出版社，2007，第 59 页。

[2] 杨沫：《青春之歌》，人民文学出版社，2007，第 180–181 页。

感的经历为主线，其情感在革命中考验与升华，革命意志在情感中坚强。这些让人感动，一个女子因为恨而出离，又因为爱去革命。这是十七年文学里很少见的。"[1]这些让小说的文字充满感性与理性的交融，孕育了革命与恋爱的交织，也是小说在批评之声中仍赢得众多读者的重要原因。

撰稿人：唐诗琪

拓展阅读

1. 贺桂梅：《"可见的女性"如何可能：以〈青春之歌〉为中心》，《中国现代文学研究丛刊》，2010 年第 3 期。

2. 张清华：《从"青春之歌"到"长恨歌"——中国当代小说的叙事奥秘及其美学变迁的一个视角》，《当代作家评论》2003 年第 2 期。

3. 张均：《"莎菲"如何驯服革命——长篇小说〈青春之歌〉本事研究》，《中国当代文学研究》，2020 年第 5 期。

4. 倪贝贝：《试论〈青春之歌〉的接受史》，《长江大学学报(社会科学版)》2011 年第 11 期。

---

[1] 杜鹃：《"十七年"文化传播中女性形象的消解与建构——以〈青春之歌〉中林道静形象传播为例》，西南大学硕士学位论文，2012。

《百合花》导读

  茹志鹃（1925—1998），出生于上海，祖籍浙江杭州，中国当代著名女作家。11 岁后在一些教会学校、补习学校念书。1943 年随兄参加新四军，先是在苏中公学读书，以后一直在部队文工团工作。1955 年从南京军区转业到上海，在《文艺月报》做编辑。著有四幕话剧《800 机车出动了》（合作），小说集《百合花》《高高的白杨树》《静静的产院》等。话剧剧本《不带枪的战士》获南京军区文艺创作二等奖，短篇小说《剪辑错了的故事》获 1979 年全国优秀短篇小说奖。茹志鹃以短篇小说见长，她的作品笔调清新俊逸，情节单纯明快，细节丰富传神，善于从较小的视角去反映时代本质。

  《百合花》是茹志鹃创作的短篇小说，首发于《延河》1958 年第 3 期。小说以解放战争为背景，描写了 1946 年的中秋，在部队发起总攻之前，小通讯员送文工团的女战士到前沿包扎所，以及二人到包扎所后向一个刚过门三天的新媳妇借被子的小故事，表现了战争年代崇高纯洁的人际关系，歌颂了人性美和人情美，赞美了小战士平凡而崇高的品格。该小说被选入部编版高中语文必修教材。

  《百合花》是一篇将政治主题和人性意蕴巧妙结合的佳作。它讲述了战争年代人与人之间真挚的友情，赞美了小战士平凡而崇高的品格，表达了对人性回归和对真善美的呼唤。它表面上表现了战争时代的军民鱼水情，但在更深层面上，歌颂了人性美、人情美。它告诉人们，即使在硝烟弥漫的战争年代，人对生活的热爱，对美的热爱都没有泯灭。文中写到小通讯员步枪筒里"稀疏地插了几根树枝，这要说是伪装，倒不如算作装饰点缀"[1]，后来在他的枪筒里，不知什么时候，又多了一枝野菊花，和那些树枝一起，在他耳边抖抖地颤动着。这些描写无不是在写小通讯员的爱美之心。而文中对小通讯员不好意思和女同志同行，在得知向新媳妇借来的被子是人家唯一的嫁妆时的内疚不安和对新媳妇的同情，新媳妇在护理伤员时羞涩得只同意给"我"打下手，以及对小通讯员舍己救人牺牲过程的叙述，表现出强烈的人性美。小通讯员以牺牲自己的生命来保全担架员生命的英雄壮举，是至高至善的人间至爱，展现了他崇高的人格美，也流露出作者对美好人性的呼唤。

小说通过三个连姓名都没有的人物之间的关系，谱写了一曲"没有爱情的爱情牧歌"。在通讯员和"我"之间，作者构设了一种比同志、比同乡更为亲切的感情，但它又不是一见钟情的男女间的爱情。"我"以类似手足之情的情感，带着女同志特有的母性，来看待他，牵挂他。这是一种复杂微妙得无以言表的美好情感。至于通讯员和新媳妇之间，同样也有一种圣洁美好的感情，那感情如同被子上的百合花图案一样纯洁。作者之所以选择新娘子而不是姑娘或大嫂来讲述故事，是要用一个正处于爱情幸福之中的美神，来反衬年轻的、尚未涉足爱情的战士。一位刚刚开始生活的青年，当他献出一切的时候，他也得到了一切：洁白无瑕的爱，晶莹的泪。

与同时代的作品相比，茹志鹃的《百合花》可谓匠心独运、别出心裁。在中华人民共和国成立初期的主流文坛，描写革命战争或反映农村巨变的文学作品较为盛行，那些聚焦于战争的小说普遍倾向于塑造抗战中或解放战争中的典型、光辉的共产党人的英雄形象。如《红岩》的主人公江姐，《红日》的主人公沈振新、梁波等。这些"红色经典"有着宏大的主旋律。而《百合花》却选择了从平凡的人——一个小通讯员入手，加以精细挖掘和描绘，以反映时代面貌，揭示人物的崇高和伟大，来顺应时代"红色"的潮流。一个天真、纯洁、质朴甚至还略带腼腆的通讯员，面对危险，奋不顾身，不惜献出了自己年轻的生命。这何尝不是一个忠于人民，忠于革命，忠于党的不朽战士呢？从这个意义上来说，《百合花》确实可称得上是"万绿丛中一点红"，在众多的革命题材、

---

[1] 茹志鹃著，杨柳编选：《百合花：茹志娟小说选》，人民文学出版社，2021，第57页。

英雄形象的作品中，另辟蹊径，描写平凡人的真挚情感。

茹志鹃的《百合花》为我们谱写了纯洁的诗篇，展示了人间的真挚感情。她不写战斗的激烈场面，也不写战士的英勇杀敌，却选择了"百合花"这一独特的具有象征意义的形象来书写人间的真情。在茹志鹃的作品中，没有气势雄浑的宏大叙事，有的只是生活中的一个个小细节、一朵朵小浪花，虽然很容易被人忽视，但每次想起却又那么温情。

茹志鹃善于从生活中的小人物、小细节出发，真实展示人物的内心世界。在《百合花》中，作者对通讯员的描写非常细腻逼真。他虽已经十九岁，却仍未摆脱孩子般的腼腆和羞涩：和"我"（一个女同志）同行时，一直走在"我"前面，把"我"撂下很远之后，又自动地在路边站下等"我"；中途休息时，坐在"我"对面的他，局促不安，掉过脸去不好，不掉过去又不行，想站起来又不好意思。这些描写都真实地展现了通讯员的内心世界。作者也抓住一些细节来写那位农村新媳妇，曾两次写到新媳妇发出的"啊"声：第一次当她看到曾向她借过被子的通讯员身受重伤被抬进来时，因为震惊，发出了"啊"声。刚才还向自己借被子的活泼的通讯员，瞬间却遍体鳞伤。她一时之间接受不了这个现实，所以发出了短促的"啊"声。另一次是她听到那位担架员讲述了通讯员受伤的缘由后，又不禁发出了"啊"声。但这次"啊"的内涵与前一次截然不同：一个纯朴憨厚的十九岁小伙子，在面对危险时那么勇敢和坚定，怎能不让人肃然起敬呢？而他此时却伤得这么重，生死未卜……她此时对通讯员是同情、担心，还是敬佩？强烈复杂的心理情感说不清，道不明，在新媳妇的心中也许是五味杂陈。总之，在茹志鹃的作品《百合花》中，我们看不到惊心动魄的情节，看不到波澜壮阔的场面，我们看到的只是一个普普通通的通讯员，他腼腆害羞，在女同志面前会"飞红了脸"；他意气用事，新媳妇不借被子给她，也会愤愤地说一句"老百姓死封建"；他通情达理，得知那条印满百合花的被子是新媳妇唯一的嫁妆，会不好意思地自责道"我们还是送回去吧"。

在当代文学史上，《百合花》的主题往往被解读为"歌颂军民鱼水情"。实际上，《百合花》的主题有其多义性和丰富性，它表现了茹志鹃作为一个女性作者对战争和人性的独特体验与思考。1978 年，茹志鹃曾经在《我写〈百合花〉

的经过》一文中透露过她一直未对人言的隐秘创作动机，由此拉开了重新阐释《百合花》主题的序幕。作者写道：1946 年 8 月中秋，在某次战役中，作者正在总攻团的前线包扎所从事战勤工作。不久，就有伤员被送下来，"最初下来的，都是新战士，挂的也是轻花。越到战斗激烈，伤员下来的越少，来的却都是重伤员。有时担架刚抬到，伤员就不行了。担架就摆在院子里，皓月当灯，我给他们拭去满脸的硝烟尘土，让他们干干净净的去。我不敢揭开他们身上的被子。光从脸上看去，除了颜色有些灰黄以外，一个个都是熟睡中的小伙子。我要'看见他坐起来，看见他羞涩地笑。'这种情感确乎是在真实的生活中就有的。我就着天上大个儿的圆月，翻看他们的符号，记录他们的姓名、单位。心里不可遏止地设想着他们的家庭、亲人、朋友，他们生前的种种愿望，在他们尚有些许暖意的胸膛里，可能还藏有秘密的、未了的心事……他还只刚刚开始生活，还没有涉足过爱情的幸福。……我当时主要想的就是这些。至于主题是什么，副主题又是什么，主要事件又是什么，我都没有考虑过。"[1]从这一段自述中，我们可以窥见作者当时的心境：中秋月圆之夜，在远离亲人的异乡，这些可爱的、还未完全长大的年轻战士就这样永别人世。这些刚才还活蹦乱跳充满生命活力的年轻人，寄托着父母的多少期望，心中曾有多少梦想，然而这一切都在一瞬间烟消云散。目睹此情此景，作为一个天然地对生命有着更多敏感并情感细腻的女性，不能不黯然神伤。但是，正如作者所说，这仅是一种朦胧的感觉，仅靠感觉是无法形成作品的。要将这一感觉融入故事情节中，还要结合作者的其他生活经验进行联想。作者并不缺少这方面的生活经验：莱芜战役中一个送她去前线的小通讯员，走路时和她拉开距离，一见她走近就加紧步子往前跑，一旦见她落在视野之外又着急地回来寻找；有一次参加战士讨论会，见到一个一说话脸就红但打仗却非常勇敢的小战士……这些鲜活的战士形象，其实就是《百合花》中小通讯员形象的原型。作者的生活体验里有女战士的原型，有小通讯员的原型，却没有"新媳妇"的原型，"新媳妇"是全新的，完全是由作者创造出来的。虚构一个"新媳妇"的形象在这个故事中有着三重作用，或者说发

---

[1] 茹志鹃：《我写〈百合花〉的经过》，孙露茜、王凤伯《茹志鹃研究专集》，浙江人民出版社，1982，第 39~42 页。

挥着三重功能：一是作为"民"，回应小战士的"军爱民"，表现"民拥军"，合成"军民鱼水情"的显层主题；二是和小战士、"我"合在一起，表现战争期间友好的同志关系；三是对作者情感的转移和延伸，"我"的女性感觉与情绪心理本是行文的内在动力，但作品却让"我"充当"眼睛"，用"新媳妇"来移花接木，将"我"在包扎所感受到，但又不便表现的情感置换在"新媳妇"身上，而"我"则从情节中淡出，由"新媳妇"这个替身继续完成情感的表达。"新媳妇"这个人物身上，由于负载的任务太多，且不统一，形成其性格上的矛盾，特别是一床印有百合花的带有爱情隐喻的新被子的设计（从民间的理解来看，百合花喻指夫妻之间的百年好合），使情感变得有些许暧昧。这些既使得《百合花》最大限度地与主流意识形态话语接轨，又显得与众不同。

1950 年代的小说大都表现与当时主流意识形态相吻合的社会主题，或写革命战争，或写农村集体化，但在那些真正具有艺术魅力的短篇小说中，往往在其时代社会主题的外表下，深隐着个体生命的血肉，这也是这些小说直到今天仍然为读者所喜爱的原因。茹志鹃是"十七年"时期在短篇小说创作中有着自己鲜明个性的作家。她以女性特有的心理和对艺术创新的执着追求，突破了当时对英雄人物形象塑造的"规范化"要求的束缚，丰富了短篇小说的审美内涵，承续了中国文学创作的优良传统，其"清新俊逸"的创作风格至今仍有着特定的审美价值。

撰稿人：唐敬

拓展阅读

1. 孙露茜、王凤伯：《茹志鹃研究专集》，浙江人民出版社，1982。

2. 戴锦华：《涉渡之舟：新时期中国女性写作与女性文化》，北京大学出版社，2007。

3. 王绯：《女性与阅读期待》，陕西人民教育出版社，1991。

4. 洪子诚：《中国当代文学史》，北京大学出版社，2010。

《创业史》导读
——日常叙事中的劳动美学

　　"三红一创，青山保林"八字口诀常作为对"十七年"文学中红色经典小说篇目代表高度凝练的概括，其中的"一创"指的就是柳青的长篇小说《创业史》。

　　柳青原名刘蕴华，陕西吴堡县人，1934 年自学俄文并开始业余创作，后到延安，创作了《在故乡》《种谷记》等多部长篇小说。柳青在 1952 至 1966 年落户于陕西省长安县皇甫村，身为长安县委副书记的他经历了农业合作化运动的各个阶段，而《创业史》的创作便来自这期间的生活体验。柳青原本计划将其分四部来写，第一部于 1959 年问世，后因"文革"而中断创作，"文革"结束后创作了第二部的上卷和下卷，其余两部终因柳青逝世而搁置。《创业史》坚持"社会主义现实主义"的创作原则，因其囊括了中华人民共和国成立后的社会革命、建设中农村生活的时代变迁，成了"十七年"文学中描写农村题材的经典之作。

　　《创业史》以梁生宝互助组的发展为主线，描写了关中地区一个农村互助组由建立、巩固到发展历程，展现了在过渡时期的社会主义改造中"错综复杂的利益矛盾和斗争" [1]，以及基层农村干部和农民思想心理的变化过程。小说中主要写到以下几类人：一是以梁生宝、高增福为代表的坚决走"共同富裕"道路的贫雇农；二是因袭传统的保守农民梁三老汉、冥顽不化的梁大老汉及前清老汉王瞎子等；三是一群蛰伏在暗中的破坏分子，他们在新生的互助组、合

---

[1] 丁牧：《中国文学的历史》，中国商务出版社，2018，第 197 页。

作社大搅浑水，比如富农姚士杰、富裕中农郭世富等人；四是一些成长起来的社会主义"新人"——团员徐改霞以及梁生宝最终的配偶刘淑良等。小说中的众多人物群像组成了一个具有丰富意蕴的文本世界。而第二部重点描写了以郭振山为首的基层干部的变质，以及破坏者们对灯塔社出现问题的幸灾乐祸。小说反映了农村集体化过程的曲折与农民心理的巨变。

一、文本内外：如何进入农村题材的红色经典？

受新时期"重写文学史"的影响，"十七年"文学往往会因其与政治的捆绑过于紧密、文艺为阶级服务，而被定性为"政治性文本"；另外，由于服务于社会主义建设和全方位展现广阔的历史画卷的时代需求，"十七年"文学多采用宏大的叙事范式，而对日常叙事、文学审美性有所忽略，这也使它受到诟病。当我们今天重新走近"红色经典"时，需要摆脱刻板印象。研究文学的路径不仅要从文学的外部研究着手，也就是从文学的社会、历史现场去作判断，还要结合文学的内部，从文学文本独有的艺术手法、叙事技巧等方面出发，去体悟它内在的情节结构和审美特点。

二、关于《创业史》的评价

《创业史》诞生至今已有 60 余年，相关的文学批评和文学评论已多如牛毛。在 1950 年代《创业史》第一部出版后，评介文章就有 50 余篇，称赞其有"反映农村广阔生活的深刻程度"的现实主义价值，有着创作出尤其是梁生宝这一"新人"的光辉艺术形象[1]的文学魅力。

首先，由于柳青揭示了还在发展中的"农村各阶层的心理动向和阶级冲突"等矛盾的现实和历史根源，并将自己的艺术创作融入了 50 年的政治框架中，不可避免地呈现出"典型性"和"深度"的创作特质，因而大多数人认可该小说具有现实主义"史诗性"的审美价值。

其次，关于《创业史》的文学真实性问题，也引发了学者的思考。它究竟

---

[1] 洪子城：《中国当代文学史（修订版）》，北京大学出版社，2007，第 145 页。

是一部"伪"现实主义作品，还是革命叙事下的一种乌托邦想象？《创业史》在文中确实多次提及庄稼人所固有的"狭隘和执拗"，比如贫农高增福、任欢喜诸人。作者反复强调"土地私有权""私有制"是破坏人类团结的根本原因，也是走向社会主义的一块阻碍石，比如梁生宝在黄堡镇亲眼目睹两个亲兄弟为争夺土地而扭打致伤，郭振山在土改后想单干单飞，以及继父梁三老汉与梁生保闹别扭，都是源自"私有财产"[1]，能解决这种症结的方式就在于"集体劳动"，通过集体劳动来进行改造和教育[2]，破除中国农民，甚至是人类身上的私心和狭隘。因此我们可以看出，柳青所表现的并非只是蛤蟆滩"社会主义大业和个人创家立业，合作化集体生活和'散漫'的小农生活"之间的矛盾，他所涉及的是千百年来所因袭的小农经济生产下的思维模式，想要农民在短时间内扭转习惯，就只能通过教育提高其觉悟，通过劳动教育去瓦解其思维定势。而在实际观察到的未达作者理想之处，就以共产主义的世界观，按照"真实地历史地具体地去描述现实"去推断未来，所以才将"理想中的新人"或将现实榜样进行理想化处理，致使小说的叙事逻辑整体上充满浪漫主义特质和传奇性，也势必不会完全按照真实原貌去表现生活，所以有学者认为，《创业史》是在"以一种关于社会主义美好未来的带有乌托邦性质的国家想象去化解农民的那种小农理想"[3]，社会主义所要求的是抽象的农民，而具体的农民是复杂的、矛盾的。

三、日常生活下的"劳动美学"

《创业史》开篇就化用了毛泽东同志的语录及乡谚"劳动把一村人团结起来"[4]，可以看出创作者将马克思、恩格斯的劳动美学观和中国传统的劳动美学观进行了交融运用。尽管"马克思'劳动创造美'的劳动美学命题"是针

---

[1] 柳青：《创业史》第一部，人民文学出版社，2005，第198页。

[2] 柳青：《创业史》第一部，人民文学出版社，2005，第305页。

[3] 金宏宇：《〈创业史〉：修改意向和版本本性》，《三峡大学学报（人文社会科学版）》2003年第3期。

[4] 柳青：《创业史》扉页题词，中国青年出版社，2009。

对资本主义的"异化劳动"[1]，但是《创业史》中"劳动美学"并非满足文本角色的"基本生存与生活的自发逻辑"，或完全陷入物质主义中心，而是有着多维度的主体体验。细读文本可以发现，不管是劳动主体（农民、干部）、劳动实践（互助组、合作社中的插稻种麦、喂养牲畜、清扫场地）、劳动认知（民族集体记忆中大量的劳动农谚），抑或是叙事时间（文本中的劳动进展都与清明、谷雨、立夏等农忙的时间契合），都与"劳动"这一具有体验性、创造性、物质性、经验性、批判性的活动紧密联结，并且劳动时还会超脱自然与人之现实关系，迸发出沉浸式的精神美感。

小说花费大量笔墨书写了"创家立业"的农民思维模式，而创家立业的内核就是劳动，具体指向农民的劳动行为。"创家立业"作为一个引子，不仅使梁三从丧妻之痛中振作起来，从事挑卖木炭的耐力活计，支撑他"操劳着，忍耐着，把希望寄托在将来"[2]，为了孩子和老年生活下定了"说什么他们也得创立家业……"的决心。而梁生宝与继父发生矛盾的主要分歧就在于对"创家立业"观念的坚守与否：农民是否拥有一头牛，在中华人民共和国成立前标志着能否摆脱地主剥削奴役状态，梁三老汉由于畏惧、保守的心态，而不敢去买吕老二的瘦弱小牛犊；梁生宝尽管面临着负债的危险，仍旧坚持要买小牛——他的理由是不买牛"今辈子也创不起业来"，少年执行的魄力和凸显的锐气虽然让老汉满腹担忧，但由于"创家立业"贴合梁三老汉心中所念的"不受人家气，就得创家立业，自家喂牛，种自家地"[3]的旧式愿景，所以老汉最终向梁生宝妥协。但10年后家业没创起来，老汉念头里农民自私的一面又爆发出来了，他几次对梁生宝忙于建设新政府的工作而减弱了自家"创家立业的劲头"、显得"发家淡漠"[4]而不满，进而感到失望。老汉的"创家立业"不是"咱光图个富足，给子孙们创业哩"，乍看没什么问题，但是细细推敲就可知，这里的两种"创家立业"观念的冲突本质，其实是社会主义共同富裕道路和个人发

[1] 高星、赵雪：《劳动美学与主体生成——马克思劳动美学的生命现象学》，《东北师大学报（哲学社会科学版）》2020年第4期。

[2] 柳青：《创业史》第一部，人民文学出版社，2009，第8页。

[3] 柳青：《创业史》第一部，人民文学出版社，2009，第10页。

[4] 柳青：《创业史》第一部，人民文学出版社，2009，第19页。

家致富道路的矛盾冲突的变式。想要走"创家立业"之路的，还有郭振山。作为农民干部的郭振山，在土地改革后逐步萌发了富裕中农的意识，消极避开新生事物，想要单干走"自发"道路，因为他"专住心发家创业的时候……吃奶的劲头都可以使出来的"，甚至"可以不觉得饥饿"[1]。不管是为脱离贫困饥饿的实况，或是为子孙后代奠定基业，还是对理想生活的向往，"创家立业"的本质是好的，但这与1950年代走集体化道路、追求更高的人类行为相抵牾。

当劳动仅仅停留于物质创造和生命感受的生存维度，还谈不上劳动的"审美性"。审美性劳动，是在超越了感官认知后，达到主客体的交融状态，"对象化本质力量的劳动超越了满足基本生存与生活的自发逻辑，当劳动按照'美的规律'来展开其对象性逻辑时，就成为创造美、体验美和享有美的生命现象学。"[2]也就是说，在超越了物质满足后，主体能够在劳动行为中获得审美愉悦，明显的例子就是梁三老汉在梦中的感受：他梦见自己六畜兴旺，仍旧不忘忙着做活，但他眼中这些体力活动不再是劳动本身，而是"当做享受，越干越舒服"[3]的精神超越，是更高层次的自我精神满足和心理宽慰。另外，村主任郭振山甚至劳动起来一度不知肚饥；被称作"草阎王"的郭振云，做起活来也是废寝忘食，这些超越了基本生存逻辑的劳动，能够使得主体获得一种升级的审美体验。试看郭振山与其兄在日头下参与自家二亩地插秧时的审美体验，叙事语言上直接出现了对"劳动"本身的抒情独白："劳动是人类最永恒的崇高行为！人，不论思想有什么错，拼命劳动这件事，总是惹人喜爱，令人心疼，给人希望。"[4]在进山割竹、集体搭棚顶的时候，故事行进发生了断裂，梁生宝沉浸在劳动的遐思当中，并在集体劳动中完成了自我教育，达到了精神上的升华。

社会主义的建设理想是去"私有制"，使得人能克服自身"私心"，在去除现代家庭这种私人利益的小单位后，通过由家及国的路径，完成一种理想的民族国家想象。在《创业史》中出现的组织"互助组"和"合作社"，本质是

---

[1] 柳青：《创业史》第一部，人民文学出版社，2009，第404页。

[2] 高星、赵雪：《劳动美学与主体生成——马克思劳动美学的生命现象学》，《东北师大学报（哲学社会科学版）》2020年第4期。

[3] 柳青：《创业史》第一部，人民文学出版社，2009，第18页。

[4] 柳青：《创业史》第一部，人民文学出版社，2009，第404页。

一种非党、非政权、也非群众团体的组织，它们最明显的特质是"劳动生产的组织"[1]，而劳动的前提是集体生产，这就要求成员尽量克服自身的"自私"，但是因袭着千百年来自保自立、自耕自足的小农思维，如何能在短时间内跃出历史的循环，彻底杜绝私有的观念？所以柳青在描写时不免带了些浪漫主义、理想主义的笔墨。"社会主义新人"在面对公私财产时，需要有"雨我公田，遂及我私"的为公为民的意识，故而梁生宝和刘淑良在恋爱交心的时候，聊家长里短的很少，二人基本上"全谈的是农业社"，他们在劳动组织中的行为也基本践行着"以社为家"[2]的理念。

总之，《创业史》塑造了舍小家为大家的"新英雄形象"，生动地再现了1950 年代中国农民的生产劳动美学、日常生活与思想变化。

撰稿人：袁莉

拓展阅读

1. 孟广来、牛运清：《中国当代文学研究资料·柳青专集》，福建人民出版社，1982。
2. 旷新年：《社会主义现实主义经典〈创业史〉》，《湖南大学学报（社会科学版）》2004 年第 5 期。
3. 徐文斗、孔范今：《柳青创作论》，陕西人民出版社，1983。
4. 严家炎：《谈〈创业史〉中梁三老汉的形象》，《文学评论》1961 年第6 期。

---

[1] 柳青：《创业史》第一部，人民文学出版社，2009，第 403 页。
[2] 柳青：《创业史》第二部，人民文学出版社，2009，第 678 页。

《伤痕》导读

卢新华，美籍华裔作家，中国作家协会会员。1978年8月11日《文汇报》刊发了他的短篇小说《伤痕》，该作与刘心武稍早发表的短篇小说《班主任》一起，揭开了新时期文学的序幕，开创了"伤痕文学"的先河。

小说《伤痕》发表后，很快引起了轰动，《文汇报》立即组织刊发了大量的读者来信和评论文章。1978年8月22日，《文汇报》在第4版上安排了一整版的《评小说〈伤痕〉——来信摘登》，"据不完全统计，在接下来的8月29日、9月3日、9月6日、9月13日、9月19日、9月26日，《文汇报》都拿出版面刊发文章，集中呈现《伤痕》引发的社会反响。1978年10月9日第1版，《文汇报》又在醒目的位置刊登了本报记者褚钰泉、周尊攘的报道：《百家争鸣方针重现光辉——记复旦园内由小说〈伤痕〉引起的一场争论》。"[1]所刊发的文章以肯定为主，其中不乏渲染阅读盛况的文字，如"短篇小说《伤痕》发表后，许多同志含着眼泪读完了它。小说发表后不到半月，编辑部就收到了读者来信来稿五百余件。在工厂、机关、学校、家庭，以至街头巷尾，公共车辆上，议论纷纷，甚至为此争得面红耳赤。"[2]"小说《伤痕》发表以来，不少人赞扬，品评，讨论，洒泪……一篇短短的文学作品能引起这么强烈的反响，为近几年来文艺界所少见，可喜、可惊，也可思。"[3]在1978至1980年

---

[1] 李敏：《建构、重返与超越："伤痕文学"的批评实践》，《文艺争鸣》2022年第3期。

[2] 王涵：《〈伤痕〉为何深受欢迎》，《文汇报》1978年9月3日第2版，转引自李敏《建构、重返与超越："伤痕文学"的批评实践》，《文艺争鸣》2022年第3期。

[3] 刘叔成：《读〈伤痕〉，话题材》，《文汇报》1978年9月26日第4版。

间的报刊上，肯定《伤痕》以及"伤痕文学"作品的声音是具有压倒性优势的，批评者除了诉诸"真实""典型""感人"等艺术价值，更看重它的社会效应和政治价值，对于以《伤痕》为代表的"伤痕文学"的独特意义，有学者指出"'伤痕文学'的胜出，一方面因为《伤痕》的发表而成为这个时代的独有标记；另一方面得益于'伤痕'一词就其本意而言更具有证据的属性，在一个迫切需要清算'四人帮'罪恶的时代，再也没有比展示'伤痕'更有力的控诉了。"[1]

但随着新批评与新理论的引入，20世纪90年代之后，对以《伤痕》《班主任》为代表的一系列"伤痕文学"作品的艺术性粗疏的批评开始出现。《南方文坛》1996年第2期还辟出了批评专栏，总标题为"理论视界中的80年代中国文学论"，其中有论者写道："在经历了前卫先锋派们对文学观念的一系列的改造和变革之后，回过头来重新阅读伤痕文学作品时，无论如何，我们有时不禁哑然失笑于这种幼稚的小说文体。"[2]进入21世纪后，学界提出"重返八十年代"的口号，对"伤痕文学"进行了重新审视。2008年，程光炜在《天涯》第3期上主持专栏，发表了《"伤痕文学"的历史记忆》一文，同期刊发了刘心武的《〈班主任〉的前前后后》、卢新华的《〈伤痕〉得以问世的几个特别的因缘》。2016年，《文艺争鸣》第3期刊发了"'伤痕文学'四十年研究专辑"，其中有旷新年的《1976："伤痕文学"的发生》、王爱松的《"伤痕文学"与生命政治》、刘复生的《"伤痕文学"：被压抑的可能性》和孙民乐的《"伤痕小说"三题》等文。在此阶段的文学批评中，多将"伤痕文学"视为一种客观的文学现象或文化现象，批评者抛开对文学作品的简单鉴赏，探讨叩问的问题集中在为何此类作品在当时能够引起如此强烈的社会震动，这为解读《伤痕》提供了新的维度和视角。

卢新华的《伤痕》问世之后，不少论者称其延续和发展了"五四"新文学传统，如"从小说主题表达与叙事文风上卢新华的《伤痕》都是越过'文革'，

---

[1] 李敏：《建构、重返与超越："伤痕文学"的批评实践》，《文艺争鸣》2022年第3期。

[2] 贺志刚，宗匠，李建盛等：《天真的时代译解：论"伤痕文学"——理论视界中的八十年代中国文学论之一》，《南方文坛》1996年第1期。

直接传承的"五四"新文学传统，尤其是鲁迅的思想与文风"[1]。作者本人也在谈及《伤痕》的创作时提及，"究竟写一篇什么样的小说才能表达出自己对时代和社会的思考呢？那些刚入学不久的日子里，我一直在苦苦思索，最终还是在一堂作品分析课上找到突破口。那天，是邓逸群老师在课堂上为我们分析、讲解鲁迅先生的《祝福》。她说到鲁迅先生的好友许寿裳在评《祝福》时曾说过一句话：'人世间的惨事，不惨在狼吃阿毛，而惨在封建礼教吃祥林嫂。'这话立马触发了我对'文革'的一个虽然还不很成熟，但却越来越坚定的认知：'文革'对中国社会最大的破坏，不在于（如我们的报章连篇累牍地表述的那样）让国民经济走到崩溃的边缘，而在于给每个人（无论是红五类、还是黑五类）身上、心上都戳下了永远无法愈合的伤痕！"[2]并在此后反复提及自己师法的对象，"我后来当然是因为受了鲁迅先生《祝福》一文的影响而写《伤痕》的……因为深恶痛绝当时文章的假、大、空，写作过程中，我曾努力要求自己直接师承 30 年代作家们真实朴质的文风，只写在我看来是真实的人物、真实的思想、真实的感情。"[3]那么何为"五四"新文学传统？《伤痕》又在何种程度上体现了对"五四"新文学传统的承续？

对"五四"新文学传统，朱栋霖、朱晓进、吴义勤主编的《中国现代文学史（1917—2012）》将其特征归纳为"现代理性精神的张扬""感伤的精神标记""个性化的追求""创作方法的多样化探索"，刘勇、邹红主编的教材《中国现代文学史》将"新旧文学的冲突与承传""中外文学的碰撞与交流""伴随始终的使命感和责任感""对个性与人性的追求及对自身的剖析与批判"视为新文学的主要特征。吴剑在《重新建构"五四"新文学传统》一文中将当时学界对"五四"新文学传统的定义总结为王瑶的"革命说"，李泽厚的"启蒙说"，王瑶、朱德发的"现代说"。其中朱德发先生认为，"五四"文学现代性的表现是，启蒙、为人生、白话化、体裁大解放、面向世界开放。[4]然而，

---

[1] 王瑞华：《〈伤痕〉40 年：救赎与涅槃》，《当代作家评论》2020 年第 1 期。

[2] 卢新华、陈思和：《怎忍看：那"旧伤痕"上又添"新伤痕"》，《大家》2018 年第 3 期。

[3] 卢新华：《众缘成就的〈伤痕〉》，《三本书主义》，复旦大学出版社，2018，第 77 页。

[4] 朱德发：《朱德发文集（第二卷）》，山东人民出版社，2014，第 3—14 页。

"五四"新文学传统作为一个丰富的历史文本，其内涵很难被明确地界定，其意义也存在于接受者的理解和不断建构之中，但"五四"新文学传统中以鲁迅为代表的反思批判国民性，"揭出病苦，引起疗救的注意"的思想内涵，却被《伤痕》和它所引起的社会反应呼唤回来了，这无疑是对"五四"新文学的现实战斗精神的回归。

《伤痕》叙写主人公王晓华在"文革"期间因母亲被打成叛徒，为和母亲划清界限而去农村插队，度过了九年痛苦迷惘的日子，即使"四人帮"被粉碎、母亲被平反后也将信将疑，她多年未与母亲见过面，直到母亲病重去世。小说通过王晓华的故事，揭露了"文革"对青少年造成的"精神的内伤"，表达了对个体生命的关切。而"五四"新文学的现实战斗精神，可以总结为"现代知识分子在半个多世纪的长期斗争中形成的一种批判社会弊病、针砭现实、热忱干预生活的战斗态度"[1]。《伤痕》在这一维度上体现了对"五四"新文学传统的回应，它对被伤害的身体和心灵的关注与数十年前鲁迅的"救救孩子"形成了对话。

此外，"五四"时代文人以唤醒、启蒙民众为己任，《伤痕》所引发的强烈社会反响与随后兴起的"伤痕文学"思潮也在一定程度上体现了"五四"新文学启蒙传统的复归。一文激起千层浪，据说当年读《伤痕》，全国人民所流的泪可以汇成一条河。小说刚诞生时，复旦大学教授陆士清坚决支持它，"即使警车开到我的楼下，我也要说《伤痕》是篇好小说"[2]。浦知秋1978年在《由〈伤痕〉引起的讨论》一文中主要讨论了《伤痕》突破禁区禁令、人物真实性等问题，并认为"一篇小说能引发如此热烈的讨论本身就是好事"。此后，关于伤痕文学的研究成了一个不断探索的重要学术命题，伤痕文学面世30年之际，程光炜教授在《"伤痕文学"的历史记忆》中说："如果没有伤痕文学，新时期文学就将会是另一番历史面貌"。甘浩在2010年发表的《从政治觉醒走向文学反思》一文中说：文学成为社会的拯救力量，是人们关于1980年代的美

---

[1] 陈思和、李平：《中国当代文学》，中央广播电视大学出版社，2001，第238页。

[2] 王瑞华：《〈伤痕〉40年：救赎与涅槃》，《当代作家评论》2020年第1期。

好想象。2018 年，复旦大学图书馆专门做了"新时期文学第一潮——《伤痕》手稿、图片、绘画、资料展"。《伤痕》产生的社会影响，体现了知识分子启蒙者形象和"主体性"地位的回归，回应了"五四"新文学传统。

周作人在《五四运动之功过》中提到，"五四运动之流弊是使中国人趋于玄学的感情发动，而缺乏科学理知的计划"[1]，"五四"的非理性遗绪在多年以后的重新审视和解释中被提出。与此相似，《伤痕》在社会影响落潮之后，对它的局限性的评价逐渐增多。首先，人们大多认为，《伤痕》流于情感的宣泄，文学性不足，艺术技法上粗疏。对于艺术上的欠缺，作家本人也有自知之明，卢新华在回忆时说："我就这样，写出了我的第一篇小说《伤痕》。我可以坦白地说，我于写它之初，还根本不懂得诸多的文学技巧、繁琐高深的文艺理论，只是初步意识到文学作品应该真实地描绘人的感情和思想，作者应该交给读者一颗真诚的热烈的心。"[2]不仅如此，为了能够让小说得到发表，作者还作了改动，使作品的政治因素过浓，有故意装点之意。如小说第一句说除夕夜里，窗外"墨一般漆黑"，被认为有"影射"之嫌，后来改成"远的近的，红的白的，五彩缤纷的灯火在窗外时隐时现"；车上"一对回沪探亲的青年男女，一路上极兴奋地侃侃而谈"，改成"极兴奋地谈着工作和学习，谈着抓纲治国一年来的形势"；小说中的"大伯大娘"，改成了"贫下中农"；小说结尾，据说从需要点亮色的角度考虑，改成了主人公"朝着灯火通明的南京路大踏步地走去"。[3]

其次，《伤痕》没有完全做到"真实地再现典型环境中的典型人物"。主人公王晓华这一典型人物的思想行动和促使她进行如此思想行动的典型环境之间的关系不够紧密。如在"文革"初期，主人公的母亲被指为"叛徒"，于是王晓华选择和家庭决裂并出走的这一思想行动是合乎当时的时代背景和逻辑的；然而在小说的后半部分，王晓华明明知道自己的母亲是"张春桥定的案"，而在"四人帮"被粉碎了一年零两个月，母亲告诉她冤案已昭雪了之后，她仍

[1] 陈子善、张铁荣：《周作人集外文（上册）》，海南国际新闻出版中心，1995，第 720 页。
[2] 卢新华：《要真诚，永远也不要虚伪》，《齐齐哈尔师范学院学报（哲学社会科学版）》1983 年第 3 期。
[3] 王立宪：《〈伤痕〉中的"伤痕"思考》，《名作欣赏》2010 年第 15 期。

迟迟不肯相信这是真的，以致没能见到母亲的最后一面，这一思想行为是不典型、不真实的。

再次，《伤痕》流于情感宣泄而忽略了对"文革"的深度探源和反思。《伤痕》和它所掀起的"伤痕文学"思潮中同质化倾向严重的其他作品一样，过于沉浸在情感的宣泄中，而失掉了批判现实的深度。对此，有学者认为这是由创作时间与故事时间过于接近造成的，"可能会造成身在庐山的某种局限。这主要是由'文革'——新时期这样一个特殊的时期所决定。'文革'的发动与结束都是官方意识形态操纵的结果。身处新时期的作家们很容易沉浸在'文革'结束的喜悦中，同时在其历史罪责方面陷入与官方的统一口径里，落入控诉'四人帮'的历史窠臼内"[1]。这一局限使其忽视了对于"文革"发生的根本原因的探讨，也阻碍了对迷信盲从的国民性的深切反思。

《伤痕》自发表之后，经历了压倒性的赞扬盛况，并引起了"共同流泪"的轰动性社会现象，也经历了审视其文学性欠缺的理性批评。与"五四"之初的"问题小说""只问病源，不开药方"类似，《伤痕》只沉迷于情感宣泄而放弃了深度剖析其事件的根本原因，以致无法总结经验教训，达到的只是文学的现实目的。作为客观的社会历史事件，《伤痕》的发表及读者反应除体现"五四"新文学传统的复归之外，在与稍后的反思文学思潮相对比时，还体现出了独特的意义，有论者指出，"'反思文学'具有较为深邃的历史纵深感和较大的思想容量……但也因为这批作家的理性主义色彩，他们相应地失去了'伤痕文学'那种刻骨铭心的忏悔与绝望，在某种程度上回避了揭露'文化大革命'的灾难性实质。……从'伤痕'到'反思'，反映了'文革'后文学与现实环境的第一场冲突龃龉以及随即转型"[2]，《伤痕》的文学价值也正在于此。

撰稿人：戴沂辰

---

[1] 王冬梅：《从"伤痕"到"伤魂"——卢新华论（1978—2013）》，《中国现代文学论丛》2015 年第 10 期。

[2] 陈思和：《中国当代文学史教程（第二版）》，复旦大学出版社，2005，第 206—207 页。

拓展阅读

1. 程光炜，白亮：《伤痕文学研究资料》，百花洲文艺出版社，2018。

2. 洪子诚：《中国当代文学史》，北京大学出版社，1999。

3. 王琼：《"伤痕文学"与 80 年代思想文化的转型》，同济大学出版社，2019。

4. 陈晓明：《表意的焦虑——历史祛魅与当代文学变革》，中央编译出版社，2002。

《受戒》导读

汪曾祺（1920—1997），中国当代作家、散文家、戏剧家，被誉为"中国最后一位士大夫"。代表作品有《受戒》《大淖记事》《故里三陈》等，出版有《羊舍的夜晚》《晚饭花集》《蒲桥集》《晚翠文谈》《聊斋新义》等。汪曾祺于20世纪40年代开始创作小说，受沈从文指导；60年代参与《芦荡火种》的改编，暂停了小说创作；80年代重新写作小说，在短篇小说创作上取得了突出成就。

短篇小说《受戒》发表于《北京文学》1980年第10期，最初汪曾祺写完小说时并不打算发表，因其风格不符合当时的文学主流，因此《受戒》起初仅在友人之间传阅，《北京文学》的负责人李清泉听闻后，力排众议帮助汪曾祺发表了该作。《受戒》语言风格清新自然，是汪曾祺最有影响的作品之一。

一、小说的思想内容

20世纪80年代，沉寂多年的汪曾祺以一篇《受戒》重返文坛，研究者最初从人情人性的角度肯定了《受戒》的价值，称赞这篇小说具有诗性的、健康的美。但后来也有一些批评的声音，批评者们多认为《受戒》中的和尚不守清规，小说所呈现的是一个只有诗性、没有神性的世界[1]。

之所以出现这样的分歧，在于《受戒》中所展现的"有情"的故事背后是世俗世界，而世俗世界在一定程度上被汪曾祺美化了。《受戒》中所展现的世

---

[1] 王彬彬：《王彬彬专栏："姑妄言之"之一——我喜欢汪曾祺，但不太喜欢〈受戒〉》，《小说评论》2003年第2期。

界既是充满烟火气、不重道德清规的世俗世界，又是自在随性、无拘无束的诗意世界，这种矛盾的张力，使得《受戒》别具一格。

（一）佛寺生活的"破戒"与自在

《受戒》曾被选入台湾出版的佛教文学作品集，被译为《一个小和尚的恋爱故事》，然而实际上，《受戒》仅仅是借用了寺院、和尚、受戒这些意象，和佛理禅宗没有太多关系，整个寺院生活都充满着"人性的解放"的意味。《受戒》所描绘的是1930年代的寺院生活，正是当时社会生活的写照，在汪曾祺笔下却被刻画成理想化的生存状态，宗教的世俗化或世俗化的生活并没有带来人性的堕落，反而促成了乌托邦式的现实世界。

从明海出家开始，小说就点明了他出家的性质："他的家乡不叫'出家'，叫'当和尚'"[1]，"当和尚"被当地人看作是一种职业性的选择。"当和尚"将佛门信仰世俗化，把精神求索变成了生存之道，因家里兄弟众多，明海理所当然地成了"当和尚"的那一个，明海本人也不曾觉得有何不妥，这是家庭职业的一种分配。何况，"当和尚有很多好处。一是可以吃现成饭。哪个庙里都是管饭的。二是可以攒钱。"[2]这里，生存条件作为当和尚的选择的第一要件，当地人首先想到的是吃饭问题和经济问题。

荸荠庵一共有五个和尚。和尚们的生活与普通人无异，完全不像佛门中人。仁山是大师父，他们那儿不叫"住持"或"方丈"，而叫"当家的"，当家的做的事也与普通人家无异——挣钱。只不过用的是靠做法事取得收入的方式。二师父仁海，甚至娶了老婆。三师父仁渡年轻英俊，放焰口时会"飞铙"。然而汪曾祺并没有对这种生活方式加以批评，而是带着欣赏的眼光赞赏这种自得的世俗生活。

在这些赞赏性的描写里，"有情"成了走向世俗的突破口，汪曾祺利用抒情纾解了和尚破戒带来的矛盾。"这个庵里无所谓清规，连这两个字也没人提

---

[1] 汪曾祺：《受戒》，《北京文学》1980年第10期。

[2] 汪曾祺：《受戒》，《北京文学》1980年第10期。

起。"[1]人们为了生存而出家当和尚，他们娶老婆、唱情歌，甚至在大殿上杀猪。与普通人家杀猪唯一不同的是，老师叔要给猪念一通"往生咒"，这就完成了作为出家人的任务。汪曾祺是把和尚作为有血有肉的"人"来写的，他认为，"和尚也是一种人，他们的生活也是一种生活。凡作为人的七情六欲，他们皆不缺少，只是表现方式不同而已。"[2]在小说中，汪曾祺将和尚的形象回归到了"自然的人"。

汪曾祺笔下的寺院也有种独特的美。在荸荠庵，有漂亮干净的小和尚明海，他符合舅舅说的当和尚的条件："一要面如朗月，二要声如钟磬，三要聪明记性好"[3]。年纪尚小的明海也给佛寺带来了活泼的气氛。荸荠庵的生活也是有趣的，念经的时候明海的感受是"跟教唱戏一样，完全一样哎"，而对舅舅的教导，明海也显示出小孩子的天真单纯，对舅舅佩服得五体投地。庙里的对联有两副：一是"大肚难容容天下难容之事，开颜一笑笑世间可笑之人。"二是"一花一世界，三藐三菩提"。而小英子眼中看到的善因寺，也是十分新奇的。以儿童的视角来看，善因寺"气象庄严"，单是释迦牟尼佛的莲花座，就比小英子还高，寺庙里檀香四溢，木鱼、磬、罗汉堂都带给小英子新奇的感受，"好大一座庙！""那么多的和尚吃粥，竟然不出一点声音！"，"大"和"多"是善因寺带给小英子的直观感受，从她的感受中，汪曾祺渲染出了佛寺的庄严与美。

在 20 世纪 40 年代，汪曾祺写过一篇小说《庙与僧》，其中的寺院与和尚的形象与《受戒》无异，但是《庙与僧》更多地描写了和尚邋遢庸俗的形象：当家的和尚肥胖臃肿发"黄"，他的屋子顶上挂着将要流油的猪肉；小和尚十一二岁，虽穿了和尚衣服，可是赤着脚，时常追着黄狗玩，也时常挨打；二师父圆圆的，眉眼口鼻都无棱角。这些描写透露着 40 年代汪曾祺对寺院生活的情感态度，他对佛教信仰的缺失虽没有严厉批评，但似乎有着些许厌恶。连他认为可从中感受到美的哲学的"一花一世界"，在《庙与僧》里也是作为与

---

[1] 汪曾祺：《受戒》，《北京文学》1980 年第 10 期。

[2] 汪曾祺：《关于〈受戒〉》，《汪曾祺全集》第 9 册，人民文学出版社，2019，第 145 页。

[3] 汪曾祺：《受戒》，《北京文学》1980 年第 10 期。

世隔绝的一道屏障而存在："有两个小门，可以关死，与外面隔绝，门上两行墨书：一人一世界，三邈三菩提"[1]之所以出现前后情感态度的差异，如汪曾祺自己所说，"四十多年前的事，我是用一个八十年代的人的情感写的。《受戒》的产生，是我这样一个八十年代的中国人的各种感情的一个总和。"[2]在《受戒》中，汪曾祺将和尚的邋遢形象和无视清规戒律的生活方式美化，从"出乎我意想之外"到"和尚也是人"的转变，他将"有情"充分地融入进了"事功"里，使得庸俗的寺院生活变得健康而充满生机。

（二）恋爱生活的浪漫与现实性

"小和尚的恋爱故事"是《受戒》给大部分人留下的印象，干净明亮的明海和活泼开朗的小英子，在"受戒"的背景下，产生了朦胧的情感。

小英子活泼的性格使她与明海之间的感情没有互相的猜忌。在明海第一次坐船去寺庙里时，小英子就主动与他攀谈，还把自己吃剩的半个莲蓬给了他，尽管明海性格沉静，但也使得两人迅速拉近了关系。在小英子家的场上，明海喊起打场号子，小英子毫不吝啬地夸奖他："一十三省数第一！"[3]明海与小英子经常在荸荠庵玩耍，他也经常帮小英子干活，比如画花、打谷子、挖荸荠等，仿佛已经融入了小英子的家中，他还经常搭赵家的船进城。两个人被紧密地联系在一起，关系也越来越亲密。

在小说结尾处，小英子甚至大胆地问明海："我给你当老婆，你要不要？"[4]船划进了芦花荡，两个人的关系就这样确定下来。在这个充满水意的地方，汪曾祺将少年的感情写得极具浪漫性。不同于和尚唱的庸俗的情歌，小英子和明海的恋爱是纯粹而干净的，殷实的赵家体现了儒家"向阳门第春常在，积善人家庆有余"的生活理想，在没有清规的荸荠庵和生活恬淡的庵赵庄，两个人的恋爱自然而真实。

---

[1] 汪曾祺：《庙与僧》，《汪曾祺全集》第 1 册，人民文学出版社，2019，第 164 页。

[2] 汪曾祺：《关于〈受戒〉》，载《汪曾祺全集》第 9 册，人民文学出版社，2019，第 146 页。

[3] 汪曾祺：《受戒》，《北京文学》1980 年第 10 期。

[4] 汪曾祺：《受戒》，《北京文学》1980 年第 10 期。

当然，二人谈情说爱也有着坚实的现实基础。首先，作为和尚的明海，将来有可能被选为沙弥尾，小英子说"不要当方丈""也不要当沙弥尾"[1]，明海都同意了，然而在将来，以和尚为职业的明海会放弃自己的前程吗？恋爱时期的美好和梦幻，在将来有可能被打破。其次，有研究者[2]认为，小英子家有菜园子，养着牛、猪、鸡、鸭，还有自己的田，家中"人不得病，牛不生灾，也没有大旱大水闹蝗虫，日子过得很兴旺"，"单是鸡蛋鸭毛就够一年的油盐了"，"赵大伯是一棵摇钱树，赵大娘就是一个聚宝盆"[3]，在这样富足的生活条件下，人也变得健康、健全。小英子家和寺院的经济背景，为二人的情感作了背景式的铺垫。汪曾祺在文本中详细地介绍了赵家和寺庙的收入来源，但是他并不以此来正面书写小生产者，而是作为主人公恋爱的背景，并且"按劳分配"作为生活的保障，给人物以幸福感和安心感。此处的"事功"不再占据主导，而是作为"有情"的保障而存在，多样的收入来源，人物并未遭遇任何挫折，使得情节顺利展开，形成轻松、自在的调子。

事实上，明海的"宗教"身份和"世俗"爱情都是汪曾祺阐释人性解放的出口，和尚的身份没有给明海带来半点儿束缚，甚至他还以此作为自己的职业和结识小英子的途径。在荸荠庵，明海仅仅是扫地、烧香、敲磬、学念经，但在小英子家不仅画画，还帮忙做了很多农活，也可见荸荠庵的规矩很少，明海能够随时随地外出。由此，寺院给明海提供了安身立命之所，却没有给他任何的束缚，他的和尚身份也没有成为与小英子恋爱的阻隔，甚至小英子的母亲还把明海认作干儿子，明海与小英子一家就有了世俗上的关系。

从创作心态上看，在描写恋爱时，汪曾祺把"有情"的一面展现在正面，但也并未放弃对背后现实因素的交代，富足的经济收入，给恋爱的对象带来充足的精神享受空间。明海到了年龄自然而然地当了和尚，还被选为沙弥尾的候选人，小英子家道殷实，人物并未在现实生活中遭遇挫折，一切都在欢乐的情绪中展开，小说充分展现了汪曾祺"引人向上"的思想寄托。

[1] 汪曾祺：《受戒》，《北京文学》1980年第10期。

[2] 张千可：《"旧上海"与"新时期"——在"小生产者"视角下重读汪曾祺》，《文艺争鸣》2017年第12期。

[3] 汪曾祺：《受戒》，《北京文学》1980年第10期。

二、小说的艺术特色：民间阴暗面的诗意化

在《受戒》中，寺院的生活、明海在路上的见闻、小英子家的日常，都被作家描写得充满热闹与活力，在这些描写中，汪曾祺用散文化的书写方式弱化了阴暗面。

主人公明海与小英子虽然在缓慢的节奏中展开浪漫的恋爱，但《受戒》中的世俗场景却是十分热闹的。明海从家中前往荸荠庵会穿过一个县城，新奇的事物让他什么都想看看；善因寺的方丈放焰口时围绕着上千人，三师父飞铙时的场面也十分热闹。这些场面穿插在故事中，收放自如，但整篇小说给人的感觉仍然是缓慢的、轻松的，汪曾祺将这种"热闹气"融进了小说的诗意之中。明海在穿过热闹的县城之后，就在渡船上遇见了小英子，明海性格不如小英子活泼，在一长一短的对话中，汪曾祺有意把节奏变慢，城里的烟火气在渡船上被荡涤了。在描写完和尚放焰口后，就写到明海学念经，明海对舅舅所讲的大法佩服得五体投地，便跟着舅舅念起经来，文章的节奏从紧张的氛围中脱离出来。

小说中汪曾祺也触及民间阴暗的一面，但是并未加以批评，甚至还以欣赏的口吻进行描写。与和尚破戒一样，这些世俗意义上的"道德败坏"的行为，都被汪曾祺视为是"正经"的。大姑娘和小媳妇跟和尚跑了，"是年轻漂亮的和尚出风头的机会"[1]；同和尚经常一起打牌的，是一个收鸭毛的，"一个打兔子兼偷鸡的，都是正经人"[2]，将"偷鸡"的说成是"正经人"，作者把道德判定模糊化，"偷"并不被视为可耻，而变成了正面的、可被人知晓而不会被批评的行为。偷鸡人的铜蜻蜓还被明海要来玩过，明海和小英子一起试了试，偷鸡人的作案工具成了主人公的有趣玩品，在这样的游戏中，汪曾祺进一步将偷鸡人的败坏行为美化，消解了世俗的道德评判。

小说中"有情"掩盖了世俗道德的堕落，生命活力在这些琐碎的描写中得到体现。在世俗场面的描写中，汪曾祺隐藏了他对社会时代的思考，从《庙与僧》中略带厌恶的情绪到《受戒》中欢乐的情绪，这种转折与他所处的时代有着较

---

[1] 汪曾祺：《受戒》，《北京文学》1980 年第 10 期。

[2] 汪曾祺：《受戒》，《北京文学》1980 年第 10 期。

大的关系，正是 20 世纪 80 年代开放的思想环境和文学自由的氛围，使《受戒》中的诗性和自然人性能够得到发挥并受到充分肯定。

撰稿人：吴丽萍

拓展阅读

1. 闫作雷：《"抒情考古学"：汪曾祺〈受戒〉的一种读法》，《文学评论》2020 年第 1 期。

2. 王本朝：《渎神的诗性：〈受戒〉作为 1980 年代的文化寓言》，《当代文坛》2012 年第 2 期。

3. 张千可："旧上海"与"新时期"——在"小生产者"视角下重读汪曾祺，《文艺争鸣》2017 年第 12 期。

4. 陆建华：《草木人生——汪曾祺传》，江苏凤凰文艺出版社，2019。

《人生》导读
——城乡交叉地带的滞留者

  路遥（1949—1992），原名王卫国，出生于陕西省清涧县，1973 年进入延安大学中文系学习，并在此开启了他的写作生涯。1980 年，路遥发表的中篇小说《惊心动魄的一幕》，获第一届全国优秀中篇小说奖。其后他陆续创作发表了《人生》《在困难的日子里》《平凡的世界》等名篇佳作。1992 年 11 月，路遥因病逝世。对个人命运的不懈思索，对美好生活的执着追求，既是路遥的写作动力，也是其文学作品的基本内涵。2018 年 12 月，中共中央、国务院授予路遥"改革先锋"的称号，他被誉为"鼓舞亿万农村青年投身改革开放的优秀作家"。

  《人生》是路遥的成名之作，原载于《收获》1982 年第三期，荣获 1981—1982 年度全国优秀中篇小说奖。该作在被改编成电影后，更是引发了文艺界的诸多讨论。小说讲述了农村青年高加林在高考失利后，渴望走出乡村去城里谋求一份体面的工作，但却最终不得不回归乡土的事业波折，还描写了他与农村姑娘刘巧珍和城市女孩黄亚萍之间的情感纠葛。通过对高加林人生轨迹的刻画，小说生动地展现了 20 世纪 80 年代初期中国急遽变化的城乡矛盾，以及知识青年在面对理想与现实抉择时的纠结彷徨心理。

  路遥虽然承继了柳青的乡土书写，但《人生》将故事的发生时间设置在了改革开放后，这样的时代背景差异注定了高加林不是像梁生宝一样秉持着强烈的建设社会主义新农村的革命热情投身于家乡建设，而是要在集体主义理想破灭后重新思考个体的存在价值。在高考失败后，高加林原本在村里谋了个民办教师的职位，并且斗志昂扬，试图通过知识改变命运，但却被大队书记高明楼利用特权夺去了工作。作为自我意识已经觉醒、清醒地认识到自身命运的知识青年，在亲身遭遇共同体内部的权力打压后，高加林在极度愤恨中产生了强烈的报复情绪："我豁出这条命，也要和他高明楼小子拼个高低！"[1]同时，他也清醒地认识到，要想成为村人眼中的"人上人"，不被乡村权力压制，唯一的出路就是进城。彼时，相较于缓慢变革的乡村，城市的经济发展更为迅猛，现代城市生活也更为丰富多彩。因此，高加林将进城视为改变自身命运、给特权者以蔑视的最佳途径。但横亘在他面前的阻碍，除了难寻的工作机会，还有当时近乎严苛的城乡户籍制度。身为农民之子的高加林，注定要被牢牢绑缚在土地上，难以实现阶层的跨越。幸运的是，在高官的叔父的荫蔽之下，高加林阴差阳错地在城里得到了一份通讯干事的工作。作为一位受过教育的乡村青年，高加林对现代化的生活图景展现出了强烈的渴望以及巨大的热情，他很快适应了城市的生活节奏，并梦想着通过自身的努力奋斗争取到更好的工作机会，以便在城市里彻底站稳脚跟。为了彻底地走出乡村，高加林还与昔日恋人刘巧珍分了手，接受了城市女孩黄亚萍炽热的告白。但终归好梦难圆，由于高加林的"横刀夺爱"，"情敌"张克南的母亲向县委揭发他是通过裙带关系才得到工作的，于是高加林很快被免去了职务，不得不重新回到农村。此时，巧珍已经嫁为人妇，昔日的负心薄情之举让高加林受尽村人的唾弃，就这样他被滞留在城市与乡村、理想与现实交叉的灰暗地带。作为拥有自我意识和理想抱负的知识青年，高加林完全有能力担任干事一职，也不乏实现抱负的决心，在变革的时代背景下，他渴望寻求自我实现，有着更高层次的精神追求，但却受到城乡户籍制度的限制，在改革开放的大背景下和现代价值体系中找不到自身的合法身份，成了"城乡交叉地带"的滞留者。这也是《人生》塑造的一个身处特殊精神困境的农村知识青年能引发社会普遍共鸣的原因。

在小说中，作家围绕主人公高加林刻画了两位承载着不同文化蕴涵的女性

---

[1] 路遥：《人生》，北京十月文艺出版社，2020，第9页。

形象，在爱情故事的框架模式下，隐藏着乡村文化和城市文明的强烈冲突。作为一位土生土长的农村姑娘，刘巧珍身上有着许多与土地紧密相关的精神气质，生长于大马河畔的她勤劳朴实、宽容善良，却免不了思想上的粗鄙与落后。在刘巧珍看来，踏实安稳的小农生活便是人生的全部追求，她对爱情的理解也是建立在"男主外，女主内"的传统观念上，表现出对陋习陈规的认同维护和仰慕依附的婚恋心理。对于刘巧珍来说，高加林十分契合她想要"选择一个有文化，而又在精神方面很丰富的男人做自己的伴侣"[1]的择偶标准，她认为只要嫁给高加林，就有了可以依靠终身的对象。因此，在与高加林的恋爱过程中，刘巧珍始终扮演着一个"唯夫是从"的贤妻良母的角色，不仅照料高加林的日常生活，还小心翼翼地维护他的自尊，为了向心爱的人靠拢，便学着城里人每天早晚刷牙，即便因此遭到村里人的调侃也丝毫不在意。即便如此，但她与高加林之间始终因为缺少共同话题而有隔阂。在高加林眼中，爱情与事业应当协调并进，渴望走出乡村寻找更大发展空间的他十分排斥传统的乡村生活，之所以选择与刘巧珍恋爱，除了因为巧珍无微不至的关怀感动了他，还因为巧珍"看起来根本不像个农村姑娘"[2]，正是这一点深深吸引了高加林，弥补了她"可惜是个文盲"的缺憾。彼时的高加林失去了民办教师的工作，以为自己将永远走不出大马河川这片土地，因此缺少农村气的刘巧珍便成了他最合适的婚恋对象。随着高加林进入县委大院当了通讯干事，刘巧珍已经不能满足他对理想人生的要求，而浪漫热情的城市女孩黄亚萍自然成为其彻底脱离乡村、融入城市生活的理想伴侣。因此，他与刘巧珍这段本就不对等的恋情很快便走向了终结。

如果说高、刘的感情是在两人相恋之初便因缺少精神交流就注定以悲剧收尾，那么高、黄的恋爱则是因两人城乡身份的不对等而戛然而止。与农村女孩刘巧珍的体贴温顺截然不同，城市姑娘黄亚萍在与高加林的感情中表现出了极为强势的一面。黄亚萍始终追求纯粹的、罗曼蒂克式的爱情，她是具有明确自我意识的主体，也是平等、自由的现代爱情观的追寻者。为寻求精神的契合，

[1] 路遥：《人生》，北京十月文艺出版社，2020，第39页。

[2] 路遥：《人生》，北京十月文艺出版社，2020，第21页。

她敢于离开门当户对的恋人张克南；在与高加林恋爱后，她则一心按照自己的想法"改造"有些土气的高加林，为了验证在对方心中的位置，她便故意让高加林放下手上的工作冒着大雨为自己寻找并没有丢失的小刀。但除了在感情中偶尔流露出的骄纵任性，黄亚萍亦有其独特的人格魅力，她受过教育，具有独立的人格，是成长于优渥环境中的时代新女性。曾经的同窗生涯让她与高加林有着共同的兴趣爱好和精神旨归，良好的家境和物质条件则使得她成为高加林事业的得力帮手。在与刘巧珍的恋爱关系中，高加林是刘巧珍的"启蒙者"，高加林从生活习惯到衣着品貌再到精神追求等方面对巧珍进行约束与改造，试图让她摆脱农村人常有的粗鄙陋习，这也是身为农民之子的高加林改造乡村、与落后的农村文明做抗争的过程。而城市姑娘黄亚萍则扮演了改造高加林的角色。在与黄亚萍的恋爱过程中，高加林表现出了强烈的脆弱与自卑感，这份自卑感既源自对方显赫的家庭背景给他带来的世俗压力，也是因其自身缺乏合法的城市身份所产生的强烈不安全感。为了维系事业与爱情，高加林在进城后始终勤勉尽责，对待工作兢兢业业，努力迎合黄亚萍的审美与习惯，以求更快地融入城市，但他却忽视了自身最致命的"缺点"，即缺少合法的城市身份。最终，这份来之不易的美好生活因高加林的身份而破灭，被举报后失去工作的他不仅无法继续留在城市生活，而且与黄亚萍的爱情也因自己前途渺茫而走向终结。

可以说，高加林的情感经历正对应了其事业上逃离乡村走向城市，又在失败后重新回到乡村的人生轨迹，他与刘巧珍、黄亚萍的情感纠葛正好反映了在特殊时代背景下城乡二元对立的复杂关系以及青年在面对理想与现实抉择时的苦闷彷徨心理，揭示出了作家路遥对乡土中国在进行现代化转型过程中的个体命运的审思。20 世纪 80 年代初期的农村亟待有知识有文化的新力量来建设和改造，但其本身的贫瘠与落后又往往导致有志青年的个性压抑与精神苦闷，从而使其愈加向往经济文化发展水平更高的城市生活，而进城之路的坎坷艰辛又加深了青年们的苦闷自卑心理，凡此种种，常使得被滞留在"城乡交叉地带"、已经萌生出自我意识的"高加林们"感到格外的痛苦和彷徨。

在《人生》的结尾，路遥特意注明了此章"并非结局"，在故事的最后，他既没有给高加林一个具有安全感与认同感的乡村以便让他彻底放下对城市生活的向往，真诚地拥抱土地，也没有给他的进城之路再开方便之门，而是意味深长地给这位滞留在"城乡交叉地带"的知识青年安排了一位德高望重的"引路人"——德顺爷爷，德顺爷爷用对土地的歌颂和对劳动的赞美给被城市驱逐的高加林上了一课。值得注意的是，德顺老汉对高加林的劝导主要集中在劳动光荣和农村经济也在迅速发展两个方面，对于有着城乡两地生活经验的高加林来说，处于城市强势对照下的"萎缩的乡村"显然无法令他驻足，乡村经济的发展速度怎能比得上日新月异的大城市。而对于劳动，高加林更是很早就在不经意间流露出了蔑视的态度："像和什么人赌气似的，他穿了一身最破烂的衣服，还给腰里束了一根草绳，首先把自己的外表'化装'成了个农民。其实，村里还没一个农民穿得像他这么破烂"[1]。在高加林的潜意识中，正是体力劳动和农民身份造成了他的自卑，因此他才会在初次进城卖馍偶遇同学时表现出异常的慌乱与担忧。德顺爷爷的一番苦口良言虽然在一定程度上体现了路遥创作上常有的"恋土情结"，但是依照情节的发展来看，路遥实际上是为高加林指出了另一条"人生之路"。失意的高加林虽然受到了村人的指责，但善良的刘巧珍已经为他挡下了来自家人的唾骂，甚至还央求高明楼给他重新安排一份工作，如果故事继续发展下去，回乡的高加林也绝不会成为一名普普通通的庄稼汉，而很有可能在高明楼的安排下再次成为一名民办教师，走他最初为自己设置的人生轨道。可以肯定的是，无论命运和高加林开了怎样的玩笑，他还会继续向他渴望的城市发起冲锋的号角。从这个意义上来讲，路遥在《人生》中所要塑造的，便是脱离了以往一心奉献集体的"新人"构型，而致力于追求自我价值实现与自我意识发掘的时代新人。这样的"新人"并不是"潘晓讨论"中所引出的"主观为自己，客观为他人"[2]式的社会达尔文主义者，而是自有其社会属性，他们所面对的是社会经济转型过程中新的社会分层，所追求的是在自我实现的前提下尝试对改革内部的结构性问题进行修补，在日益加剧的

[1] 路遥：《人生》，北京十月文艺出版社，2020，第60页。
[2] 黄平：《新时期文学起源阶段的虚无——从"潘晓讨论"到"高加林难题"》，《文艺研究》2017年第9期。

城乡差别下为个体的发展寻求新的合法身份。

对于同样历经艰辛才在城市扎根的农民之子路遥来说，高加林的故事可以说是他用残酷的写实笔法对自己人生经历的一次重现。《人生》像是一面镜子，折射出 20 世纪 80 年代千千万万渴望走出乡村以寻求更广阔天地的知识青年的挣扎与渴望。虽然路遥没有给失意的高加林一个完美的结局，但千千万万个在现实生活中努力改变自我命运、追求自我实现的"高加林们"，却在用真实的人生际遇为这个当代文坛上的典型形象添加许多新的意蕴和能量。尽管已时过境迁，但在关于"躺平"与"内卷"、"漂流在大都市"和"退守于小乡镇"的讨论日益激烈的当下，高加林的进城之路仍在不断地生发出新的现实意义。

撰稿人：范鑫雨

拓展阅读

1. 路遥：《早晨从中午开始》，北京十月文艺出版社，2012。

2. 厚夫：《路遥传》，人民文学出版社，2015。

3. 石天强：《断裂地带的精神流亡：路遥的文学实践及其文化意义》，北京大学出版社，2009。

4. 杨晓帆：《路遥论》，作家出版社，2018。

5. 黄平：《新时期文学起源阶段的虚无——从"潘晓讨论"到"高加林难题"》，《文艺研究》2017 年第 9 期。

《绿化树》导读
——一个知识分子的精神挣扎与蜕变

张贤亮（1936—2014），出生于江苏南京，曾任宁夏回族自治区文联副主席、主席，中国作家协会宁夏分会主席等职。在 1957 年"反右运动"期间，张贤亮因创作的诗歌《大风歌》受到批判，被错划为"右派分子"，并被下放到农场劳教。1979 年得到彻底平反后，张贤亮便全心地投身文学创作，先后发表了《灵与肉》《绿化树》《男人的一半是女人》等作品。基于自身曲折的人生经历和对历史伤痕的深刻省思，张贤亮的小说创作多以描写在特殊历史时期知识分子的苦难人生为主要题材，并在其中倾注了自身对社会、历史以及人生的哲理思索，展现出了浓厚的理性色彩。

1984 年，《十月》杂志第 2 期刊载了张贤亮的中篇小说《绿化树》，该作与其随后发表的《男人的一半是女人》在故事脉络上前后相承，奠定了他"唯物论者的启示录"系列创作的重要基石，也是当代文学史上"伤痕—反思"文学潮流中极具艺术价值的作品。在这篇小说中，作者将自身经历融进主人公的命运遭际，展现了在特殊的时代背景下，一个"右派知识分子"精神与肉体面临的双重苦难。小说的主人公章永璘因写诗而被划为"右派"，好不容易才从劳改农场转到农村继续进行劳动改造，而经年食不果腹的生活将章永璘折磨得瘦骨嶙峋，引发了村妇马缨花对他的同情，并经常背着众人给他"开小灶"。在马缨花的照拂下，章永璘的身体状况逐渐好转，他开始思索自己的阶级身份、爱情归属等精神层面的问题，并在与普通劳动者的朝夕相处中，潜移默化地进行着自我改造、自我超越。最终，在马缨花、海喜喜、谢队长等一众勤劳朴实的劳动人民的精神感召下，章永璘终于清醒地认识到了自身思想的不足之处，重新找到了自我身份认同。

　　与阿城的《棋王》异曲同工，《绿化树》同样描写了人在特殊历史时期身体与精神的双重饥饿，这一主题不仅贯穿小说始终，还在其"续作"《男人的一半是女人》中亦有深刻的体现。在《绿化树》里，章永璘的"饥饿"可以大致分为三个层面：首先是吃不饱饭肉体本能地产生生理性饥饿；其次是在肉体得到暂时满足后精神层面的匮乏；再次则是主人公精神境界提升后，面对贫瘠现实所产生的饥饿感与孤独感。在小说的开篇，刚从劳改营出来的章永璘瘦成了皮包骨头，一米七八的个头体重却只有四十多公斤，饥饿感如影随形地折磨着这个苦难的青年。彼时，他已经完全忘却了自己的阶级身份和曾受过的良好教育，对他而言眼下最重要的事情就是在地里挖出一根农民遗漏的黄萝卜，可惜他的愿望很快就落空了，只能眼睁睁地看着和自己有些积怨的"营业部主任"近乎炫耀地将捡来的萝卜咬得咔咔作响。为了抵抗饥饿，章永璘用尽了计谋。在劳改农场时，为了获得比别人多的口粮，他把一个五磅装的美国"克林"奶粉罐头筒改装成了搪瓷缸，利用圆柱体积更大这一几何原理和炊事员的视觉误差来获得每次比别人多100毫升的稀饭。在转到农村之后，明明可以自食其力，在粮食问题上章永璘还是忍不住用知识和心计为自己谋取更多的食物。为宿舍搭炉子时他用科学的方法很快将炉子搭好，然后用从炊事员那里骗来的稗子面浆糊偷偷地给自己开小灶烙煎饼；去镇上赶集时，他依仗自己的逻辑和数学能力，用3斤土豆换了老乡5斤黄萝卜。然而，上天似乎有意惩罚他的自作聪明，小说写章永璘最后一次去劳改农场食堂打饭，炊事员多给了他两个黑馍馍，他舍不得吃，像揣着两件宝贝似的藏了一路，第二天却被老鼠偷走了。从老农那里骗来的黄萝卜也因他计谋得逞后的疏忽大意，一大半掉进了河里。现实生活条件的恶劣时时折磨着章永璘，他感到"饥饿会变成一种有重量、有体积的实体，在胃里横冲直闯；还会发出声音，向全身的每一根神经呼喊：要吃！要吃！要吃！……"[1]虽然他清醒地意识到用这种卑劣的伎俩来耍弄勤恳劳作的农民

---

[1] 张贤亮：《绿化树》，人民文学出版社，2006，第28页。

的行为是十分令人不齿的，但面对无时不在的饥饿感，他还是选择了向身体妥协。对此时的章永璘来说，生存的困厄、可怕的饥饿感不仅使他丧失了知识分子的尊严，还使他丢掉了生而为人的基本良知，摧毁了他作为知识分子的人格。

就在章永璘因为饥饿而饱受折磨时，一个女人的出现改变了他的厄运。这个名叫马缨花的女人是村里有名的寡妇，因年轻貌美而有着众多的追求者。即便是在物资极度匮乏、食物按户分配的情况下，马缨花家却因"车把式"海喜喜和瘸子保管员等一众追求者的供养而顿顿都能吃上好饭，她家也因此被村人戏称为"美国饭店"。马缨花既同情章永璘的遭遇，又欣赏他身上迥然不同于高原村民的书生气，便招呼他去家里吃饭。靠着马缨花的精心照顾，章永璘得到了温饱，身体也逐渐恢复，对知识、理想的渴望开始重新在他的头脑中觉醒，他开始对从前精神上的堕落感到羞愧，并反省自我在经受多年劳改生活后精神世界的匮乏与贫瘠。在章永璘看来，唯有阅读才是使他从馍馍渣、咸菜汤中升华出来，把他从"狼孩"的野兽状态中解救出来的方法，于是他便开始如饥似渴地阅读《资本论》，从马克思鞭辟入里的精妙分析中反思自己资产阶级的家庭出身。

《资本论》赋予章永璘的是审查、判断、重构生活的眼光，并逐渐地将他引导到一个积极发展的良性循环中去，让他认识了自己，也认识了世界，从而使他从物质的极度不自由中解脱出来，成为一个灵魂"自主者"，逐渐完成灵魂的重塑。[1] 在重新得到精神滋养后，章永璘的内心不由自主地重新升腾起了知识分子的优越感，他觉得自己与西北荒原上言语粗俗、行为豪放的农民们格格不入，认为自己在精神上要比他（她）们优越，属于一个较高的层次。[2] 受到这种情绪的驱使，章永璘也在反思他和马缨花之前的感情。一开始，因为身体的饥饿和乏累让他极度依赖马缨花所给予他的家庭般的温暖，以至于对马缨花产生了强烈的爱慕之情，还因此和同为追求者的海喜喜争风吃醋。但当他处于饱腹状态并重新拾起被遗忘的知识与理性时，章永璘清醒地认识到他和马

---

[1] 魏炜峰：《略论张贤亮的"饥饿"意象——以〈绿化树〉为例》，《嘉兴学院学报》2014年第5期。

[2] 张贤亮：《绿化树》，人民文学出版社，2006，第135页。

缨花在思想层面的差距，他为自己"错爱"一个无知妇女而气恼，又不想做一个负心汉受到大家的谴责，便将过错推给马缨花，以她"美国饭店"的坏名声来为自己的薄情寡义找借口。此时的章永璘虽然摆脱了生理上的饥饿，精神层面也因对《资本论》的研读而有所充盈。但面对外部世界的贫瘠，精神追求的普遍低下，他开始有了新一层面的"饥饿感"，即由于知识分子思想上的劣性与不足，无法使他真正地融入劳动者中，也无法确立自己新的阶级身份与社会属性。

精神苦恼和道德良知折磨着此时的章永璘，这次给予他拯救力量的是西北荒原上众多朴实的劳动者。马缨花并没有意识到章永璘的内心挣扎，她还是一如既往地无私奉献，还为他许下了响亮的爱情誓言："就是钢刀把我头砍断，我血身子还陪着你。"[1] 勤劳能干的海喜喜在意识到马缨花心之所属后，也大方地决定退出，成全章永璘和马缨花。在决定出走之际，他以男子汉的气度与章永璘做了一次推心置腹的交谈，诚恳地劝章永璘与马樱花结婚过踏实日子，还把自己垦荒所收获的粮食留给他们以使其度过饥荒。海喜喜出走后，平常满嘴脏话的谢队长却选择掩护其出逃，对海喜喜的开荒、马缨花的"敛食"，他都充满了同情和理解，选择睁一只眼闭一只眼。甚至因为同情章永璘的苦难遭际，在最后章永璘被冤枉送去"劳教"时，他还冒着被上级批评的风险"跑到人保科吵了半天"，为其"打包票"。这三人是章永璘在西北荒村生活的这段时间里主要的人际交往对象，他们的质朴善良、吃苦耐劳深深打动了章永璘，给予精神困顿的他以感性的力量，让他终于得以摆脱阶级身份和书本的束缚，真正地感受到了劳动人民的血和肉，领悟到不仅要掌握知识，而且要扎根实践，而高人一等的优越感更是要摒除的恶疾，"即使一个人把马克思的书读得滚瓜烂熟，能倒背如流，但他并不爱劳动人民，总以为自己比那些粗俗的、没有文化素养的体力劳动者高明，那这个人连马克思主义者的一根指头也不是！"[2] 至此，章永璘才真正地完成了一个"资产阶级知识分子"的自我省思与蜕变，在劳动者中重新建立起了自我身份认同，并得到了心灵的净化和升华，完成了

---

[1] 张贤亮：《绿化树》，人民文学出版社，2006，第166页。

[2] 张贤亮：《绿化树》，人民文学出版社，2006，第160页。

其一贯追求的"自我超越"。

在《绿化树》的序言中,张贤亮曾深刻地剖白自己的创作主题:"这'一部书'将描写一个出身于资产阶级家庭,甚至曾经有过朦胧的资产阶级人道主义和民主主义思想的青年,经过'苦难的历程',最终变成了一个马克思主义的信仰者。"[1],并引用托尔斯泰在《苦难的历程》中的语句"在清水里泡三次,在血水里浴三次,在碱水里煮三次",来说明资产阶级旧知识分子改造的艰巨性。[2]作为经验型的创作者,张贤亮写作的《绿化树》具有浓厚的"自叙传"色彩,是作家坎坷人生经历的复写与重现。从小有名气、家境颇丰的诗人到"资产阶级敌人",再由"右派"、劳改犯到著名作家、西部电影城的董事长,张贤亮的一生可谓一波三折,颇具传奇色彩。二十余年的劳改生活将他折磨得身心俱疲,但也正是这段苦难的岁月成就了一位卓越的作家。张贤亮将自身的血与泪、情与欲、爱与恨熔铸在章永璘这一人物形象上,不仅真实地再现了西北农村严酷的生存环境,还生动地展现了劳动人民的力与美,以及主人公在劳动者的感召下精神重新觉醒、自我重新发现的历程。小说中的章永璘从一个瘦骨嶙峋的劳改释放犯到身体和精神都受到洗礼和滋养的青年,经历了一段复杂的生活和心灵变化,但无论他的心灵怎样变化,都始终保持着对知识、理性和真理的追求。即便遭受着饥饿的折磨和小人的陷害等等,他始终没有放弃自我忏悔、自我改造。也正是因为思想的不断探索,才使他最终超越了此前狭隘的自我人格,在美好人性的感召下重新树立了精神信仰。

清代诗人赵翼在《题遗山诗》中曾写道:"国家不幸诗家幸,赋到沧桑句便工。"对作家张贤亮来说,这份生活的磨难在给身心带来创伤之余也成了其取之不竭的创作素材,使其对苦难、对人生有了更丰富的认知和更深入的理性思考。张贤亮以一个作家的独特眼光发现了大西北农村中的美好人性,并在作品中注入了哲理性的思考。《绿化树》以章永璘的劳改经历为主线,叙写主人公在肉体与精神的极度饥饿下勇敢地剖析自我、批判自我,并依靠知识的洗涤和人性的救赎力量,在精神困顿中一步一步艰难地找寻着自我救赎之路,而作

---

[1] 张贤亮:《绿化树》,北京十月文艺出版社,1984,第1页。

[2] 张贤亮:《绿化树》,北京十月文艺出版社,1984,第1页。

家也在这一过程中，与主人公一起完成了成长与蜕变。

撰稿人：范鑫雨

拓展阅读

1. 张贤亮：《感情的历程》，作家出版社，2005。

2. 熊修雨：《从"寻根"到"先锋"：中国当代文学观察》，中国戏剧出版社，2016。

3. 刘传霞：《中国当代文学身体政治研究》，中国社会科学出版社，2014。

4. 程光炜，谢尚发：《反思文学研究资料》，百花洲文艺出版社，2018。

《爸爸爸》导读
——魔幻现实主义启示下的文化寻根

　　韩少功，1953 年出生于湖南长沙，1979 年在《人民文学》杂志上发表第一部短篇小说《月兰》，并加入中国作家协会，从此开始在文坛崭露头角。1985年，韩少功发表《文学的"根"》一文，提出了"寻根"口号，并以自己的创作实践了这一主张。这一时期创作的中篇小说《爸爸爸》，成为"寻根文学"的代表作。《爸爸爸》最初发表于《人民文学》杂志 1985 年第 6 期，后被收入小说集《诱惑》。在收入时，该作内容"稍微有些修订"，但与之前差别不大。大的修订是在 2006 年，之后这一修改本被收入"中国当代作家·韩少功系列"的《归去来》卷中[1]。无论是初版本还是修订本，韩少功具有的强烈的"寻根意识"一直贯穿始终。他试图通过文学表现深刻的文化反思，实现在当代历史变革时期对民族文化传统的再认识。在 20 世纪 80 年代，以马尔克斯的《百年孤独》为代表的魔幻现实主义文学进入中国，并与中国本土文学巧妙地融合，形成了"魔幻写作"的景观，并对"寻根文学"的民族性构建产生重大影响。"寻根文学"借鉴外来技巧，按照中国的思维方式，将它与本民族的生活状况、文化观念以及历史经验相结合，"凸显了中国文学魔幻写作的独特性与'魔幻'表象之下的'中国经验'"[2]。《爸爸爸》作为寻根文学的代表作之一，无疑也具有这样的特征。《爸爸爸》从主题到写作技法都借鉴了魔幻现实主义，

[1] 洪子诚：《丙崽生长记——韩少功〈爸爸爸〉的阅读和修改》，《中国现代文学研究丛刊》2012 年第 12 期。
[2] 曾利君：《新时期文学魔幻写作的两大本土化策略》，《文学评论》2010 年第 2 期。

通过对本土人的生活状态、原始习俗、神秘环境、文明冲突的刻画，反映出对本民族的历史与文化的思考。

韩少功在谈论"寻根文学"时曾说，"文学有'根'，文学之'根'应深植于民族传统文化的土壤里，根不深，则叶难茂"[1]。寻根文学的作家们在借鉴魔幻现实主义手法的同时，注重国人的思维、文化、精神意识，想要通过对传统民族文化的审视来进行新的发展思考和价值选择。寻根文学对魔幻现实主义的借鉴与转化，以及"文革"对过去的清算和对人性的孤立，使得《爸爸爸》延续了对孤独状态和精神困境的关注。小说主人公丙崽的生命历程就是对孤独生存状态最好的诠释。丙崽外形奇特，脑袋像个倒竖的青皮葫芦或胡椒碾锤，他娘总说他只有十三岁，但其脸相却随着时间明显变老，而心智却不见成熟，一生只学会了两句话，即"爸爸"和"×妈妈"。村人嫌弃他愚笨而拒绝与他友好相处，仁宝和村里的小孩都欺负他，他开心时就叫"爸爸"，生气时就翻白眼，然后咕噜一声"×妈妈"。他从一出生就处于无父状态，虽然"有很多'爸爸'，却没见过真正的爸爸"[2]，到最后连照顾他的母亲也不知所终。丙崽在现实层面被抛离成长的轨道，被鸡头寨的村民、自己的亲人遗弃，显得孤独而又彷徨。在鸡头寨的村民进行迁徙时，他既没能跟着一起迁移，进入更加封闭隐秘的地方，也没有被其他村落接纳，进入文明的环境。在小说的结尾，丙崽终于彻底地被集体遗弃，成为人类历史进程中的孤独者。

小说是对人类历史文明进程中"孤独"这一命题的升华。在人类历史文明演进的过程中，孤独的个体又何止一个，《爸爸爸》中的仲裁缝及其儿子仁宝也是极具代表性的人物。仲裁缝粗通文墨，读过几本线装书，在寨子里是个颇有"话份"的长者。他有点类似于《白鹿原》里的白嘉轩，是"孤独的传统卫道者"[3]，总觉得自己生不逢时，认为"坐桩而死"才算忠烈。他与儿子相依为命，可他的老夫子思想却导致他与儿子无法正常沟通，时时都留他一人孤独生活。仲裁缝的儿子仁宝是个老后生，一直没有婚娶，对女人十分好奇和渴望。

[1] 吴义勤：《韩少功研究资料》，山东文艺出版社，2006，第19页。

[2] 韩少功：《爸爸爸》，上海文艺出版社，2012，第47页。

[3] 刁晓宇：《〈爸爸爸〉中魔幻现实主义色彩的分析》，《名作欣赏》2016年第24期。

因为山下女人多，由此他便成了鸡头寨少有的常下山的人物，而且他是整个鸡头寨里唯一对山下文明充满了渴望和崇拜的人。每次从山下回寨子，他总会带些新鲜玩意儿，如一个玻璃瓶、一盏破马灯以及一张旧报纸等。虽然他热情地向鸡头寨人展示这些新鲜的玩意儿，但村民们总是看看而已，虽然觉得好奇，但内心却并无多大的波澜。作为与山下的文明世界唯一有联系的人，他无法被寨里的人理解，在精神世界中他是孤独的。孤独是每个人都会有的情绪和精神体验，韩少功对这些人物的塑造，不仅是对村民孤独生存状态的展现，更是对这个群体愚昧、与世隔绝的孤独状态与精神困境的反思。

文学不仅关注"人"，也关注与人相关的环境与文化。拉美魔幻现实主义除了关注人的生存状态和精神困境，还善于创设原始的生活环境和神秘的民间文化。一切具有神秘色彩的现实存在，都是魔幻现实主义文学创作的源泉。韩少功在小说创作中将魔幻现实主义的写作技法创造性地进行了转化，多渲染生活环境和古老传统文化的魔幻，在《爸爸爸》中，他对寨子的封闭环境、民间传统文化进行了详细的描写，包括鸡头寨的地理位置、自然风物、村里的巫术活动、民间传说、历史传承等。在韩少功的笔下，鸡头寨显得奇幻虚无，与世隔绝，"寨子落在大山里和白云上，人们常常出门就一脚踏进云里。你一走，前面的云就退，后面的云就跟，白茫茫云海总是不远不近地团团围着你，留给你脚下一块永远也走不完的小孤岛，托你浮游"[1]。鸡头寨不变的形象，不变的传统，不变的观念无不使人感到惊愕。在鸡头寨里，时间是停滞了的，人也似乎变成了一种多余的物件——仿佛他们从来没有在这里存在过，又仿佛从远古走来。他们生来就不是为自己而活，而是为鸡头寨而活，为延续鸡头寨那永远不变的传统而活。他们在走祖先设计好的生活之路，他们的头脑被祖先控制，躯体为虚无所驱使。他们在这个小山村，由生到死，无限轮回。韩少功通过塑造这样一个封闭神秘的村寨，展示了他对千百年来中国历史文化发展的思考：封闭隔绝不利于文化的交流与革新，只能造成凝固历史的活化石，就如鸡头寨一样。

---

[1] 韩少功：《爸爸爸》，上海文艺出版社，2012，第49页。

在封闭沉滞、与世隔绝的鸡头寨中，村民自有一套传承的文化体系，他们处处追寻着先人的遗风，遵循着古老的规矩，延续着祖先遗留下来的习俗。而这些原始奇特的民间文化，正是《爸爸爸》中最魔幻的部分。村人十分迷信鬼神天命，认为丙崽的愚笨是因为他娘打死了蜘蛛精，冒犯了神明；在赶路时，如果迷了路，要赶紧撒尿骂娘，驱赶"岔路鬼"；在遇到春荒时，要杀人祭谷神，还必须杀须发浓密的人；在纠结是告官还是行武时，就将丙崽的两句话看作阴阳二卦，以此来决定选择等。他们对巫术迷信、传统遗风深信不疑，遇到问题积极贯彻，从不去想为什么。例如，他们相信蛇性好淫，便用稻草人引蛇上当；当人误食挑生虫后，便杀一头白牛，喝生牛血，并对着牛血学三声公鸡叫，以此来解毒；与鸡尾寨"打冤"时，为了鼓励村民战斗的士气，他们会按照祖先的做法将猪与敌人尸体煮熟后分吃；当生存遇到危机时，他们便以"殉古道"的方式牺牲老人和孩子，让年轻的男女把种族的香火延续下去……。这里，韩少功用冷峻的笔调描述了带有楚文化基因的古老传统，他不是要展现一个桃花源似的安居乐业的小村落，而是要表达对民族文化传统的理性批判。在表现人与自然的原始神秘状态时，他更多的是好奇与惊叹，但在写到以上种种迷信和保守、愚昧的民风习俗时，却带着冷冽的审视和反思，体现他对文化重生必要性和急迫性的强调。

拉美的魔幻现实主义是基于拉美文化的混杂性和社会的畸形来进行艺术表达的，它是现实突变的产物，是对现实的特殊表现；中国的寻根小说立足于中国传统文化，是对传统精神与民族意识的特殊呈现。虽然两者的根基有极大的差异性，但目标指向具有一致性——表达对民族历史和文化的关注与思考。从这个意义上说，韩少功的《爸爸爸》通过客观认识与阐释民族历史文化来达到对民族文化"根"的反思，并实现民族文化与世界文学的对话。

《爸爸爸》对民族历史文化的客观认识和阐释主要体现在静态村落与动态迁徙的对比之中。前面已经论述到鸡头寨是封闭的，就像是历史的活化石，村民的生存状态是从世世代代的传统中传承下来的，他们的观念、习俗、民风并不会随着时间而改变，"（鸡头寨人的）生存哲学即人生一世、草木一秋，生生死死皆人所不能掌控，面对灾难与不幸而更添从容、淡然，抑或悲壮之精神"[1]，是已经融进民族骨血的对神灵、神秘力量的顶礼膜拜和对生死命定的超脱等传统道德及哲学思想的继承。对静态的鸡头寨，韩少功有批判，也有怜悯与同情，小说中两次写到唱"简"，体现了韩少功试图为村落找寻文化的源头和去处所作出的努力。第一次是在小说的第二章里，文中写道，寨里如果有红白喜事或是逢年过节祈神祭祖，唱"简"是必备的仪式，"奶奶离东方兮队伍长，公公离东方兮队伍长。走走又走走兮高山头，回头看家乡兮白云后。行行又行行兮天坳口，奶奶和公公兮真难受。抬头望西方兮万重山，越走路越远兮哪是头？"[2]村民们通过这种方式回顾自己村落迁移的历史，从"唱简"的歌词里，我们看到的不是村民主动的迁徙姿态，而是为了生活被迫远走寻找新的出路的窘象。但是，一次次的动态迁徙不但没能使静态的村落找到合适的发展之路，反而使相似的历史一次次重演。韩少功试图通过回顾迁徙历史找出鸡头寨发展停滞的原因，而这也正是传统文化发展困境的一个缩影。第二次唱"简"是在小说的最后一章，鸡头寨由于打冤的失败和天灾人祸，整个寨子面临着生存危机，于是青壮年村民决定迁徙。他们泪水一涌而出，齐声唱着"简"，赶着牛，带着劳作和生活所需的各种工具，"向更深远的深山里去了"。深处的山林更加阻碍了文化的交流和传播，民族文化会因为隔绝而再次故步自封。韩少功再次写到迁徙的历史，就不仅是对传统民族文化停滞的思索，而且还有进一步的隐喻和象征——这一幕动态的迁徙是失败的象征，"表现了一种文化逐渐衰蔽、退化和销匿的行程"[3]。《爸爸爸》通过塑造静态的文化原型——鸡头寨，以及对动态的历史迁徙的叙述——唱"简"，"标示出文化反思的坐标点"，表达了韩少功对传统精神文化的传承与追溯，也是他对植根于古老文化土壤中的民族文化的反思。

撰稿人：陈倩

---

[1] 徐敏君：《论〈爸爸爸〉之主体精神》，《四川教育学院学报》2012年第1期。

[2] 韩少功：《爸爸爸》，上海文艺出版社，2012，第54页。

[3] 基亮：《严峻深沉的文化反思——浅谈韩少功的中篇〈爸爸爸〉及当前的"文化热"流》，《当代文坛》1985年第10期。

拓展阅读

1. 吴义勤主编，李莉、胡健玲编选：《韩少功研究资料》，山东文艺出版社，2006。

2. 廖述务编：《韩少功研究资料》，天津人民出版社，2008。

3. 洪子诚：《丙崽生长记——韩少功〈爸爸爸〉的阅读和修改》，《中国现代文学研究丛刊》2012 年第 12 期。

4. 聂茂：《寻根文学的精神表达与话语秩序——以韩少功〈爸爸爸〉与〈女女女〉为例》，《中国文学研究》2017 年第 4 期。

5. 程光炜：《韩少功的变线——从〈西望茅草地〉到〈爸爸爸〉的话题谈起》，《南方文坛》2019 年第 1 期。

《透明的红萝卜》导读
——苦难与想象交织的世界

莫言，1955 年出生于山东潍坊高密的一个村庄，1978 年开始写作，随后发表了《透明的红萝卜》《红高粱》《天堂蒜薹之歌》《丰乳肥臀》《蛙》《生死疲劳》等一系列小说，并在 2012 年成为首位获得诺贝尔文学奖的中国籍作家。《透明的红萝卜》是莫言创作的第一部中篇小说，于 1985 年发表在《中国作家》第 2 期。该小说发表后，引起了学术界的热烈讨论，《中国作家》的主编冯牧主持并召开了《透明的红萝卜》研讨会，汪曾祺、李陀、史铁生、雷达等人参加会议并给予了小说肯定的评价。与此同时，著名作家徐怀中及其他几位青年作家共同撰写的文章《有追求才有特色——关于〈透明的红萝卜〉的对话》，也给予了小说极高的评价。《透明的红萝卜》凭借独特的艺术风格与耐人寻味的主题意蕴获得了大家的一致肯定，不仅成为了莫言的成名之作，而且是新时期文学的经典之作。

莫言生长于农村，有着二十多年的乡村生活经历，他见证了中国乡村的苦难与魅力。他不仅能够体味耕种的艰辛，而且能感受丰收的喜悦；不仅痛心于众所周知的麻木愚昧，而且能发现不为人知的真诚纯粹。小说《透明的红萝卜》对"文革"期间的人生世态、乡村生活、田野风光都进行了独到而细致的描绘，其故事情节主要围绕黑孩、小石匠、菊子姑娘、小铁匠、老铁匠等个性各异的人物展开，再现了"文革"期间农村的真实苦难——物质的贫乏和心灵的创伤。同时，作者还巧妙地借用黑孩的儿童身份，以孩童的视角叙述了自己少年时代经历的苦楚和耽于幻想的时光，营造出诗意与现实对立的两个世界。正如莫言所说："这篇作品第一次调动了我的亲身经历，毫无顾忌地表现了我对社会、人生的看法，写出了我童年记忆中的对自然界的感知方式。"[1]

小说《透明的红萝卜》主要叙写儿童、青年、老年三代人的生活经历与悲剧结局，真实地再现了饥饿年代农村生活的苦难和人们心灵的麻木。黑孩是故事的主角，是一个十岁左右的男孩，物质的贫困导致他衣不蔽体，在秋天微冷的早晨，他光着脚，光着脊背，只穿着一条肥大的裤子。他的眼睛又黑又亮，头很大，脖子和胳膊却很细长，胸脯上肋骨分明像小鸡似的，跑起来时没有力气，像是"谷地里被风吹动着的稻草人"[2]。饥饿在黑孩身上打下了深深的烙印，与此同时，黑孩还遭受着他人的欺压与虐待。黑孩的父亲在离家出走后，就再也没有回来，后娘总是使唤他干活，一喝醉酒就要打他、拧他、咬他；他身子单薄，却还得参加繁重的劳动，在滞洪闸工地干活时，刘副主任总是用语言伤害他，其他人也将他作为茶余饭后嘲笑和议论的材料；在帮忙拉风箱时，小铁匠对他更是想骂便骂，想打便打，将自己对小石匠的嫉妒全然发泄在黑孩身上，甚至让他赤手捡起滚烫的钢钻……黑孩的儿童身份决定了他无法反抗外界的欺辱与压迫，面对残酷而暴力的现实世界，他变得性格孤僻、沉默寡言、无动于衷，只有当他沉浸在想象的世界里时才能够得到暂时的安然与快乐。一个夜晚，他偶然间看到了铁砧上金色的透明的红萝卜，正沉迷于萝卜的美丽时，红萝卜却被小铁匠夺去并丢入河里。在小说的结尾，黑孩为了寻找透明的红萝卜而拔光了地里的所有萝卜，不但没能找到理想的萝卜，还被队长教训了一顿。他始终没能逃出被欺负的命运，他的人生处境具有强烈的悲剧意味。

莫言对乡土世界的苦难与悲情从不逃避，他试图通过不同群体的故事全面真实地加以展现，不仅塑造了黑孩这样一个身在苦难中却没有苦难感的儿童，还塑造了一个"洞彻苦难世界的觉者"[3]——老铁匠。老铁匠是一个又高又瘦的老头儿，身穿的油布上布满了火星烧成的小窟窿，他平时沉默寡言，漠然

---

[1] 莫言：《莫言自述〈透明的红萝卜〉创作前后：源自一个梦》，《新民晚报》，2012 年 10 月 15 日。

[2] 莫言：《透明的红萝卜》，浙江文艺出版社，2020，第 3 页。

[3] 石天强：《童年记忆的世界——读莫言〈透明的红萝卜〉》，《艺术评论》2011 年第 3 期。

的姿态无不诉说着他前半生的苦难，他是一个被苦难折服的沉默者。他在猛然间哼出的戏文或歌词，正是对世间苦难的描述："恋着你刀马娴熟，通晓诗书，少年英武，跟着你闯荡江湖，风餐露宿，受尽了世上千般苦——"[1]这段唱词在小说中反复出现，它显露了老铁匠内心的酸楚和感慨，暗示着老铁匠命运的悲剧。小铁匠跟随老铁匠学习打铁三年，老铁匠为了自己的活计，时刻提防徒弟偷学自己的打铁技术，甚至为了自己的利益故意烫伤小铁匠的手臂，而小铁匠最终还是偷学到了师傅的技术，并挤走了老铁匠。他们师徒之间全然没有"师徒如父子"的情义，人性的自私和丑陋却赤裸裸地摆在读者面前。老铁匠在离开前的夜晚，再次唱起了这段戏文，这何尝不是他苦难人生的真实写照。

　　与黑孩、老铁匠置于同一环境并形成矛盾网络的是以菊子姑娘、小石匠、小铁匠为代表的青年人，他们正值盛年，但土地的贫瘠、心灵的荒芜让他们依旧无法摆脱苦难的命运。菊子姑娘善良温柔，小石匠英俊潇洒，在日常的相处中他们渐渐相爱，从情感的朦胧到黄麻地里的激情迸发，再到以鸟叫声为信号的频繁约会，真实地再现了农村青年男女追求自由恋爱的历程。与此同时，小铁匠也疯狂地爱恋着菊子姑娘，他看到菊子姑娘时"忽然感到眼前一亮，使劲咽了一口唾液，又用肥厚的舌头舔了舔干裂的嘴唇"[2]，眼睛里灼热的光直盯着姑娘红红的脸庞。无法满足与实现的爱恋使小铁匠内心的嫉妒与仇恨与日俱增，最终恶意引发了他与小石匠的对决，菊子姑娘的右眼在他们打斗时被石片扎伤，甜蜜的爱情以悲剧收场，菊子姑娘与小石匠从滞洪闸的工地消失不见，小铁匠的内心也备受煎熬。小铁匠扭曲的爱交织着深沉的悲苦，他的悲剧是人在精神上极度贫困的现实悲剧的一个投影。

　　在《透明的红萝卜》中，三组人物形成了两个世界的对照，一个是黑孩代表的儿童世界，一个是青年与老人代表的成人世界，儿童世界与成人世界在小说中交替出现，构成了对立、复合、协调的复杂关系，形成了苦难与想象交织的整体。小说中成人世界是主要的，儿童世界是短暂的，且存在于成人世界的

---

[1] 莫言：《透明的红萝卜》，浙江文艺出版社，2020，第49页。

[2] 莫言：《透明的红萝卜》，浙江文艺出版社，2020，第25页。

缝隙之中。作者利用黑孩的儿童身份自由转换叙述的视角，在两个世界不断往返，展示了儿童世界的诗意与浪漫，凸显了成人世界的粗俗与暴力。

在描绘儿童世界时，莫言十分注重对于感官感觉的描写，善于利用想象、重复、夸张等手法营造出神奇魔幻的场景。他在许多小说中都显示出了"儿童所惯有的不定向性和浮光掠影的印象，一种对幻想世界的创造和对物象世界的变形，一种对圆形和线条的偏好"[1]，小说中的黑孩正是他展示自我丰富想象力的化身。在小说中，黑孩的性格有着多面性，他既有常人不可及的坚韧，也有对于苦难的麻木，但他最难得的还是儿童天生就具有的丰富想象力。刘主任在滞洪闸工地讲话时，黑孩一句都没听到，他听到的是黄麻地里的鸟叫声和音乐般的秋虫吟唱，以及逃逸的雾气碰撞着叶子或茎秆而发出的响声和蚂蚱剪动翅羽的声音。他沉浸在自然的神奇与梦幻里，回想起过往在河里被鱼群亲吻的欢乐。当小铁匠在铁砧上烤地瓜和萝卜时，黑孩望着萝卜想象出了整部小说最为神奇的图画："光滑的铁砧子，泛着青幽幽蓝幽幽的光，泛着青蓝幽幽光的铁砧子上，有一个金色的红萝卜。红萝卜的形状和大小都像一个大个阳梨，还拖着一条长尾巴，尾巴上的根根须须像金色的羊毛。红萝卜晶莹透明，玲珑剔透。透明的、金色的外壳里包孕着活泼的银色液体。红萝卜的线条流畅优美，从美丽的弧线上泛出一圈金色的光芒。光芒有长有短，长的如麦芒，短的如睫毛，全是金色。"[2]在黑孩的儿童世界里，透明的红萝卜是他想象的产物，并且成了他执着追求之物，在小铁匠将红萝卜丢入河里之后，黑孩着了魔似的到处寻找。这里，莫言赋予了红萝卜超越现实、超越经验的色彩，具有丰富的隐喻之意。在成人世界中，黑孩毫无生活的希望，全然被迫行动着，而在自我想象的儿童世界里，透明的红萝卜牵引着他的心，他主动地寻找着属于自己的精神世界。在小说的结尾处，黑孩穿过黄麻地，找到了一片萝卜地，他双膝跪地拔起一个萝卜，渴望再次见到那天晚上在铁砧上看到的透明的红萝卜，可现实却

[1] 程德培：《被记忆缠绕的世界——莫言创作中的童年视角》，载杨扬《莫言研究资料》，天津人民出版社，2005，第131页。

[2] 莫言：《透明的红萝卜》，浙江文艺出版社，2020，第51页。

让他失望了，他疯了似的重复着拔、举、看、扔这一系列动作，却再也找不到那个透明的红萝卜。现实世界与想象世界的对比暗示了黑孩的理想精神世界在当时的乡村里只能存在于想象的儿童世界中，现实的成人世界里人们物质贫乏、心灵荒芜，是不会有"透明的红萝卜"存在的。

在小说中，黑孩的每一次想象都是在他出神开小差的时刻，这个时刻是短暂的，成人世界总会以强势的姿态打断他的想象，呼唤他回到现实世界，继续过着充满苦难的生活。莫言在塑造成人世界时，没有丝毫回避与隐瞒，他把那种乡土生活的无序、粗俗与暴力真实地呈现了出来。小说不是描写苦大仇深的阶级斗争，而是展现了村庄百姓在20世纪70年代真实的生活面貌。在小说的开头，当队长召集大家时，"老老少少的人从胡同里涌出来，汇集到钟下，眼巴巴地望着队长，像一群木偶"[1]，莫言一针见血地再现了当时村民麻木的精神状态。随着故事的不断发展，村民的真实形象不断被细节化、具象化，如在工地上做工时，刘副队长的训话充满了民间的粗野，工地女人们见到菊子姑娘关心黑孩时，话语中全是恶意猜忌，村民们只敢嘲笑弱者黑孩，而对于具有权威的刘副主任只能听之任之；在桥洞里打铁时，小铁匠与老铁匠之间毫无师徒之间的尊重与坦诚，他们相互提防，甚至伤害了对方；小铁匠为了发泄自己的怒火，欺负拉风箱的黑孩……这些生活的镜像共同构成了黑暗、荒诞的成人世界，展示了莫言对乡村现实世界真实的观察和深刻的体悟，正如他自己所说："二十年农村生活中，所有的黑暗和苦难，从文学的意义上说，都是上帝对我的恩赐"[2]。成人世界是莫言对真实乡村的呈现，儿童世界是他精神的寄托之所，两者共同营造出色彩分明的两个世界，展现了他个人的文学追求与理性思考。

撰稿人：陈倩

---

[1] 莫言：《透明的红萝卜》，浙江文艺出版社，2020，第1页。

[2] 莫言：《我的故乡与我的小说》，《当代作家评论》1993年第2期。

拓展阅读

1. 杨扬：《莫言研究资料》，天津人民出版社，2005。

2. 张清华：《细读〈透明的红萝卜〉："童年的爱情"何以合法》，《小说评论》2015 年第 1 期。

3. 王敏：《记忆术：代际隐喻、意识幻象与记忆场——读莫言的〈透明的红萝卜〉》，《文艺争鸣》2012 年第 8 期。

4. 程光炜：《颠倒的乡村——再读莫言的〈透明的红萝卜〉》，《当代文坛》2011 年第 5 期。

5. 北川：《〈透明的红萝卜〉的美学意蕴》，《当代作家评论》1986 年第 4 期。

《一九三四年的逃亡》导读
——兼论苏童的色彩空间

　　苏童，原名童忠贵，1963 年生于江苏苏州，自 20 世纪 80 年代开始创作小说。1985 年，他的中篇小说《一九三四年的逃亡》发表于《收获》第 5 期，由此一举成名，也因此成为先锋小说的领军人物之一。这部作品不仅是苏童中篇小说创作的起点，也是他早期创作中的精品，被视为先锋文学的代表作，陈晓明评价它为"当代小说中最精彩的篇章"[1]。该小说体现了苏童早期颓废、诡谲的写作风格。空间叙事、意象书写、语言风格是此作值得关注之处，尤其是在空间叙事中对色彩的运用。苏童在《一九三四年的逃亡》中构建出了独具个人特色的色彩体系，并在其后的作品中继续沿用。可以说，这部小说是苏童建构色彩空间的"原点"。

　　正如早期先锋作家刻意打破线性历史叙事的共识那般，"一九三四年"作为小说中唯一清晰的时间标志，却"只不过是作者进入历史颓败的一个入口去处，并没有确切的意义"[2]。苏童在小说中将"一九三四"这个时间节点复现了 47 次，不断地将读者拉回自己记忆中那个"进城热"的年代，去窥探彼时乡村因城市而发生的巨大动荡。一九三四年，是一段凝固的历史。组成这段历史记忆的是"我"的家族在枫杨树乡村与城市之间的追逐与变迁，这种变迁在苏童笔下不是随着时间顺序展开叙述的，而是更像随着"我"的思想而展开

---

[1] 陈晓明：《论〈罂粟之家〉——苏童创作中的历史感与美学意味》，《文艺争鸣》2007 年第 6 期。

[2] 刘松来、颜敏、王中德等：《中外小说经典人物导读》，江西高校出版社，1998，第 708 页。

的一场跳跃的梦。空间的变化成为这场梦境发展的线索，组成了"我"的家族记忆的图景。苏童无疑是一位具有出色绘画天赋的作家，他在这部中篇小说处女作中建构出了独特的"苏童式色系"。他的文字处处充满着色彩，甚至连小说中最重要的空间意象都是通过色彩来建构完成的。

　　"我"希望带领读者感受眼前所见，这种视觉效果不是通过传统绘画技艺的白描式手法来传达，而是通过色彩的渲染——这种最能留下精神印象的方式来完成。正如苏童在访谈时所提到的那样，在创作中，"脑子里一有奔涌出来的图像，我就立刻将它们画在纸上，怕忘记了……后来在自己画的图的配合下，我浓墨重彩将它们写成了文字"[1]。他脑海中的图画主要是由色彩构成的，这种独特的感受力与想象力也让他的文字形成了宝贵的个人特色。小说首先通过"我"与父亲的追逐讲述了"我"对城市与家族的体验，年少的"我"对父亲口中不断重复着的"一九三四年"这个灾年充满了窥探欲。独特的叙事手法将读者一同拉入故事中，随着"我"一起在梦境里窥探着那年：

　　"那是不复存在的遥远年代……我端坐其上，首先会看见我的祖母蒋氏浮出历史。蒋氏干瘦细长的双脚钉在一片清冷浑浊的水稻田里一动不动。"[2]

　　这一大片属于陈文治家绵延十几里的水稻田成为枫杨树乡村最先出场的标志，乡村就这般与稻田联系在了一起。秋季，"枫杨树四百亩早稻田由绿转黄。到秋天枫杨树乡村的背景一片金黄"[3]，这片稻田承载了祖母蒋氏的生育，也为梦境中的乡村铺上了一片黄的底色，连带着在这个空间劳作、生育的祖母，也变得"浑身金黄耀眼"。这里，"黄"不再只是一种色彩，它与枫杨树乡村这个空间紧密地联系在一起，身处其中的人也要受到它的晕染。在以黄色为底的画幅上，还有其他的颜色点染，但"苏童式色系"风格永远不会拘泥于传统的色彩运用，他非要在这一大片暖色调之上添上几笔不和谐的色彩。那大片黄色之上最显眼的，是属于陈文治的有着黑幽幽五层深院的黑砖楼、夺去蒋氏贞洁的鲜红色轿子、瘟疫到来时席卷乡村的紫色细菌……这些陌生化的色彩运用

[1] 苏童、王宏图：《南方的诗学：苏童、王宏图对谈录》，漓江出版社，2014，第51-52页。
[2] 苏童：《一九三四年的逃亡》，河南文艺出版社，2020，第6页。
[3] 苏童：《一九三四年的逃亡》，河南文艺出版社，2020，第15页。

压低了黄色的暖调，让痛苦、恐惧产生在对这些陌生色彩的想象之中，使人感到压抑与怪异。

其实，黄色在"我"眼里从来不属于传统色系中令人感到舒适的暖调，黄色在这里更多地以象征衰落、枯萎、颓败的色彩出现：那一片稻田在激发人们的情欲与生育后便不可逆转地变成枯黄；那条连接着城市与乡村的黄泥大道，两侧布满了坟茔，它承载着乡土的没落——大批男人带着满身的黄土从这里离开，使枫杨树成为女人的乡村。同时，这种黄色也在变化着，它的每一次变化都伴随着枫杨树的动荡、乡村的衰落：枫杨树两千灾民火烧谷场，在狂欢般的纵火中，绵延十几里的金黄被"搅成一片刺目的红色"，火光冲天，映照出村民们打倒财主陈文治的疯狂脸庞；当第一百三十九个竹匠陈玉金在黄泥大道上被他的女人追上，不让他进城时，他用竹刀将女人猩红的血汁溅洒在黄泥路上，血泊将黄泥染成了一朵鲜红的莲花，女人的尸体点缀其上……诸如此类的描写在小说中俯拾皆是，黄色的调度变化成为叙述枫杨树乡村走向衰亡与迷失的线索。在这里我们感受不到时间的流逝，因为时间在文字中被打乱成碎片重新拼接，唯一明晰的只有一九三四年这个开端，但我们却能通过色彩的变化鲜明地感受到乡村空间的崩塌与瓦解。

与枫杨树乡村对应出现的是南方城市，这两者在"我"的寻根梦中如宿敌一般存在着。从祖父陈宝年逃向城市开始，"我的家族中人和枫杨树乡亲密集蚁行，无数双赤脚踩踏着先祖之地，向陌生的城市方向匆匆流离"[1]。探寻"我"的家族历史也变成了一件不易的事情。城市在这场梦中是穿插在乡村记忆中出现的，它的色彩是与暖调黄色截然对立的冷调绿色，这绿色是在一九三四年由枫杨树向城市输送的二万株毛竹与一百多名携带竹刀的竹匠带去的。在这之后，各式各样的竹器充斥着城里人的房子，那段陈氏竹器铺在城镇中热烈而又充满邪气的发迹史，让这股绿色席卷了城市的各个角落。这绿原本是属于枫杨树的毛竹绿，但在"我"的眼中它从来没有作为乡村的颜色出现在那里，仿佛它生来就是为了把乡村的生机源源不断地输送到城市，这绿在城市愈鲜艳，那黄在

---

[1] 苏童：《一九三四年的逃亡》，河南文艺出版社，2020，第23页。

乡村就愈枯败。但绿终究来自枫杨树乡村，这是乡土与城市间无法切割的羁绊。以陈宝年为代表的竹匠们视若珍宝的绿色竹刀，不仅是他们谋生的依靠，更是他们心中那残存且挥之不去的乡土情结。

在城市这片绿土之上，也有其他的颜色点染。红色在苏童后期作品中常用来预示变故，在这里已经初现端倪，正如红色出现在黄色乡土之中一样。当来自农村的狗崽闯入城中的竹器铺时，他带来的是红色的尿液、发着红光的眼睛、似一朵红罂粟的溃烂的脸，一切都与这个地方格格不入的他终究要经历一番抽筋蚀骨般的苦痛。他心心念念的女人环子，是他与父亲之间伦理矛盾的根源，这种父、子、女人三人间的纠葛关系，在苏童后期的作品里也常会出现，如《妻妾成群》里的颂莲、陈佐千与飞浦。这种关系强化了女性的人身依附意识，且这种依附意识是主动产生的。女性的身体在男性的凝望中承载着人性、欲望、伦理，她们常以悲剧结局。苏童习惯为这种悲剧命运附上蓝色的光晕，"我"家族中出现的女人环子，是他蓝色点染的初尝试。环子的出场，没有名字，只有颜色，那一身"亮闪闪的蓝旗袍"是她的代表。"我"依旧是以颜色与气味等感官感觉来编织脑海中的人物形象，"蓝旗袍下旋起的熏风花香在我的画面里开始活动"，环子就这样走进"我"的梦中，与观众相遇。她是欲望的化身，她的蓝旗袍在空中飘动，"城市也化作蓝旗袍淅淅沥沥洒下环子的水滴"，染蓝了凝望她的竹匠们与陈氏父子的双眼。

如研究者所述，苏童文字中的"蓝色的色彩意象最终无不例外都将女性的生命带向死亡"[1]。他的色彩陌生化运用在这里再次上演："人们往常的视觉经验认为蓝色是一种博大的色彩，象征着永恒和平静。苏童却颇有深意地赋予了它死亡的色彩，在'蓝色'的蛊惑下人们在宿命的死亡屋子里无处可逃。"[2]为了使狗崽不再受这抹"蓝色"的蛊惑，陈宝年将环子送到了枫杨树老家，与蒋氏生活在一起。这是环子生存空间发生的第一次变化，也是乡村与城市在对立许久之后产生的第一次交集。这抹蓝色闯入了枯黄的乡村并逐渐变色，其中

---

[1] 陈珂珂：《简析苏童小说色彩语言的特点》，《牡丹》2018 年第 23 期。

[2] 陈珂珂：《简析苏童小说色彩语言的特点》，《牡丹》2018 年第 23 期。

暗含着时间的流逝：环子"感觉到脸上的肌肤已经变黄变粗糙了"，这是枯黄所象征的衰败；日复一日的酸菜汤让她"吐出一条酸苦的黑色小溪，溅上她的美丽的蓝棉袍"，枫杨树的黑黄就这样染上了她的蓝，试图将她吞没同化。但蓝色终究不属于农村，环子在经历了痛苦的流产后终于切断了她与枫杨树的牵绊，她不顾一切地偷走了蒋氏仅存的小孩，带着他逃离了枫杨树村。

虽然环子最终逃离了让她变得枯黄的乡村，但蓝色注定是悲剧的颜色，色彩预示着她终将走向死亡，正如她像极了"我"那位死去的姑祖母凤子，这两只蓝色的小鸟都无法逃离被男性掌控的悲惨命运。从蓝色到枯黄再到蓝色，她的生存空间就这样随着身上颜色的变化而变化，但这抹蓝是环子无法逃脱的宿命，最终只能是命运循环的悲剧。同样具有生存空间变化的还有祖母蒋氏，她在"我"的眼中也是通过颜色来展现的。乡村将祖母死死禁锢，就算在为了找回孩子这样强烈的动机驱动之下，她也没办法跨过那条汹涌的黄色江水——"他们到城里去了，我追不上了"。蒋氏仿佛被一个无形的黄色边界禁锢在枫杨树村。这将城市对乡村空间的挤压、乡村对城市空间的畏惧体现得淋漓尽致。随着象征衰败的枯黄加重，蒋氏的生存空间也越来越小：先是陈文治那顶红色的轿子夺走了曾劳作过的稻田赋予她的金黄，然后是环子将她最后的小孩带走。祖母蒋氏被一次次的生育抽干了身体，当最后一个孩子也离她而去时，她终于没有了生命力，选择将灵魂献给陈文治这个曾经笼罩在乡土上空的幽灵。蒋氏住进了那幢如坟墓般的黑砖楼。从黄到红再到黑，鲜活的生命就这样无法避免地枯萎。"我"的家族也无法逃离这样的命运，当父亲病危，只剩迷茫的"我"无措地在梦中企图复现家族历史，还原那一段令"我"如今漂泊无根的逃亡岁月，梦醒后却发现历史也如人性一般，整个充满着颓败、罪恶、死亡、欲望与痛苦，而这些正是苏童早期作品所探讨的母题。

小说中出现的色彩，是为了诉说这一场"一九三四年的逃亡"。我们在其中看到了生命的痛苦与毁灭，这是苏童希望通过画笔般的文字所展现的。他曾这样说道："人在逃亡的过程中完成了好多所谓他的人生价值和悲剧性的一面。"[1]在这一过程中，有空间的建构，有时间的流逝，有历史的纵深，还有关于终极意义的思考。苏童通过运用与传统历史叙事截然不同的方法将所有这些展现在读者眼前，并且通过色彩及色彩的陌生化运用，让读者拥有了一种全新的阅读体验，这正是本篇小说先锋性的重要体现。正是这种先锋的精神，促使苏童从这篇小说开始，不断地探索着先锋的实质，尝试着诉说人性的各种可能。对于作家而言，这是一场"逃亡"，也是一场前所未有的"奔袭"。

撰稿人：刘钰洁

拓展阅读

1. 苏童：《妻妾成群》，重庆大学出版社，2015。
2. 苏童：《罂粟之家》，重庆大学出版社，2015。
3. 苏童、王宏图：《南方的诗学：苏童、王宏图对谈录》，漓江出版社，2014。
4. 张学昕：《苏童论》，作家出版社，2023。

---

[1] 马群：《星河之光：扬中杰出人物纪事》，方志出版社，2004，第188页。

《现实一种》导读

  余华，1960 年生于浙江杭州，3 岁时随父母迁至海盐，1977 年在海盐中学高中毕业，之后在海盐县城武源镇从事过 5 年的牙医工作。1983 年在《西湖》杂志第 1 期发表处女作短篇小说《第一宿舍》。1987 年在《北京文学》发表《十八岁出门远行》《西北风呼啸的中午》等短篇小说，自此确立了他在中国先锋作家中的地位。至今已出版长篇小说 6 部，包括《在细雨中呼喊》《活着》《许三观卖血记》《兄弟》《第七天》《文城》；中短篇小说集 6 部，包括《鲜血梅花》《现实一种》《我胆小如鼠》《战栗》《黄昏里的男孩》《世事如烟》；随笔集 3 部，包括《温暖和百感交集的旅程》《音乐影响了我的写作》《没有一条道路是重复的》；杂文集 2 部，包括《我们生活在巨大的差距里》《我只知道人是什么》。

  中篇小说《现实一种》创作于 1987 年，发表于《北京文学》1988 年第 1 期，在此之前，余华的《十八岁出门远行》虽然获得了李陀的高度赞赏，但并未激起多少火花，而《现实一种》《河边的错误》等短篇小说的相继问世，则奠定了余华先锋代表作家的地位。陈晓明认为："《现实一种》应该说是余华向文学作品如何描写现实这个难题所展开的强劲挑战。它和传统现实主义构成了一种对话"[1]。小说讲述了山岗、山峰两兄弟之间的残杀：哥哥山岗四岁的儿子皮皮在玩耍中不小心摔死了山峰的幼儿，弟弟山峰在仇恨与愤怒下踢死了皮皮，从此兄弟俩结下了不可化解的仇怨，走上了报复之路。山岗采用残忍的手

---

[1] 陈晓明：《余华的残酷与准确——重读〈现实一种〉》，《北京文学（中篇小说月报）》2020 年第 4 期。

法让山峰长笑而死，山峰的妻子又借助公安机关将逃走的山岗逮捕处死，并假借其妻子的名义将他的尸体"贡献"给国家，使他死无全尸。作品最后用一章的篇幅详细地描写了各科医生在谈笑风生中对山岗进行解剖的情景，医生们各取所需，山岗连皮肤都被女医生"像衣服一样叠起来"[1]带走了。这个故事看似荒诞但又给读者一种真实感，一家人陷入了复仇的循环当中，暴力与死亡是他们的最终归宿，笼罩着整部作品的是浓郁的血腥气息，正如宋艳艳所说："《现实一种》正是比照现实，在传统的人性道德法庭之外上演的一幕悲剧，它揭开了潜藏于生活之本源的真实，给人以深刻的反思。"[2]

在这部小说中，充溢着仇杀与算计，亲情、爱情被束之高阁，变得十分遥远，人们以欺负弱小为乐事，自我防范、随时攻击对方的意识极其强烈。这是一个没有爱的世界，美好的人性被扼杀和毁灭了，被扭曲成了令人发颤的恶。余华在《现实一种》中以冷静的"零度写作"方式，撕开了传统家庭看似温馨和睦的面纱，这是对中国家庭神话的尖锐讽刺，它将亲人间令人惊悸的相互残杀场面以及杀人狂隐藏在暴力背后的内心世界，一幕幕撕开在读者眼前，让读者在"恶心"与"反感"的生理情绪中，感受故事带来的深度绝望与伤痛。作为故事发生的导火索，四岁的皮皮在无意识中展露出身体里的暴虐因子，皮皮虐待幼儿（堂弟）的细节充分地暴露出人的暴力倾向和兽性本能。这种暴力倾向和兽性本能是建立在他人的痛苦之上的，是令人不寒而栗的。有论者认为，皮皮的暴力行为有后天习得的成分，皮皮是父辈暴力的承受者，他既承受着来自父亲的冷暴力，又承受着来自叔父的热暴力。[3]皮皮午睡醒来全身发冷，他哆哆嗦嗦地出现在父亲面前，山岗看到儿子这样，并没有关心皮皮，而是忽略了皮皮的话直接打开了窗户，这就是皮皮在家里的生存状态。被父亲忽视、畸形的父子关系造成了皮皮的变态心理，所以他才会对堂弟的反应感兴趣，最终在无意中杀死了堂弟。这也导致了叔父山峰对皮皮的复仇，山峰要求四岁的皮皮趴在地上一口一口舔干自己儿子的血迹，然后飞起一脚，踢死了皮皮；山岗则

[1] 余华：《现实一种》，作家出版社，2013，第51页。

[2] 宋艳艳：《〈现实一种〉的"真实性"解读》，《齐齐哈尔大学学报（哲学社会科学版）》2011年第6期。

[3] 姜瑜、沈杏培：《童心的玄览——对〈现实一种〉的童心化解读》，《名作欣赏》2005年第24期。

把山峰绑在木板上，让狗去舔山峰的脚底，山峰最终在极度癫狂的状态下死去；山峰的妻子冒充山岗的妻子，把山岗的遗体捐给国家，山岗被彻底肢解，尸骨无存。余华浓墨重彩地叙写"复仇"过程，"究其实质而言，是在质疑人类的理性与非理性之间的不可协调性。在一场场惊心动魄的复仇场景背后，所呈现出来的是非理性人性意愿的肆意扩张。皮皮出于一种无知与好奇摔死了襁褓中的堂弟，这种过失性杀人缺乏理性的支撑。而围绕这一事件，山峰、山岗及他们的妻子卷入了一场非理性的复仇漩涡，不择手段的疯狂杀戮是对正常理性思维的一种颠覆与反叛。这种非理性的肆虐游离在理性的规约之外，不仅无视法律规范、社会伦理，更否定了血缘亲情的存在。简言之，就是一种对常理的破坏"[1]。在一幕幕暴力场景下，死亡接踵而至，小说也写到兄弟俩的母亲——老太太，那是一个浑身散发着死亡气息的人物。在小说一开始，老太太就说"夜里常常听到身体里有这种筷子被折断的声音""我知道那是骨头正一根一根断了"[2]，这为小说的死亡事件奠定了阴暗的基调。伴随着家庭内部的连锁式暴力复仇，老太太的死亡直觉越来越强烈，她感知到身体的各部分逐渐死去，这是余华对自然死亡的理解，这样的死亡势不可挡。在复仇情节中加进这一非暴力死亡线索，"是余华对于死亡的必然性的暗示""老太太暗示了生命从开始便走向衰亡的悲剧命运。"[3]余华热衷于死亡描写，死亡是个体生命在客观上的消失，暴力则是人性沉沦状态的一种表现，"山峰等人在施暴后的死亡倒是一种幸运，至少他们可以在客观上完成个人对人性沉沦状态的告别。从这个角度来说，《现实一种》正是以接踵而至的死亡事件使人性恶的漫漫黑夜显现出了一丝闪亮的豁口"[4]。

从叙事上看，《现实一种》也是一个较为独特的文本，体现出了"冷漠叙述""重复叙述"等特征。朱伟在《关于余华》一文中指出：他（余华）希望踏踏实实地表达他自己对这个世界的感受。这是一个没有温情、冰冷的世界，

---

[1] 李光辉：《论余华〈现实一种〉中的重复叙述》，《安徽文学（下半月）》2012年第1期。

[2] 余华：《现实一种》，作家出版社，2013，第1页。

[3] 吴妍：《余华小说的死亡叙述——以〈现实一种〉为例》，《长治学院学报》2015年第32期。

[4] 崔金英：《由〈现实一种〉谈余华的冷漠叙述》，《中南民族大学学报（人文社会科学版）》2005年第S2期。

这个世界里没有血肉，只有单调的骨骼的组合。这是一个荒谬、夸张、疯狂的世界，这个世界里没有真正的理智，到处是分裂与异化，一切都阴差阳错地呈现一种荒诞的错乱，这又是一个不可知不真实和无所依靠的世界，这个世界里处处都是危机，无法有真正的自由与真正的生存目的。[1] 在《现实一种》中，余华以"零度情感"细致入微地描述着人性作恶的每一步，体现出鲜明的"冷漠叙述"的特征。《现实一种》的故事本身是沉重的，充满让人窒息的气息，但在余华笔下，暴力与死亡没有那种呼天抢地的痛苦，作者对"死亡"的冷观性的"远视"和不动声色的描写随处可见，比如皮皮死时"挣扎了几下后就舒展四肢瘫痪似的不再动了"[2]；山岗山峰的母亲死时"笑容像是相片一样固定了下来"[3]。当描写到山岗被解剖的过程时，行文更是显露出一种"欣赏""把玩"的意味："失去了皮肤的包围，那些金黄的脂肪便松散开来。首先是像棉花一样微微鼓起，接着开始流动了，像是泥浆一样四散开去。于是医生们仿佛看到了刚才在门口所见的阳光下的菜花地。"[4] 这里，余华将常人眼中视为肮脏恶心的东西（尸体解剖后流动的脂肪）比喻为"棉花"与"阳光下的菜花地"，这样的描写抽离了对死尸的厌恶或恐惧感，而以冷静的"审丑"来达成审美表达。在《现实一种》里，余华沉浸在一种不以物喜不以己悲的审美状态中，犹如摄像机一样在冷静客观的状态中淋漓尽致地展示一些悲剧场景。余华对所讲述的一切不作任何意义上的价值判断，也不流露丝毫的主体情感，而恰恰就是这种纯审美的冷酷和客观性的叙事风格，使对暴力与死亡不露声色的言说更具有血腥意味，生发出所谓"此处无声胜有声"的效果。[5] 这样一来，"他是把无以名状的情感涵容在平面化的叙述中""把他的感情之火凝固在不事张扬、无需传达、不可转译的某种'前诠释'的原始状态，还置到某种身在其中的'在世'、'在……之中'的生存原状"[6]。丹麦学者魏安娜指出，《现

[1] 洪治纲：《余华研究资料》，天津人民出版社，2007，第 256 页。

[2] 余华：《现实一种》，作家出版社，2013，第 19 页。

[3] 余华：《现实一种》，　家出版社，2013，第 47 页。

[4] 余华：《现实一种》，作家出版社，2013，第 50 页。

[5] 崔金英：《由〈现实一种〉谈余华的冷漠叙述》，《中南民族大学学报（人文社会科学版）》2005 年第 S2 期。

[6] 郜元宝：《余华创作中的苦难意识》，《文学评论》1994 年第 3 期。

实一种》在叙述结构上的最大特色就是重复，包括动作重复、主题重复、描述性动词/形容词的重复、意象与情景的重复：身体被肢解的重复，意味着自我简化为纯粹的肉体；"舔血"的重复，意味着人的动物性、食人本性；野草意象的重复隐喻着主体性的缺失，余华通过重复的叙事技巧，为我们展现了一幅人类生存寓言图景。[1] 也有论者指出，《现实一种》是一部听觉小说[2]。在雨声、哭声与笑声的交织中，成功地推动了情节的发展，完美地塑造了人物形象，巧妙地深化了对暴力与死亡的思考。在情节发展中，声音本身成为小说的主要线索，声音事件构成了悲剧故事的因果链条。在人物形象的塑造上，作者以声音叙事书写男女两性的不平等关系、衬托人物的内在本质，以喜剧式的声音反衬人物的悲剧特质，以自然之声暗示悲凉之音，以解剖之声传达悲哀之声，余华通过声音叙事直击人性的黑暗深处，在这里，我们完全看不到亲情的温暖，无论是祖孙情，还是母子情、夫妇情，皆超越了常态，充斥其间的唯有死亡、暴力和血腥，读者之所以会极度震惊和诧异，是因为这样的故事太出人意料，人类的文明在暴力面前表现出极端的脆弱和不堪一击。《现实一种》借亲人之间触目惊心的血腥残杀，从另一种意义上诠释了生活的本质、人性的本质。

在《现实一种》中，余华以冷静得残酷的笔触再现人的野蛮本性，指出人性本恶，通过批判现实，把暴力、欲望与紧张的"现实"密切连接起来，努力展现人类更为潜在更为复杂的生命情态，这在一定程度上彰显了余华的先锋精神。

撰稿人：唐诗琪

拓展阅读

1. 郜元宝：《余华创作中的苦难意识》，《文学评论》1994 年第 3 期。

---

[1] 魏安娜：《一种中国的现实：阅读余华》，吕芳译，《文学评论》1996 年第 6 期。
[2] 喻栓：《试论余华小说〈现实一种〉的声音叙事》，《韩山师范学院学报》2019 年第 2 期。

2. 王晓华：《先锋叙述与身体启蒙——论〈现实一种〉的身体修辞》，《海南师范大学学报（社会科学版）》2012 年第 4 期。

3. 王达敏：《余华论（修订本）》，安徽文艺出版社，2016。

4. 洪治纲：《余华研究资料》，天津人民出版社，2007。

《白鹿原》导读

　　《白鹿原》是陈忠实创作的一部长篇小说，花了整整 6 年时间才创作完成，于 1993 年出版。小说通过讲述 20 世纪 20 年代以来陕西关中地区白鹿原上白鹿村中白、鹿家族三代人的故事，将人性的善良与罪恶表达得淋漓尽致，展现了长达半个多世纪的历史动荡、民族命运与家族兴衰。这部小说曾经获得第四届茅盾文学奖，入选"新中国 70 年 70 部长篇小说典藏"系列，还被改编成电影、电视剧、连环画、舞剧、话剧等多种艺术形式。在《白鹿原》中，作者以新历史主义的视角审视从清末民初到 20 世纪中叶这段跌宕起伏、富有戏剧性的历史时段，力求在更广阔的层面上展现"民族秘史"。

一、《白鹿原》的文学史意义

　　《白鹿原》是新时期各类文学思潮演变发展过程中的一部颇有代表性的作品。从题材内容来看，《白鹿原》取材于中国近现代的历史，是中国新时期新历史主义文学的代表。新历史主义文学常常运用个性化、多元化的叙事方式来关注历史事件，多角度地凸显民间历史的本来面目。《白鹿原》的故事发生在陕西关中平原地区，地处内陆，交通不便，传统文化氛围较为浓厚。在封建伦理道德的笼罩下，传统女性向新女性的转变是坎坷而渐进的。该作品将历史真实与艺术真实相结合，取材于广阔的历史，并进行了精炼和浓缩。小说从平民百姓的日常生活入手，将其与时代背景相融合，以浓重的笔墨、丰富的艺术细节，向读者呈现了关中地区原生态的人文内涵，反映了民间的真实生活，为读者带来强烈的艺术感染力和深邃的思想魅力。

《白鹿原》以白、鹿两家的恩怨为线索，反映历史动荡时期普通百姓的生活状况，通过田小娥的悲剧人生，揭露旧社会的黑暗腐朽。越是民间普通百姓的事、物，越是能够体现出历史的痕迹。陈忠实将旧社会中带有神秘色彩的东西，通过文学作品呈现出来，以普通百姓的成长经历，来抨击旧社会的黑暗，揭示出新中国成立的必然性。"陈忠实的《白鹿原》在文学的长河中，演绎着一个民族的历史。《白鹿原》这本长篇巨著，充分体现出现代文学作家陈忠实的文学形象和文学地位，在当代长篇小说中具有标志性意义。"[1]《白鹿原》对历史、文化、人性的深刻书写，使它经受住了时间和读者的阅读考验，这是文学经典的魅力之源，"陈忠实的《白鹿原》成功地将中国当代长篇小说的创作提升到了一个新的高度"[2]。

二、《白鹿原》中的男性人物形象

《白鹿原》立足于民间的叙事立场，小说中人物众多，形象十分鲜明，每个人物都具有自己鲜明的个性特征，而且带有一定的悲剧性。在塑造人物形象时，注重人物的复杂性和多样性，将人物的性格特征刻画得淋漓尽致，令读者仿佛身临其境、如见其人。小说通过一个个富有文化意蕴的人物形象，剖析了人物心理，并对儒家文化、生殖观念、传统宗法观念等进行了深入的思考，映刻出那个时代的社会图景。

（一）白嘉轩

白嘉轩是白家的族长，是乡村宗法社会中的地方乡绅，也是推崇儒家思想、捍卫封建宗法制度的代表。小说并没有完全从阶级视角来对他进行描写，而更多的是从文化视角，展现他在儒家文化影响下的立身行事。他始终坚守儒家思想和言行规范，是白鹿原上儒家思想的践行者。

作为农耕社会里的一族之长，白嘉轩凭借宗法家族制度所赋予的权力而施行仁义之举。为了维护乡村的正常秩序、教民以礼义，他在白鹿村的祠堂中推

---

[1] 刘沫彤：《浅谈陈忠实的〈白鹿原〉》，《作家天地》2022 年第 36 期。

[2] 魏清高：《论〈白鹿原〉的生命化历史书写》，《山东农业大学学报（社会科学版）》2022 年第 1 期。

行朱先生制定的"乡约"，使之成为族人必须严格遵守的"法律"，并对违背"乡约"的赌徒和烟鬼们进行严厉苛刻的惩戒，让村民切实感受到了"乡约"的巨大震慑作用。为了方便白鹿原上的孩子们读书，让传统儒家文化能够代代相传，他发动族人翻修祠堂，并在祠堂旁办起了学堂。

作为一家之长，白嘉轩也极为重视振兴家业、教育子女等事宜。受"无后为大"的"孝悌"生殖繁衍观念的影响，他一生娶过七个老婆，前六个老婆都没能长寿，直到娶了第七位老婆仙草，他才过上了安稳的生活。尽管他并没有系统地学习儒家思想，但是他用实际行动把"仁、义、礼、智、信"完全融合在日常生活中。他遵循"耕读传家"的古训，以严父的姿态教育子女，将儒家传统文化灌输给儿子，以自己的行为为家人及村民树起了榜样。

（二）鹿子霖

鹿子霖是一个精明强干、争强好胜、野心勃勃的人，他善于伪装，在官场上为达目的不择手段，是人性复杂化的典型人物，是一个地道的"伪儒"典型。在族里，他处处与白嘉轩作对，总是暗中作梗，为了达到自己的目的可以无所不用其极。白家的困境与他有着一定的关系，他利用田小娥去陷害白孝文，企图以此让白家颜面扫地，从而达到报复的目的。在生活上，他好色成性，竟然在酒后调戏了自己的儿媳。在小说中，鹿子霖代表的是与"儒家文化"相对立的人物形象。他私心很重，言行无度，为了与白嘉轩一争高低，他不顾自己的乡绅形象。最后，有灵性的生命被抽走，只剩下空虚的肉体，毫无尊严地死去，最终落了个家败人散的结局，他的一生也是可悲的。

（三）黑娃

黑娃是白嘉轩的长工鹿三之长子，也是小说塑造的一个叛逆者形象，经历曲折而坎坷。他从小就野性十足，加之内心的自卑感，促使他并不渴望读圣贤之书，而宁愿去干活，追求财富和地位。他既想毁掉祠堂，又想融入那个等级森严的地方。他虽继承了父亲的勤劳和质朴，但叛逆的性格使他最终走上了反抗之路。鹿兆鹏读书多，对他好，还将冰糖这样的宝贝送给他，这样"冰糖"

就成了他最敏感的记忆。以后有钱就先买一口袋冰糖，这是黑娃最初的心愿，也是他反抗思想的萌芽。而黑娃的第一个反抗之举，就是不顾传统的道德思想与宗法秩序，带回来了尽管漂亮但声誉不好的田小娥，还与她在村外的破窑中安家。后来，黑娃当了土匪，砸碎了祠堂，还打断了族长白嘉轩的腰杆。不过，黑娃虽然是叛逆的，但是他最终跪倒在祠堂，对封建宗法观念有所认同和回归。

三、《白鹿原》中的女性人物形象

历史上的惯性思维认为，争斗都是男人的事情，这无疑忽略了女性的内在力量。《白鹿原》刻画了许许多多的妇女形象，这里有温柔贤淑的白赵氏，有追求欲望的田小娥，有投身革命的新女性白灵等，通过她们可以了解当时中国社会中女性所扮演的角色。在《白鹿原》中，大多数女性受封建礼教的影响是巨大的，在封建思想的束缚下，她们用封建的伦理道德思想约束自己，难以找到女性的尊严。尽管田小娥、白灵及冷秋月是敢于追求、具有反叛意识的女性，但囿于男权社会和时代环境的影响，她们最终只能以悲剧收场，变成了封建礼教下的牺牲品，这也是那个时代的悲哀。

（一）田小娥

《白鹿原》中的田小娥称得上是书中命运最悲惨的女性之一，也是塑造得最成功的女性之一。她敢于挑战男权世界，反抗封建桎梏，但最终没有逃脱束缚，充分反映出那个时代女性的悲惨生活。她容貌漂亮，但是漂亮也给她带来了厄运，为了能够活下去，只能以身体为工具依附于不同的男人。她先是听从了父亲的安排，嫁给了郭举人做小妾，却并未得到关爱和幸福。接着她与黑娃相爱并私奔，随黑娃来到白鹿原，希望可以与黑娃过上正常的生活，却得不到黑娃家人与族人的认可和接纳。黑娃逃离白鹿原后，她又投身鹿子霖，沦为其发泄欲望的工具，并在鹿子霖的唆使下，以身体为诱饵勾引族长白嘉轩的长子白孝文，最终她被鹿三结果了性命。田小娥虽然没有得到新思想的熏陶，但是她敢爱敢恨，一直到生命结束之时，她都坚持与命运进行抗争，始终对美好自由的生活报以向往，这是值得肯定的。但她在悲剧命运中也曾随波逐流、自甘堕落，也曾性格扭曲、作恶害人，最终只能以悲剧收场。

（二）白灵

《白鹿原》中值得关注的女性形象还有白灵。白灵是一个具有独立人格和独立思想的新女性，也是一个革命者，但最终成了肃反运动的牺牲品，她的悲剧人生是时代造成的。在《白鹿原》中，白灵是着墨较多的一位女性，她是白嘉轩的小女儿，聪明伶俐、独立自主、坚定果敢，虽然出生在一个封建氛围浓厚的家庭，但具有强烈的反叛意识。她不愿裹脚，敢于向封建道德体系挑战，一心想要上学念书，溺爱她的父亲不得不答应她的要求。她反对家里为她包办婚姻，于是逃离家庭参加了革命，要追求属于自己的幸福和人生价值。白灵起初加入了国民党，后来国共合作破裂后加入了共产党，当她被活埋的时候，依然坚信一定会有千千万万的后来者。她是书中典型的具有革命意识的女性代表。

（三）其他女性形象

白赵氏和吴仙草则是传统女性的代表，她们深受封建思想的毒害，被束缚于社会和传统观念的桎梏之中，是封建男权的忠实捍卫者。她们在婚姻中没有自由和尊严，没有选择的权利，这也是当时女性普遍的生存状态和命运。她们温柔顺从，不但自己遵从男权，而且还要求身边的女性"三从四德"。她们以操持家务和传宗接代为己任，无私地承担着家庭责任，社会地位和权益相对低下。吴仙草的父亲为了报答白家，把她像物件一样送给了白家做儿媳妇，她只是一味地服从，认为女性的光荣使命就是传宗接代，她不顾白嘉轩已经克死了六个女人的传闻而嫁给他，在她的意识中就是要做贤妻良母的典范。这类女性身上无疑有着母性的光辉和妻子的贤良，但传统的观念意识使得她们沦为男权社会的维护者和封建制度的殉道者。

四、《白鹿原》中的儒家文化内涵

《白鹿原》是一部蕴含着丰富的儒家文化内涵的作品。在封建社会，儒家文化作为主流思想备受推崇，对国人的影响可谓根深蒂固。在《白鹿原》中，白嘉轩、朱先生等都是深受儒家文化思想影响的人，他们堪称儒家文化精神的代表。白嘉轩是儒家文化的捍卫者，他讲究仁义，善待雇工，不仅与雇工鹿三同一张桌子吃饭，还让女儿认他作干爹。作为白、鹿两姓的宗族族长，他秉承"耕读传家"的祖训，翻修祠堂，建立学堂，还在祠堂推行朱先生的"乡约"，以儒家规范来引导、教化族人，始终以自己的言行践行着儒家的道德伦理。与白嘉轩形成鲜明对照的是鹿子霖，如果说白嘉轩追求的是儒家文化中的"仁义"的话，那么鹿子霖追求的就是"利"，为了利益他可以不择手段。

在《白鹿原》中，朱先生是一个有着儒家文化精神和人格的形象，被人们誉为圣人。朱先生自幼聪灵过人，十六岁应县考得中秀才，二十二岁赴省试，又以精妙的文辞中了头名文举人。作为关中大儒，他深受儒家思想的熏陶，不仅解人之惑、救人之难，还为白鹿村制定"乡约"，试图将儒家的道德思想灌输于人们的头脑之中，达到造就"仁义白鹿村"的目的。但是从后代的品性、表现来看，白嘉轩的后代并没有继承父辈的优点，他的长子白孝文丢弃了"礼义廉耻"而走向堕落，最后沦为政治投机者。正因如此，小说中有对儒家文化的肯定，也有对儒家文化的反思，引发读者深刻地思考儒家文化的复杂性。

撰稿人：王雨薇

拓展阅读

1. 刘睿：《〈白鹿原〉：从原乡叙事抵达精神叩问》，《小说评论》2020年第2期。

2. 韩亚蓓：《〈白鹿原〉中白嘉轩人物形象的简析》，《作家天地》2021第6期。

3. 周明鹃：《儒家文化视域下的〈白鹿原〉》，《中国文学研究》2021 年第 3 期。

4. 降红燕：《〈白鹿原〉的性别叙事与儒家伦理》，《名作欣赏》2019 第 11 期学术版。

5. 魏清高：《论〈白鹿原〉的生命化历史书写》，《山东农业大学学报（社会科学版）》2022 年第 1 期。

《长恨歌》导读
——王琦瑶的命运悲剧与文化隐喻

王安忆，1954 年生于江苏南京，中国当代著名作家。《长恨歌》是王安忆的长篇小说代表作之一，1995 年发表于《钟山》杂志，2000 年荣获第五届茅盾文学奖，曾入选《亚洲周刊》评选的 20 世纪中文小说 100 强，还被改编为影视作品。

《长恨歌》的素材来源于王安忆偶然间看到的一则报纸新闻，这则新闻大意是一个 20 世纪 40 年代的上海选美小姐在 20 世纪 80 年代被一个地痞流氓给杀了。她被这个故事吸引，并且非常好奇一个上海小姐怎么会和一个流氓混迹在一起，这就需要做很多推理，加入大量的虚构与想象，并把小说中看似不合理的事情变成可能。

《长恨歌》写的是一位女性命途多舛的一生。王琦瑶本是上海一名普普通通的女中学生，却因容貌姣好，照片被《上海生活》选作封面而小有名气。随后她在朋友的鼓励下半推半就地参加了选美大赛，并夺得第三名，从此名声大噪，并被高官李主任相中，住进爱丽丝公寓，开启了她短暂的"金丝雀"生活。上海解放后，李主任不幸遇难，王琦瑶不得不重新回到人群中，表面上看好像重归平凡，但她内心的情感波澜却从未平息过。她接连不断地与几个男人发生情感纠葛，都无疾而终。她明知与康明逊没有未来却依然义无反顾地和他在一起，怀孕之后因害怕打胎败坏康明逊的名声，于是忍辱与萨沙发生关系并将怀孕之事嫁祸于他；她与程先生平淡温馨，但终究有缘无分；她同老克腊展开过一场难以抗拒却又难逃分手命运的老少恋……身处偌大的上海，却难以拥有稳定的爱情、长久的友情以及正常的亲情，最终在金钱的诱惑与时代潮流的裹挟下，她草草地了结了自己不完美的一生。"王琦瑶自平静的上海弄堂里走出，历经沧桑后却倒在他人刀下。王安忆用她女性独特的柔软去体悟生活的温度，并借助细腻的笔触，谱写出了一曲时代与生命的悲歌。"[1]

一、题目预设的悲剧基调

古典文学中的《长恨歌》是唐代诗人白居易的一首带有抒情性的长篇叙事诗，诗歌为读者展现了唐玄宗和杨贵妃的凄美爱情，堪称千古绝唱！诗中透露出浓重的对红颜薄命的怜惜之感，而王安忆的这部小说《长恨歌》也些许流露出这种情绪。王安忆曾在一次访谈中表达过她对"长恨歌"这一小说题目的满意，认为"长恨歌"与一个演了几十年的悲剧的意思很贴切。王安忆巧妙地借用了白居易古诗中的悲剧色彩为小说奠定一个典雅而又哀伤的基调。但是此"恨"非彼"恨"，小说《长恨歌》中的主人公王琦瑶的悲剧，却不是简简单单的"红颜薄命"四个字所能概括的。小说多次提到宿命、天命的表述，比如王琦瑶、严家师母、毛毛娘舅打牌这个情节，当王琦瑶的牌打得不尽如人意时，她说"看来成败自有定数，不能强夺天意的"[2]。随后严家师母也说"天命不天命我不懂，可我倒是相信定数，否则有许多事情都解释不来的"[3]。王安忆不仅借人物之口表达宿命论思想，也用一些细节来表现人物的宿命。一个典型的例子就是小说开头写王琦瑶和吴佩珍到片场参观，看着拍摄的布景好像是旧景重现，却想不起是何时何地，当了解到了女演员是在扮演死去的人的时候，她并不觉得恐怖害怕，只觉得起腻。这个细节在小说结尾王琦瑶弥留之际又被提起，"对了，就是片厂，一间三面墙的房间里，有一张大床……她这才明白，这床上的女人就是她自己，死于他杀"[4]。也就是说，人物的命运走向在小说开

---

[1] 唐成意：《叹几重悲歌——浅析王安忆〈长恨歌〉的悲剧性》，《贵阳文史》2019年第2期。

[2] 王安忆：《长恨歌》，人民文学出版社，2004，第151页。

[3] 王安忆：《长恨歌》，人民文学出版社，2004，第151页。

[4] 王安忆：《长恨歌》，人民文学出版社，2004，第360-361页。

篇就已经有所暗示，接下来的叙述只是沿着固有的方向在发展，无论人物作出怎样的选择都只能按照预定的路线行走，这难免给人忧郁惆怅之感。

白居易的《长恨歌》的中心是歌"长恨"，但诗人却从"重色"说起，并且极力铺写和渲染。"日高起""不早朝""夜专夜""看不足"等看起来是乐到了极点，像是一幕喜剧；然而，极度的乐，正反衬出后面无穷无尽的恨。而王安忆的《长恨歌》也同样讲"恨"，可全篇无一恨字，只从王琦瑶的日常生活讲起，到选美夺得"三小姐"的封号到达顶峰，一切都是那么顺理成章，可选美比赛给她带来的掌声鲜花、光环亮丽越多，后来的无人问津、孤独寂寞就越是令人唏嘘感叹。从顶峰掉落的王琦瑶在爱丽丝公寓里无望的等待中、在平安里机械的推针动作中，慢慢消耗着自己的生命，最终在猝不及防中走向死亡。小说弥漫着言说不尽的悲剧基调，而与白居易的诗歌形成一种潜隐的互文关系，更加重了王琦瑶一生命运的悲怆色彩。

二、无疾而终的爱情悲剧

在参加"上海小姐"而名声大噪之后，王琦瑶的人生开始发生翻天覆地的变化。她被有权势的李主任相中，住进了外在华丽而内里空虚的爱丽丝公寓，成为一只名副其实的"金丝雀"。在这段感情之初，王琦瑶投入了所有的期待，渴望和李主任过上幸福的生活，并期待在他的庇护下摆脱平淡，进入真正的上流社会。但实际上，成为李主任的情人之后，留给王琦瑶的只有大片的孤独和寂寥，她在一次次等待中幻灭，又在想象中舔舐着温暖。更让她措手不及的是，李主任在不久之后遇难。在经历短暂的繁华之后，所有的荣华富贵，也都随着李主任的消逝而烟消云散。随后，王琦瑶遇到了生命里的第二个男人——程先生。严格来说，程先生要比李主任先一步出现在王琦瑶的生命中，只不过当时的王琦瑶被巨大的欲望和虚荣心驱使，选择了有地位和权势的李主任罢了。时过境迁，程先生和王琦瑶再一次相遇了，程先生还是多年前那般执着温柔，他义无反顾地栽倒在王琦瑶的裙摆之下。这是程先生身上固有的优点，却也是他悲剧的根源之一。当他发现王琦瑶的生命中还有另一个男人康明逊，并猜到他便是王琦瑶孩子的生父时，内心所固守的那份美好的爱情被彻底粉碎了，他深知纯粹的感情已经逝去，于是痛苦地决定不再见王琦瑶，而这次告别竟然真的成了两人之间最后一次见面。康明逊是王琦瑶遇见的第三个男人，在平安里弄时，王琦瑶以平静的护士生涯打发时日，感到一人在都市打拼的孤独与难堪，渴望寻找一份依靠。当康明逊出现时，这种渴望变成了现实，然而因软弱无能他始终无法逃脱家庭的束缚，即使王琦瑶怀了他的孩子，他依然无法给她一个安稳的家，这段感情只能无疾而终。随着新时期的到来，王琦瑶也逐渐步入中年。女儿薇薇与女婿搬去了美国，留她一人独自啃噬余生的寂寞。这时，喜爱上海旧风情的年轻人"老克腊"出现了，他迷恋着王琦瑶身上那种旧上海的优雅，于是对她展开了猛烈的追求。王琦瑶虽深知两人之间的隔阂，但不忍孤独的她还是沉醉在了这场温柔的梦中。然而，"老克腊"不过是在营造旧日上海十里洋场的虚幻罢了，在怀旧梦醒之后，他便毅然决然离弃了，甚至在王琦瑶向他展示雕花木盒进行挽留之后，他还是没有留下，但没有想到的是，雕花木盒却成了王琦瑶生命中最可怕的梦魇——让一个叫长脚的男人动了歪心思，并杀死了她。

四个男人轮流出现在王琦瑶的生命中，随着年龄的增长，她对爱情的看法也日渐不同，从开始的欣喜期待到最后的回归寂寞，生活起起落落直至彻底归入虚无，"她像一只在河流中漂浮的孤舟，尽管有一些可以让她暂时休憩的码头，然而命运之缆终不能系牢，漂泊与孤独是她永久的宿命"[1]。

三、非常态的家庭悲剧

在王琦瑶悲剧人生的根源中，她原生家庭的影响占很大一部分因素。首先，她父母的感情和态度。王琦瑶的父母在小说中基本处于缺席状态，她的父亲是一种影子似的存在，小说对她的母亲也只用只言片语进行了简要的交代，当她决定搬进爱丽丝公寓的时候，她的父母从没有表露出一丝一毫的担忧之情。对王琦瑶来说，父母是可有可无的，在她人生中很多关键时刻父母都是缺席的，

---

[1] 唐成意：《叹几重悲歌——浅析王安忆〈长恨歌〉的悲剧性》，《贵阳文史》2019 年第 2 期。

这种亲情的缺失导致了王琦瑶对亲情的漠然。

其次，王琦瑶与女儿薇薇情感的对立。她们明明是母女，却像死对头一样处处勾心斗角。母亲喜欢什么，薇薇便故意讨厌什么。母亲的美丽与气质对薇薇而言是一种负担。她嫉妒母亲的美丽，从不轻易卸下对母亲的敌意。即使在好友和男友面前，她也不愿意善待自己的母亲，甚至还为了出国惦记母亲的养老钱。其实，薇薇并不是什么刁钻古怪的女子，除了母亲以外她对人都很友善。母女二人生疏至此与王琦瑶的经历分不开。王琦瑶从小就意识到了自己的美并为此感到骄傲，可是看着每天围绕在身边的女儿，虽然远远不如自己美丽，但是她青春洋溢，反观自己，皱纹、白发都难以抑制地生长，两相对照，竟对女儿也生出些许嫉妒之心。她不是不爱女儿，只是不懂得如何去爱。她似乎只是为了爱情而生，其他的亲情友情都与她关系甚微。

此外，王琦瑶是一生未婚的单身妈妈。几个男人中唯一到谈婚论嫁的是康明逊，然而康明逊的软弱、自私注定了他俩有缘无分。王琦瑶与李主任的那一段往事成了她日后感情的一个障碍，使她连迈入婚姻的资格也没有了。流言可畏，不是康明逊太绝情，而是任何家庭都接受不了这样的儿媳妇。或许是身边的人一个接一个地离开让她感觉到了孤独，于是她选择做了一位单身妈妈。而当女儿出国后，便又只剩她自己了。孤独终老，是她的宿命。

四、悲剧的文化意蕴

小说以王琦瑶的悲剧人生表现了上海的都市生活与金钱的罪恶。20 世纪 40 年代的上海，是一个摩登城市，处处充满着诱惑，男人在这里做着发财梦，女人在这里追寻富贵夫。上海是"冒险家的乐园"，外国资本的涌入，促成了这座城市的畸形繁荣。上海是当时中国最具国际性的大都市，很多人在纸醉金迷中迷失了自己，不断追寻着金钱的欲望，还坚定地认为钱是万能的，没有钱就没有一切。王琦瑶在这样的环境中成长，形成了物质利益高于一切的扭曲价值观。王琦瑶的一生，都在追逐着欲望，最终她成了金钱和欲望的奴隶，她的人生悲剧，是金钱和欲望腐蚀心灵的结果。小说通过王琦瑶的一生，揭示了都市生活对人性的异化。

王琦瑶一生命运的跌宕起伏源于她的美貌。她凭借柔弱乖巧的美得到了导演的赏识和程先生的青睐，吴佩珍和蒋丽莉因为她的美貌而主动接近她，对她无微不至地关心、爱护，甚至连蒋丽莉的母亲都毫不掩饰对她的喜爱，回村遇到的自命清高的阿二也会对她倾诉衷肠，严师母对她亲近尽心，康明逊明知没有结果还是对她沉迷不已，自命不凡的张永红也视她为知己，这一切都源于王琦瑶身上难以掩饰的万种风情。她生来有别人羡慕的美貌，但这也注定了她无法像寻常女子那样过安稳的生活。因为美貌，不同的男人与她周旋，有露水般的情缘，虚无而难以捉摸，等到她容颜老去，留下的仅剩寂寞。王琦瑶的美貌显得不合时宜，也不被女儿薇薇欣赏和理解，这更加导致王琦瑶后半生的孤苦和寂寞。

　　但王琦瑶又是一个不甘寂寞的女人，她有着一颗很难老去的纯粹女人心，这些加重了她人格的扭曲。王琦瑶略带骄矜，像是福楼拜笔下的包法利夫人，她面上看起来是宝钗，实际上却有一颗黛玉的心。时常有些小家子气，使点小心眼。[1]性格决定命运一点儿都不假，这样骄矜的王琦瑶又偏偏是有梦的女人，而现实却毫不手软地打碎了她的梦，她的悲剧也向读者证明：自由和自我在命运面前是多么有限！

　　《长恨歌》写尽了王琦瑶孤独而苍凉的人生悲剧，这种悲剧并不限于爱情的失落，而是时代世情与人性的反映附着于亲情、友情、爱情这些情感命题之中。再往深处想，《长恨歌》也是一座城市的悲剧。王安忆曾表示，她企图用《长恨歌》写出一个城市的故事，在她心目中，女性是这个城市的代言人。因此，《长恨歌》写的不仅是王琦瑶这朵上海玫瑰的凋零，其中还有上海这座城市起起伏伏的命运。上海与王琦瑶何其相似，外表光鲜时尚，内里藏着无尽的寂寞苍凉，这里充斥着疏离的亲情与虚伪的爱情，也有欲望渊薮中无数人们的挣扎。在这座城市里还有许多的"王琦瑶"，上海的繁华使她们陷入了"上海情结"中，生发出一个又一个"王琦瑶式"的悲剧。

　　当然，小说还在更大的背景下暗示出，王琦瑶的悲剧不仅是一个上海故事，

---

[1] 李程蔚：《浅析王安忆小说〈长恨歌〉的悲剧色彩》，《金华职业技术学院学报》2021年第3期。

更是现代生活以及欲望吞噬人性的寓言。

撰稿人：郝梓珺

拓展阅读

1. 陈思和：《中国现当代文学名篇十五讲（第二版）》，北京大学出版社，2013。

2. 王德威：《海派作家又见传人》，《读书》1996 年第 6 期。

3. 苏童：《王琦瑶的光芒——谈王安忆〈长恨歌〉的人物形象》，《扬子江评论》2016 年第 5 期。

4. 吴义勤：《王安忆研究资料》，山东文艺出版社，2006。

《尘埃落定》导读

　　阿来，藏族，中国当代著名作家，1959 年生于四川西北部阿坝藏族羌族自治州马尔康。《尘埃落定》是他的成名作，出版于 1998 年，于 2000 年获得第五届茅盾文学奖。《尘埃落定》也是当代文坛畅销不衰的经典之作，2019 年，该作入选"新中国 70 年 70 部长篇小说典藏"。小说的基本内容是，一个藏族土司——麦琪土司，在酒后和汉族太太生了一个傻瓜儿子。这个人人都认定的傻子与现实生活格格不入，然而就是这个傻子却有着超时代的预感和举止。他不按常理出牌，在其他土司遍种罂粟时他突然建议改种麦子。罂粟供过于求，无人问津，由此阿坝地区笼罩在饥荒的阴影下，大批饥民来投奔麦其土司，麦其家族的领地和人口达到了空前的规模，傻子少爷也因此娶到了美貌的妻子塔娜，还开辟了康巴地区第一个边贸集市。傻子少爷回到麦其土司官寨，受到英雄般的待遇，也遭到大少爷的嫉妒和打击，一场家庭内部关于继承权的腥风血雨的争斗悄然拉开了帷幕。最后，在解放军进剿国民党残部的隆隆炮声中，麦其家的官寨坍塌了。纷争、仇杀消失了，一个旧的世界终于尘埃落定。

　　20 世纪 80 年代，中国文学进入了多元化发展的新时期。在东西方文化剧烈碰撞与交流的大背景下，文坛掀起了"文化寻根"的热潮，作家们试图回到民族历史深处，去挖掘本民族的传统文化基因。《尘埃落定》是一部宏大的史诗型的作品，描写了最后的土司家族和川康藏区的历史文化，为我们展现了一个时代的落幕。

一、小说中的民族记忆

随着时代与社会的发展变迁，民族记忆的文化表征往往会受到不同冲击甚至有再造的过程。20世纪中期的藏族地区在艰难的社会转型期中也呈现出新型的文化姿态，《尘埃落定》正是藏族作家阿来怀着精神的还乡与现代展望对这一段跌宕的历史的展现。梁海指出："正是这种社会责任感才使他的作品具备了深入社会某个层面的锐利性，洞察到现实存在与人类生存的某种共鸣，让我们在这个所谓'文学式微'的时代，感受到了文学存在的精神价值和力量。"[1]阿来出生于1959年，他的家乡处在大山褶皱处的嘉绒，在这段历史变革中显得尤为艰难。阿来的书写因此抛开了神秘的营造，着重呈现嘉绒大地上的凡俗世相。

《尘埃落定》中位于中午的太阳下面还靠东一点的地方的麦其土司官寨，本是遵循着"头人们管辖寨子，靠耕种和畜牧业为生；土司管辖人头，收取头人们的进供"这类传统的社会生产方式生活。尽管他们身处辽远的边地，但是仍旧无法阻挡现代因子的渗透。罂粟花开始在麦其土地上燃烧，并推动了边地市场的建立。现代政治制度也同经济一起涌入，最终使土司的统治化为了历史尘埃。

《尘埃落定》中的仪式描绘让人感受到藏族原始宗教的神秘与魅力。为麦其家服务的门巴喇嘛其实是一个神巫，当他询问了来偷罂粟种子的人头所埋方位之后，便占卜出了汪波土司对麦其土司所下的诅咒；在罂粟花战争中，门巴喇嘛带领着巫师们祭神并施法，以破解汪波土司的诅咒和抵御其攻击，让麦其家获得了战争的胜利。具有藏族原始苯教色彩的仪式使小说已然褪去了朴素的外衣，成为充满藏族民族风情的文化美学。

姜飞指出，阿来的小说"《尘埃落定》描述阿坝土地上土司时代最终落幕的耀眼夕照，以近似'英雄史诗'的面目，呈现了大时代新陈代谢的历史本质。这部小说之所以激动人心，是由于它的叙述不但富于美感，而且充满张力。智

---

[1] 梁海：《世界与民族之间的现代汉语写作——阿来〈尘埃落定〉和〈空山〉的文化解读》，《吉林大学社会科学学报》2010年第3期。

慧与愚顽、战争与和平、爱情与功利、世俗与圣域，这些紧张关系构成了小说的传奇性和某种史诗品格。然而这些都是经验表象，小说最实质的张力则是来自历史的嬗变"[1]。《尘埃落定》里罂粟的大量种植、边地贸易市场的建立、梅毒的传播，无一不是现代性为其所开发的"新大陆"贴上的标签。随着现代文明到来，无论是"辖日"还是"根子"，都只是时代里的一粒尘埃，无分高低。阿来在勾勒历史远去的背影时，也在表达着他对这种野性浪漫时代的怀念。

二、小说表现的人文精神

阿来是一个具有人道主义思想的作家，他始终认为，人是出发点也是目的地。要探寻人类命运的发展密码，就必然无法回避对历史洪流中人类精神状态的考察。阿来的作品，不乏对生命与人性的关照。阿来在关注藏族人民独特文化的同时，也关注着藏族人民的精神状态，试图探讨现代性的到来给生活在嘉绒藏区的人们带来的精神心理的改变。《尘埃落定》对时代、生命、人性、价值追求等命题的探究令人深思。

麦其土司从一开始的被骚扰，到后来的大杀四方，成为整个区域的首领，逐渐强大的原因在于他利用了当时国内外形势的变化。此后，二少爷开始发展各部落之间的贸易，实际上也在一步步改变着土司部落的思想和文化。时代进步，本身就是一个摧枯拉朽的过程，如果自身不去改变，则必然会被别人改变。命运从来就是不确定的，确定的只有波诡云谲、风云变幻的历史。麦其一家虽然尽力了，但还是倒在了时代进步的大道上，成为历史硝烟中的尘埃。而当旧事物尘埃落定后，又将迎来新的开始。每一个人、每一个时代都在面临着这样的规律。

谢有顺认为，阿来的作品是有超越性的，是"在变化中寻找不变，这个不变就是超越性"。福克纳的《喧哗与骚动》以傻子班吉为主要叙述视角来展现另一重精神世界，《尘埃落定》显然与其有异曲同工之处：以傻子二少爷为叙述视角来讲述土司家族的盛衰。傻子少爷"我"每天醒来都会发出疑问："我

---

[1] 姜飞：《可持续崩溃与可持续写作——从〈尘埃落定〉到〈空山〉看阿来的历史意识》，《当代文坛》2005年第5期。

是谁？我在哪？"作为土司的儿子，"我"却对权力兴趣寥寥，为了证明"心中怀有仇恨的人打我是不疼的"，"我"还要求下人们打"我"。而正是这样的"傻子"，却时常展现出比聪明人更多的智慧与预知力。他预知了战争的来临，所以可以利用粮食让拉雪巴土司手下的人投靠麦其家；他知道一切什么时候开始，又什么时候结束，在最后他甚至还预知了自己的死亡。因为是"傻子"，"我"反而能够用最澄澈的灵魂与内心来感知外部世界的一切，更能够在"智"与"愚"的转换中，在人性的幽微处，贴近原始生命的本质。

三、文化寻根与超越

阿来的寻根，表现为对旧有家园的追怀与眷恋，⋯⋯⋯⋯新发现与讲述。阿来对世代养育族人的嘉绒大地永远抱着深⋯⋯⋯⋯因此持续书写着这片土地上缓慢而艰辛的历史变迁，他的文⋯⋯土地建立在深厚的藏族文化之上。但与其他藏族作家不同的是，阿来同时也对文化保持着一种警惕的状态。在与文学最初相遇时，他便接触到了多元的文学形式与文化形态。同时，他复杂的文化身份也使他在看待文化的时候保持着清醒而多重的眼光。在阿来看来，对待文化不应该只是"寻根"，固守着某个地域的文化，渴求其遗世独立只会加速该文化的衰老。只有打破地域间的隔阂，尝试"寻根"后的提升与超越，才是文化"寻根"的终极意义。

《尘埃落定》展现着高度还原的民族历史、精神与文化。它将藏族、边地的生活在文学中打开，融进了作家本身的经验，给了这个一直被忽视的、未曾被表达过的世界一个名字。《尘埃落定》仿佛是一盏聚光灯，照亮了被忽视已久的嘉绒地区的千年历史。如果说，是《尘埃落定》让阿来的嘉绒曝光在众目之下，那么贯穿于他创作之中持续不断的对嘉绒地区文化、自然生态和人文精神的描绘，则推动着这片土地走向了台前。这里的历史与文化，因为阿来的"寻根"而接收到了更多的目光，焕发着颇具时代气息的光彩。从认同焦虑到文化"寻根"，阿来不断地对自己的身份边界进行着探寻和追问，而这些日益丰富的文化心理和体验的表达，也成为他构建自己文化和身份的起点。

阿来的创作也受到马尔克斯等拉美魔幻现实主义作家的影响，《尘埃落定》中的诸多神奇描写都散发着魔幻的气息。与此同时，在阿来的作品中，我们时时可以感受到鲜明的本土特征和对民间文化的挖掘，生动的民间风情、故事、传说与神话，都以不同的方式融入作品中。《尘埃落定》在叙写一个土司家族的历史与覆灭时，描绘了藏族传统的饮食起居、房屋建筑、宗教信仰，生动地再现了旧时代土司家庭生活的方方面面。而《尘埃落定》通过一个"傻子"超凡脱俗的观世眼光，来预感世界会发生的巨大变化，这种幻想与现实相结合的手法则揭示了一种旧制度的崩溃，一个时代的结束，同时预示了另一个新时代的诞生。[1]

　　阿来的超越性则体现在，他坚持书写的是"一个名词的西藏"。阿来一直努力为这片被误读的"异域""正名"，他记录下了家乡一段历史变化的过程，以及在这个过程中文化、自然与人心的毁损与重建，这也是任何一个民族、一个地域、一个国家乃至人类社会文明过渡所必经的过程。《尘埃落定》表现出了"政治生态背景下复杂的人性生态"，西藏在阿来的笔下也不再是一个遥远的东方圣域，"它更大意义上是一个人类生存于上的普通地域"。身处地理与文化边缘的阿来，比旁人更敏锐地看到，在全球化的今天，文化的融汇是必然的。人类文化本就驳杂，不同文化间可以互相交流与借鉴，我们应该发现并接受的不仅是某个地域的文化，更是融汇了优秀基因的多元文化。作为一位"用汉语写作的藏族人""文化漫游者"，阿来始终不避讳他所受到的国家、民族、地域的文学滋养。阿来的《尘埃落定》虽然呈现了一个令人感到神秘的藏族土司社会，但却有别于那些把西藏生活神秘化、"奇观化"的作品，它真正做到了民族独特性和人类普遍性的统一。

撰稿人：郝丽洁

---

　　[1] 郭慧香：《魔幻现实主义与〈尘埃落定〉》，《时代文学（理论学术版）》2007 年第 3 期。

拓展阅读

1. 阿来：《机村史诗》，浙江文艺出版社，2018。

2. 阿来：《云中记》，北京十月文艺出版社，2019。

3. 阿来：《大地的阶梯》，南海出版公司，2008。

4. 阿来：《格萨尔王》，重庆出版社，2009。

5. 孙怡冰：《〈喧哗与骚动〉与〈尘埃落定〉比较研究》，《中国现代文学研究丛刊》2014 年第 4 期。

《日光流年》导读

  阎连科，1958 年生于河南洛阳嵩县田湖瑶沟，中国当代作家。著有《年月日》《日光流年》《坚硬如水》《受活》《丁庄梦》《炸裂志》等小说。2014 年，获得卡夫卡文学奖。2020 年，获得第七届纽曼华语文学奖。

  阎连科的小说着力描写了乡土世界难以治愈的疾病、挥之不去的饥饿、难以抗争的权力，以及其带给乡村人肉体和精神的双重折磨，《日光流年》就是他颇有代表性的一部小说。阎连科在乡村的苦难与抗争中深刻思考，他自述写作《日光流年》是为了找寻生命原初的意义，即我们为什么活着。正如研究者所指出的，"一部书写绝望的小说最终引导人们更深刻地认识了生命的意义，我想，这恐怕是《日光流年》最为奇特之处吧？"[1]

  《日光流年》的情节简单，讲的是在把耧山脉中的三姓村，几代村主任领着村民反抗"活不过四十"的宿命的故事。第一代村主任杜拐子试图用多生育的方法来反抗死亡，"只要村里的女人生娃和猪下崽一样勤，就不怕村人活不过四十"。他要所有的男人都马不停蹄地和他们的女人做爱，让他们的女人一个接一个地生养。第二代村主任司马笑笑试图通过种油菜来延长三姓村人的寿命，他坚信油菜一定能让三姓村人延年益寿，以至于蝗灾来临的时候，他让人们保油菜而放弃玉蜀黍，为此他不惜将自己的三个儿子饿死，甚至不惜自杀。第三代村主任蓝百岁则带领大家翻地，将陈土翻下去，将地底下的生土翻上来，为此他不惜将自己的女儿送给公社革委会主任。第四代村主任司马蓝则义无反

---

[1] 朱玉秋：《〈日光流年〉：对生命意义的追问》，《东方艺术》1999 年第 2 期。

顾地选择了修建"灵隐渠"，他让男人卖人皮，让女人卖人肉，让老人死无棺椁。但是，三姓村人的抗争最终归于失败。《日光流年》第一卷叫《注释天意》，率先将第四代村主任司马蓝的失败在读者阅读小说的第一时间作了交代，三姓村的人注定活不过四十岁，这似乎是他们的宿命，无法反抗的宿命。但是三姓村人依然在反抗，他们要活着，而且要活到五十岁、六十岁，甚至七老八十，仿佛他们活着就是为了反抗这死亡的宿命。在杜拐子的教导下，三姓村里的娃自小就知道死亡的意味。他们小小年纪就得为死人守灵，亲眼观察死神的模样，和死神握手。他们要陪伴他们的父亲到教火院去卖腿皮，亲眼看着医生将腿皮从亲人的大腿上剥下来，亲眼目睹生存的惨烈和血腥。生命对于他们来说的确太沉重了，但是他们依然要活着，他们无可选择地活着了，在他们"活着"之前"活着"已经来到了他们的身上，他们无法选择地被降生到了三姓村。他们也就因此而将"活着"作为一种生命的目的而接受了下来。[1]当"活着"被迫成为生存的唯一目的时，文明体系中诸如道德、信仰、个人等词语都是虚假而苍白的。对生存主义的乡村来说，活下去，是唯一至高无上的事情。从这一意义上讲，那些"卖淫、割皮、翻地、生育"等诸如此类的荒唐行为或许并不能用荒诞或愚昧来简单概括，它是一种突破的渴望与决心，突破地层，突破文明，突破自我，寻找到集体以至个人的出路。它是人类与命运抗争的决心，所有令人锥心的恶心与疼痛，所有难以忍受的苦难与残酷都融进一种逐渐弥漫而起的悲壮、雄浑的决心之中，哪怕是最后那充满恶臭的灵隐渠水及所有人的目瞪口呆、精神崩溃都不能摧毁这一决心。[2]实际上，恰恰是在这样一个远离政治与历史进程，偏僻到几乎成为静止状态的"前现代"山村，在最大意义上为我们揭开了被遮蔽几千年的民族精神状态及其背后的原因。功利主义之所以盛行，是因为他们必须要面对更为本质的问题：活着，像人一样的，能够活到胡子花白、满面皱纹；专制主义的意识形态之所以会如此根深蒂固，是因为作为个人根本无法抵抗文明与历史对他的彻底遗弃；而乡土生命之所以会如此丑

---

[1] 葛红兵：《骨子里的先锋与不必要的先锋包装——论阎连科的〈日光流年〉》，《当代作家评论》2001年第3期。

[2] 梁鸿：《"乡土中国"象征诗学的转换与超越——重读〈日光流年〉》，《南方文坛》2007年第5期。

陋不堪而又令人敬畏，恰恰是因为在他们身上，最大程度地昭示了人的劣根性与伟大性的双重存在，昭示了人类的原始本能与神圣冲动之间的微妙联系。

《日光流年》是阎连科的一次"向死而生的努力"，他在生存与死亡的哲学中叩问民族的心灵秘史，体现出他对乡土世界生存法则和观念的深刻洞察，从中也可明显地看出他受到了西方存在主义的影响。存在主义是当代西方哲学中的一个重要流派，存在主义关注人的生存和生命的状态、过程和价值，揭示了人与环境、人与人、人与自身等的关系问题，认为世界是荒诞的，生存本身就痛苦不堪，人要自己去找寻生存的意义，死亡和抗争是摆脱现存困境的两种途径。《日光流年》对苦难和死亡的书写正暗合了存在主义的思想，从存在主义这个视角出发，我们就能够理解人们为了生存而不顾一切地吃老鼠、吃蚂蚱；理解为了凑资，村民去卖人皮，女人做人肉生意的荒诞行为。海德格尔曾说："人是向死而生的存在。"他认为，人每天都在走向死亡，人的存在就是一种向死的存在。在快死即死的心理状态下，人们努力把自己剩下的日子计划着过，尽量用"存在的质"延展"存在的量"。《日光流年》中那些渴望"活着"的人们又何尝不是如此呢？

《日光流年》的另一文学资源是《圣经》。在《日光流年》的五卷救赎故事中，第四卷无疑是极为引人注目的。这一卷每一章的章首都引用了《圣经》上的话作为引子，第三十五章引用《圣经·出埃及记》神召唤摩西的经文，所对应的是蝗灾要来时村主任司马笑笑号召村人保住油菜，不保秋粮，因为只有吃油菜才能活过四十岁。第四十一章引用《圣经·民数记》神赐鹌鹑为食物的经文，对应的是村人捕捉吃了村里残骸死尸的乌鸦作为食物。而第四十六章写道"果然获得了那宽阔的流奶与蜜之地"，也是借用圣经故事，但这句话并不出于《圣经》，乃是阎连科自己所写。只是，与圣经故事不同，三姓村人的自我救赎宣告失败了。小说硬性地把《圣经》引文插入叙事框架之中，强行与之进行互文对话，在后现代"异质性并置"的叙事策略下，赋予了小说无尽的审美意义。[1]作为结构性存在的《圣经》引文扩展了小说的意义空间，形成了两条叙事线索：

---

[1] 许相全：《盛开于阎连科小说世界的圣经之"花"》，《圣经文学研究》2016年第2期。

一条是地狱般的三姓村，孤独而具有野性的司马笑笑跟天斗，跟宿命斗；另一条则是因为上帝支持，摩西注定无敌。两条叙事线索形成巨大反差，由此司马笑笑的奋斗更显孤独悲壮，充满血性、阳刚之美，这为小说平添了一种历史感和文化沉重感。也由于二者差异性巨大，形成的意义空间和情感张力就更充分，使得小说的结构更独特：小说全篇共五卷，每一卷的叙述方式各有不同，第一卷是注释叙述，第二卷是通常的章节叙述，第三卷在叙述上再次有了变化，第四卷就是《圣经》"出埃及记"的穿插叙述。这些变化，带来了阅读上的不同效应，加强了阅读的震撼力。[1]

《日光流年》的价值不仅在于对民族苦难心灵的描写，还在于小说"索源体"/"溯源体"文体结构的独具一格。本文由五卷组成，依次逆向地回溯故事进程，即第一卷叙述主人公司马蓝的死亡过程，第二卷述说司马蓝担任村主任后的奋斗经历，第三卷叙说青年司马蓝如何当上村主任，第四卷讲述少年司马蓝成为同辈中的领袖，第五卷述说司马蓝的童年生活及其出生，中间穿插几位前任村主任和其他有关人物的故事。对这种奇异陌生的小说结构方法，阎连科讲是受到了倒看影碟的启发。他谈到有一次看影碟："我顺着看了一遍，看完以后，我又倒着看了一遍，我惊异地发现，倒着看与顺着看效果完全不一样。我于是想，影碟能倒着看，小说为什么不能倒着写呢？因此我就写了《日光流年》。"[2]王一川借鉴刘勰《文心雕龙·序志》中的"振叶以寻根，观澜而索源"的说法，将这样一种"逆向叙述"的文体结构命名为"索源体"[3]，其意义在于可以激发读者寻根索源的好奇心，同时强化故事的神秘感；但其主要目的还在于追索事物的原初状况。《日光流年》的"倒放"式结构由死写到生，既不断地让死者复活，构成一种死与生的对话，也不断地让过去的时间复活，并在现在视域的烛照下显示出新的意义，构成一种过去与现在的对话。这种生与死、过去与现在于不断地"倒放"中不断地对话、反复地缠绕，时间的回溯或可逆性表达出一种循环往复或轮回再生的时间意识。由此，索源体结构

[1] 张学昕：《话语生活中的真相》，吉林出版集团有限责任公司，2009，第275页。

[2] 阎连科、晓苏：《文学·生活·想象——阎连科访谈录》，《语文教学与研究》2001年第18期。

[3] 王一川：《生死游戏仪式的复原——〈日光流年〉的索源体特征》，《当代作家评论》2001年第6期。

作为一种小说叙述的时间安排方式，它呈现的是作家的时间意识。轮回再生的时间意识，在文学中是最具活力的，也是最具想象力的时间形式。轮回时间是农耕文明时期牢固、典型的时间观，日升月落、昼夜相继、四季交替以及植物的周期性生长，这些自然现象的无穷重现，给古人以强烈的循环或轮回的感受。而阎连科生活在当代，进化论的不可逆转、不可重复的线性时间观念已成常识。然而，阎连科认同的却是具有自然审美属性的轮回时间观，的确卓尔不凡。他说："所谓的人生在世，草木一生……草木一生是什么？谁都知道那是一次枯荣。是荣枯的一个轮回。"这里，草木是大地上的意象，荣枯是季节的现象，再加上书名"日光流年"中的太阳意象，它们都是农耕文明时期典型表现循环往复和轮回再生时间意识的自然现象。作家选择这些古老的时间意象突出"草木一生"的人生轮回，消解了时下人生的意义。像三姓村的人们，为了活过40岁而动员全村力量种油菜、翻地换土、修渠引水等，但所有的这一切苦难抗争换来的仍是活不过40岁的结局，几代村主任及村人历经奋斗又回到了原点。《日光流年》的第一卷是"注释天意"，天意也许就是人生的轮回，人注定过的是草木一生。由此，小说的索源体结构，呈现出的"是一种人类的精神，一种重复和历史相遇。'倒叙'的方式和宿命相得益彰"[1]。

阎连科在谈到《日光流年》的写作动机时曾经说："我必须写这么一本书，必须帮助我自己找到一些人初的原生意义，只有这样，我才能心平气和地面对生命、面对自己、面对世界而不太过迷失。"[2]于是，寻找人初的原生意义成为该小说叙事的一个原动力。小说叙事索源的路线，是从村主任司马蓝的死追踪到他回归母腹，出生为婴儿。回归母腹，出生为婴儿作为小说的结尾，意蕴丰富。这不正是人生另一个轮回开始的象征吗？阎连科通过对小说叙述结构的有意改造和创新，完成了对人生意义和价值的哲性思考。虽然《日光流年》的索源体结构也遭到了一些评论者的质疑，被称为"形式上的先锋包装"[3]，

---

[1] 张东端：《试论〈日光流年〉索源体结构的意义》，《洛阳大学学报》2006年第1期。

[2] 阎连科：《日光流年·自序》，花城出版社，1998，第3页。

[3] 葛红兵：《骨子里的先锋与不必要的先锋包装——论阎连科的〈日光流年〉》，《当代作家评论》2001年第3期。

180   中国现当代文学名篇导读

但是阎连科在文体结构上的创新也得到了更多的肯定，也使得他在其后的《受活》的创作中走向了结构的狂欢。

撰稿人：刘彬茹

拓展阅读

1. 叶君：《乡土·农村·家园·荒野——论中国当代作家的乡村想象》，中国社会科学出版社，2007。

2. 阎连科：《拆解与叠拼——阎连科文学演讲》，花城出版社，2008。

3. 海德格尔：《生存与时间》，陈嘉映、王庆节译，三联书店，1987。

4. 王晓明：《思想与文学之间》，人民文学出版社，2004。

5. 王一川：《生死游戏仪式的复原——〈日光流年〉的索源体特征》，《当代作家评论》2001 年第 6 期。

《秦腔》导读

　　贾平凹,本名贾平娃,陕西省商洛市丹凤县棣花镇人,毕业于西北大学中文系,1982 年开始创作,曾任中国作家协会副主席等职务。1988 年凭借《浮躁》获得第八届美国美孚飞马文学奖铜奖,1997 年凭借《废都》获得法国费米娜文学奖。著有《商州》《高老庄》《古炉》《山本》《暂坐》《秦岭记》等长篇小说,《腊月·正月》《太白》等中短篇小说集,《自在独行》《万物有灵》等散文集。

　　《秦腔》是贾平凹创作的长篇小说,于 2005 年出版,获第七届茅盾文学奖,2019 年入选"新中国 70 年 70 部长篇小说典藏"。小说中的清风街人物事件都有贾平凹故乡棣花街的影子,作者称,他是要"为故乡竖起一块碑子"。作品以朴实细腻的语言,塑造了众多具有鲜明个性的人物,在平凡人的日常生活描写中展现社会变革时期乡村的政治经济形势变化、民众心理变化和以"秦腔"为代表的传统文化的衰落。

　　《秦腔》是一部厚重而富有特色的小说,作品以村庄"清风街"为中心,以清风街的大户夏家为主,辐射出一系列人物,形成繁密且脉络清晰的网状结构,展现了一个普通村庄近三十年的历史演变。《秦腔》叙事节奏缓慢,以"密实的流年式的叙写"展现乡村鸡零狗碎的日子,写平凡琐事。社会变革与时代冲击对乡村的影响在平凡生活中一点点累积,传统的习俗、秩序、文化、道德逐渐消逝,取而代之的是未来的迷茫和人心的变化。贾平凹的《秦腔》聚焦于熟悉的乡村,以小见大,通过平凡生活反映中国社会的变革,体现出他的现实关怀与把握时代的能力。作品采用地道的方言口语,既体现了地域色彩,又还原了乡村农民的日常语言。虽然这种语言风格被很多人认为啰唆，但却真实呈现了农民的生活状态与生存方式，显得质朴而自然。在情节叙述与安排上，贾平凹采用"去中心化"的方式，叙述清风街发生的大小事件和各色人物。《秦腔》看似没有明确的中心人物与中心情节，但事件之间衔接自然，事件的拉扯恰恰符合乡村的真实情况，正如贾平凹在作品中所说，"清风街的故事从来没有茄子一行豇豆一行，它老是黏糊到一起的"[1]，这种"黏糊"正体现了现实与人心的混乱，对乡土世界的呈现也就更加全面、真实。

《秦腔》从疯子引生的视角叙述故事，第一人称限制了叙事范围，但"疯子"的身份又使人物超越了限制，比如通过灵魂出窍，变成蜘蛛与螳螂、蛾子等方式，打破了第一人称叙事的常规，对故事情节进行了全面又客观的叙述。从内容上看，作品以秦腔为线索，书写传统秦腔戏曲的衰落。同时，作品对农民与土地的关系进行刻画，体现了农民对土地的深厚情感，以及社会变革引发的人们心理与价值观的变化，造成的土地流失与人的精神家园的消失。《秦腔》展现了农村的真实面貌，在哀痛与悲悯中刻画了中国乡村的衰败，因此可以看作贾平凹为乡土世界所作的一曲挽歌。

贾平凹早期的作品多描绘淳朴美好的乡村环境，展现和谐温馨、带有牧歌情调的乡土世界，成熟后的作品则多着眼于现代性冲击下的乡村，揭示时代变迁中乡土社会的矛盾与问题，《秦腔》便是其中具有代表性的作品之一。《秦腔》着力反映了现代化与城市文明对乡土社会秩序、生活方式的改变，以及其引发的一系列的精神、道德问题，艺术地再现了中国当代乡村在城市文明冲击下日渐凋敝的图景。都市文明正在潜移默化地影响清风街，比如歌手陈星以流行歌曲俘获了翠翠的芳心，农村的年轻人被城市吸引而离开故土等。新支书君亭意识到乡村的落后，想要改革，建立农贸市场就是他的改革方案。建立农贸市场虽然符合时代发展潮流，提升了清风街的经济效益，但也带来了不良风气。最为典型的是在丁霸槽开的酒楼里，服务员打着"按摩"的幌子卖淫；而支书君亭在治理乡村的同时，贪污腐化，失去了振兴乡土的初心，现代化对乡土带来

---

[1] 贾平凹：《秦腔》，作家出版社，2012，第 87 页。

的人心改变由此可见一斑。而与之对立的另一方——乡土守旧派则逐渐失去话语权，传统农民的代表夏天义主张淤地，他带着哑巴孙子和疯子引生淤七里沟，体现了他对土地的热爱。但七里沟的滑坡使得夏天义被埋，夏天义之死意味着传统乡土品格与农民精神的消亡。

小说中写道，农村大批的人涌向城市，农村劳动力流失，以致夏天智去世时竟没有几个青年人抬棺，乡村空心化已是普遍现象。但奔向城市的人只有少数能像夏风一样成名，大部分人功不成名不就，他们或是出卖廉价劳动力，或是出卖肉体，非死即伤，在城市中无所依附。就像夏天义所说的："后辈人都不爱了土地，都离开了清风街，而他们又不是国家干部，农不农，工不工，乡不乡，城不城，一生就没根没底地像池塘里的浮萍吗？"[1]土地与农民的减少、流行音乐与流行歌手的兴盛、农贸市场的建立、城市消费和娱乐文化的出现，改变了乡村原有的格局，这种变化是难以避免的。《秦腔》中的清风街虽然只是一个小地方，但却具有典型性，可以从中窥视整个中国乡村。因此，在现代化的洪流下，如何使乡村既能与时俱进，又能维护农耕文明，不失乡土精神，是值得我们深思的问题。

《秦腔》不仅展现了乡村社会和农耕文明的衰落，更深层地揭示了以秦腔为代表的传统文化的消逝以及人们精神的失落。作为传统文化精神的符号，秦腔随着乡村社会的衰落而难以为继。在清风街里，秦腔音乐时常响起，清风街的人几乎都爱听。秦腔作为一种文化积淀，已经融入秦人的生命中，秦腔因此而超出音乐的范畴，成为人们精神的一部分。《秦腔》中传统文化的捍卫者以白雪、夏天智、王老师为代表，他们中有的是秦腔演员，有的是听众，都痴迷秦腔。白雪是知名的秦腔演员，是秦腔传承的象征，她因不肯调动工作到省城而经常和夏风吵架，二人的分歧与离婚体现了白雪对秦腔、对乡土的浓厚情感，也展现了现代文化与乡土文化的矛盾。夏天智是秦腔爱好者，他绘制收藏秦腔马勺脸谱，时常哼唱秦腔戏曲，他疼爱白雪的原因之一就是她有对秦腔的审美

---

[1] 贾平凹：《秦腔》，作家出版社，2012，第337页。

追求。王老师作为秦腔的老一代表演艺术家，对秦腔的没落深感担忧。他们热爱秦腔、守卫秦腔，但秦腔文化仍不可避免地走向了衰落。白雪与夏风离婚、孙女残疾等事件使夏天智精神颓靡，对秦腔的关注也力不从心，最终生病去世；王老师唱了数十年秦腔，担忧秦腔现状，想把唱腔录成磁带但也无力实现；夏中星想要振兴秦腔，为秦腔带来了短暂的兴盛期，但他只是为了自己的政绩，因对剧团管理不善，秦腔剧团最终解散，演员只能各自谋生。另外，现代文化使人们的审美发生了改变，流行歌曲、卡拉 OK 成为青年人的喜好，而秦腔则受到冷落排斥。秦腔演员凋零，秦腔观众也寥寥无几，从原来演唱时的座无虚席到后来的无人问津，秦腔的穷途末路表征着传统文化的衰落。秦腔毕竟是陕西的传统文化形式，是人们潜在的精神支柱与心灵依托，秦腔文化的衰落也意味着百姓精神的失落。"在很长的历史时间中，秦腔已然与秦人的精神生命联系在一起，而它也在相当大的程度上，连通感应着秦人的生命脉搏，高亢苍凉的唱腔中流动着生命的悲怆与放肆。"[1]

外在的乡村形态发生变化，内在的精神支撑也逐渐消散，与社会变革密切相关的是人们的传统观念、精神支撑及心理结构的变化。传统乡土社会以宗法观念为核心，以血缘为纽带的宗法家族权势大、威望高，宗族威望、乡规民约、儒家的人伦道德是维系乡村秩序、约束民众的主要手段。清风街以夏家为中心，夏家四兄弟体现了传统的孝悌观，他们尊亲敬友，兄弟和睦，"夏家老弟兄四个的友好在清风街是出了名的，但凡谁有个好吃好喝，比如一碗红烧肉，一罐罐茶，春季里新摘了一捆香椿芽子，绝对忘不了另外三个"[2]。其中，夏天义与夏天智二人尤其引人注目，他们一个是有着绝对震慑力的老支书，一个是象征仁义与道德的传统知识分子。他们提高了夏家声望，同时也是宗法观念的自觉维护者。夏天义当了五十多年的村干部，他公正、无私、很有威望，退休后仍参与村里的各种大事，维持村庄秩序，比如维持看戏时的秩序、让儿子庆满退回占用的集体之地等。夏天智当过小学校长，他讲道义，有担当，资助因

---

[1] 刘志荣：《缓慢的流水与惶恐的挽歌——关于贾平凹的〈秦腔〉》，《文学评论》2006 年第 2 期。

[2] 贾平凹：《秦腔》，作家出版社，2012，第 87 页。

贫困上不起学的学生，公平地主持兄弟分家，也是清风街解决纠纷的重要人物。然而，随着时代发展，国家行政权力对乡村的渗入愈加全面，逐渐取代了宗法权威，成为乡村的主导力量，宗法家族逐步退出了历史舞台。新支书君亭和老主任夏天义在建农贸市场和淤地上的分歧就已显现矛盾，夏天义因在村中的威望虽然得到很多人的支持，但最终抵不过君亭的权力。而清风街的"年终风波"，则是传统宗法权威与现代法治冲突的高潮：瞎瞎不缴税费要被张学文铐走，而夏天义也无法阻挡警察，昔日的威望与权威在法治社会毫无作用，夏天义原本范围狭小的权威终究丧失，代表传统乡土观念和人们精神支撑的宗法势力由此衰败。传统观念下的仁义礼智、人伦道德也随之淡化，人们精神失落，人的心理结构随之变化。在小说中，夏家四兄弟的去世意味着传统伦理的消亡，"随着'仁、义、礼、智'夏家老兄弟们死不瞑目般的相继辞世，隐喻着他们所代表的伦理道德淡出了人们的精神生活，维系清风街和谐关系的文化价值体系坍塌了，只剩下一片精神的废墟"[1]。夏家后代子孙四分五裂，不仅几家儿媳互相嫌恶，兄弟间逐渐疏远，而且不讲孝道，不赡养老人，婆婆的眼睛瞎了七年可以治好却不想花钱给她医治；在夏天义帮子女干农活时，儿媳们不但毫无感谢之心，反而埋怨公公给哪家干得多，哪家干得少。人心浮躁、欲望膨胀使得人们见利忘义，追逐金钱名利。君亭反对秦安的淤地主张，趁秦安玩牌时报警抓赌，是小人作风；乡民因私人恩怨举报改改超生，金莲在抓人时丝毫不讲人情……种种事件都说明清风街民众精神的衰颓，而这又和社会现代化的影响紧密相关。

秦腔多悲剧，作品《秦腔》也饱含悲剧色彩。乡土的没落、传统文化的衰落不可避免，无可挽救的悲哀充斥在作者的琐碎叙事中，作品充满了日常生活的悲剧。贾平凹的悲哀也渗透在其中，贾平凹生在农村，棣花镇的生活见闻构成了他的童年世界。父亲去世后贾家声势的衰败、土地改革给农村带来的变化、秦腔的传承等都使贾平凹感触颇深。虽然他离开了故乡，但仍时刻关注故乡的

---

[1] 胡功胜：《读懂贾平凹》，安徽人民出版社，2015，第82页。

变化,不曾忘却乡土风俗与乡人的音容笑貌。然而,故乡终是失去了原来的面目,他在《秦腔》后记结尾写道,"故乡啊,从此失去记忆",那一声叹息里有贾平凹的悲恸与心酸。

撰稿人:李玉

拓展阅读

1. 贾平凹:《我是农民》,译林出版社,2012。

2. 郜元宝、张冉冉:《贾平凹研究资料》,天津人民出版社,2005。

3. 陈晓明、张晓琴:《全球视野下的贾平凹》,上海交通大学出版社,2019。

4. 胡功胜:《读懂贾平凹》,安徽人民出版社,2015。

5. 刘志荣:《缓慢的流水与惶恐的挽歌——关于贾平凹的〈秦腔〉》,《文学评论》2006 年第 2 期。

《额尔古纳河右岸》导读
——人与兽交织的动物叙事

迟子建，1964 年出生于黑龙江省漠河市北极村，当代著名女作家，自 1984 年发表处女作《沉睡的大固其固》以来，文学创作成果颇为可观。其中，《额尔古纳河右岸》是她的长篇小说代表作。该小说于 2005 年发表在《当代》第 1 期，2008 年获第七届茅盾文学奖。迟子建的小说有着浓郁的地域文化色彩和深度的人性观照，她坚持自己的风格，很难将她归入某个具体的文学潮流中。她曾在访谈录中说过，"不管潮流和主义，不论左右和西东，只想走自己的路"[1]。在北国雪地里成长起来的迟子建，经历曲折，她 21 岁丧父，中年丧夫，其小说中既有死亡与悲苦，又不乏温情，"温情"与"苦涩"二者看似矛盾，却又和谐地存在于迟子建的小说中，成为迟子建小说的一种魅力所在。[2]《额尔古纳河右岸》亦不例外，该作聚焦于额尔古纳河右岸居住的鄂温克人的生活，以 90 岁高龄的鄂温克族女酋长的口吻，讲述了该民族近百年的沧桑岁月和历史变迁。

一、动物叙事的背景

有评论者认为，"迟子建是具有比较突出的生态精神和生态语言意识的作

---

[1] 迟子建、柏琳：《在写作上，我是个不知疲惫的旅人》，《青年作家》2019 年第 3 期。

[2] 迟子建、阿成、张英：《温情的力量——迟子建访谈录》，《作家》1999 年第 3 期。

家"[1]。她的作品着力挖掘人与自然关系，充盈着丰厚的生态意蕴。《额尔古纳河右岸》中就有突出的生态叙事特征，其动物叙事尤其引人注目。

在迟子建的故乡大兴安岭，生活着鄂伦春族和鄂温克族等少数民族，他们的宗教崇拜尤其是部族的动物崇拜，深深地影响着迟子建。她说："直到今天，我觉得这些朴素的宗教观和自然观还在影响着我。"[2]在创作《额尔古纳河右岸》的时候，迟子建还去当地采访，收集这些少数民族的神异故事。她发现，现代性的推进正在侵蚀这些民族的文化与淳朴，"我痛心的是，现代文明的进程，正在静悄悄地扼杀着原始之美，粗犷之美。人类正一天天地远离大自然，心灵与天地的沟通变得越来越渺茫"[3]。于是她将忧思融进了《额尔古纳河右岸》中。

迟子建承认，"自然有其存在的内在价值"[4]，她的小说较多地关注人与动物、人与自然的关系，《额尔古纳河右岸》的动物叙事就极为突出。迟子建不是通过"以人拟兽"的视角去叙事，在她笔下，"动物被赋予灵性，却又超越了人类理性和文化规定性，彰显出自身的实在性，而人类在很大程度上也变成了有灵性的动物"[5]。她以动物的生老病死和日常习性为"纬"，以自然法则下的时间为"经"，将历史进程中的动物与人的性格和命运交织于其间。迟子建偏向以动物形象去书写人物特性，用动物特性去描写人物和心理，来建构一种人兽同体、同命运的自然野性和原始生命力。其中涉及的马、驴、狗、灰（松）鼠、驼鹿堪达罕、猎鹰、羊、狼、乌鸦、蛇、蝴蝶等动物元素，既作为自然符号，也是人、兽具有原始生命力的代表。

二、动物叙事的结构功能

据美国汉学家浦安迪的定义，叙事结构就是"小说家们在写作时，一定要

[1] 赵奎英：《从生态语言学批评看迟子建的〈额尔古纳河右岸〉》，《云南大学学报（社会科学版）》2019年第4期。

[2] 华中科技大学中国当代写作研究中心：《苍凉与诗意：2016秋讲：迟子建，戴锦华卷》，华中科技大学出版社，2018，第4页。

[3] 迟子建、郭力：《迟子建与新时期文学——现代文明的伤怀者》，《南方文坛》2008年第1期。

[4] 鲁枢元：《生态文艺学》，陕西人民教育出版社，2000，第378页。

[5] 唐伟胜：《谨慎的拟人化、兽人与瑞克·巴斯的动物叙事》，《英语研究》2019年第2期。

在人类经验的大流上套上一个外形（shape），这个'外形'就是我们所谓的最广义的结构"[1]。从叙事结构来看，《额尔古纳河右岸》在叙述上运用了双层结构，作品整体分为现在的故事和过去的故事两个部分。[2]在现在和过去的时间交错中，"我"讲述的每一段故事和人物的发展阶段，是与一天中"清晨""正午""黄昏""半个月亮"四个时间段相匹配的。但是在每一个具体阶段，都有自己的内在结构。

首先，最明显的是，人与动物形成一种并列的二元叙事结构，比如下列叙述：

a."据说只有我出生那天，尼都萨满因为前一天梦见了一只白色的小鹿来到我们的营地。"

b."列娜离开我们的那一年，正是打灰鼠的季节。"

c."第二年给驯鹿锯茸的季节，林克把达玛拉娶到了我们乌力楞。"

d."每年的四月底到五月，是母鹿产仔的季节。那时我们会找一处山沟做接羔地……"

e."每年的九月到十月，是驯鹿发情交配的季节……（阉割公鹿）现在则由达西和拉吉米来完成了。"

f."1955年的春天，驯鹿开始产仔的时节，我们决定给维克特和柳莎举行婚礼了。"

由上述的例子可以看出，文中的时序转换，并非是以人类中心的社会时间进行的。在这里，迟子建模糊了历史、社会时间的线性序列，而以大自然的轮转、季节的转换、日常的动物习性来记录这个部族的人事变迁。在大自然面前没有特殊的存在，鄂温克族与驯鹿同样受着自然法则的规约，遭受自然给人与兽带来的威胁，如瘟疫、白灾、狼群的环伺、自然的生与死、灵魂（精神）的得与失。如此叙事下的人兽同体，改变了自然中人与兽二元冲突的模式，使人与兽的关系拥有更多元的可能。

其次，动物叙事的功能还表现在"动物"具有时空转置的作用：不仅能够

---

[1] [美]浦安迪教授讲演：《中国叙事学》，北京大学出版社，1998，第55页。

[2] 刘雁贞：《浅析〈额尔古纳河右岸〉叙事视角与叙事效果》，《佳木斯大学社会科学报》2020年第5期。

在插叙、倒叙、预叙中来回切换，完成不同时段人的心灵体验和情感需求，同时组织叙事关联和推动人物命运、故事情节的继续，达到了一种"悬念和惊奇"[1]的效果。"动物"作为叙事连接的桥梁，为自然的轮转和人事的繁复搭建了连接枢纽，它所暗含的正是人和兽生命的预警讯号，在"民国二十一年的秋天"这个民族被日本人带去受训，之后这个部族又经历了"苏军进攻的炮火""山外在搞土地改革""一九五七年的时候，林业工人进驻山里了""一九六五年的年初……为我们设立了一个乡——激流乡"[2]等历史事件。这些宏大的历史叙事时间被迟子建模糊化，成了一个极淡的背景，作者的叙事技巧就在于"修改自己给别人留下的印象，从而达到重塑过去的目的"[3]，淡化了宏大历史背景后，读者的关注点就会发生偏移，反而能与这群有血有肉、充溢着喜怒哀乐的人们更有共鸣感。

三、动物叙事的多重主题意蕴

在《额尔古纳河右岸》中，动物叙事不仅勾连了不同的历史社会形态，例如战争与和平、流徙与安稳、山内与山外等多重形态，而且也连接着不同的文化形态，将现代与传统、年青一代与年长一代、宗教与非宗教等因素形成强烈的对照关系。

（一）错位的历史社会形态

"马"在文本中有着多重意蕴，它将山林场地与山外世界两个空间联结起来。俄国安达罗林斯基为鄂温克族带来商贸之马，通过"马"，他将山林世界之外的"酒、面粉、盐、棉布以及子弹""花纹的铜手镯""小巧的木梳子"[4]等新事物带进来，而鄂温克族将自己的"猎品"带出去交换。这种以物易物的文明，在山外世界的人们看来是异质的，但对鄂温克族来说，这就是他们祖辈

[1] 刘晶：《〈额尔古纳河右岸〉的叙事策略分析》，《名作欣赏》2018年第18期学术版。

[2] 迟子建：《额尔古纳河右岸》，北京十月文艺出版社，2005，第80、110、130、141、158页。

[3] 龙迪勇：《空间叙事研究》，生活·读书·新知三联书店，2014，第6页。

[4] 迟子建：《额尔古纳河右岸》，北京十月文艺出版社，2005，第20页。

传下的生活方式。而异族人——日本人吉田骑着战马来，象征着战争、侵略即将而至。他们的到来打乱了鄂温克族的平和生活，他送的马见证了拉吉达的死亡，最终这匹马也同他一起赴死，最终给这个部族的动物与人留下巨大的记忆伤痛。另外，当许发财用马驮着货物来到山林时，带来了山外的时局消息，什么"供销合作社""山外在搞土地革命"[1]等等，山林的平静生活和山外的轰轰烈烈，是两个不同的社会历史空间。后来采伐工人进驻以后，驯鹿、马成了载运物品的建设工具，也送走了自然送给鄂温克族的资源——林木。从此以后，鄂温克族这个山林民族的"搬迁就更为频繁了"[2]，砍伐破坏了森林的宁静，也扰乱了他们几百年遵循的平静生活。

（二）动物叙事传达的精神坚守

在"人类中心主义"的时代，人与动物通常是吃与被吃、驯化与被驯化、猎人与猎物的关系。但《额尔古纳河右岸》不然，文中常蕴含着自然崇拜的价值理念，既有对人丧失原始野性的叩问，也有对这个不再执着于生死的民族精神的坚守，揭示出鄂温克人不为现代人所熟知的生命观与精神信仰。比如达西驯鹰，不仅仅是为了找那只伤害自己腿的母狼报仇，他也把猎鹰亲切地叫作"奥木列"（孙儿的意思），以弥补自己无孙的遗憾，寄托自己对孙子的感情；他与猎鹰共进退，人兽一体共同洗雪了英雄落败的耻辱，重建了这个部族的悲壮精神。作为一个山林汉子，达西丧失了健全的身体，心理的失落可想而知。但达西却没有意志消沉，仍旧保持着与自然、凶兽搏斗的原始生命力，他将生命奉献于一场人与狼的殊死搏斗，消除了狼患对部落的威胁，最终完成了英雄的再造。而狼仔固然凶残，但为母兽报仇的英勇和悲壮，同样也被赋予了与人同样的情感意味和荣光认可。鹰、狼似乎都能懂得达西的心理渴望，具有一种通人性的特质，如此这般，人和动物竟达成共同的精神坚守。

小说还写到人与兽的生命轮替与牺牲。当"我"的"母亲看着列娜骑过的驯鹿，大约想起了它的鹿仔曾代替列娜从这个世界消失了，如今列娜从它身上

---

[1] 迟子建：《额尔古纳河右岸》，北京十月文艺出版社，2005，第 130 页。
[2] 迟子建：《额尔古纳河右岸》，北京十月文艺出版社，2005，第 141—142 页。

失踪了，一定不是什么好兆头"[1]。关于鹿仔死亡的记忆，被"我"反复言说，文本一共有五处讲到驯鹿仔、列娜的死，以及其给灰色母鹿和"我"的母亲达玛拉带来的伤痛。通过叙写代人而死的鹿仔、畸形公鹿的降生，显示出自然规则下人与兽的生命轮替与牺牲，而自然规则不可违逆，人的心灵伤痛与治愈，正是这个民族百年来的历史命运与人生体验。鄂温克人懂得要接受这不可逆转的自然法则，其情感世界却又不失细腻与温暖。比如，妮浩为了救偷吃驯鹿的少年，再次牺牲了自己未出世的孩子。而耶尔尼斯涅曾经说过，会像丑小天鹅一样代替母亲妮浩去死。最后，畸形鹿崽和耶尔尼斯涅都被洪水卷走了，这种生离死别、阴阳两隔，给母亲妮浩带来了巨大的伤痛，但是她最终接受了自然对生命的公平抉择，因为有死就必有生，这种认知体现了山林民族独特的生命价值观和死亡观。

总而言之，迟子建在《额尔古纳河右岸》中采用动物叙事的策略，展现了人与兽的多重对话，体现出细腻、温暖、悲情的审美特征。其实，除了《额尔古纳河右岸》，动物叙事也常见于迟子建的其他小说中，如《群山之巅》中的白马、《白雪乌鸦》中的乌鸦、《逝川》中会流泪的鱼、《越过云层的晴朗》与《北极村童话》中的狗、《一匹马两个人》中的马等等，它们与人类休戚与共，为迟子建的小说构筑起一个人与自然对话的艺术世界。

撰稿人：袁莉

拓展阅读

1. 方守金：《北国的精灵——迟子建论》，黑龙江人民出版社，2002。

2. 华中科技大学中国当代写作研究中心编：《苍凉与诗意——2016秋讲·迟子建 戴锦华卷》，华中科技大学出版社，2018。

3. 管怀国：《迟子建艺术世界中的关键词》，中南大学出版社，2006。

---

[1] 迟子建：《额尔古纳河右岸》，北京十月文艺出版社，2005，第25页。

4. 徐日君：《黑土地的守望者——迟子建小说研究》，东北师范大学学位论文，2013。

5. 张箭飞：《驯鹿鄂温克人的植物利用及乡土知识：重读〈额尔古纳河右岸〉》，《中国现代文学研究丛刊》2018 年第 11 期。

散　文

《北京的茶食》导读

周作人（1885—1967），原名周櫆寿，字星杓，又名启孟、启明等，号知堂、独应等，浙江绍兴人。现代著名作家，翻译家。《北京的茶食》作于 1924 年 2 月，选自散文集《雨天的书》。在《北京的茶食》这篇散文中，作者由偶然得到的日本作家五十岚力的《我的书翰》中说到东京的茶食店今昔的变化，想起德川时代江户的二百五十年的繁华，便由此联想到建都已有五百多年历史的北京和北京的饽饽铺，继而引发出对国货和对现实生活的思考。作者仿佛是在同老朋友促膝谈心，所说的大都是日常生活中司空见惯的事情。然而，我们却能从中品读到不一样的语言味道和深意。

一、周作人的"日常生活美学"

在西方文化哲学视野中，"日常生活"这一概念经历了长时间的流变。最早是德国现象学代表人物胡塞尔提出了"生活世界"的概念，并在阿尔弗雷德·许茨、哈贝马斯那里不断得到丰富，阿尔弗雷德·许茨将其发展为"日常生活世界"并且呈现出逐渐转向指称人类具体的生活文化实践。海德格尔则为我们提供了一种日常生活审美化的思路。他在《语言的存在》中写道："如果我们追问语言，追问语言的本质和它的存在，那么显然，语言本身必须是已经授予我们的了。同样，如果我们要探究语言的存在，那么那称为本质或存在的东西，一定也已经被授予给我们了。"[1]

---

[1]［德］海德格尔：《人，诗意地安居》，郜元宝译，广西师范大学出版社，2000，第 142 页。

在 20 世纪初，中国的文化思潮开始全方位涌动。人们对审美，对生活领域的审美关注已经有所萌发。1924 年的《晨报副镌》刊发了一则启示，宣布"审美学社"在北京大学成立。"审美学社"的宗旨是"注重'美的人生观'""提倡各种'美的生活'"，使日常生活乃至社会组织的运作"以美为基础"，也就是说使生活全面地艺术化。在时代潮流、审美风尚的影响下，身兼翻译家和理论家的周作人较早地接触到西方的各种主义，在自己的散文创作中开始较多地关注日常生活里的衣食住行、交往闲聊，以及精神领域的审美需求，并通过主体的生活实践和审美体验揭示蕴藉于生活里的美学。

在《北京的茶食》中，作者写道："我们于日用必需的东西以外，必须还有一点无用的游戏与享乐，生活才觉得有意思。我们看夕阳，看秋河，看花，听雨，闻香，喝不求解渴的酒，吃不求饱的点心，都是生活上必要的——虽然是无用的装点，而且是愈精炼愈好。可怜现在的中国生活，却是极端地干燥粗鄙，别的不说，我在北京彷徨了十年，终未曾吃到好点心。"在周作人看来，"艺术地生活"并不意味着要去追求奢侈与豪华，而是在平淡中咀嚼出甘甜之味，用生命的余情去体味生活的艺术，以艺术的美的方式生活。

二、"日常生活美学"的深刻寓意

"民以食为天"，"吃"是人的日常。对于文人来讲，更爱吃，也更善吃。周作人亦是如此，但周作人所谈论的吃食却异于一般文人。从民俗学的角度看，中国每种传统食物背后几乎都蕴含着来自普通百姓的生活智慧，每种美食都积淀着悠久历史的意义与价值，周作人作为中国最早关注并且积极倡导民俗学的知识分子，对民间吃食给予了极大的热忱，其笔下不是山珍海味、珍馐美馔，而是日常吃食。[1] 周作人自觉地追求生活的艺术，就必然精于吃而成为"美食家"，而他对普通人的生命存在的关注，又必然使他热衷于描述吃食。他的散文创作中涉及吃食的文章有很多，所记述的大多是生活中、故乡中的小吃。不论是写于 20 世纪 20 年代的这篇《北京的茶食》，或是写于 60 年代的《南

---

[1] 裴亚蒙：《周作人饮食散文的趣味》，《文学教育（上）》2022 年第 10 期。

北的点心》，周作人可谓写了一辈子的吃食，这是他的基本人生题材。在这些作品中，周作人运用温和的笔触，寄托自己的生活之趣。

散文名为"北京的茶食"，开篇却是从一位日本人感叹"东京的茶食店的点心都不好吃了"写起。其实，吃不到想吃的东西这类抱怨是我们每时、每地随时都可以听见的，是再普通不过的日常生活中的琐事，谁也不会往深处去想。但在周作人这里却引起了异样的反应，或者说经过周作人的主观过滤，这类平凡的琐事就别有一番意思了。由"东京的茶食"周作人"想起"的是"德川时代江户的二百五十年的繁华"及其风流，这显然是一个文人学者的联想与感受，经过这样的学术化、文人化的处理，普普通通的茶食就成为"特殊的有滋味的东西"了。对于周作人以及与他类似的知识分子而言，在北京买不到好吃的点心，其遗憾已经超出了"口腹之欲"的不能满足，而是变为了"总觉得住在古老的京城里吃不到包含历史的精炼的或颓废的点心是一个很大的缺陷"。这里，周作人加在"点心"上的修饰语是引人注目且意味深长的：它赋予普通的"点心"以显示某种历史精神的文化意味，使其成为一种符号与象征。于是，当我们听到周作人的呼喊："北京的朋友们，能够告诉我两三家做得上好点心的饽饽铺么？"时，首先想到的是，这是对已经失去的古老的传统文化的呼唤，这样的联想与意义转换是颇有意思的。

三、"日常生活美学"的价值

五四时期，文学总的美学特征是彰显"感性个体"和"青春激情"。但因为理想与现实始终处于不可调和的状态，其作品又不同程度地流露出"苦闷彷徨"的美学特征。周作人作为这一时期的思想家与文学家，其散文创作既有时代特点，又带有个人独特气质的日常生活审美情趣。周作人热爱民俗，他从茶酒饮食、岁时礼仪、民间宗教、民歌民谣、民间戏曲中思考人生，探索人性的复归，追求理想的生活方式和生命形态，所以他的民俗散文不论是从民俗角度还是从文学角度来看，都具有巨大的价值。[1]

---

[1] 祁建：《周作人与中国民俗》，《中关村》2022 年第 8 期。

在周作人的其他作品中，亦不乏对茶食的描绘。有一首诗题为《茶食》，像是一部精编版的茶食文化研究："东南谈茶食，自昔称嘉湖。今日最讲究，乃复在姑苏。粒粒松仁缠，圆润如明珠。玉带与云片，细巧名非虚。北地八大件，品质较粗疏。更有土产品，薄脆如缸炉。半饱可点心，或非茶时需。吾意重糕饼，稍与常人殊。蒸炼有羊羹，制出唐浮屠。馒头澄沙馅，云是祖林通。亦喜大福饼，朵颐学儿雏。杖头有百钱，一日足所需……"诗中，周作人娓娓道来，将学识化为美味，又将美味化为学识。

然而，《北京的茶食》却并不着重于描绘上述诗文中那些逼真诱人的色香味形。这篇散文所关注的是抽象的、形而上的茶食，以及茶食中所蕴含的深意。文章从一位日本作家的随笔谈起，日本作家的抱怨引发了周作人的同感。相较于东京，北京的历史更加悠久。然而在衣食住方面，却没有多少"精微的造就"，"即以茶食而论，就不曾知道什么特殊的有滋味的东西——鲜有能体现这座城市悠久历史文化积淀的精致的茶食。"周作人谈点心时，特别点出"历史的""精炼的""颓废的"三个修饰语，关照了历史文化、艺术审美、内心情感。这种"颓废"解读为无意于国家大事，而沉迷于吃喝玩乐文化的体验与研究更为合适，与作者的"享乐的流风余韵"更加契合。因此，这种"颓废"是有其独特的文化价值的，与我们通常所理解的表示意志消沉的"颓废"截然不同。

写文章是因为现实触人感想，在周作人看来，五四时期的中国货色，模仿粗恶，有点儿不大喜欢；总觉得当时的中国生活，极端地干燥粗鄙，没有意思。由于现世生活"极端地干燥粗鄙"，难以寻觅"安闲而丰腴"的情趣，茶食中自然鲜有"微妙地美地"滋味。以至于作者在文章结尾处，终于抑制不住发出了"我在北京彷徨了十年，终未曾吃到好点心"的慨叹。这慨叹如作者所说，"未必全是为贪口腹之欲"，而是为了"把生活当作一种艺术"，为了"在不完全的现世享乐一点美与和谐，在刹那间体会永久"（《喝茶》）。于是，作者由《北京的茶食》引出关于"生活之艺术"的思考，引出延伸的文化批评与文明批评："我们于日用必需的东西以外，必须还有一点无用的游戏与享乐，生活才觉得有意思。我们看夕阳，看秋河，看花，听雨，闻香，喝不求解渴的酒，吃不求饱的点心，都是生活上必要地——虽然是无用的装点，而且是愈精炼愈好。"

这里，作者的概括是平实而又精辟的，也是英雄所见略同的。他所追求的"生活上必要的""愈精炼愈好"的"无用的装点"，大约类似于鲁迅所说的"余裕心"。

鲁迅有过与周作人相似的感慨，也是由日常生活品物，只不过不是由茶食，而是由书籍引发的。鲁迅说："较好的中国书和西洋书，每本前后总有一两张空白的副页，上下的天地头也很宽。而近来中国的排印的新书则大抵没有副页，天地头又都很短，想要写上一点意见或别的什么，也无地可容，翻开书来，满本是密密层层的黑字；加以油臭扑鼻，使人发生一种压迫和窘促之感，不特很少'读书之乐'，且觉得仿佛人生已没有'余裕'，'不留余地'了。"[1]除了排印，书籍还应讲究装帧、版式，要美观、大方，令人一望而赏心悦目，这里的"余裕""余地"，似乎也是"生活之艺术"所追求的境界。"生活不是很容易的事"，一块点心、一本书中其实都包含着关乎人生，乃至国家、民族未来的大课题。为此，鲁迅不无忧虑地指出："人们到了失去余裕心，或不自觉地满抱了不留余地心时，这民族的将来恐怕就可虑。"[2]而这种忧虑与关切，好像也浸润于《北京的茶食》的字里行间，向我们昭示着生活的意义，以及生活的美好和严正。学会生活——学会"微妙地美地生活"，学会艺术地生活，"开发"生活细节中的盎然情趣和幽深哲理，使我们的日常生活更加充实，更有意味，这大约是我们从《北京的茶食》这篇不足千字的短文，以及与之相联系的作者的其他一些散文作品中，从这些看似随心所欲、漫不经心、率意而谈的平朴文字中，可以得到的启示吧。

撰稿人：郝丽洁

拓展阅读

1. 周作人：《知堂文集》，北京十月文艺出版社，2011。

---

[1] 鲁迅：《忽然想到》，载《鲁迅全集》第三卷，人民文学出版社，2005，第15页。

[2] 鲁迅：《忽然想到》，载《鲁迅全集》第三卷，人民文学出版社，2005，第16页。

2. 周作人：《雨天的书》，北京十月文艺出版社，2011。

3. 舒芜：《周作人的散文艺术（上、下）》，《文艺研究》1988 年第 4、第 5 期。

4. 舒芜：《周作人概观（上、下）》，《中国社会科学》1986 年第 4、第 5 期。

5. 钱理群：《周作人传》，北京十月文艺出版社，2013。

《桨声灯影里的秦淮河》导读

朱自清（1898—1948），原名自华，号秋实，后改名自清，字佩弦。原籍浙江绍兴，生于江苏东海，长于扬州。1920年自北京大学毕业后在江浙一带辗转任教，1925年受聘于清华大学，1931年赴英国留学并漫游欧洲，并将沿途所见所感集成《欧游杂记》。抗战爆发后任西南联大教授，在学术研究上成就斐然。朱自清从20世纪20年代开始写作，出版有诗文合集《踪迹》、散文集《背影》等，一生著作20余种，近200万字。他的散文颇具文人雅气，既擅工笔画式描图绘景，亦长于情景相生，在我国现代文学史上独树一帜。

1923年8月，朱自清与好友俞平伯夜游秦淮河，分别后，二人相约以此为题，分别写作一篇散文，题为《桨声灯影里的秦淮河》。俞平伯先完稿，待朱自清于1923年10月11日作完后，两篇文章一起刊于《东方杂志》1924年1月25日第21卷第2号。如文末俞平伯的跋中所言，朱自清的文章"比较精细切实"[1]，这与朱自清早期散文风格是一脉相承的。

从《匆匆》到《荷塘月色》，朱自清在20世纪20年代贡献了不少经典名篇，其作品因全用白话写成，典雅隽永，历来被视作国语美文典范。30年代赵家璧组织文坛名宿编写《中国新文学大系》，以检验新文学运动的成果。其中，散文分为两编，《散文一集》的编选者是周作人，《散文二集》的编选者是郁达夫。有趣的是，朱自清和俞平伯的同题散文，前者被放在了《散文二集》中，后者则被收录在《散文一集》中。究其原因，大概是编选者与作家的文学旨趣不同。

---

[1] 顾农：《〈桨声灯影里的秦淮河〉俞跋》，《中国现代文学研究丛刊》2001年第1期。

周作人在其导言里直陈："我看文艺的段落，并不以主义与党派的盛衰为唯一的依据，只看文人的态度，这是夹杂宗教气的主张载道的呢，还是纯艺术的主张载道的呢，以此来决定文学的转变。"[1]朱自清则明确提出过相反的意见："文艺有社会的使命，得是载道的东西""诗还要载道，不用说文更要载道了。"[2]且不论二人的"道"有何差异，如果以诗文言志载道之辨为切口，再返顾这篇游记散文，我们或许能透过文本的"词指"[3]，发现朱自清20年代的"士大夫气"。

一、作为"历史的重载"的文本：从香草美人的古典意象说起

如某论者所指出的那样，"在'五四'作家中，朱自清是最擅长用美女的形象来涵盖包容大自然的优美的。"[4]《桨声灯影里的秦淮河》对秦淮夜色的细腻描绘，既涉及用词和句式上的苦心经营，也包含修辞格方面的柔性审美。比如，写秦淮河的月，"那晚月儿已瘦削了两三分。她晚妆才罢，盈盈的上了柳梢头。……它们那柔细的枝条浴着月光，就像一支支美人的臂膊，交互的缠着，挽着；又像是月儿披着的发。而月儿偶然也从它们的交叉处偷偷窥看我们，大有小姑娘怕羞的样子。"又如作家眼里的灯光："右岸的河房里，都大开了窗户，里面亮着晃晃的电灯，电灯的光射到水上，蜿蜒曲折，闪闪不息，正如跳舞着的仙女的臂膊。"不单譬喻如此，文章的使事用典同样以美人为符号，勾连着秦淮河的历史文化，"只愁梦太多了，这些大小船儿如何载得起呀？我们这时模模糊糊地谈着明末的秦淮河的艳迹，如《桃花扇》及《板桥杂记》里所载的"。两句话勾连起三处"典象"，一则由船与梦联想到才女李清照于国破家亡后的触景伤怀，另两处则由秦淮河美妓名士的艳迹指向古代文人的风流与悲情。

---

[1] 周作人：《〈中国新文学大系·散文一集〉导言》，《中国新文学大系》，贵州教育出版社，2014，第175-176页。

[2] 朱自清：《什么是文学的"生路"》，《朱自清讲文学》，百花洲文艺出版社，2016，第15页。

[3] 喻大翔：《现代中文散文十五讲》，同济大学出版社，2008，第28页。

[4] 倪婷婷：《"名士气"：传统文人气度在"五四"的投影》，《文学评论》1999年第6期。

文人士子借香草美人寄托情志的文学呈现，自屈原以后蔚为大观。如果说《荷塘月色》中的女性形象是朱自清"美人爱欲潜意识愿望的自然流露"[1]，那么《桨声灯影里的秦淮河》则在此隐喻形式外，更多了一层来自特定文化群体的心理积淀。

学者喻大翔将游记散文划分为两种结构基型，"一为心随时空游。创作主体（也是旅游主体，即心间）进入特定的时（间）空（间）后，被时空秩序（即所游之地的自在结构）所控制，且以记叙时空中的自然与文化现象（多半是文化具象）为主，可称为时空并进结构。"[2] 从某种意义上说，《桨声灯影里的秦淮河》一文可归入这种结构类型。

文章以作者乘船游览的时间顺序为行文线索，由开船写到上岸；以秦淮河上作者所见的空间情状为记叙对象，从近处写到远处。首段起一个引子。第二段写秦淮河里的船，作者所乘的"七板子"虽小，却别具一格："舱前是甲板上的一部，上面有弧形的顶，两边用疏疏的栏杆支着。里面通常放着两张藤的躺椅。躺下，可以谈天，可以望远，可以顾盼两岸的河房。"舱前灯彩的双重玻璃则"映出那辐射着的黄黄的散光，反晕出一片朦胧的烟霭；透过这烟霭，在黯黯的水波里，又逗起缕缕的明漪"。在第三、第四段中，船过利涉桥，在东关头转弯，行至大中桥，作家的视线便从船而移到秦淮河的水景："我们初上船的时候，天色还未断黑，那漾漾的柔波是这样的恬静，委婉，使我们一面有水阔天空之想，一面又憧憬着纸醉金迷之境了。等到灯火明时，阴阴的变为沉沉了：黯淡的水光，像梦一般；那偶然闪烁着的光芒，就是梦的眼睛了。""任你人影的憧憧，歌声的扰扰，总像隔着一层薄薄的绿纱面幕似的；它尽是这样静静的，冷冷的绿着。"出了大中桥不到半里路，船停泊在最繁华的河段，第五段便尽情描摹河上的声响与光影："那时处处都是歌声和凄厉的胡琴声，圆润的喉咙，确乎是很少的。但那生涩的，尖脆的调子能使人有少年的，粗率不拘的感觉，也正可快我们的意。""在我们停泊的地方，灯光原是纷然的；不

[1] 杨朴：《〈桨声灯影里的秦淮河〉与〈荷塘月色〉的"叠合法"解读》，《文学评论》2008年第1期。
[2] 喻大翔：《现代中文散文十五讲》，同济大学出版社，2008，第363页。

过这些灯光都是黄而有晕的。……灯愈多，晕就愈甚；在繁星般的黄的交错里，秦淮河仿佛笼上了一团光雾。""但灯光究竟夺不了那边的月色；灯光是浑的，月色是清的。在浑沌的灯光里，渗入了一派清辉，却真是奇迹！"第六、第七段夹叙夹议，先写歌舫点戏事件发生前后的情状，而后转向作者的自白，引出社会道德要求与个人欲望解放的矛盾。行程接近尾声，作者在歌声、灯火与素月的陪伴下不舍地告别秦淮河。

尽管大量摹景，但全文的意义核心显然不在自然而在人文，以景起笔的段落也多由"历史"收尾："我们开始领略那晃荡着蔷薇色的历史的秦淮河的滋味了。""我们终于恍然秦淮河的船所以雅丽过于他处，而又有奇异的吸引力的，实在是许多历史的影像使然了。""我想象秦淮河的极盛时，在这样宏阔的桥上，特地盖了房子，必然是髹漆得富富丽丽的；晚间必然是灯火通明的，现在却只剩下一片黑沉沉！"有学者将《桨声灯影里的秦淮河》中的风景视为"装置"，认为作品的深度"在反思历史和审视自我的'真'与'善'"[1]。文章前半部分写"历史的重载"，后半部分写"道德律的压迫"，二者不仅生成了朱自清秦淮河之旅的情感归属——他感到幻灭又怅惘，也引发了读者读毕《桨声灯影里的秦淮河》后的直接感受：在夜色与河流的深处，满是繁华与苍凉相织、历史与现实交叠的理性之思。

二、感时忧国之精神：内化于人格游记中的儒家理想

就游记散文的笔法而言，《桨声灯影里的秦淮河》兼具描写、叙述、抒情与议论，四种表达常常置于一处，且用得巧妙。以文章第四段为例："这时正是盛夏。我们下船后，借着新生的晚凉和河上的微风，暑气已渐渐消散；到了此地，豁然开朗，身子顿然轻了——习习的清风荏苒在面上，手上，衣上，这便又感到了一缕新凉了。南京的日光，大概没有杭州猛烈；西湖的夏夜老是热蓬蓬的，水像沸着一般，秦淮河的水却尽是这样冷冷地绿着。"在这段文本中，"这时正是盛夏。我们下船后""暑气已渐渐消散；到了此地"为叙述；"新

---

[1] 王本朝：《装置的风景：历史的幻灭与自我的挣扎——细读〈〈桨声灯影里的秦淮河〉〉，《名作欣赏》2016 年第 19 期。

生的晚凉和河上的微风""习习的清风荏苒在面上，手上，衣上"为描写；"豁然开朗，身子顿然轻了""这便又感到了一缕新凉了"等句含有抒情。最后一句则更为饱满：作者欲写秦淮河给人的"冷"感，先议论南京和杭州的日光，比较两地的日照差异，再借助想象，形容西湖的夏夜"水像沸着一般"，以此衬出秦淮河的特别。朱自清缘情赏景善用"通感"，将感觉器官全部打开以便充分地接触审美对象，再注入情感的反应与理智的推断，使事物描写中带有主观性体验，而对比、议论中又夹有抒情的成分。

在点戏事件里，为突出歌妓歌声的美妙，作家也采取了正写、侧写等描写手段。不过这一部分还是以叙述与议论为主，记叙自己遭遇歌舫伙计询问是否点戏，两人拒绝邀请、"受了三次窘"的事件始末，并着重展现内心复杂的变化过程。作者先是为拒绝感到抱歉，因为折损了歌妓的希望，也因为自己听戏的盼望未得到满足。继而分析出两重道德"禁制"的内容，一则于公，普泛层面上人们"接近妓者"的不正当性；二则于私，来自作者对自身身份的体认——对妓者"应有哀矜勿喜之心"。随后，他又陷入该不该推翻理智束缚、释放爱欲天性的斗争中。挣扎之下，船却将回，"这时我们都有了不足之感，而我的更其浓厚。我们却又不愿回去，于是只能由懊悔而怅惘了。船里便满载着怅惘了。"连带着傍岸的空船上的灯光，也显得"枯燥无力又摇摇不定"。

《桨声灯影里的秦淮河》是一篇典型的人格游记，这一写作策略与朱自清的文学观有着极为密切的关系。朱自清的文艺理论散见于《文学的美》《文学的标准与尺度》诸文中，以偏重文学艺术的美育功能远甚其审美主义品质为核心，架构起他的美学理论与实践体系。他认为，文学与音乐或建筑的不同，在于承载的意义有无与多少："文字的本身是没有什么的，只是印在纸上的形，听在耳里的音罢了。它的效用，在它所表示的'思想'。"[1]作文的规则在于，作家依据现实，不断地对继承传统与吸收他者进行调和："自觉的是我们修正了的传统的种种标准，以及采用的外来的种种标准。这种种自觉的标准，在开始出现的时候大概多少经过我们的衡量；而这种衡量是配合着生活的需要

[1] 朱自清：《文学的美》，《朱自清讲文学》，百花洲文艺出版社，2016，第4页。

的。""'五卅'运动接着国民革命，发展了反帝国主义运动；于是'反帝国主义'也成了文学的一种尺度。抗战起来了，'抗战'立即成了一切的标准，文学自然也在其中。胜利却带来了一个动乱时代，民主运动发展，'民主'成了广大应用的尺度，文学也在其中。"[1]前文载于《春晖》校刊第 36 期，后文写于 1947 年。可见，朱自清早在 20 年代就已确立了他的艺术态度，并将其贯彻始终。

"在众目睽睽之下，听歌的欲望被压制了，尽管'我的思力能拆穿道德律的西洋镜'，但'感情却终于被它压服着'。与其说这是朱自清一个人的紧张和困惑，不如说是'五四'一代人面临的道德难题，几乎所有新文化先驱者如胡适、陈独秀、鲁迅、郁达夫、茅盾等都有这样的痛苦。"[2]不错，这正是《桨声灯影里的秦淮河》所宣示的朱自清文学道德理想之所在：文学应以载道为本，而每个时代有自身所面对的"道"——夏志清称之为"现代中国文学感时忧国的精神"。夏志清认为，对儒家政治理想的坚守深植于传统士大夫的心里，"正如西方古典文学一样，中国传统文学的讽刺对象，只是那些违反圣贤遗教、社会法则的人物或风俗而已。"[3]而现代中国文学实际上是此种文学认知的变体：在"改善中国民生、重建人的尊严"[4]的心理驱动下，作家为文即便针砭现实，也往往只救一时之急，而未对文明痼疾有彻底的清理。这在朱自清的文章中有着深刻的表现，不独《桨声灯影里的秦淮河》反映着一个时代的困惑，在他那些抒写至爱亲情的作品中，同样印刻着作家对儒家传统人伦的美学追求。

应该说，《桨声灯影里的秦淮河》所体现的现代质素，大抵不出两方面。一方面是白话的应用。在朱自清看来，新文学的实质，在于白话文运动提倡的语体解放："直到现代，一个新的尝试才完成了语体文学，新文学，也就是现代文学。"[5]另一方面则是文字所载思想的新指向："大清帝国改了中华民国，

---

[1] 朱自清：《文学的标准与尺度》，《朱自清讲文学》，百花洲文艺出版社，2016，第 30、第 37 页。

[2] 王本朝：《装置的风景：历史的幻灭与自我的挣扎——细读〈〈桨声灯影里的秦淮河〉〉》，《名作欣赏》2016 年第 19 期。

[3] 夏志清：《现代中国文学感时忧国的精神》，《感时忧国》，广东人民出版社，2015，第 291 页。

[4] 夏志清：《现代中国文学感时忧国的精神》，《感时忧国》，广东人民出版社，2015，第 290 页。

[5] 朱自清：《文学的标准与尺度》，《朱自清讲文学》，百花洲文艺出版社，2016，第 34 页。

新文化运动新文学运动配合着'五四'运动画出了一个新时代。大家拥戴的是'德先生'和'赛先生'，就是民主与科学。"[1]朱自清认为，随着20世纪20年代反封建及个人主义、人道主义的张扬，身为新文学作家，"我们是接受了种种外国标准，而向现代化进行着"[2]。

朱自清一生热情贡献于教育和社会事务，这种使命感渗透在他的文化人格里，并融于其散文创作中。学者周仁政论及朱自清的独特气质时，有一段概括颇为精当："借用朱光潜的理论来解释，在京派作家中，如果说周作人、俞平伯等是体现'酒神'意志的'颓废'派或玩世主义者，朱光潜、沈从文等是具有'日神'精神的超世派或豁达主义者——玩世者洒脱，豁达者超脱，那么，介于二者之间，撇开自我执着于道德理想的'刹那主义'者朱自清却难获'解脱'，以其烛火之躯薪烬于时代风雨中。"[3]

撰稿人：刘琳琳

拓展阅读

1. 朱自清：《朱自清抒情散文》，作家出版社，1990。

2. 朱自清：《朱自清讲文学》，百花洲文艺出版社，2016。

3. 俞平伯：《桨声灯影里的秦淮河》，《俞平伯散文》，浙江文艺出版社，2000。

4. 周作人：《〈散文一集〉导言》，《1917—1927中国新文学大系导言集》，天津人民出版社，2009。

5. 喻大翔：《现代中文散文十五讲》，同济大学出版社，2008。

6. 余光中：《论朱自清的散文》，《青青边愁》，国际文化出版公司，2014。

---

[1] 朱自清：《文学的标准与尺度》，《朱自清讲文学》，百花洲文艺出版社，2016，第37页。

[2] 朱自清：《文学的标准与尺度》，《朱自清讲文学》，百花洲文艺出版社，2016，第37页。

[3] 周仁政：《朱自清和俞平伯：京派散文的两极》，《中国文学研究》2009年第3期。

《二十二年之幽默》导读
——林语堂散文的幽默特征及其幽默指向

　　林语堂（1895—1976），福建龙溪（今漳州）人，中国现代著名作家、学者、翻译家、语言学家。早年毕业于上海圣约翰大学，后在清华大学英文系任教。1919 年起先后在美国哈佛大学和德国莱比锡大学留学，分别获得硕士和博士学位，1923 年在北京大学英文系任教，1926 年起在厦门大学任教授和文科主任，1927 年到武汉国民政府跟从外交部长陈友仁任英文秘书。后成为自由撰稿人，1932 年起创办《论语》《人间世》等刊物，倡导幽默、性灵的小品文，影响颇大，被称为"幽默大师"。《二十二年之幽默》是林语堂 1934 年发表于《十日谈》新年特刊上的一篇幽默小品文。

　　林语堂的名字是与幽默联系在一起的。无论是其将"幽默"引入中国文化的开创之功，还是创办《论语》《人间世》《宇宙风》等杂志宣扬幽默的推广之力，他都应该被中国 20 世纪文学史写上重重的一笔，林语堂的自传中对此有不无得意的表白："我发明了'幽默'这个词儿，因此之故，别人都对我以'幽默大师'相称。而这个称呼也就一直沿用下来。但并不是因为我是第一流的幽默家，而是，在我们这个假道学充斥而幽默极为缺乏的国度里，我是第一个招呼大家注意幽默的重要的人罢了。"[1] 在这里，他对自己的身份有双重定位：一是提倡幽默文化的思想者；二是制造幽默的文学家（幽默家），林语堂显然更看重前者。对林语堂而言，将幽默文化引入中国来改变被"道学"禁锢的萎缩、

---

[1] 林语堂：《吾国吾民 八十自叙》，作家出版社，1995，第 369–370 页。

干枯、狭隘的国民性是他提倡幽默的最高、最终的目标。1934 年，社会问题刊物《十日谈》刊出了新年特集，该期主编郭明标榜"《十日谈》不愿和旁的杂志一般，每逢佳节，只是抄些老文章……愿大众站在顾问般的地位，以《十日谈》为大众交换及发表各人意见的场所"[1]的宗旨，刊发"事实"新文章给大家看看。该期文章全是以《二十二年的……》为题的命题文章，如谢云翼的《二十二年的政治》、孙时敏的《二十二年的中日问题》、杨天南的《二十二年的出版界》，凡此种种，涉及民国二十二年（1933 年）的政治、经济、文化、司法、娱乐、外交等领域，而林语堂的《二十二年之幽默》则是对二十二年之"幽默"所作的总结。从这篇幽默之"总结"中，我们可以窥见林语堂的幽默特征以及他对中国文化中的礼教传统思想和现实政治的批判。

一、林语堂散文之幽默特征

林语堂之所以提倡"幽默"，有着深刻的文化政治方面的原因，同时也反映出在复杂多变的时代背景下他复杂的心理斗争的路径。林语堂幽默闲适的散文是作家艺术地体味生活的再现，有着"亦庄亦谐""亦雅亦俗""亦平亦奇"的艺术风格和文学精神，这种个性化的幽默特征从《二十二年之幽默》一文中亦可见一斑。

林语堂散文用语幽默，字句平实，语气平和，不矫揉造作，也不刻意地雕词造句，其语言既通俗生动又精辟深邃。此外，林语堂有着博古通今的广阔知识面，也极为关注现实社会政治，其散文内容涵盖丰富。在散文中，他善用反讽法，正话反说，在表达某种意思的时候，不从正面写出，而在反处着笔。以《二十二年之幽默》为例，开篇谈及作这篇文章的缘起时说道："据我看来，这并不是廿二年幽默有什么好文章好成绩，因为子路岳母忌辰初过墓木未拱，幽默文章也只在萌芽时代。大概待其墓木已拱，幽默自然也跟着辉发光大蔚然可观了。"首先，此处戏说儒家诸贤典故，甚至作了巧妙的变形，用以讽刺中国长期以来因被"道学"禁锢而萎缩的国民性。其次，使用夸张的写作手法，

---

[1] 郭明：《新年特辑编者赠言》，《十日谈》1934 年新年特辑，第 2 页。

对形象作必要的扩大或者缩小，极生动形象地表现出事物的本质，也增强了表达效果。林语堂在提到《论语》杂志销量好、读者多、以证国人对幽默的态度时，说道："济南东门某夫妇因争读《论语》而半夜吵架，几至离婚涉讼"[1]。这里，作者以夫妇俩为争读《论语》而"大打出手"来表现读者对《论语》杂志的钟爱，是生动的夸张手法。再者就是比喻手法的运用，喻体和本体迥然不同，表达上是以具体现抽象。林语堂善于用生动的譬喻，他用乌鸦比喻那些相互推诿"亡国责任"的"文人"和"武人"，说他们是"半夜里的乌鸦一般黑"，由此语义警策地表达出对这些"畏葸之国民"的憎恶。

二、幽默之思想批判功能

林语堂希望借幽默摆脱腐儒道统，让幽默成为民众心灵解脱的良药，为社会注入生机，进而在反道学的基础上，加入超脱自然和性灵的内涵，将幽默观提升为他智慧的人生观。林语堂的幽默，不是令人捧腹大笑式的幽默，也不是无病呻吟式的无聊笑料，而是将自己的"性灵"和"灼见"放入其中，在深入浅出、雅俗共赏的语言风格中显现其对社会机智的见解。

林语堂认为，"幽默"一词兼备音译意译之妙："凡善于幽默的人，其谐趣必愈幽隐，而善于鉴赏幽默的人，其欣赏尤在于内心静默的理会，大有不可与外人道之滋味，与粗鄙显露的笑话不同。幽默愈幽愈默而愈妙。故译为幽默，以意义言，勉强似乎说得过去。"[2]他将"幽"和"默"分开解释，"幽"指幽默话语中所蕴涵的谐趣，乃是属于哲学层面的思想流云，"默"指接受者对此谐趣的体会是伴随着理性思考的心理活动，是一场发生在"灵魂深处的革命"，可见林语堂强调的是"幽默"在精神层面的意义和不流于肤浅、庸俗的高雅品位。笑是对僵化的身体和精神的批判，但林语堂对幽默寄予了更多的希望，即在幽默引起接受者会心微笑的同时使其对真实自然的人性有深刻的认同，能够看穿人性的虚伪做作，也能容忍人生与生俱来的缺陷，从而建立与封建礼教相对立的"真实、宽容、同情"的人生观。基于这样的文化理想，林语堂提

---

[1] 林语堂：《二十二年之幽默》，《十日谈》1934 年新年特辑，第 26 页。
[2] 沈永宝：《林语堂批评文集》，珠海出版社，1998，第 9 页。

倡幽默的目的不仅是对旧道德、旧文化的破坏，更着眼于对新的人性的培植。

那么林语堂幽默之思想批判的力量从何而来呢？林语堂将之归结为一个字——"笑"。柏格森认为，生命的本质是轻盈灵动的、丰富活泼的，而法规会让一个健康的"自然人"变得僵硬，这种社会症候需要"一种姿态来对付它。笑就应该是这样一种东西，就应该是一种社会姿态。笑通过它所引起的畏惧心理，来制裁离心的行为，使那些有孤立或沉睡之虞的次要活动非常清醒，保持互相的接触，同时使一切可能在社会机体表面刻板僵化的东西恢复灵活。"[1] "笑"就是对身体、精神、性格僵硬部分的重新激活，以实现对人为制定的社会规则的突破，这与林语堂改造国民性的思路是高度契合的。林语堂认为，传统礼教的束缚是造成中国人性格弱点的根本原因，而重塑国民性、恢复人性的自然与自由，首先要撕裂那些捆绑着国人思想意识的人为规则。在《二十二年之幽默》中，他说："中国道统之积习甚深，所以如黎锦辉之《毛毛雨》，其乐美于党歌其辞雅于桑中亦被士君子骂得狗血淋头，被三房六妾而同时提倡读卫风郑风之诗经的武人所禁止。吾知卫风郑风幸系至圣大成之孔子所手定，不然亦将被三房六妾之卫道武人所禁止矣"[2]。这里，林语堂讽刺了卫道者的表里不一，深刻揭露了那些掩盖在道貌岸然下的虚伪、迂腐、自负及违背正常理性、公平准则的荒谬。林语堂的"幽默"是对那些不自然、非人性的恶习的嘲弄，同时也将真实自然的人性呈现在世人面前。作为一种社会姿态的"笑"与"幽默"是林语堂用来批判传统礼教的利器，目的是提醒国人警惕那些违背人性常理的行为，这与提倡个性解放、人格独立的思想启蒙运动的方向是一致的，于是林语堂的"笑"以它独特的声音加入了启蒙话语，发挥着自身的作用和意义。

三、幽默之政治批判功能

林语堂的幽默也体现出政治批判功能。林语堂对当时的社会政治生活十分

---

[1] 柏格森：《笑——论滑稽的意义》，徐继曾译，中国戏剧出版社，1980，第12页。

[2] 林语堂：《二十二年之幽默》，《十日谈》1934年新年特辑，第26页。

关注，他的"幽默"自始至终未脱离他所生活的社会环境，他始终立足于现实生活，表达着一个知识分子对现实政治的关注。在鲁迅、林语堂等深具"五四"精神的知识分子心目中，启蒙是他们无可推卸的历史使命，他们理解的幽默是与改造国民性的历史话语联系在一起的。林语堂的固执之处在于，当"救亡压倒启蒙"成为思想界主流、民众由被启蒙对象变成救亡的主力军后，他依然坚守启蒙立场，将纯然个人主义的自由、独立、平等作为文化启蒙的最终追求。于是林语堂的"幽默"始终是包裹在温和笑容里的一根刺，扎向令人压抑的社会现实。

林语堂把中国政治的弊病归结为文章昌明而思想衰落，即用花言巧语来遮蔽真正的政治目的。知识精英的社会使命使他不愿接受蒙骗，也不肯与现实政治同流合污，他要用自己独立的思考和见解来揭穿骗局，还世人一个真相，"说真话"就是表达自己对事实的理解，这使他成为现实政治的批评者而不是人云亦云或助纣为虐。"我之成为一个超然独立的批评家，是从我给英文刊物Little Critic 写稿开始，我既不是个国民党党员，那时我又不拥护蒋先生，有时写的批评文字苛酷无情。小心谨慎的批评家为讨人人高兴而不敢言者，我却敢写。同时，我创出一种风格，这种风格的秘诀就是把读者引为知己，向他说真心话，就犹如对老朋友畅所欲言毫不避讳什么一样。所有我写的书都有这个特点。自有其魔力。这种风格能使读者跟自己接近。如果时机需要，我有直言无隐的习惯。"[1]在《二十二年之幽默》中，林语堂并未以直笔控诉政客的虚伪、不作为和滑稽，而是罗列当局层出不穷的、令人不可思议的奇理异态："如陈绍宽作五年海军计划；如莲花并蒂，国府否认；如楚有舰在吴淞试炮，炮弹向后出，如青岛舰队，三天不见；如黄郛言：'不妥协，不求和，只在互相谅解之下谋和平'；如汪精卫长期及一面忍耐抵抗之演变；如蒋介石劝刘珍年'养浩然之气'，如蒯叔平质问袁良启事……如四川某县禁男人穿长衫，广西禁女子服短袖……如陈总司令招考记室之四六布告等"[2]，由此揭露政客欺世惑

---

[1] 林语堂：《吾国吾民 八十自叙》，作家出版社，1995，第 377 页。

[2] 林语堂：《二十二年之幽默》，《十日谈》1934 年新年特辑，第 26 页。

众的虚伪，只顾私人利益的自私和不作为的现象。

因此，林语堂的"幽默"可以看成一把"双刃剑"，一边锋芒直逼中国文化中的礼教传统，而一边则刺向了现实政治。林语堂幽默的指向，无论是思想批判还是政治批判，都是为了说真话，其实质则在于他对精神自由的坚持。

撰稿人：陆娜

拓展阅读

1. 施建伟：《论林语堂的幽默观》，《社会科学》1989 年第 11 期。

2. 施萍：《幽默何以成小品——以林语堂小品为例》，《文学评论》2006 年第 1 期。

3. 范玲：《重评林语堂的"幽默"观》，《现代中文学刊》2022 年第 4 期。

4. 施建伟：《林语堂传》，北京十月文艺出版社，1998。

《雅舍》导读

　　梁实秋（1903—1987），浙江省杭县（今杭州）人，生于北京，原名梁治华，字实秋，笔名子佳、秋郎、程淑等，中国现当代散文家、文学批评家、翻译家，曾参与创办《新月》月刊、《自由评论》等杂志，主编过《世界日报》副刊《学文》和《北平晨报》副刊《文艺》。代表作有《雅舍小品》《文学的纪律》《秋室杂文》，译著有《莎士比亚全集》等。《雅舍》是梁实秋1940年创作的托物言志散文，收录于《雅舍小品》，作者通过对自己居室"雅舍"地理位置、陈列布置、生活感受等的描写，展现他淡泊的意志与洒脱的人生态度。梁实秋1923年赴美留学，师从新人文主义代表人物白璧德教授，获哈佛大学文学硕士学位，1926年回国，先后任教于国立东南大学、国立青岛大学，1949年任台湾师范大学英语系主任、所长、文学院院长。《雅舍》创作于战争年代，梁实秋在特殊的社会环境下，仍然具有超然、洒脱的人生态度和对艺术的真切追求，这是他的个人品质，也是《雅舍》的独特价值。

　　梁实秋抗战期间曾寓居重庆北碚，他的"雅舍"是与吴景超夫妇合买的一座民居小楼，在北碚至青木关公路旁的山坡上。为了方便邮递，梁实秋以吴景超夫人龚业雅之名，将其命名"雅舍"。雅舍共六间房，梁实秋用其中两间，常在里面招待宾客，会见友人，雅舍在当时的北碚是有名的文人聚会场所。梁实秋在雅舍生活七年，创作多篇散文，均收录于《雅舍小品》中，而《雅舍》便是这本散文集的开篇，有开宗明义的作用，既对雅舍的位置、环境等作出介绍，也奠定了整本散文集的艺术基调。《雅舍》不仅展现了梁实秋的生活环境与日常起居，而且蕴含着梁实秋的思想态度，具有丰厚内涵。

从外观描写上看，梁实秋的雅舍非常简陋，柱子是"火烧过的砖"，有房子的骨架，"顶上铺了瓦，四面编了竹篦墙，墙上敷了泥灰"[1]，只是像个房子的样子而已。在这种只有外形像个房子的地方，梁实秋却怡然自乐，对这个"陋室"产生了感情，并且觉得它"可爱"。雅舍的地理位置在郊区的半山腰，不是繁华之地。虽然依山傍水，风景秀丽，但由于地势原因，走到雅舍颇费力气。客人到来要爬几十级的台阶。不仅如此，房屋内部也因受地形影响而高低不平，坡度很大，使人惊讶无比，但梁实秋却习以为常。夜晚入睡时，雅舍周边的环境也使人无法安眠，各种声音夹杂着袭来。雅舍还老鼠猖獗、蚊虫泛滥，对此梁实秋"没有法子"，只能隐忍。在如此恶劣的环境下，梁实秋却能以安然自得、淡然处世的姿态生活，着实令人敬佩。雅舍虽然环境恶劣，但文人墨客也能从中发现美景与诗意，获得精神上的愉悦与闲适，并陶醉其中。屋外赏月、屋内观雨，或是皎洁的月光映得树影斑驳，或是细雨蒙蒙似云雾笼罩，自然景观将雅舍映衬得空灵寂静、意境清幽，月夜和雨天使雅舍多了一股静谧灵动，与现实中的酸涩生活形成鲜明对比。梁实秋对雅舍的陈列布局体现出自己的个性与处世风格，房间简朴整洁，没有多余的摆设，但也不是一成不变、千篇一律，梁实秋将简单的物品摆放得错落有致又时常翻新，是他"求变"性格与不俗品位的体现。雅舍作为梁实秋在战时重庆的寄身之所，也是他在动乱中的身心与精神寄托，纵使简陋寒酸，但居住其中的各般滋味对他来说却意义非凡，在文章中再三回味，以至于居台后还将自己的住所改名"雅舍"，继续于"雅舍"中谈吃、忆旧，可见梁实秋雅舍情结之深。梁实秋居住的雅舍并不是他所独有，但其中却倾注了他的感情，视其为流离中的"家"，一个心灵栖息的地方，像刘禹锡的"陋室"，归有光的"项脊轩"，它们虽不是富丽堂皇的宫殿銮舆，但在作者眼中却是独一无二的存在，寄托着作者的情感。

幽默风格贯穿于《雅舍小品》始终，也是《雅舍》这篇小品文的鲜明特点。雅舍简陋而破旧，但梁实秋却将它描绘得十分可爱，他用"瘦骨嶙峋""可怜"来形容一座房屋，而且多用对偶句"有窗而无玻璃，风来则洞若凉亭，有瓦而

---

[1] 梁实秋：《雅舍小品》，中国妇女出版社，2019，第 2 页。

空隙不少，雨来则渗如滴漏"[1]，将雅舍的简陋、无法遮蔽风雨写得妙趣横生，幽默中又不失文采。雅舍处于城郊偏僻之地，有竹林和水池，但后面紧接"有粪坑"，谐趣迭生。梁实秋的幽默由此可见一斑，而他的幽默又是发自内心的，通过《雅舍》中的幽默书写，我们可以感受到梁实秋心境的超脱。苦涩的现实与破败的环境没有使他心智衰颓，反而是苦中作乐，将生活过得细致且洒脱，以幽默化解苦闷，以恬淡平和面对艰辛人生。

文调上，梁实秋不讲排偶，但参差错落中却有整齐；不拘格律，但声调和谐，读来朗朗上口。如写月色："地势较高，得月较先。看山头吐月，红盘乍涌，一霎间，清光四射，天空皎洁，四野无声，微闻犬吠，坐客无不悄然"[2]，诗意盎然，具有文调美。在写房间布局时，又能骈偶并用，整散相间："我非显要，故名公巨卿之照片不得入我室；我非牙医，故无博士文凭张挂壁间；我不业理发，故丝织西湖十景以及电影明星之照片亦均不能张我四壁"[3]，屋内没有冗杂之物，既可见屋内的简洁，也写出了梁实秋的淡泊平和。语言上，白话与文言糅合，既有古典诗文的典雅精练，又有现代白话的通俗晓畅。文章没有冗杂的词句，作者善于删减篇幅，修剪枝蔓，斟酌字句而达到用词妥当、简洁有力。梁实秋熟悉唐诗宋词，揣摩声调句法，他的文风简洁，文字典雅，显然受到传统文学的影响；他又能学习西方古典主义，将文调与情感相融汇，中西文化的造诣颇深。梁实秋在《雅舍》中还善于化俗为雅，以雅写俗。蚊虫肆虐，梁实秋用"玉蜀黍"来形容被蚊子咬起的包；房屋破旧，无法遮挡倾盆大雨，梁实秋却描绘得很有生活情调，用"碗""盆"来形容屋顶渗漏及雨势大小："起初如碗大，俄而扩大如盆，继则滴水乃不绝"[4]，以刚绽放的花朵形容屋顶泥土被雨水浸湿即将掉落的样子，用美丽的事物表达粗陋之物，以典雅写世俗。再提及"满室狼藉，抢救无及"，带有一丝幽默的自嘲，无奈中颇有一点儿文人的雅趣。

---

[1] 梁实秋：《雅舍小品》，中国妇女出版社，2019，第 2 页。

[2] 梁实秋：《雅舍小品》，中国妇女出版社，2019，第 3 页。

[3] 梁实秋：《雅舍小品》，中国妇女出版社，2019，第 3 页。

[4] 梁实秋：《雅舍小品》，中国妇女出版社，2019，第 3 页。

《雅舍》所体现的文风与文人品性，和梁实秋所受的教育、文化影响分不开。梁实秋从小生活在具有古典文化意蕴的家庭环境中，传统礼仪、等级规矩等都潜移默化地影响着他，尤其是儒家思想、传统文化的熏陶使梁实秋具有古典士大夫的气质，撰文用语典雅古朴，儒家的中庸思想使他的文章表达委婉细致，节制而富于理性，人伦道德观念使得他对人性更为关注。梁实秋在美留学期间，学习白璧德的新人文主义，而白璧德崇尚古典主义，两种思想共同铸造了梁实秋的人生观与伦理观，也造就了他的文学风格。梁实秋为人处世的乐观旷达、对待生活的恬淡从容也不乏道家因素的影响。在老庄思想影响下，梁实秋追求精神上的自由与生活中的闲适趣味，他不在乎功名利禄与地位成就，没有避世的消极无为，他平和宁静、轻松自在，读者在阅读《雅舍》时也能感到心灵的放松与身心的愉悦。看到的雅舍的月色，是梁实秋个体感官与精神的契合，他能感悟体物，将自我与客观之物融于一体，从而达到精神上的升华。"天空皎洁，四野无声"，不仅是月色清冷空寂，也是梁实秋的心灵宁静、精神畅达。

　　《雅舍》的创作背景在抗战时期，梁实秋的言志散文在这一特定的时代语境下显得格格不入，他的闲适旷达态度与文坛上那些一腔热血投身抗战文学的作家文人截然不同。1938 年 12 月，梁实秋在重庆《中央日报》副刊《平明》上的一段话引起了论争："现在抗战高于一切，所以有人一下笔就忘不了抗战。我的意见稍为不同。于抗战有关的材料，我们最为欢迎，但是与抗战无关的材料，只要真实流畅，也是好的，不必勉强把抗战截搭上去。至于空洞的'抗战八股'，那是对谁都没有益处的。"[1] 他的"与抗战无关"论，使很多人断章取义，大力斥责。梁实秋之后虽有辩驳，但也没有作过多妥协，这是他自由主义的思想和文人气节决定的，也是他在主流话语外的无奈表现。梁实秋与主流话语的对立可追溯到 20 年代自由主义文人与革命知识分子阵营的论争，当时主流的文学话语难以认同他的人性论文学思想。在抗战文学的大背景下，沉默成为梁实秋的对抗方式，也是他写作《雅舍》与《雅舍小品》时的创作心态。雅舍建筑的简陋、荒凉的环境、邻人的杂声、入侵的鼠蚊、凄凉月光与滂沱大雨，

---

[1] 吴立昌：《重读梁实秋的"与抗战无关"论》，《上海大学学报（社会科学版）》2001 年第 5 期。

都是梁实秋心境的写照，"不安与自遣相对照，不难体会到作者在雅舍小屋中以苦作乐的生活态度背后隐藏的文化焦虑"[1]。梁实秋难以与主流话语契合，也少被人理解，但他能从生活中的日常事物取材，以居所雅舍为核心，构建自己的世界，来缓解文化焦虑与生活苦闷。虽然与战争相比，这些显得十分渺小，可能不值一提，但却彰显了梁实秋的个人品性与内心世界。他的笔触是冷静的，题材是闲适的，但内在仍然透露出对民族命运的关切。作为现代知识分子，梁实秋所探求的是民族振兴之路与人性解放的途径，他笔下对人性的剖析、对文化的反思，是以另一种独特的方式展现自己对国家与民族的关注，探索民族的振兴与文化的重建，纵然以散文小品的方式具有某种局限性，但却是知识分子在特殊时期关切国家与民族命运的真诚表达。他的文章虽然是"与抗战无关"的材料，但他并不是在自己的书斋里避世，他没有将自己的隐忧直接表达在笔端，而是委婉含蓄地隐于字里行间，使人细品能领会到其中的深意。《雅舍》写于战争年代，偏僻且简陋的居所都带有战争年代的风雨飘零意味，梁实秋将内心家国之难的沉重用温暖化解，用轻松幽默的文风表现他的精神人格，以及对民族命运的忧虑。

　　"雅舍"作为建筑，见证了梁实秋抗战时期在重庆为生存而奔波，在艰难环境中坚持创作，也见证着知识分子在主流话语外的沉默与孤独，是梁实秋战时记忆的承载体。文人的精神思想与创作赋予了雅舍这座建筑深厚的人文底蕴与文化价值，现在重庆北碚依然保留着按照《雅舍》复建的建筑物。《雅舍》作为散文小品，展现了梁实秋的精神个性、传统士大夫的典雅气质、文人墨客的淡泊洒脱、现代知识分子的民族国家忧思、在主流话语外的沉默抗争，这些集于一身，形成了他的文风，言文兼备、声调和谐，轻松中见睿智，幽默中有庄严，简洁而有文采。梁实秋在动荡的年代里能够安贫乐道、豁达开朗，以日常为写作对象，发现生活中的美与诗意，达到超然物外的境界，这正是《雅舍》的魅力所在。

撰稿人：李玉

---

　　[1] 李晓华：《边缘的声音，理性的回响——评〈雅舍小品〉兼论梁实秋散文的文化意义》，《世界华文文学论坛》2006 年第 2 期。

拓展阅读

1. 梁实秋：《雅舍小品》，中国妇女出版社，2019。
2. 梁实秋：《梁实秋自传》，江苏文艺出版社，1996。
3. 宋益乔：《梁实秋评传》，中国社会出版社，2005。
4. 梁实秋：《梁实秋文集》，鹭江出版社，2002。
5. 龚明德：《梁实秋〈雅舍小品〉四题》，《厦大中文学报》2015 年第 1 期。

《雪浪花》导读

　　杨朔（1913—1968），山东省蓬莱人，原名杨毓瑨，字莹叔。中国现当代著名的小说家、散文家、全国政协委员，与刘白羽、秦牧并称为"中国当代散文三大家"。他从20世纪30年代末开始创作，在小说、散文、通讯和报告文学等方面均有成就，尤其是其50年代末到60年代初的散文创作，可谓成就巨大。在这一时期，他出版了《万古青春》《海市》《东风第一枝》《生命泉》等几部散文集，其中不乏脍炙人口的名篇，如《海市》《泰山极顶》《茶花赋》《雪浪花》等。杨朔的散文诗意隽永、情感真挚、语言优美，深受广大读者喜爱，有许多作品被选入中学教材，至今传诵不衰。

　　《雪浪花》这篇散文是杨朔1961年在北戴河疗养期间写下的，后发表于1961年的《红旗》杂志第12期，随后被收入他的散文集《东风第一枝》。从古至今，有许多诗人作家以无边无际、波澜壮阔的大海为题，写下传诵至今的名篇，杨朔的这篇散文虽也是以大海为写作对象，但在主题、结构、语言等方面却另辟蹊径，独有韵味，富有诗意和时代气息。

　　杨朔的散文在表达主题时常常从日常细处着手，以小见大，传达出丰富的时代寓意和深刻的人生哲理。杨朔对散文有自己的见解，他说："散文常常能从生活的激流里抓取一个人物，一种思想，一个有意义的生活断片，迅速反映出这个时代的侧影。所以一篇出色的散文，常常会涂着时代的色彩，富有战斗性。"[1] 在《雪浪花》里，杨朔以小见大、托物言志，以常见的雪浪花作比，

---

[1] 杨朔：《杨朔散文选》，人民文学出版社，1978。

写出了像"老泰山"一样千千万万的普通劳动者具有的勤劳、坚韧、高洁的美好品质，赞美了在时代大浪潮中为祖国建设作出贡献的千千万万平凡而伟大的人。在整篇文章中，我们看不到作者对主题的直接叙述，而是由物及人，逐渐深化。在散文的开篇，作者就点明了自己看海的时间、天气、地点，以自己的亲眼所见，向读者描绘了大海里雪浪花真实的状态："瞧那茫茫无边的大海上，滚滚滔滔，一浪高似一浪，撞到礁石上，唰地卷起几丈高的雪浪花，猛力冲激着海边的礁石。"[1] 接着作者将目光转到坑坑洼洼的礁石上，疑惑着是谁把礁石捏弄成这怪模怪样。为了加强悬念，杨朔并未直接让主人公登场，而是写海边追逐浪花的小姑娘们，她们看到奇形怪状的礁石时也发出了同样的疑惑。这时未见其人，先闻其声，一个欢乐的声音说道："是叫浪花咬的"[2]，解答了姑娘们的疑惑。但姑娘们依然喋喋不休地追问着，老人又继续解释道："别看浪花小，无数浪花集到一起，心齐，又有耐性，就是这样咬啊咬的，咬上几百年，几千年，几万年，哪怕是铁打的江山，也能叫它变个样儿。"[3] 主人公"老泰山"说着饱含哲理的话语登场了，他是一个打鱼归来的渔民，归来时将身上穿的黄油布衣裤从从容容地晾在礁石上，就是这样一个平常的细节，显示出了"老泰山"稳健、从容的性格。作者借"老泰山"这样一位身经百战的平凡劳动者之口点明了雪浪花所具有的强大力量与坚韧品质，升华了文章主题。接着作者将叙述的重点放在"老泰山"这个人物身上，先是从他人口中得知"老泰山"走南闯北丰富的人生经历，介绍了"老泰山"这名字的由来，正是因为他乐于助人，是大家依靠的泰山，所以叫"老泰山"。接着写"我"与"老泰山"的第二次相遇，这一次"我"终于得以和"老泰山"本人攀谈起来，这时作者对"老泰山"进行了正面的描写，包括他磨剪子时认真的动作，讲话时饱含哲理的话语，以及回忆中赶脚的经历。当"我"劝他年龄大了应该多休息时，"老泰山"却是这样回应的："人家都不歇，为什么我就应该多歇着？我一不瘫，二不瞎，叫我坐着吃闲饭，等于骂我。……我就织鱼网，磨鱼钩，照顾照顾生产队里的

[1] 杨朔：《杨朔散文》，人民文学出版社，2022，第186页。

[2] 杨朔：《杨朔散文》，人民文学出版社，2022，第186页。

[3] 杨朔：《杨朔散文》，人民文学出版社，2022，第186页。

果木树，再不就推着小车出来走走，帮人磨磨刀，钻钻磨眼儿，反正能做多少活就做多少活，总得尽我的一份力气。"[1]"老泰山"的话表明了他的勤劳肯干，虽件件都是小事，却平凡而伟大，几十年如一日地干就像雪浪花"咬"礁石一样。紧接着文章插叙了"老泰山"与"大白熊"的这段往事，表现了"老泰山"对于侵略者、剥削者的仇视之情，"老泰山"正义愤填膺地说着："要是倒退五十年，我身强力壮，今天我呀"[2]时，突然笔锋一转写窗口里的他人的询问，有意打断了后面的话语，但其中的爱憎分明之意已不言而喻，巧妙地承接了下文。在文章的结尾处，"老泰山"推着独轮车，在路边掐了一枝野菊花插在车上，慢慢地走进了火红的霞光之中，作者虽是在写夕阳落山，却反衬出"老泰山"永葆的青春活力，只要一个人肯干、把自己融入集体之中，是永远不会感到老的。经过对"老泰山"一系列详细的描写，他的形象在"我"和读者心里逐渐高大起来，他在海边说雪浪花的话正好与他本人的精神特质相契合，正如杨朔所说："我觉得，老泰山恰似一点浪花，跟无数浪花集在一起，形成这个时代的大浪潮，激扬飞溅，早已把旧日的江山变了个样儿，正在勤勤恳恳地塑造着人民的江山。"[3]作者的话语再次深化了这篇散文的主题——我们的大好河山正是由千千万万像"老泰山"一样不知名的劳动者创造出来的！由此表达了作者对这些平凡而伟大人物的赞美，也反映了时代对劳动者的呼唤，激励着众人在新的建设道路上奋勇前进。

杨朔对古典诗词颇有研究，在进行散文创作时，他总像写诗一样，再三推敲，安排行文结构，着意于意境的创造与主题的提炼。他的散文不是以情节的发展为线索，而是以感情为基础，按照文章的抒情需要来构筑篇章，"文章里有着诗歌里起、承、转、合的结构特色"[4]。散文《雪浪花》作为一篇写人为主的叙事散文，并没有沿着"老泰山"的生平经历依次写起，而是以"雪浪花"为中心展开构思。在文章开头，作者首先描绘了一幅美丽的海边图景，刻画了

[1] 杨朔：《杨朔散文·〈雪浪花〉》，人民文学出版社，2022，第187页。

[2] 杨朔：《杨朔散文·〈雪浪花〉》，人民文学出版社，2022，第189页。

[3] 杨朔：《杨朔散文·〈雪浪花〉》，人民文学出版社，2022，第189—190页。

[4] 韦志汉：《美，是这样创造的——从〈雪浪花〉看杨朔散文诗意特色》，《黔南民族师专学报》1994年第4期。

雪浪花拍击礁石的细节，为人物的出场铺设了场景。接着写姑娘们在海边逐浪之事，引出"老泰山"与姑娘们诙谐含蓄的对话，点明了雪浪花所具有的精神品质，揭示文章的主旨。然后再将叙述的重点放在"老泰山"这个人物形象身上，由"老泰山"的今昔对比，一抑一扬，抒情色彩逐渐浓厚，最后为"老泰山"设定了饱含情感色彩的背景，"老泰山"在夕阳的火光中推着独轮车，车上别着野菊花，慢慢走去，此时作者有感而发，"老泰山"就如开头所写的雪浪花一般，与众多的雪浪花一起改变着我们旧日的河山，推动着国家向更好的方向迈进。纵观全文，文章的开头和结尾在写景抒情中形成了呼应，将散文的主题意蕴表达得淋漓尽致，文章的中间又峰回路转，显示了杨朔精心的结构安排，这些生动表现体现了他的美学理想和美学趣味。

杨朔曾说："好的散文就是一首诗"[1]，他在创作时也践行了这一主张，把散文当成诗来写，寻求一种诗的意境，《雪浪花》的语言、人物、画面无不蕴含着诗的美感和趣味。每个作家都有自己独特的语言风格，杨朔对古典诗词的偏爱使他的语言具有清新、飘逸、凝练等特点，他讲究炼字、炼句，使语言富含音韵美。在《雪浪花》中，杨朔的语言就非常简练精确，文章开头写到雪浪花卷起几丈高时，用了一个"唰"字，准确地表现了浪花卷起时的速度、力度、颜色，使整个描写形、神、声、力兼备，展现了一幅真实而又细腻的海景图。在探讨礁石为什么会变得奇形怪状时，"老泰山"说"是叫浪花咬的"[2]。一个"咬"字，写出了浪花积年累月对礁石的冲击，符合浪花的特点，表现了"老泰山"为人的风趣幽默、坚毅开朗，同时，"咬"字把浪花拟人化，暗示了"雪浪花"蕴含的深层意义，正是"咬"的动作，代表了众多劳动者改变旧江山的努力。与此同时，杨朔也十分注重语言的节奏感和韵律感，他将古典诗词与现代口语相结合，长句短句间隔安排，错落有致，在《雪浪花》一文中，有众多富有节奏感的句子，比如"凉秋八月，天气分外清爽。我有时爱坐在海边礁石上，望潮涨潮落，云起云飞。月亮圆的时候，正涨大潮。瞧那茫茫无边的大海上，

[1] 杨朔：《杨朔散文选》，人民文学出版社，1978。

[2] 杨朔：《杨朔散文》，人民文学出版社，2022，第186页。

滚滚滔滔，一浪高似一浪，撞到礁石上，唰地卷起几丈高的雪浪花"[1]；"瞧我磨的剪子，多快。你想剪天上的云霞，做一床天大的被，也剪得动"[2]等。这些句子语言优美生动，长句短句错落有致，字里行间有着诗的节奏，使读者感受到诗的韵律，体会到一种诗意。

杨朔善于写景、借景抒情，他常常将自己对古典诗词的理解融入画面中，通过对画面的色彩、情调、意蕴的勾勒传达出一种诗意的追求。在《雪浪花》开头，作者就描绘了一个富有诗意的画面：凉爽的秋天，"我"坐在海边，看潮起潮落，云起云飞，雪浪花卷起几丈高，拍打着海边的礁石。这里，作者用云朵、天空、大海、浪花、礁石几个简单的意象，构成了一幅辽阔的海边赏景图，姑娘和"老泰山"就出现在如此诗意的画面中，全文由此笼罩在一片诗情画意之中。文章结尾"老泰山"离去时，作者再次展示出一幅具有深意的画面："西天上正铺着一片金灿灿的晚霞，把老泰山的脸映得红通通的。老人收起磨刀石，放到独轮车上，跟我道了别，推起小车走了几步，又停下，弯腰从路边掐了枝野菊花，插到车上，才又推着车慢慢走了，一直走进火红的霞光里去。"[3]老人人老心不老，在晚霞映照下慢慢离去的背影，采摘路边菊花的细节，让人体会到他对待生活的乐观，我们联想到的不是"夕阳无限好，只是近黄昏"的落寞画面，而是"莫道桑榆晚，为霞尚满天"的活力意境。优美的画面不仅丰富了人物的形象，而且深化了散文主旨，将诗人内心的诗情画意展现得淋漓尽致。

《雪浪花》这篇充满诗意的散文，以小见大，以"雪浪花"这一简单而常见的意象为依托，赞扬了社会主义建设时期如"老泰山"一般的千千万万的劳动者，他们勤劳、坚韧、不屈的形象将永远留在千千万万读者的心中。

撰稿人：陈倩

---

[1] 杨朔：《杨朔散文》，人民文学出版社，2022，第 186 页。

[2] 杨朔：《杨朔散文》，人民文学出版社，2022，第 189 页。

[3] 杨朔：《杨朔散文》，人民文学出版社，2022，第 189 页。

拓展阅读

1. 边谐：《一缕纯洁的诗魂——读杨朔散文〈雪浪花〉》，《江苏师范大学学报（哲学社会科学版）》1980 年第 2 期。

2. 李永建：《"杨朔模式"漫议》，《中国现代文学研究丛刊》2001 年第 2 期。

3. 刘晓鑫、汪剑豪：《杨朔诗化散文的内核：小说化叙事》，《江西社会科学》2007 年第 7 期。

4. 傅书华：《杨朔论》，《文艺争鸣》2009 年第 12 期。

5. 吴周文、林道立：《"毛批"杨朔与"诗化"思潮的 21 世纪价值》，《天津师范大学学报（社会科学版）》2014 年第 4 期。

《花城》导读

    在党和国家相关文艺政策的指导下，1956 年和 1961 年散文出现了两次短暂的"高潮"，尤其是在 1961 年，散文迎来了一次创作高潮。杨朔、秦牧、刘白羽在当时成就突出、影响最大，被称为"当代散文三大家"。其中，秦牧的散文以思想性、知识性和趣味性见长。《花城》是秦牧散文的代表作之一，写于 1961 年，是"十七年"散文中的佳作。这篇散文描写了广州新春的花市盛况，并由眼前的花市联想到农历过年的习俗，从中阐发出深切的认识，表达了对劳动人民的赞美，唱出了一首人民幸福生活的颂歌。

一、《花城》的历史语境——抒写时代之"大我"

    《花城》体现了"十七年"散文创作的主旋律。在"十七年"的时代语境中，散文主张书写时代之"大我"，唱出时代颂歌，讴歌社会主义建设的伟大成就。要理解秦牧的散文作品，就必须以历史的眼光，将其置于彼时的文化语境中，才能发现其作品的文学史意义和审美价值。

    散文在中国具有悠久的历史。在古代，广义的散文指的是与诗词相对的文体，狭义的散文则是与骈体文相对的文体。散文在历代都有不少经典之作，在五四时期，正如鲁迅所言，"散文小品的成功，几乎在小说戏曲和诗歌之上"[1]，散文成为抒发自我个性、独抒性灵之作。郁达夫也指出，"现代的散文之最大特征，是每一个作家的每一篇散文里所表现的个性，比从前的任何散文都来得

---

[1] 鲁迅：《小品文的危机》，《鲁迅全集》第四卷，人民文学出版社，2005，第 592 页。

强。"[1]五四时期众多的社团流派的创作以及"美文"观念的倡导使得散文在一定程度上摆脱了文以载道的传统，使得个人的表现成为这一时期散文的重要特征，即周作人认为的"言志"散文。虽然人们认识到"言他人之志即是载道，载自己的道亦是言志"[2]，然而，这一审美观念并没有一直延续下去，随着国内局势的转变，散文的时代性、批判性为当下所需，杂文则充当了社会的匕首投枪，抗日战争爆发后，散文"文以载道"的社会批判价值又得到重视，使得散文领域呈现出不同于五四时期的景观。中华人民共和国成立后，文艺为人民服务、为政治服务的原则指导着文坛的创作，文学被体制化，文以载道的传统则被推衍到极致。基于此，散文家努力把握时代脉搏，将"小我"融入集体主义中，抒发人民之情。由于党和国家文艺政策的短暂调整，"十七年"散文在1956年和1961年出现了两次复兴。1956年，"双百"方针提出后，五四时期的老作家，如老舍、巴金，和以杨朔、秦牧、徐迟等为代表的中青年作家，创作出不同于特写型散文的作品，散文界迎来短暂的繁荣。1961年，党中央提出了"文艺八条"的指导意见，《人民日报》开设了"笔谈散文"专栏，紧张的政治气氛再一次得到缓和，"十七年"散文的许多佳作都出自此时，1961年还被称为"散文年"，杨朔、秦牧、刘白羽异军突起，成为"当代散文三大家"。其中，杨朔的诗化散文成为作家写作的参照模板，掀起了散文的创作热潮。与此同时，诗化散文的"形散神不散"的创作理念得到追捧。诗化散文是和时代同频共振的歌颂文学，但又渴望以意象、意境延续散文的抒情特征，它以物起兴，欲扬先抑、以小见大的创作手法又陷入了样板化、模式化。秦牧的部分散文也受到诗化散文的影响，但又以知识性、趣味性、思想性的特点取胜。秦牧写出诸多散文佳作，其散文《花城》《土地》等还多次被选入语文教材，成为中小学的必读名篇。总体来说，虽然"十七年"散文出现了短暂的中兴，但却没有延续五四言志的、个人化的写作风格，而成为文以载道的表达，个人言说的空间在一定程度上被压缩，散文成为家国、集体的颂歌。

---

[1] 郁达夫:《中国新文学大系散文选集导言》,《郁达夫全集》第十一卷,浙江大学出版社,2007,第180页。
[2] 蔡元培等:《中国新文学大系》导言集,贵州教育出版社,2014,175页。

1961 年，秦牧的散文集《花城》问世，被收录进此散文集，描写广州花市盛况的单篇散文《花城》，既符合彼时历史语境，有着书写劳动人民颂歌的感情基调，又具有一定的文学艺术性。秦牧曾在《散文创作谈》中指出，"文学创作离不开思想、生活知识、表现手段（主要是文学语言）这三者"[1]，他的散文作品亦多是思想、生活知识与充满趣味性的语言的融合，他善于用思想的线，串起生活的珍珠。

二、《花城》的思想性：一曲人民的赞歌

秦牧认为，思想是文学作品的内核，是统帅和灵魂。"每一篇散文，它的中心总在宣传一个什么思想。……然而这个思想，却必须在整个共产主义思想体系中找到它的位置才好。这样的作品才能够起擂鼓助阵的作用，推动时代的前进，为人民所需要。"[2]秦牧自觉地站在主流的立场上，以"思想"作统帅，或歌颂、或鞭挞，唱出时代之歌。在《花城》中，作者从广州花市入手，歌颂了劳动人民创造历史文明的丰功伟绩："各地劳动人民的创造汇成了灿烂的文明，在这个熙熙攘攘的市集中不也让人充分感受到这一点么！"[3]篇末还再一次点题："我们赞美英勇的斗争和艰苦的劳动，也赞美由此获得的幸福生活。"他从十里花街的热闹景象，写到"卖花和买花的劳动者互相探询春讯，笑语声喧"，生发出对新社会人民幸福生活的歌颂；从种类繁多的花卉，联想到花的"前世今生"，它们从野生植物到国色天香，正是人类主动性和创造性的生动诠释；人们品评各类花卉的眼力："也可以领略到好些美学的道理"，暗含了对"人民群众的眼睛是雪亮的"的认可和赞美。这种寓理于物、寓理于事的写法体现了"十七年"散文的典型特征，以小见大、卒章显志的理路则成为那一时期的散文范型。从生活中的小事联想、升华到家国情怀，使得个人的主观情绪完全为理性的"大我"所取代，这是秦牧对散文思想性的自觉追求，他曾谈道："假如我写花市的文章，只是说：'广州的年宵花市很美丽呀，那

---

[1] 秦牧：《散文创作谈》，《秦牧自选集》，花城出版社，1984，第 907 页。

[2] 秦牧：《散文创作谈》，《秦牧自选集》，花城出版社，1984，第 908 页。

[3] 秦牧：《花城》，《秦牧自选集》，花城出版社，1984，第 100 页。（本文关于此作品的引用均出自这一版本，不再一一注明。）

里有桃花、梅花、海棠……真是好看呀，大家有机会都去看一看吧！’这可不是变成了小学生作文吗……一篇作品没有一定的思想性，就像一个人没有一条脊梁骨一般，会站不起来。"[1]于是，他有意地将劳动人民与花市的所见关联起来，拔高了主题，升华了主旨，但这种思维模式的固化，也会使得散文陷入公式化和肤浅化，并一定程度上遮蔽了个人的真情实感，使文章失去了个性特征。正如林贤治所说，"（秦牧）或惮于压力，或出于自觉，他总是力图放弃自己的独立追求、属于内心的可珍贵的一切。"[2]"'三面红旗'的神话，使这些作品漫溢着明媚的色彩和悦耳的声音，不沾带一点时代的阴影。"[3]《花城》也因此成为一曲时代的赞歌。

三、《花城》的知识性与趣味性：广博丰富、语言幽默

在《花城》中，作者从眼前的花市，联想到历史上的过年风俗，"这一切，是和许多的历史故事、民间传说、巧匠绝技和群众的美学观念密切联系起来的。"他联想到了国内外的重要节日及各族人民的风俗习惯，在介绍完"古老而又新鲜的年节风气"后，又说回南国花市的盛况。作者介绍了各种鲜花的产地、培育过程，详细描述了吊钟的形状、牡丹的培育过程，开阔了读者的眼界。正如秦牧所言："丰富的知识所以重要，不仅在于它可以帮助作者说明道理，而且这些材料还能够满足读者的知识欲，使人们在阅读的时候获得新鲜感。"[4]秦牧观察细致，对生活中的一草一木都抱有浓厚的兴趣，其散文不光以物言志、追求强烈的思想性，还能在体物观物中展开丰富的联想，给人以广博的知识。

此外，秦牧的语言幽默风趣、清新自然，具有民间色彩。在《花城》中，作者用拟人的手法描写花朵的繁盛、花市的热闹："那千千万万朵笑脸迎人的鲜花，仿佛正在用清脆细碎的声音在浅笑低语：'春来了！春来了！'"也曾用比喻的修辞状吊钟之形："这些小钟儿状的花朵，一簇簇迎风摇曳，使人就

[1] 秦牧：《我是怎样创作〈花城〉的？》，《秦牧全集第五卷，散文》，广东教育出版社，2007，第65页。

[2] 林贤治：《对个性的遗弃：秦牧的教师和保姆角色》，《文艺争鸣》1995年第3期。

[3] 林贤治：《对个性的遗弃：秦牧的教师和保姆角色》，《文艺争鸣》1995年第3期。

[4] 秦牧：《思想和感情的火花》，《花城》，花城出版社，1982，第179页。

像听到了大地回春的铃铃铃的钟声。”这些对花市的特景描摹与展示，生动传神、有声有色，让人如临其境，仿佛置身于花市热闹非凡的氛围里，感受着“十里花街”的旖旎风光。与此同时，作者还引用了民间俗语，比如“那‘糖瓜祭灶，新年来到，姑娘要花，小子要炮，老头儿要一顶新毡帽’的北方俗谚，多少描述了这种气氛”等，充分体现了其散文语言的民间色彩和艺术情趣。不管是描摹花海盛况，还是生发议论，作者都好似与读者亲切对话，比如“生活的真理不正是这样么！”“各地劳动人民的创造汇成了灿烂的文明，在这个熙熙攘攘的市集中不也让人充分感受到这一点么！”“一盆花果，群众大抵能够一致指出它们的优点和缺点。在这种品评中，我们不也可以领略到好些美学的道理么！”等，率真亲切的语言就像与读者拉家常。

总之，作者在《花城》中，以眼前之花展开丰富的联想和想象，不仅向读者介绍了充满生机的花海，还以抒情的笔触、生动的语言，让读者仿佛徜徉于花海之中，一同分享作者的喜乐。

四、结语

秦牧曾说：“散文虽‘散’而不乱，全靠思想把那一切材料统一起来，用一根思想的线串起生活的珍珠，珍珠才不会遍地乱滚，这才成其为整齐的珠串。”[1]他妙趣横生的语言和广博丰富的知识材料构成散文的“珍珠”，给人以美的享受，在政治化的语境下以知识趣谈形成了独具特色的散文风格。但是，这些色彩斑斓的珍珠仍然是为主流思想服务的，秦牧指出：“我们需要革命功利主义，而这种革命功利主义，应该是广泛的而不是狭隘的。”[2]《花城》在给人带来美学启迪的同时，其核心指向的还是“温习辩证唯物主义思想”[3]，抒写时代的“大我”，是劳动人民的颂歌。

撰稿人：刘丹

[1] 秦牧：《散文创作谈》，《秦牧自选集》，花城出版社，1984，第 908 页。

[2] 秦牧：《散文创作谈》，《秦牧自选集》，花城出版社，1984，第 906 页。

[3] 秦牧：《散文创作谈》，《秦牧自选集》，花城出版社，1984，第 908 页。

拓展阅读

1. 林贤治：《对个性的遗弃：秦牧的教师和保姆角色》，《文艺争鸣》1995 年第 3 期。

2. 秦牧：《花城》，载《秦牧自选集》，花城出版社，1984。

3. 郁达夫：《中国新文学大系散文选集导言》，载《郁达夫全集》第十一卷，浙江大学出版社，2007。

4. 黄景忠：《土地、船、花：秦牧的散文世界》，《文艺理论与批评》1997 年第 3 期。

《我与地坛》导读

  史铁生（1951—2010），生于北京，祖籍河北，中国当代著名小说家、散文家 。1969 年史铁生到陕西延川县插队，两年后因腿痛加剧回到北京就医。1972 年他双腿瘫痪，从此一生都坐在轮椅上，被各种病痛折磨，正如他自己所说："职业是生病，业余在写作。" 1979 年，史铁生在《当代》杂志公开发表第一篇小说，开启了他的写作生涯，他的创作多以"残疾""生命"为主题，体现出对生命价值和生存意义的深刻思考，展现出一种"过程即意义"的生命价值观。《我与地坛》写于 1989 年，1990 年修改完成，并发表于《上海文学》1991 年第 1 期。

  《我与地坛》虽然写的是"地坛"这样一个人文景观，但与一般的游记散文不同，史铁生并非将其作为一个纯粹的人文景观，局限于一时一地来写地坛的历史变迁和文化意义，而是将其当作一个心灵对话的"对象"，注重书写地坛的自然生命和当中发生的人事对自己精神的启发。对于原本热爱运动、健康有力的史铁生来说，突然失去双腿的力量给了他很大的打击，而地坛则给了他"一个宁静的去处"，让他能不断叩问生和死、苦难与幸运、爱情与孤独、健全与残疾等人类生存所遭遇的难题，以及生命存在的价值和意义。

一、一种宿命与精神归处

  《我与地坛》分为七节，第一节介绍"我"与"地坛"的关系。"地坛离我家很近。或者说我家离地坛很近，总之，只好认为这是缘分。"离家很近，可能以前也来过地坛，但无论之前以怎样的姿态走进地坛，都不会像"十五年前的一个下午，我摇着轮椅进入园中，它为一个失魂落魄的人把一切都准备好了"[1]那样意味深重。也是从那时候起，他不再是地坛的一个匆匆过客，而是如游子归家一样来到地坛。心态和遭际的变化，使得这一次走进不是简单的景观欣赏和游览，而是作者个体以心魂的形式进入一个神秘无垠的世界。

地坛作为明清两朝皇族的"祭祀之坛"，曾有过庄严且热闹的时刻。但现在则成为一座"废弃的古园""荒芜冷落得如同一片野地，很少被人记起"。史铁生在人生的困顿之时来到已经萧条、沉寂的地坛，顿生"宿命之感"：

"它等待我出生，然后又等待我活到最狂妄的年龄上忽地残废了双腿。四百多年里，它一面剥蚀了古殿檐头浮夸的琉璃，淡褪了门壁上炫耀的朱红，坍圮了一段段高墙又散落了玉砌雕栏，祭坛四周的老柏树愈见苍幽，到处的野草荒藤也都茂盛得自在坦荡。这时候想必我是该来了。"[2]

应该说，作品中体现出来的宿命意识不是他理智想要探讨的，而是心中的痛苦迫使他不得不去思考的，"在最狂妄的年龄上忽地残废了双腿"是史铁生很难释怀的一件事，因为它好像上天开的一个玩笑，那么突然，而又灾难深重，使得个体的命运顷刻间发生难以预料的转折。所以，史铁生不禁在心理上深深地纠缠于此，将地坛颓败荒凉的等待看作宿命，也只有在此命运的节点，他与地坛才能在灵魂深处达到共鸣。"在深刻的绝望之中，史铁生发现生命的偶然和苦难的无常。残缺和苦难，就像人的出生一样，都是偶然的，无法自我把握。人的命运被偶然之网所笼罩，人生充满了荒诞感和虚无感。"[3]

地坛最初是史铁生逃避痛苦的另一个世界，在这里，史铁生不用在意外界的事，只需看书或者想事，"撅一杈树枝左右拍打，驱赶那些和我一样不明白为什么要来这世上的小昆虫"。"不明白为什么来到这世上"是史铁生对生命意义的疑惑，但也正是在那些看似无知无觉的小昆虫中，在地坛无言而坦白的自我展示中，史铁生感受到了地坛荒废、寂寥背后所蕴藏的自然生命的喧嚣。

[1] 史铁生：《我与地坛》，《史铁生代表作》，春风文艺出版社，2002，第229页。

[2] 史铁生：《我与地坛》，《史铁生代表作》，春风文艺出版社，2002，第229页。

[3] 许纪霖：《史铁生：另一种理想主义》，《中国知识分子十论（修订版）》，复旦大学出版社，2015，第126页。

虽然地坛里的建筑物已经剥蚀了它旧日的光彩，但园中野草"茂盛得自在坦荡"，蜂儿、蚂蚁、瓢虫等昆虫忙忙碌碌，"露水在草叶上滚动，聚集，压弯了草叶轰然坠地摔开万道金光。"史铁生的观察细致、传神，并且用诗意的语言生动地将各种景物进行概括和传达，其用意当然不是单纯地描写景物，而是在其中寄寓着一种对自身之外更广大的自然世界的生命感悟。"'满园子都是草木竞相生长弄出的响动，窸窸窣窣窸窸窣窣片刻不息。'这都是真实的记录，园子荒芜但并不衰败。"[1]荒芜却生机勃勃的地坛给了史铁生生命的教育，使他从个人苦难的悲痛中解脱出来，以自己的眼和心去观察自然蓬勃、坚韧的生命力量，并且将这种力量注入自己的身体中。作者不仅在细微处见到生命的诗意，还将这自然生命的热闹放在地坛四百多年的风雨中，让亘古的太阳照射在残垣断壁的建筑物和荒芜的园林上，阔大悠远的时空和浩渺无际的宇宙使得个人的不幸显得微不足道。史铁生和地坛都有从繁华到没落的命运，地坛虽然没有言语，但以宽容博大的态度接纳了这个孤独的人，并且以自身生命的展现给这个思索并纠缠于命运的年轻人以精神抚慰和启示。

二、作为看者：各式生命的体认

史铁生探索生命的视域是不断扩大的，由个体的不幸到对地坛自然生命的发现，再逐渐扩大到外界的人事上面。史铁生有心逃避，但并非一味消沉落寞，而是在时间和自然的抚慰下，在生命的叩问过程中不断扩大自己的"心魂"。从第二节开始，他写了与地坛相关的几个人物，通过观察他人的生命和活法，史铁生于自身的不幸之外看到了更为多样的生命形态，这就让他的生命沉思有了更丰富的参照和更深刻的感受。

首先讲述的是母亲，因为母亲是深深爱着"我"的人，而母亲经受的苦难又与"我"的不幸有很大关系。"我"在刚患病的那几年，"脾气坏到极点，经常是发了疯一样地离开家"，不知道在"我"离开家的漫长时间里，她"兼着痛苦与惊恐"，以及"一个母亲最低限度的祈求"，可能"作过了最坏的准

---

[1] 史铁生：《我与地坛》，《史铁生代表作》，春风文艺出版社，2002，第 230 页。

备了"。[1]史铁生在文章中刻画了一个无言承受痛苦又深深挂念儿子的母亲形象。母亲知道"我"心中难受,所以不阻止我出去走走,只是在"我"要动身的时候"无言地帮我准备"。可"我"若是在外面待久了,母亲就会来找"我","她来找我又不想让我发觉,只要见我还好好地在这园子里,她就悄悄转身回去",找不到"我"的时候就一个人走过许多"我"常待的地方,步履茫然又急迫,因此,地坛中"有过我的车辙的地方也都有过母亲的脚印"[2]。通过一系列细节描写,可以看到她那些无言的行动背后蕴藏的一个母亲无私的爱和承担苦难的一种伟力。可是母亲走得太早了,而她的儿子又太年轻。她希望儿子能找到一条走向自己的幸福的路,但她却没能等到。作者对母亲的去世感到深深的伤痛和难以释怀,虽然他从宗教精神中得到些许安慰,是"她心里太苦了,上帝看她受不住了,就召她回去"[3],可作者想念母亲时还是感到沉郁和哀怨,一遍一遍想着,"母亲已经不在了""可是母亲已经不在了""母亲不能再来这园中找我了"[4],反复地书写一种心绪和一件事实,将沉痛的哀思和深挚的怀念渲染至深。

第三节在《我与地坛》中的布局有些奇特。前一节(第二节)是写"我"和母亲之间的事情,后面的两节(第四、第五节)也是具体地书写"我"在地坛中看到的一些人事,这些都是"实写",而第三节则是用一大串比喻来写"四季"这样一个较抽象的时间问题。从这一部分在整篇文章中的作用和整体情感调度来看,它是对第二节苦痛、哀思情感的升华和调和,起着情感过渡的作用。第二节中,"我"对母亲的猝然离开难以忘怀,情感浓郁而沉痛。但作者探索生命的视野是不断向外、向更广阔的世界扩展的,所以,作者有意唤起自己对时间和自然的细密感受来净化情感,而在后面讲述地坛里熟悉的陌生人的故事的时候,就持有一种更为理性、冷静的态度。

地坛是一个荒废的园子,但对于史铁生来说,自然和人事在这里都有所体

[1] 史铁生:《我与地坛》,《史铁生代表作》,春风文艺出版社,2002,第232–233页。

[2] 史铁生:《我与地坛》,《史铁生代表作》,春风文艺出版社,2002,第235–236页。

[3] 史铁生:《我与地坛》,《史铁生代表作》,春风文艺出版社,2002,第234页。

[4] 史铁生:《我与地坛》,《史铁生代表作》,春风文艺出版社,2002,第235页。

认。十五年来，地坛来来去去了许多人，史铁生作为一个看者，见到了各式的人，也观察到了他们的不同生活方式和生命姿态。那对十五年都来地坛散步的夫妇，从中年到老年，体现出的是爱情婚姻中双方的陪伴。地坛中有一个热爱唱歌的小伙子，每天都来唱歌，身上有着对生活的热情和信心。还有一个真正的饮者，只要见了他卓尔不群的饮酒情状，便可知这是独一无二的。还有捕鸟的汉子和那位被埋没的最有天赋的长跑家朋友，他们坚持追求自己的生活理想，以行动的过程赋予生命以价值。最后是那位漂亮而不幸的小姑娘，她的智力有缺陷，被别人欺负却无能为力，"上帝把漂亮和弱智这两样东西都给了这个小姑娘，就只有无言和回家去是对的"[1]。史铁生既为小姑娘的"不幸"感到同情和悲伤，也因为相似的命运而感到同病相怜。因为相对于人类中的大多数来说，他们总是被上帝或者命运清清楚楚地划分为另一类，因此人与人之间有了差别。人类领受了苦难，认可了苦难对于人类世界的发展具有重大的价值意义。可是，"由谁去充任那些苦难的角色？又由谁去体现这世间的幸福、骄傲和快乐？"人类个体主观上都是不愿意自己去领受苦难的，那么就只好把这个选择交给命运的偶然分派，"就命运而言，休论公道。"[2]这是史铁生对苦难和差别，甚至人类所面临的困境极具洞见的哲理思考。

三、质疑与追问：超越自我的生命哲思

从第六节开始，史铁生开始与"园神"对话，也在"园神"面前袒露和探索自己的生命。"设若有一位园神"，"园神"见证了"我"这么多年在园中的种种心理活动和精神状态，所有复杂的心绪归结起来就是三个问题在纠缠着"我"：要不要去死？为什么活？干吗要写作？

"死"这个问题已经有了答案，是不必着急的一件事。为什么活？是因为不甘心，试一试活下去也没什么损失，说不定还有什么额外的好处。这两个问题用之世人皆准，写作则不是每一个人都会选择的，但在史铁生这里，写作却

---

[1] 史铁生：《我与地坛》，《史铁生代表作》，春风文艺出版社，2002，第244页。

[2] 史铁生：《我与地坛》，《史铁生代表作》，春风文艺出版社，2002，第245页。

是与生死问题纠缠在一起的，也是对第一节留下来的"怎么活？"的一种解答方式。

最初写作是为了活下去，看看会不会得到什么额外的好处。但是出名后，"我"感到越来越恐慌，感觉自己像个人质。一方面，"我"把写作当成目的，过高地估计了写作之于自己不可或缺的地位，把自己变成了写作的工具。另一方面，也将由写作带来的种种好处束缚在自己身上，由此生利益得失之心，成为写作市场的奴隶。人有欲望，希望获得更好的生活，有所祈求来补足自己生命的缺失，这是人之常情，但人也要警惕被自己的欲望绑架的危险，丧失自己原初的动机。史铁生在正视欲望以后渐渐明白，"活着不是为了写作，而写作是为了活着"，"只是因为我活着，我才不得不写作"。看破这一层，史铁生想办法从这场绑架中逃脱出来，"我看得出我得先把我杀死在市场上，那样我就不用参加抢购题材的风潮了"[1]。也就是要消解写作的社会意义和社会效益，重新定位写作与自我的位置和关系。

史铁生对写作的重新定位，既粉碎了虚假的浮华，也对生命有了更坦白的姿态和更深刻的思考和追问。所以我们看到，在第六节经历了紧张的心灵交战以后，他已经到达了一种更豁达的心境。如果说第一节里的史铁生还是刚经受人生沉重打击的青年，那经过十五年漫长的精神旅程和生命探索之后，他已经领受到生命的开场和落幕。在作者想象中，人生是离家远行、贪玩的孩子，跑出来玩耍太久了，尽管有过跌倒和疲惫，但对世界总有着新奇的念头，留恋世间的美好，不愿意轻易归家去；也是热恋中的情人，尽管不想离开，但是时间不早了；还是一个老人，出生后的每一天，都是在走向死亡。这对应了人生的不同阶段，初来是孩子，一见到这个世界就成了不要命的情人，不想离开，可每一步都走在回去的路上。

"但是太阳，它每时每刻都是夕阳也都是旭日。当它熄灭着走下山去收尽苍凉残照之际，正是它在另一面燃烧着爬上山巅布散烈烈朝辉之时。那一天，我也将沉静着走下山去，扶着我的拐杖。有一天，在某一处山洼里，势必会跑

---

[1] 史铁生：《我与地坛》，《史铁生代表作》，春风文艺出版社，2002，第248页。

上来一个欢蹦的孩子，抱着他的玩具。

当然，那不是我。

但是，那不是我吗？"[1]

这一段文字，是生命的诗，也是生命永恒的寓言。个体的人犹如一天的太阳，朝夕之间，生命稍纵即逝。但日升日落也象征了生命的轮回，所以史铁生想象着自己有一天走下山去，那么，另一处必定会跑上来一个孩子。"由个人严酷的命运上升到生命永恒的流变，史铁生终于超越了个体生命中有限的必然，把自己的沉思带入到了生命全体的融会之中，这时所体现出的个人对苦难的承受已不再是偏狭的绝望，而呈现为对人类的整体存在的担当。"[2]在地坛的宁静中，史铁生获得了多样的生命体验和对生命意义的重新发现，所以哪怕后来的地坛已经变了模样，史铁生也不怎么再到地坛去了，可他能够靠想念迈过那道时空界限，"只要一迈过它便有清纯之气扑面而来。我已不在地坛，地坛在我"。[3]

撰稿人：陈全丽

拓展阅读

1. 陈思和：《中国当代文学史教程》，复旦大学出版社，1999。

2. 张新颖：《平常心与非常心——重读史铁生》，《上海文学》1992年第10期。

3. 程光炜：《关于疾病的时代隐喻——重识史铁生》，《学术月刊》2013年第7期。

4. 陈福明：《超越生死大限之无上欢悦——重读史铁生的〈我与地坛〉》，《当代文坛》2009年第6期。

---

[1] 史铁生：《我与地坛》，《史铁生代表作》，春风文艺出版社，2002，第250—251页。

[2] 陈思和：《中国当代文学史教程》，复旦大学出版社，1999，第342页。

[3] 史铁生：《想念地坛》，《记忆与印象》，北京出版社，2016，第302页。

《风雨天一阁》导读

    余秋雨，浙江余姚桥头镇（今浙江省慈溪市）人，中国当代作家、学者。1968 年毕业于上海戏剧学院戏剧文学系，此后历任上海戏剧学院院长以及上海剧协副主席。1983 年，出版论著《戏剧理论史稿》，次年获北京全国首届戏剧理论著作奖。1988 年，文学期刊《收获》以整年专栏的形式连载余秋雨的散文。1992 年 3 月，该系列散文被结集为《文化苦旅》（包括《自序》和 36 篇散文）出版，引起了极大反响。《风雨天一阁》即为《文化苦旅》收录的散文之一，叙写的是作者寻访浙江宁波一个叫"天一阁"的藏书楼的见闻与感想。

    20 世纪 90 年代，散文迎来了繁盛的发展，各种散文选本、散文集畅销，一些报纸、杂志还开辟了散文专栏，散文受到了读者的广泛欢迎，一股"散文热"就此形成。与以往相比，90 年代的散文一个非常重要的特点是许多学者参与到散文创作中，由此催生了散文的新形态——"学者散文（或文化散文）"。此类散文的作者大多是从事人文学科或社会科学研究的专业人员，他们的散文除了个人情感的抒发与表达，还常常融入了一些理性的思考和学术的知识。同时，"学者散文"的出现为 90 年代散文文体的发展带来了新的趋向。这类散文写作较为自由，不刻意追求散文的"窄化"，也不特别注重散文所谓的"文体规范"，而是将散文写作作为表达自我思考和关注社会现实的一种方式和途径，这反而为散文创作融进了新的因素，开拓了散文写作的新路径。90 年代初期，从事艺术文化史和戏剧美学研究的余秋雨，在《收获》杂志上以专栏形式发表了系列散文，他的散文常常从个人的经验出发，或在历史回溯中感叹中国传统文化的辉煌和衰落，或在对古代文化遗址、踪迹的追寻中叩问知识分子的使命，并引入了关于传统文化和健全人格的思考，余秋雨因此成为引领"学者散文"创作潮流的代表作家。

作为余秋雨"学者散文"代表作品之一的《风雨天一阁》，从写作方式、叙事角度到主旨思想均体现了他系列散文的典型特征：以"在场"的方式书写他的所见、所闻、所思、所感，通过自微观至宏观的叙事视角抒发对传统文化发展的忧思，表达了知识分子的使命意识和对命运的思考。

余秋雨借着去宁波交流学习的机会，边走边写，在行路中找寻天一阁的悠久魅力，"1990 年 8 月我再一次到宁波讲课，终于在讲完的那一天支支吾吾地向主人提出了这个要求（参观天一阁）"[1]。在《风雨天一阁》中，余秋雨并没有隐匿主体"我"，其字里行间始终流露着他参观天一阁时的所想、所思和所感。情感的直接表露和对历史现场的"还原"，使得文本的现场感、细节性大大增强，文本也更具有了打动、震撼人心的力量，读者似乎随着余秋雨一道走进了这栋古老、厚重的藏书楼。须要注意的是，非虚构的"在场"并不仅仅是作者身体的在现场，更重要的是其立场与态度，"它特别强调实践或行动写作，即写作者必须行动起来……与其说非虚构写作是一个文体概念，不如说它是一种写作立场和写作态度，一种叙述方法和介入现实的路径"[2]。在《风雨天一阁》中，余秋雨正是以一种鲜明的介入性姿态重返天一阁的历史现场，寻访其发展历程，直面其现实状况，同时表明了他对天一阁这一中国传统文化、文人精神的代表符号的态度——"自明至清数百年广阔的中国文化界所留下的一部分书籍文明，终于找到了一所可以稍加归拢的房子"[3]，"感谢它为我们民族断残零落的精神史，提供了一个小小的栖脚处"[4]。

从叙事角度来看，《风雨天一阁》虽指向的是"天一阁"这座藏书楼所承载的历史文化及其精神，但余秋雨并非从中国传统文化的宏观视角切入，而是将叙事视角下移，从天一阁的建造者范钦——历史长河中的普通人以及其与天

---

[1] 余秋雨：《文化苦旅》，东方出版中心，2011，第 128 页。

[2] 陈剑晖：《"非虚构写作"概念之辨及相关问题》，《中国当代文学研究》2021 年第 5 期。

[3] 余秋雨：《文化苦旅》，东方出版中心，2011，第 131 页。

[4] 余秋雨：《文化苦旅》，东方出版中心，2011，第 131-132 页。

一阁的故事说起。范钦（1506—1585），字尧卿，一作安钦，号东明，浙江鄞县（今宁波市鄞州区）人，明代著名藏书家，有"浙东藏书第一家"之誉。嘉靖十一年（1532）进士，任湖广随州知州，迁工部员外郎，因与武定侯郭勋不和，调任江西知袁州府，升广西参政，分守桂平。后又转福建按察使，迁陕西左使、南赣副都御史，官至兵部右侍郎，辞不赴。嘉靖三十九年（1560），回乡归隐。范钦酷爱典籍，为官多年，每至一地，必广搜图书。归里后，于嘉靖四十年至四十五年（1561—1566）间，在宁波月湖西岸的住宅东侧建造了"天一阁"。天一阁四面临水，上通六间为一，中以书橱间隔，下分六间，是古代藏书楼建筑的典范，也是我国最古老的私人藏书楼。余秋雨以类似小说的笔触，通过描写范钦搜集书籍、建造天一阁及其后代守护天一阁的事迹，呈现了中国传统文化的宏观历史走向，"不错，它只是一个藏书阁，但它实际上已成为一种极端艰难、又极端悲怆的文化奇迹"[1]。

　　余秋雨的散文最为难得的是蕴含着的强烈的问题意识，在书写中体现了一种反思与质疑的品格。在我国古代，"文人"与"学者"之间并没有十分明晰的界限，但到了现代，随着知识的专业化和学科化，"学者"不再等同于"作家"，文学被视为与专业研究所不同的、表达感性体验的一种形象思维。而20世纪90年代"学者散文"的出现，则显示出了知识分子群体不囿于"专业领域"，并将目光投向社会现实问题的新趋向。20世纪末，在商品经济大潮的冲击下，人们旧的理想、价值观念开始解体，甚至崩塌，知识分子群体出现了身份认同的危机和人文精神的失落，陷入了普遍的"失语"状态。而这时，余秋雨肩负起了知识分子的使命，他聚焦中国文化的现实问题，在山水古迹中体悟传统文化的精髓，表达了对时代精神的担忧和反省，呼唤着健全而高尚的人格。作为知识分子的一员，余秋雨竭力为时代、为文化发声。《风雨天一阁》贯穿着余秋雨对于塑造健全而高尚的文化人格的深切思考，与此同时，他还为理想中的形象找到了一个完美的原型——范钦，"范钦的选择，碰撞到了我近年来特别关心的一个命题：基于健全人格的文化良知，或者倒过来说，基于文化良知的

[1] 余秋雨：《文化苦旅》，东方出版中心，2011，第130页。

健全人格。没有这种东西，他就不可能如此矢志不移，轻常人之所重，重常人之所轻"[1]。余秋雨感慨道："一个为写书、印书创造好了一切条件的民族竟不能堂而皇之地拥有和保存很多书，书籍在这块土地上始终是一种珍罕而又陌生的怪物，于是，这个民族的精神天地长期处于散乱状态和自发状态，它常常不知自己从哪里来，到哪里去，自己究竟是谁，要干什么。只要是智者，就会为这个民族产生一种对书的企盼。他们懂得，只有书籍，才能让这么悠远的历史连成缆索，才能让这么庞大的人种产生凝聚，才能让这么广阔的土地长存文明的火种"[2]。而范钦正是这样的"智者"。这位时代藏书家，血脉里全是对历史文化、对书籍的热爱与赤诚，他不只不惧廷杖之罚、下狱之苦，不只内心强健、人格独立，还摆脱了中国传统道德观念中的自我压抑与自我否定，以有为的意识和高度的责任心，延续了古老文化的生命力。《风雨天一阁》的内在思路，即通过展现传统文化与健全人格，叩问当代文化的失落和知识分子精神的消逝，并向当下发问：我们的文学艺术家"什么时候能把范氏家族和其他许多家族数百年来的灵魂史祖示给现代世界呢？"[3]

值得注意的是，《风雨天一阁》的思想性、哲理性和人生体验的深度之所以突出，是因为始终与其"学者散文"的属性息息相关，文体上、语言中革新的可能性也因此孕育。正如文本题名"风雨天一阁"所显示的，余秋雨追求语言上的文雅，他的散文往往有着诗意的语言外壳。余秋雨一改人们印象中学者文章严肃、板正的写作姿态，将满腹的经纶蕴于跳跃的文字中，排比、类比层出不穷，夸张、反复此起彼伏，将文字的张力和修辞的魅力释放得淋漓尽致，把天一阁一路走来的风风雨雨书写得诗情画意，把以范钦为代表的文人精神品格咏叹得出尘脱俗。

固然，个人情感的抒发是余秋雨散文的重要特点，但当情感的表达走向夸张，也会过犹不及，放纵的情感就易成为矫揉造作的滥情。包括《风雨天一阁》在内的《文化苦旅》系列散文，都或多或少地存在着情感表达过度问题。与此

[1] 余秋雨：《文化苦旅》，东方出版中心，2011，第 133 页。

[2] 余秋雨：《文化苦旅》，东方出版中心，2011，第 130 页。

[3] 余秋雨：《文化苦旅》，东方出版中心，2011，第 143 页。

同时，余秋雨审视文化、审视历史的温柔敦厚的态度也限制了他目光所及的深度。另外，不单《风雨天一阁》有着借山水古迹抒发文化情怀的篇章结构模式感，纵观《文化苦旅》，似乎每一篇都是通过某一山水古迹来书写中国文化与文人精神，由此形成一种抒情结构、模式的雷同。余秋雨的散文永远离不开三个组成部分：其一，如范钦一般在历史途程中艰难跋涉的中国知识分子代表；其二，如天一阁一般承载着重要文化内涵或与著名历史人物相关的山山水水、名城建筑等；其三，在前两者的基础上凝聚而成的高尚的精神品格。此三者往往互相交错、糅合，成为一体，进入到中国古代文明的历史长河之中，然后通过书写具体的事件，展现出一幅漫长而乏味的中国传统文化与文人精神的巨幅画卷。这样的文章，读者读一篇或许会赞叹，但多篇读下来，则会对这种模式化的写作感到厌倦。

余秋雨的散文虽然存在不足，但不可否认的是，他的作品极大地推动了"学者散文"的发展，在90年代开拓了散文创作的新方向。余秋雨在记述某一名胜古迹的游历和抒发个人感受的同时，也介绍了与之相关的历史、文化知识，传达了对于民族文化的思考，将人、历史与自然交融在了一起，还以对知识分子人格和良知的探索参与到了人文精神的建构之中，体现出了其作为知识分子的历史责任感和社会道德感。《风雨天一阁》不仅追溯了一代藏书家艰难的奋斗历程，更是对"范钦身上所支撑着的一种超越意气、超越嗜好、超越才情，因此也超越时间的意志力"[1]的再现，是对一个庞大藏书世家闪耀人格的敬畏，也是对知识分子自身的审视与发问，"我们这些人，在生命本质上无疑属于现代文化的创造者，但从遗传因子上考察又无可逃遁地是民族传统文化的孑遗，因此或多或少也是天一阁传代系统的繁衍者，尽管在范氏家族看来只属于'他姓'。登天一阁楼梯时我的脚步非常缓慢，我不断地问自己：你来了吗？你是哪一代的中国书生？"[2]以及对我们古老而伟大的民族那悠久历史文化的尊崇与膜拜。中国因有了悠远、厚重的文化而屹立于世界民族之林，中国知识分

---

[1] 余秋雨：《文化苦旅》，东方出版中心，2011，第 134 页。
[2] 余秋雨：《文化苦旅》，东方出版中心，2011，第 142 页。

子群体因有了刚健有为、百折不挠的精神而肩负起时代的责任，忍受着艰苦的磨砺。正是这种文化，也正是这种精神，给人以底气，给人以力量，直至今天，仍在激励着一代又一代的知识分子和广大的学子朝着通向健全而崇高的人格道路前行。

撰稿人：丁雨

拓展阅读

1. 余秋雨：《文化苦旅》，东方出版中心，2011。
2. 骆兆平：《天一阁丛谈》，中华书局，1993。
3. 佘树森：《中国现当代散文研究》，北京大学出版社，1993。
4. 余英时：《士与中国文化》，上海人民出版社，2006。

《融入野地》导读

张炜，1956 年出生于山东省龙口市，中国当代作家、中国作家协会副主席。1975 年开始进行文学创作，先后发表小说《古船》《九月寓言》《柏慧》《刺猬歌》《独药师》等。2011 年，10 卷本"大河小说"《你在高原》获茅盾文学奖。出版有散文随笔集《周末对话》《域外作家小记》《生命的呼吸》《流浪的荒原之草》《游走：从少年到青年》《去看阿尔卑斯山》《语言的热带雨林》等，也出版了诗学专著《楚辞笔记》《也说李白与杜甫》《陶渊明的遗产》《读〈诗经〉》，等等。

在 20 世纪 90 年代的中国，物质化大潮带来的是诗性的消解和人文精神的失落。一部分知识分子向世俗化、大众化低头，但也有一部分知识分子怀着人文主义精神，拒绝平庸、坚守理想，找寻着中国文化的发展方向，张炜就是后一部分知识分子的代表。《融入野地》是他写于 1992 年的散文作品，本是其长篇小说《九月寓言》的"代后记"，因被《上海文学》的编辑发现，之后发表于该杂志 1993 年的第 1 期，在喧哗的 90 年代带给人以哲思的启迪、心灵的净化。正如《编者的话》中指出，"我们将张炜的近作《融入野地》列为头条，因为这篇作品不仅仅是张炜的内心独白，而且可以看成是张炜那一代'知青作家'的一个'精神总结'。"[1]《融入野地》一共有 9 节，作者信笔行文、妙语连珠，感情质朴而热烈，表达了作者对具有象征隐喻色彩的"野地"的向往和追寻。同时，面对 90 年代的物化语境，富有知识分子的责任感与使命感

---

[1] 周介人：《踏月编梦》，上海文化出版社，2013，第 117 页。

的作家张炜，将对中国文化命运出路的思索、人的生存状态的审视熔铸于作品中，他渴望通过"融入野地"来实现精神自救，回归人性的本真状态，这充分展现了他对知识分子精神理想的坚守和对理性主义的思考。

一、从工业文明到乡野之地：精神家园的找寻

《融入野地》的开篇即说："城市是一片被肆意修饰过的野地，我最终将告别它。"[1]告别肆意修饰的城市野地，张炜寻求的是自然本真的野地——故乡之地。在那里，有山峦原野、丛林青纱帐以及无数正在腾跃生长、新鲜涌动的生命气息，在那里，"人可以漠视平凡，发现舞蹈的仙鹤，泥土滋生一切。在那儿，人将得到所需的全部。特别是百求不得的那个安慰。"因此，从表层来看，野地是对立于城市的乡野之地。更进一步来说，这里的"城市"与"乡野"更多地带有精神上的象征隐喻意义，张炜热烈拥抱的"野地"是不同于现代文明的另一种精神空间，是心灵的一块栖息之地。

城市是现代工业文明的产物，在现代化的冲击下，城市高楼林立、四通八达，物质文明越发达，心灵世界越空虚。在千篇一律的钢筋混凝土建筑里，人们过着千人一面的现代生活，感受着现代科技背后的冰冷。张炜的"融入野地"是对程式化、同一化生活的拒斥，是对现代性的冷静反思。在"现代性的铁笼"中，效率至上的工具理性盲目扩张，人成为被无限驱使的永动机，在劳动中感受不到幸福感和获得感，这就是人的异化状态。正如马克思在研究劳动异化时指出的："工人生产得越多，他能够消费的越少；他创造的价值越多，他自己越没有价值、越低贱；工人的产品越完美，工人自己越畸形；工人创造的对象越文明，工人自己越野蛮。"[2]在这种状态下，人成为流水线作业中的一颗螺丝钉，对自然、生活失去了感知能力，主体逐渐沉沦为非本真状态。海德格尔指出，人的存在有两种状态，分别是本真状态和非本真状态，前者是人立足于自身、

---

[1] 张炜：《张炜自选集：融入野地》，作家出版社，1996，第5页。（关于此作品的引文均出自此版本，后面不再一一列出）

[2] 马克思：《1844年经济学哲学手稿》，中共中央马克思恩格斯列宁斯大林著作编译局译，人民出版社，2018，第49页。

自我选择的状态，后者则是"泯然众人矣"、自我个性消失、被"此在"异化的状态。因此，要摆脱劳动对人的异化，就须要像张炜所说的那样融入野地，在与大自然亲密接触中收获劳动的欢愉。对张炜来说，融入野地是劳动的盛宴，"是劳动和交流的一场盛会"，这样的劳动在自然空间下进行，是拥抱土地的、有益于身心的、使人宁静的盛会，是回归人的本真状态的途径。在这其中，人从紧张的状态松弛下来，人的感官在这片野地上得以舒展："我的声音混同于草响虫鸣，与原野的喧声整齐划一""我们的呼吸汇成了风，气流从禾叶和河谷吹过，又回到我们中间"，在对自然的感知中，人与自然合二为一，达到了天人合一的境界："我可以做一棵树了，扎下根须，化为了故地上的一个器官。"而在工业文明的逻辑体系中，自然是被改造、被利用的客体，这种对象化的思维方式让人与自然"脱嵌"，理性主义的狂飙突进最终带来了生态危机、人与自然关系的紧张，而张炜则将自然主体化，融入自然是一种主体间性的美。他的声音、肌肤、呼吸在自然中被激活，又与自然紧密相依。

法国哲学家莫里斯·梅洛－庞蒂认为，人们对外部世界的感知实际上就是自身精神空间的建构过程，身体不仅是物质单位，也是建构社会生命和文化生命的基本单位。[1] 张炜在融入野地的哲思中，体现了对异化与沉沦的反抗，流露出对理性主义的质疑批判，从而以"野地"为根基建构了自我精神空间。

二、"知"达于"灵"：知识分子的精神担当

在《融入野地》中，张炜追问知识分子的精神本源，指出拥有知识并不是知识分子的本质特征，知识分子应当拥有来源于大自然、来自广漠世界的悲悯情怀和灵魂，应当让真正的"知"达于"灵"。仅仅追求知识的满足，容易将知识分子俗化，而张炜拒绝平庸与世俗，追寻远方的目标与德行的完善，在原野之上找寻生命的意义，体现了在物化的时代大潮下知识分子的精英立场与精神担当。

值得注意的是，张炜的"融入野地"不是隐匿逃避，而是一种泰然入世，

---

[1] 林岚：《论新时期生态散文的空间叙事——以韩少功、张炜和阿来等作家为例》，《海南师范大学学报（社会科学版）》2014年第11期。

是绝望后的希望。面对 20 世纪 90 年代的物化现实，文学界展开了"人文精神"的大讨论。市场经济的快速发展使得传统的价值标准、道德准则处于剧烈的震荡之中，下海经商成为时代主潮，文学面临着边缘化、市场化的危机，部分知识分子以"躲避崇高"的姿态，沉湎于形而下的日常生活中，以世俗取代启蒙，放弃了对理想价值的追寻，从而带来人文精神的失落。王晓明指出，"真正的危机都在于知识分子遭受种种摧残之后的精神侏儒化和动物化，而人文精神的枯萎，终极关怀的泯灭，则是这侏儒化和动物化的最深刻的表现。"[1] 在《融入野地》中，张炜以强烈的社会责任感重申了知识分子的精神主张，无论张炜能否在众声喧哗的 90 年代找到心灵的野地，他都不会停止对意义的探求，正如他在《融入野地》文末的发问："跋涉、追赶、寻问——野地到底是什么？它在何方？野地是否也包含了我浑然苍茫的感觉世界？"作者切身体会着寻找意义的痛苦与茫然，但他愿和希腊神话里永无止境地推石头上山的西西弗斯一样，直面人生的虚无，以积极的精神品格同现实抗争："我无法停止寻求……"诚然，在现实语境下，张炜超越此岸、寻找彼岸的抗争具有乌托邦色彩，具有知识分子悲剧感。"通过'融入'的方式颠覆城市回归'野地'，也只是一种唐吉诃德和风车的斗争，既徒劳也无益……决定其乌托邦的命运只能是：让未来去挖掘，或被现在抛弃。"[2] 但这种探究精神依然是宝贵而富有意义的。

三、《融入野地》的传统文化因子：儒道兼蓄

张炜曾说："我们认为，一个能够理解庄子，能够包容庄子的人又同时是一个积极入世的人，那么他就是我们这个世界的希望。"[3] 其实，张炜就是这样的作家，他不仅崇尚庄子"天人合一"的理念，浸润着道家精神，同时以知识分子强烈的责任感、使命感积极入世，关注中国文化的前途命运，这体现了儒家以天下为己任的入世精神。

---

[1] 张汝伦、王晓明、朱学勤等：《人文精神寻思录之———人文精神：是否可能和如何可能》，《读书》1994 年第 3 期。

[2] 刘平、刘小华：《人的存在与乌托邦——读张炜〈融入野地〉》，《淮阴师专学报》1997 年第 4 期。

[3] 张炜：《张炜自选集：葡萄园畅谈录》，作家出版社，1996，第 211 页。

张炜出生后不久就随家人搬离山东龙口，到海滩边一个林场居住，在远离都市的偏远山林中，他从小就与自然万物亲密接触，这种生活环境塑造了他的世界观，也形成了他对人与自然关系的体认。《融入野地》中流露的寻找荒原、融入自然、回归人的本真性等观念既来自他的生命体验，也是道家精神的体现。他有感于技术理性对人的异化，批判现代性造成的人与自然关系的紧张，转而寻找精神的栖息地，这与道家"道法自然"的思想不谋而合。道家主张顺应自然，崇尚"天地与我并生，而万物与我为一"的境界，张炜的"融入野地"可以对抗工业社会中劳动对人的异化，与"稼禾、草、丛林；人、小蚁、骏马；主人、同类、寄生者……搅缠共生于一体"，享受自然中劳作的乐趣，像一棵树一样扎根于自然，这是一种人性的回归和对自然的体认。张炜在文中指出，"多少人歌颂物欲，说它创造了世界。是的，它创造了一个邪恶的世界；它也毁灭了一个世界，那是一个宁静的世界。"拒绝人为物役、心为形役，在物质至上的时代保持心灵的宁静，这与庄子"物物而不物于物"的逍遥精神遥相呼应。可以说，《融入野地》作为作家内心世界的自然流露、创作中的"瞬间感受"，在一定程度上体现了作家的道家思想因子。

与此同时，儒家本位的入世情怀、知识分子强烈的责任感使张炜对中国文化的命运、知识分子的操守十分关注。作为山东作家，张炜深受儒家文化滋养，具有浓厚的儒家情怀。张炜在《融入野地》中显示出知识分子的批判精神和忧患意识，他惧怕知识分子只有"知"而丧失"灵气"，在世俗化的人生中迷失方向，不仅以"我曾经是一个职业写作者，但我一生的最高期望是，成为一个作家"自勉，更希冀广大知识分子找寻人生遥远的光点，苦练人生的修行，担当传承中国文化的重任。

此外，儒家以"修身、齐家、治国、平天下"作为人生追求，注重人的道德品格，主张克制自我，反对物欲的过度膨胀，这是一种人文精神的张扬。"过度消耗，不计后果的竞争，对技术的膜拜，对商业规则的绝对服从，恰恰与儒学的要义相抵触。"[1] 而物质主义、技术理性恰恰构成了90年代文化语境的

---

[1] 李延青：《文学立场：当代作家海外、港台演讲录》，河北教育出版社，2003，第368页。

一大特点，张炜在《融入野地》中的热烈呼喊，体现了对道德的坚守和重建人文精神、找寻精神家园的理想追求。正如学者郜元宝指出，"张炜首先是一个道德家，然后才是一个小说家……张炜小说的美，首先是一种德性之美。在这种美中，人类存在的天道趋于澄明。"[1]在《融入野地》中，张炜建构了一个具有德性之美的精神空间。

四、结语

《融入野地》是张炜的内心独白，语言质朴而感情真挚，是20世纪90年代散文的经典文本，其中包含的自然观、入世态度是张炜道家精神和儒家情怀的反映。"融入野地"体现了张炜对精神家园的寻找，寄托了一代知识分子的精神追求和理想信念，虽然在彼时的文化语境下，融入野地、超越此岸具有一定的乌托邦色彩，而且"野地"是作者臆想的家园，但作者通过极具审美张力和思想内涵的"野地"意象，表达出对现代人生存状态的反省以及对人文精神的坚守，《融入野地》也因此成为一篇不可多得的散文佳作。

撰稿人：刘丹

拓展阅读

1. 郜元宝：《张炜论》，《文艺争鸣》1993年第4期。

2. 张汝伦、王晓明、朱学勤等：《人文精神寻思录之一——人文精神：是否可能和如何可能》，《读书》1994年第3期。

3. 李遇春、邱婕：《张炜散文中的齐地书写》，《扬子江评论》2017年第4期。

4. 贺仲明、刘新锁：《思想的作家与作家的思想——张炜论》，《湖北大学学报（哲学社会科学版）》2015第5期。

---

[1] 郜元宝：《张炜论》，《文艺争鸣》1993年第4期。

《沉默的大多数》导读

王小波（1952—1997），生于北京，中国当代学者、作家。代表作品有《黄金时代》《白银时代》《青铜时代》《黑铁时代》。《沉默的大多数》是王小波的杂文随笔集，1997年由中国青年出版社出版。这本书的主题围绕思想文化展开，涉及对知识分子处境的反思，对社会道德伦理、文化论争、国学与新儒家、民族主义等问题的讨论；此书展现了王小波从日常生活中生发的各种思考，对社会研究的伦理问题和方法问题等，还包括创作谈和文论，涉及写作的动机、作者的师承、对小说艺术的看法、对文体格调的看法、对影视的看法等；还有少量的书评，其中既包括对文学经典的评论，也包括对当代作家作品的一些看法；此外，还包括一些域外生活的杂感以及对某些社会现象的评点。

杂文随笔集《沉默的大多数》的开篇就是其名作《沉默的大多数》。所谓"沉默的大多数"，指的是"古往今来最大的一个弱势群体"[1]。"沉默的大多数"由福柯的"话语即权力"演绎而来。王小波将福柯的话倒过来说成"权力即话语"，即有权力的人才能说话，才有"话语权"。能说话的人成了一种势力，就是"话语圈"。处于话语圈内者，位于社会上方，说的话都是圣贤的话语，因此有力，人们鲜少反驳，甚至被人"颂圣"。很多人挖空心思都想打入话语圈。沉默者总在社会下方，是弱势，只有听话的权利，这是大多数。王小波说，他不会说"上面"的话，也信不过话语圈，所以总是保持沉默。

---

[1] 王小波：《沉默的大多数：王小波杂文随笔全编》，中国青年出版社，1997，第17页。

一、权力与话语

在随笔杂文集《沉默的大多数》中，存在着大量诸如"话语""权力""知识""性"等福柯式话题，还包括一些在主体解释和生存美学维度上的问题。王小波对强大权力与个人关系的体验认知无疑是深刻的，在"失语"的年代，个人生活成了附属，一切都为"权力"所决定。关于"话语"和"权力"，福柯曾经指出，从来就只有一种"权力"，那便是"国家权力"，"权力"的产生与"话语"密不可分，"话语"能够产生"权力"，"权力"能够霸占"话语"。王小波第一次在公共话语圈里指出了"沉默的大多数"这样的现实，在王小波看来，"话语"的丧失实际上是一个政治事件，沉默意味着"话语"的缺席，"权利"的丧失。

在《沉默的大多数》一文中，王小波这样写道："几年前，我参加了一个社会学研究，因此接触了一些'弱势群体'，其中最特别的就是同性恋者。做过了这些研究之后，我忽然猛省到：所谓弱势群体，就是有些话没有说出来的人。就是因为这些话没有说出来，所以很多人以为他们不存在或者很遥远。在中国，人们以为同性恋者不存在。在外国，人们知道同性恋者存在，但不知他们是谁。有两位人类学家给同性恋者写了一本书，题目就叫做 *Word is out*。然后我又猛省到自己也属于古往今来最大的一个弱势群体，就是沉默的大多数。"[1]

在一个"无智无性无趣"的世界中，大多数人就必然是沉默的，因为大多数人最为普通的意愿与倾向都没有得到表达。按王小波的说法，一味附和"已经讲出来的话"不是讲话，而是向"话语"缴税。这样一个大多数当然也只是一个"弱势群体"。可是，"话没有说出来"该由弱势群体的成员们自己负责吗？不尽然。王小波在此作了一点区分："这些人保持沉默的原因多种多样，有些人没能力，或者没有机会说话；还有人有些隐情不便说话；还有一些人，因为种种原因，对于话语的世界有某种厌恶之情。我就属于这最后一种。"[2]

---

[1] 王小波：《沉默的大多数：王小波杂文随笔全编》，中国青年出版社，1997，第16-17页。

[2] 王小波：《沉默的大多数：王小波杂文随笔全编》，中国青年出版社，1997，第17页。

按照这一分类，就可以轻易地下判断了：没有能力和机会的人不应该承担责任；怀有隐情也无可厚非，只不过取决于这是怎样的"隐情"罢了。而出于厌恶之情的人恐怕就当自省一下了。王小波说他自己属于最后一种人，但到了四十岁时却打破沉默，开始讲话。

二、理性、自由和良知

李银河说，王小波"特别崇尚宽容、理性和人的良知，反对一切霸道的、不讲理的、教条主义的东西"[1]，因而"自由人文主义的立场贯穿在他的整个人格和思想之中"，也贯穿在他的作品尤其是杂文中。王小波选择作"自由撰稿人"，被称为"自由思想家"，他怀念"一只特立独行的猪"。他的杂文全集《沉默的大多数》的最后一篇《工作与人生》的最后一句写道："我以写作为生……某种样子的文章对我来说不可取，绝不能让它从我笔下写出来，冠以我的名字登在报刊上。以小喻大，这也是我对生活的态度。"

王小波一度狂热。他在17岁那年孤身奔赴云南边疆，未始不是一种青春骚动。然而残酷的现实迅速笼罩了理想主义乌托邦想象，王小波开始变得沉默。"在我不会说话的时候最想说话。在我真正能说，知道的东西越来越多的时候反倒沉默了。"[2]他成了"沉默的大多数"中的一员。语言所带来的静默是对流行话语的一种反抗，而内在的反思却从这里出发。

常识是我们了解世界的一种直接方式，其精髓在于符合自然与习俗。面对90年代的社会现实，当一部分人想做"文化英雄"的时候，他们以常识的立场确认自身，他们似乎有一种"世事洞明皆学问"的过来人情结，他们以个人的生活经验为衡量一切的尺度，不再相信虚幻的空论。他们以常识的立场与眼光看待一切。"王小波随笔中被特定读者群——某些中、青年文化人所热衷的，却刚好是那些最具有'常识性'的部分"[3]。有人认为，当今的理想主义在

[1] 李银河：《浪漫诗人·行吟诗人·自由思想家》，转引自王小波《我的精神家园：王小波杂文自选集》，文化艺术出版社，1997，第302页。

[2] 艾晓明、李银河：《浪漫骑士——记忆王小波》，中国青年出版社，1997，第212页。

[3] 王毅：《不再沉默——人文学者论王小波》，光明日报出版社，1998，第158页。

弘扬理想的同时似乎又有拒绝世俗的倾向，那种不是针对权贵而是针对市井的"抵抗投降"的呼声似乎也是滑稽多于悲壮。王小波则说："我不大能领会下列说法的深奥之处：要建立精神家园，恢复人文精神，就要灭掉一切俗人——其中首先要灭的，就是风头正健的俗人。"[1]

三、王小波杂文的语言特色

戴锦华认为，"王小波留给一个研究者的最发人深省的命题，是小说的语言；准确地说是汉语写作。如果说八十年代末的先锋小说，将文学的自觉与语言的自觉，再次推上中国文坛；那么九十年代，在一个全球化的语境中，汉语写作却在一个新的层面上，构成了当代中国文学的危机与契机。"[2]而"王小波作为一个别具慧眼的读者，在如饥似渴地发掘翻译文学资源的同时，并未略去它同时是至为优美的、现代汉语的写作实践。他从其中读出了现代汉语的韵律，并把它当作了自己写作的尺度、楷模与范本：一种纯净、优美、富于韵律的现代汉语。"[3]

王小波用现代汉语写作，从来不写半文半白的句子，也很少使用成语和古色古香的辞藻。王小波的作品写得很平白，却自有一种韵律和华彩脱颖而出。当然，这样的才能不仅和训练有关，和天赋有关，也和精神的历练有关。王小波的幸运之处在于，他在偏离"话语（不去听它）"的过程中学会了在沉默中学习，这种学习使他养成了"独立之精神，自由之思想"。加上从文学中所受到的陶冶，于是他才有了几乎可以无挂无碍地表达自己的才能。

王小波是 20 世纪 90 年代文化怀旧者的代表，他的散文整体表达的是一种另类声音、另类情感、另类立场。王小波在临死前曾以决绝的态度宣布："我正在出一本杂文集，名为《沉默的大多数》。"他把"以前"的"我"界定为被剥夺了发言权的"沉默的大多数"中的一员，因此他的"怀旧"就是对"以前"

---

[1] 景秀明：《论 90 年代散文创作的理性精神》，《当代文坛》2000 年第 1 期。

[2] 王毅：《不再沉默——人文学者论王小波》，光明日报出版社，1998，第 160 页。

[3] 王毅：《不再沉默——人文学者论王小波》，光明日报出版社，1998，第 162 页。

的宣战：彻底"一刀两断"。这里的"以前"是泛指，指"以前"的社会、集体、权威、价值等一切的一切。他是彻底的自由主义者和自我中心论者，他的"我是我"已经失去制约——不管是政治的还是文化的，都要把"以前"的一切来一个彻底的颠倒，从中传递的是一种异质文化因子，具有极端性、破坏性和彻底性。[1]

值得注意的是，虽然犀利的思想和鲜明的个性贯穿于他的文章始终，但是他的批判却绝不是无风度的。他经常运用夸张、讽刺、比喻等修辞手法，以顽童般的视角，把生活中的细微场景，装扮成一出出滑稽的闹剧，充满了戏剧性幽默与言说的活泼，在轻松调侃中或语言表面的佯谬下隐含着思想的机锋，显出一种知识分子的风趣。

王小波说："开口说话并不意味着恢复了交纳税金的责任感，……我有的是另一种责任感。"[2]王小波意识到的这种责任是不是知识分子应有的一种责任呢？王小波自己的理解还要平实一些，他认为伦理（尤其是社会伦理）问题的重要，在于它是大家的事，而对于"大家"的定义，他认为就是包括"我"在内。打破沉默的王小波想要告诉大家的，是他在沉默中学到的东西。他"走出沉默"了，"挤进了话语圈子"，这就是以写作"赖在文学上，可以给自己在圈子中找到一个立脚点"。他说这是"另一种责任感"，是什么"责任感"呢？就是"可以攻击这个圈子，攻击整个旧的世界"——所谓要攻击的"这个圈子"，乃强势的"权力即话语"的"话语圈"吧！正因如此，当他刚写了一本书，一位长者就批评他，"认为书不能这样来写"[3]，而他，却坚持着以"沉默的大多数"为镜。"不在沉默中爆发，就在沉默中死亡"，他的"沉默"和"爆发"，都站在"沉默的大多数"中。

撰稿人：叶奕杉

[1] 范培松：《论二十世纪九十年代学者散文的体式革命》，《江苏社会科学》2004 年第 1 期。

[2] 王小波：《沉默的大多数：王小波杂文随笔全编》，中国青年出版社，1997，第 16 页。

[3] 王小波：《沉默的大多数：王小波杂文随笔全编》，中国青年出版社，1997，第 18 页。

拓展阅读

1. 王毅：《不再沉默——人文学者论王小波》，光明日报出版社，1998。

2. 仵从巨：《中国作家王小波的"西方资源"》，《文史哲》2005 年第 4 期。

3. 范培松：《论二十世纪九十年代学者散文的体式革命》，《江苏社会科学》2004 年第 1 期。

4. 金莉莉：《论王小波的狂欢化书写》，《中国政法大学学报》2014 年第 6 期。

5. 陈崇正：《王小波与他的"沙盘诗学"》，《当代作家评论》2020 年第 6 期。

诗　歌

《天狗》导读

　　郭沫若(1892—1978)，出生于四川乐山沙湾，原名郭开贞，字鼎堂，号尚武，中国现当代作家、历史学家、考古学家。他是浪漫主义新诗的巨子，他的第一部诗集《女神》以崭新的思想内容、狂飙突进的时代精神和浪漫主义的艺术风格，被视为中国新诗的奠基之作，开一代诗风。《天狗》作为《女神》中的名篇，无疑是中国现代诗歌史上耀眼的存在。《天狗》最初发表于 1920 年 2 月 7 日上海《时事新报》的文学副刊《学灯》，其诞生之时正值郭沫若留学日本之际[1]。彼时的郭沫若正频频通过阅读展开与歌德、惠特曼、达尔文、斯宾诺莎等人的亲密接触与对话交流，他在"四书五经"滋养下形成的传统世界观、价值观和生命观也因此受冲击而发生深刻变化。再加上"五四"狂飙突进的时代精神的感召，郭沫若长期积聚于心的内发情感立即化作狂热的不可抑制的创作欲望，这促使他借助诗歌这支芦笛来鸣示自己的存在，倾吐诗人自我觉醒与青春勃发的生命力量。在郭沫若这段"最可纪念"的"诗的创作爆发期"，《天狗》的出现，可以说是郭沫若在风云际会的时代中宣泄情绪的产物，同时也是他现代性高峰体验下的真实写照，诗中展现的是一个崭新且极度膨胀的自我形象，不仅拥有充盈的精力和无限的活力，而且有着大胆的破坏与创造精神。

一、吞噬：自我觉醒与自我更新

　　在中国民间传说中，人们认为日蚀、月蚀现象的发生是因为"天狗"在吞

---

[1] 郭沫若：《天狗》，《郭沫若全集》文学编第一卷，人民文学出版社，1982，第 55 页。

食日月，因此凡是出现日蚀或月蚀，就要敲锣打鼓驱赶"天狗"，"天狗"自然而然成了邪恶、灾难、厄运的代表。但是在郭沫若的笔下，"天狗"变成了"开辟洪荒的大我"，展现出气吞宇宙的非凡气势，并且具有鲜明的主体意识和现代性特征。"天狗"从民间传说中的反面形象转化为拥有"五四"精魄的正面形象，郭沫若的这一具有颠覆性的话语实践主要是通过多重对话来实现对"天狗"的全新形塑的。

诗中，郭沫若以"天狗"自喻，以"我"的口吻来写"天狗"。首句"我是一条天狗啊"，重新定义了"我"作为"天狗"的全新身份，展现出"我"对"天狗"的彻底认同。不同于以启蒙为核心的作家带有一定社会目的而表现出"居高临下"的俯视向度，郭沫若《女神》的字里行间充盈着"对话态势"和"二人对话的结构"。[1]而在《天狗》一诗中，"吞噬"就是"我"与他者、与自我对话的一种方式。

与他者的对话：向外吞噬他者，实现自我觉醒。在确定"我"的"天狗"身份后，"我"便开始了一系列的吞噬行为："我"吞噬"月"、吞噬"日"、吞噬"一切星球"、吞噬"宇宙"，并最终成了"月的光""日的光""一切星球的光""X光线的光""全宇宙底Energy（能量）的总量"。纵观"我"对日月、星球、宇宙的吞噬行为，其结果并没有同化其他主体使之全部变成"我"，而仅是让"我"获得了与日月星辰同样的能量与光辉。在这个意义上，"吞噬"实际上只是"我"的一种与外界对话交往的方式。并且，连续四次的吞噬行为，足以表明"我"有着强烈的对话欲望与积极行动的主体意志。在这个过程中，"我"清楚地认识了自己——"我便是我了"，是作为"天狗"的"我"，也是拥有宇宙的功能特征和无穷的创造潜能的"我"，"吞噬"让"我"实现了自我意识的觉醒。

与自我的对话：向内吞噬自我，完成自我更新。在吸收了日月精华、积聚了全宇宙的能量后，"我"的体内充斥着无尽的激情和不安的骚动，急需一个"喷火口"尽情地释放自身的生命力，于是"我"开始如同"电气""大海""烈火"

---

[1] 吴辰：《论郭沫若〈女神〉的审美特色》，《山东师范大学学报（人文社会科学版）》2016年第4期。

一般疯狂地"飞奔""狂叫""燃烧"。然而汇集了宇宙能量的身体仍是老套且陈旧的，无法让"我"得到彻底的爆发和完全的解脱，因此"我"展开与自我的对话，以自我否定来实现自我更新、脱胎换骨。"我"开始积极地自食其身，"我剥我的皮，我食我的肉，我吸我的血，我啮我的心肝"，从外在的吞噬直至贯穿身体的内部，"我在我神经上飞跑，我在我脊髓上飞跑，我在我脑筋上飞跑"。这种自食与自毁行为为生长要素的更新提供了可能，在使旧身体自我瓦解、全然断裂之后，"我"的自我更新完成，一个崭新的自我就此诞生。

二、归途：破坏旧世界与创造新世界

从向外吞噬他者，积聚能量实现自我觉醒，到向内吞噬自我，脱胎换骨完成自我更新，"天狗"的自我形塑最终完成，彻底实现"凤凰涅槃"，达到自我圆满的境界。末节"我便是我呀"，既是"天狗"最后奋力一吼的宣告，也是它曲折形塑之途的终点。通过吞噬对话而建立起的新生自我，终于成为伫立在宇宙中心的主体，犹如一只经历"涅槃"之后的"凤凰"。但是体内积聚的强大能量与丰沛热情并未因自我的新生而有所消减，热血喷涌始终难以抑制，依旧将"我"推向"我的我要爆了"的毁灭边缘。可见，自我的创造与新生并非最终旨归，破坏与毁灭才是全诗叙事逻辑的结果。

实际上这与"五四"的时代主题紧密相关。"五四"新文化运动对"个性解放""自由""科学""民主"的呼唤与拥护，使得具有个性意识与自由意志的革命先驱者向旧社会、旧传统发起挑战。受"五四"时代精神感召的郭沫若，自然同样拥有彻底推翻旧社会、建立新社会的革命理想与英雄救世创世的磅礴恣肆的激情，因此他高唱着"我崇拜创造的精神""我崇拜偶像破坏者""崇拜我"[1]。由于崇拜一切具有破坏与创造力量的事物，"天狗"吞噬日月、星球、宇宙的行为便不难理解，抒情主体"天狗"已然成为诗人郭沫若的化身，它以一往无前的气概展现着破坏一切与重建一切的精神。

然而如同郭沫若漂泊异乡无法将一身所学用于祖国建设，"天狗"同样遇

---

[1] 郭沫若：《我是个偶像崇拜者》，《郭沫若全集》文学编第一卷，人民文学出版社，1982，第99页。

到了贮满能量却难以找到释放场所的难题。那么刚刚才实现新生的"天狗"，就将要自行爆炸而无法继续存在，这是否意味着"我"此前吞噬他者、吞噬自身以形塑自我的努力全然白费，完全落空了呢？实则不然，从首节"我便是我了"到末节"我便是我呀"，这一细微转变即可表明"我"对于形塑之途的满意与赞可。"我便是我了"以陈述句的形式出现，是自我觉醒时"我"对自身的肯定；而"我便是我呀"是感叹语气，带有满足之后的审美愉悦，不仅是认同自身，更含有狂喜的成分。这表明"我"是带着实现自我圆满的态度去迎接"爆炸"的，因此先前形塑自我的过程就显得十分重要。

只有努力形塑自我，才有"爆炸"的可能，而只有自我"爆炸"一定程度上才可能获得更大的成功。这是因为：一方面破坏与创造的关系是对立统一的，"破坏是创造的前提，只有彻底的破坏，才可能有全新的创造"[1]。在新旧文化激烈碰撞的"五四"时期，"我"形塑自我的目的就在于积聚能量以破坏旧世界、创造新世界，因此"我"的爆炸必将向旧世界投以沉重一击，这势必会加速旧世界毁灭的脚步，促使新世界顺利降生。另一方面，在全新的现代性的时间意识中，死亡的另一面其实是在酝酿更大的新生，"我"的爆炸与毁灭，将会迎来另一个"天狗"的复活与诞生。这种"生生不息的死亡／再生的辩证时间"，不仅存在于《天狗》中，更是贯穿郭沫若《女神》全诗的主导性主题。

三、发现：时代大我与生命力量

"五四"时期是一个"人"的觉醒时期，针对两千多年封建思想对人性的压抑与控制，文学革命初期周作人从个性解放的要求出发提出"人的文学"，充分肯定了人道主义，"人的文学"自此成为"五四"时期文学的一个中心概念。然而作为创作主体研究人生诸问题、"为人生"服务的精神产品，"人的文学"始终带有启蒙主义的功利目的，这与郭沫若所提出的"生命的文学"有着明显的不同。在郭沫若早期文艺观宣言的《生命的文学》一文中，郭沫若强调"生命与文学不是判然两物。生命是文学的本质。文学是生命的反映。离了生命，

---

[1] 黄侯兴：《郭沫若的文学道路（修订本）》，天津人民出版社，1983，第 56 页。

没有文学"^[1]，足见其对文学本体的重视。几乎在《生命的文学》发表的同时，《天狗》诞生，郭沫若的理论思想与文学创作相互印证。因此，在"天狗"自我形塑的过程中，可以发现，那是一个极度自由、极富毁灭力量与创造精神的时代大我，流淌着鲜明的个性意识，充满丰沛的生命力量。

《天狗》全诗共四节二十九行，每一行都以"我"作为抒情主人公开头，如此频繁地使用"我"，充分体现出诗人强烈的主体意识，同时也将读者拉入"我是谁"与"我怎么样"两个问题的思考中。首节"我是一条天狗啊"，诗人将"我"与"天狗"的生命绑定在一起，第二节连用五个"我是"表明自己的身份，紧接着用"我飞奔""我狂叫""我燃烧"展现自己的存在状态，最后以"我便是我呀"给予自己合法性地位的肯定认同。这个"我"虽然是郭沫若表现自我、张扬个性的产物，但显然绝非仅仅指向诗人自己，也并非代表某一个具体的人，其最终落脚点是理想中的时代大我，也是"五四"狂飙突进的时代精神。

郭沫若在赋予"我"积聚能量的勇气和热烈奔放的情感的同时，也给予了"我"无比旺盛的生命力。"飞奔""狂叫""燃烧"实际上是"我"在吸收全宇宙的能量后，因自我膨胀而表现出的"高速度、高音量、高热度"特征，直接显示出"我"身体的强劲和激昂。而"吞""剥""食""吸""啮"这些狂野的动作之下则涌动着强大而独特的生命力量，使之穿越身体表层直抵内部精髓，用一种彻底毁灭的狂欢形式将真实的自我解放出来。无论是横向空间上的吞噬，还是纵向时间上的传承，这些都表明郭沫若所塑造的这个"我"是时代大我，"我"气吞日月，志盖寰宇，拥有原始的生命力量，展现出广大"五四"青年的英雄气概和青春激情。

《天狗》的诞生同时也见证了诗人郭沫若"五四"时期涌动的生命激情和创作热情。在"五四"之前，郭沫若的心中郁积着个人与民族的忧伤，诗的格调哀婉而低沉，但随着"五四"运动如火如荼地爆发，郭沫若逐渐感受到光明与希望，诗的格调变得雄浑且豪放。在《天狗》中可以随处感受到郭沫若"火山爆发式的情感"，以及狂放、热烈、粗犷、雄浑的呐喊，很显然这是诗人高涨的情调在诗意诗境中的纯真表现，也是诗人在时代精神感染下真情的自然流

---

[1] 郭沫若：《生命的文学》，转引自王锦厚《在郭沫若研究的路途上》，四川文艺出版社，2017，第213页。

露。在郭沫若看来，"诗是情绪的直写"，他在回忆自己的作诗经过时曾表示，"在一九一九年与一九二〇年之交的几个月间，我几乎每天都在诗的陶醉里。每每有诗的发作袭来就好像生了热病一样，使我作寒作冷，使我提起笔来战颤着有时候写不成字。"[1]《天狗》的诞生正是郭沫若当时生命激情和创作热情的产物，同时这种难以抑制的创作激情和诗兴冲动也在催促郭沫若打破一切束缚和固有形式，去写"自己能够够味的东西"，《天狗》无拘无束的自由体式就是最好的证明。

通过"天狗"的自我形塑，一个气吞寰宇而不显疯狂、行为超常而不失合理的独立个体伫立在中国新诗史上。对于郭沫若而言，"天狗"是他现代性高峰体验下追求个体独立、张扬自我个性的精神产物，因此"天狗"形塑自我的旅程实际就是诗人生命扩张的旅途。而对于时代来说，"天狗"是一个精神符号，代表了"五四"时期昂扬向上、横扫一切的精神，将在一代代读者的共鸣中获得生命的永恒。

撰稿人：马鑫月

拓展阅读

1. 黄侯兴：《郭沫若的文学道路》，天津人民出版社，1983。
2. 李斌：《女神之光：郭沫若传》，作家出版社，2018。
3. 刘奎：《诗人革命家：抗战时期的郭沫若》，北京大学出版社，2019。
4. 刘纳：《论〈女神〉的艺术风格》，《中国现代文学研究丛刊》1982年第4期。
5. 温儒敏：《浅议有关郭沫若的两极阅读现象》，《中国文化研究》2001年第1期。

---

[1] 郭沫若：《创造十年》，载《郭沫若全集》文学编第十二卷，人民文学出版社，1992，第68页。

《弃妇》导读

　　李金发（1900—1976），原名李淑良，广东梅县人，中国现代的象征主义诗人，"李金发"是他用得最多的笔名。他在《小说月报》《新女性》《现代》等多种刊物发表过文章，《弃妇》是他的第一首现代诗，大约写于1922年，1925年刊于《语丝》杂志，后被收录于诗集《微雨》。李金发早年就读于香港圣约瑟中学，1919年赴法国学习雕塑，1921年就读于第戎美术专门学校和巴黎帝国美术学校，1925年在上海美术专门学校任教，后又在国立中央大学、杭州国立艺术学院任教，并创办《美育》杂志，之后被广东美术学院聘为院长，之后又被调到国民政府外交部任职。1945年，李金发出任驻伊朗大使馆一等秘书，之后全家移居美国。李金发深受法国象征派诗人波特莱尔、魏尔伦、马拉美等人影响，诗歌多用暗示、象征，以新奇的意象表达人生感慨，被称为"诗怪"，朱自清称他是"把法国象征派诗人的手法介绍到中国诗坛的第一个人"。李金发是中国现代象征主义诗歌的创始者，他的诗集《微雨》《为幸福而歌》《食客与凶年》是中国早期象征主义诗歌的代表作，对中国新诗的发展具有重要意义。

　　《弃妇》展现了弃妇被抛弃的遭遇与怒号，借弃妇形象抒发个人哀愁。诗的前两节是弃妇的内心独白，以弃妇之"我"作为抒情主体，冷眼目睹环境的黑暗，发出无声的叹息。诗人以弃妇的目光看世界，被抛弃后所感受到的世界的阴冷麻木是社会的写照，也使我们窥探到弃妇的内心。"长发披遍我两眼之前"[1]，以外形描绘弃妇内心的痛苦，在"女为悦己者容"的时代，弃妇无心打扮，任长发披散，可见内心的绝望与麻木。被抛弃的妇女无可避免地受到旁人的猜测质疑，忍受别人的另眼相看，但弃妇凌乱的长发反成为"羞恶之疾视"的阻隔，将外界的目光屏蔽在外。"鲜血之急流"是生命的热烈，"枯骨之沉睡"是死的沉寂，而长发将它们一并阻隔，失去鲜活的热情与死亡的安宁后，弃妇只剩下空洞麻木。弃妇周围的环境凄冷且残酷，被黑夜隐藏的事物出没其间，"蚊虫"与黑夜同步，哄乱的"嗡嗡"声侵入弃妇的空间，打破了她的安宁。诗人用比喻将这些声音视作使"游牧"战栗的"狂风怒号"。"黑夜"与"蚊虫"象征一切侵袭弃妇的黑暗事物与流言蜚语，它们悄无声息地袭来，像蚊虫一般，萦绕在弃妇"清白"的耳边，使得弃妇举步维艰，生活困难，难逃流言的侵扰。诗人采用西方意象"上帝"来寓意人的精神寄托，然而弃妇只"靠一根草儿，与上帝之灵往返在空谷里"[2]，她的精神支柱与灵魂支撑十分缥缈。"长泻在悬崖""随红叶而俱去"[3]，无一不体现着弃妇的哀痛与绝望，洞悉人世的冷漠与无情。

如果说前两节是弃妇之"我"的内心写照，那么诗歌后两节则是诗人的直接描绘。"堆积"可见弃妇的忧愁之深，"夕阳"与"灰烬"意味着时间的流逝，同时也象征着弃妇生命的即将终结，孤独无助与悲痛凄凉的处境与外界的声音促使弃妇的生命走向尽头。诗人用"游鸦"象征弃妇，而乌鸦往往被视为不吉利的象征，展现了弃妇被世人嫌弃与唾弃的处境；而"舟子之歌"歌唱的实则是弃妇悲剧的人生写照，饱含弃妇的凄凉与悲惨心境。"衰老的裙裾"同样象征弃妇逐渐沧桑衰老，"丘墓"更鲜明地表达了弃妇生命的终结感，而弃妇的眼泪满含悲愁，只成为世界的装饰，是草地上的一点晶莹，无人在意其中的凄冷与悲哀。诗中，弃妇的形象是封建时代被抛弃女子的真实写照，她的遭遇体现了人生和命运的悲剧，同时也暗含了作者的人生体验，由弃妇展现了深切的孤寂无助感和对现实社会的仓惶。

---

[1] 孙玉石编选：《象征派诗选》，人民文学出版社，1987，第1页。

[2] 孙玉石编选：《象征派诗选》，人民文学出版社，1987，第1页。

[3] 孙玉石编选：《象征派诗选》，人民文学出版社，1987，第1页。

中国早期象征主义诗歌深受法国象征主义诗歌的影响，多将意象纳入象征系统中，通过意象象征、暗示、联想、隐喻，追求诗的暗示性、朦胧美与神秘感，表达诗人的主观感受，将思想知觉化。作为早期象征派诗人，李金发多用象征、暗示表达深层的思想意蕴，而且擅长使用新奇的词汇，赋予它们象征意味。"黑夜与蚊虫"象征外界的冷眼与流言，"夕阳""灰烬""丘墓"暗示着弃妇生命的枯萎，"游鸦""衰老的裙裾"则是指被抛弃被嘲讽而苍老的弃妇。李金发打破了句与句之间的逻辑关联，《弃妇》中的诸多意象表面看来并无关联，但细想便会发现其中的联系。由弃妇的生命联想到"夕阳"，再由夕阳的形态联想到"火"，由火的焚烧联想到"灰烬"，由"灰烬"飘散联想到"烟突"，深入空中的"烟突"又与天空中的"游鸦"产生关联，再由"游鸦"的栖息联想到"海啸"，再联想到"舟子之歌"。这里，意象的跳跃组合带来神秘感，给读者以想象空间，而这些意象又带有共同的忧伤与颓败色彩，通过一个个联想，诗人将意象纳入到整体系统中，从而更形象地展现弃妇的忧郁与悲痛。作为象征主义诗人，李金发尤其重视诗歌中意象的象征性，他将象征比作人的血液，强调它在诗歌中的重要性，在《弃妇》中，这种象征是非常鲜明的。这首诗的象征意味不仅体现在意象中，而且还体现在诗歌的整体内涵里。弃妇不仅是被抛弃被鄙夷的旧社会妇女，而且象征着被社会驱逐的孤独失意者。除了上述艺术技巧，李金发还运用通感手法，将视觉、听觉等联系起来，带给读者多方面的感受，充分展现了象征主义诗歌的美学魅力。

《弃妇》虽然是象征主义诗歌，但仍与传统诗歌有一定联系。弃妇题材的诗歌最早可以追溯到《诗经》，曹植的《弃妇诗》更是直接以弃妇为题。从题材上来看，《弃妇》与传统文学联系鲜明。在内容上，《弃妇》也有传统文学的印记，其中的意象可以追溯到古代的典故与形象。从弃妇的外形来看，长发披散在眼前，散发的形象让人联想到古时被抛弃、被驱逐的人，个例中以屈原最为典型，屈原被抛弃、被驱逐的麻木与哀伤透过披散的长发展现，更添凄惨，深入人心，这一古代的典型性形象也可见该诗歌与传统的关联。弃妇周围的环境使人无法忍耐，"蚊虫"发出的声音像荒野里呼啸的狂风，这种比喻不禁让我们想到"聚蚊成雷"，用来形容蚊虫声音之大与来势之猛，足以使人战栗。

弃妇的感情悲怆，哀伤"随红叶而俱去"，古诗中有很多用"红叶"表达妇女忧愁与怨念的诗句，"红叶"是妇女思想情感的寄托，在这里"红叶"则用来寄托弃妇的"哀戚"，丰富了"红叶"意象的内涵。与此同时，古诗还时常以飞鸟传达人的情感意志等，这里形容弃妇的忧愁"长染在游鸦之羽"，可见与传统诗歌之关联，而这里的"游鸦"形象更加鲜明，契合弃妇被嫌弃的处境，意象内涵更加丰富。《弃妇》写于新文学初期，虽然新文学竭力与旧文学拉开距离，以确立自己的思想文化地位，但难免或多或少地带有传统文学印记。诗人、作家们不管如何反叛传统，都无法割裂传统，摆脱不了传统的影响，就像20世纪20年代散文的兴盛离不开传统散文的影响一样，现代诗歌也与传统诗歌密切关联。

　　《弃妇》虽与传统文学有所关联，但也被赋予新的内涵，从《弃妇》创作时的时代语境来看，这首诗还有着深刻的时代意义与社会价值。李金发有留学西方的经历，西方的文化视野与时代思想深深影响着他，不同于传统弃妇诗对妇女命运的同情，李金发的《弃妇》蕴含着深刻的文化反思色彩。诗中尤其鲜明的是浓厚的反封建意识，对传统社会与男权主义的批判。从外界对弃妇的态度可见，旧时妇女被抛弃的原因都是归结于妇女自身，而不考虑丈夫的因素。弃妇周遭的环境残颓凄凉，内心悲痛无助，男子给弃妇带来的伤害不仅是物质与肉体层面，更大程度上是精神创伤。李金发使用"上帝"一词，不仅给人新奇感，而且从西方视角揭示了夫妻关系。上帝是信徒的灵魂寄托，能抚慰人心，给人带来平静，而在传统夫妻关系中，丈夫如同妻子的"上帝"一般，是妻子依靠的对象。被抛弃的妇女精神依靠虚无缥缈，没有独立的人格与政治、经济权力，失去丈夫依附的妇女内心彷徨无助，这是弃妇的悲剧，也是封建社会的时代悲剧。旧社会的女性无法读书，相夫教子是她们的人生命运，没有话语权与人格尊严，一旦被抛弃只能无助哀嚎。从弃妇身上我们看到的是真实的旧社会，引起我们对中国文化的反思。

　　诗歌从弃妇的角度出发，感情激烈地向社会发出控诉，弃妇的诀别果敢而坚定，她被世人厌恶，而她也厌恶世人。她的悲哀与忧愁是对社会的绝望，如此激烈的情感是传统弃妇所没有的，她是将个人与社会对立，与传统对立，如同谈蓓芳所说，"像这样地把个人与整个社会相对立并向后者挑战的尖锐的感情，是中国以前的诗歌中从未出现过的。联系当时的时代背景，这显然是五四运动前后个人意识觉醒与发扬的产物，也可以说是鲁迅所希望在中国出现的'摩罗诗'精神的体现"[1]。

李金发深受象征主义诗人波德莱尔的影响，诗歌中的很多意象黑暗丑陋，比如《弃妇》中的"枯骨""丘墓"，并不具有美感，但在当时诗坛上却引起一阵轰动。黑暗的意象与悲凉的情感是对弃妇的形象刻画，同时也是李金发个人的情感抒发。李金发从小性格忧郁，出国求学后，弱国子民的留学生身份使他饱受同学欺凌，艰难的生活处境使他抑郁忧愁，并且对孤独弱小者给予更多的关注。在法国留学期间的见闻与经历更加深了他的心灵创伤，繁荣的资本主义国家背后是社会的黑暗与污秽，人世的苦难与不幸，上层社会的灯红酒绿与下层平民的贫困潦倒叩击着李金发的心灵，因此他对波德莱尔的感触更深，丑陋的意象是他对现实的抨击，弃妇的情感是他的情感宣泄。李金发打破了传统的审美方式，以黑暗和丑陋抒发内心伤痛，展现现实弊病，在丑陋背后还隐藏着他对光与爱、理想与平等的追求。

李金发以独特的审美艺术和现代意识开创了中国象征诗派，通过象征、暗示、联想等方法营造诗歌的朦胧美与神秘感，为诗坛增添了新色彩。《弃妇》以新奇的意象展现旧社会妇女的悲哀，抒发诗人的悲恸情感；弃妇形象中还包蕴着诗人以西方视野对旧社会及传统文化的反思批判。弃妇的悲哀是时代的悲哀，隐喻着人生如弃妇，她的悲哀和绝望是别人无法理解的深层主题内涵。值得注意的是，作为现代象征主义诗歌，《弃妇》仍带有传统文学的痕迹，这也意味着新文学的发展无法摆脱传统的影响，新文学既是开新，也有继承。《弃妇》这首创作于百年前的作品，其中丰富的思想内蕴仍值得我们去不断挖掘。

撰稿人：李玉

---

[1] 谈蓓芳：《由李金发的〈弃妇〉诗谈古今文学的关联》，《复旦学报（社会科学版）》2002年第1期。

拓展阅读

1. 孙玉石编选：《象征派诗选》，人民文学出版社，1987。

2. 姚玳玫：《从李金发的际遇看早期现代主义艺术在中国的困境》，《文艺研究》2008 年第 10 期。

3. 陈厚诚：《死神唇边的笑：李金发传》，百花文艺出版社，2008。

4. 李复威：《爱之神：李金发诗歌赏析》，中国广播电视出版社，1999。

《再别康桥》导读

徐志摩（1897—1931），原名章垿，字槱森，留学美国时改名志摩，浙江海宁硖石人，中国现代诗人、散文家。其诗歌独抒性灵、追求个性解放，热烈地表达着"自由""爱""美"等主题，诗歌语言活泼潇洒，情感丰沛，具有较高的思想和艺术价值，代表作有《再别康桥》《沙扬娜拉》《偶然》《翡冷翠的一夜》等。

《再别康桥》写于 1928 年 11 月，初载于 1928 年 12 月 10 日《新月》月刊第 1 卷第 10 号，后被收入《猛虎集》。1920 年 10 月—1922 年 8 月，徐志摩曾游学康桥，1928 年故地重游，在归国途中作成此诗。《再别康桥》风格自然清新，饱含着徐志摩对康桥的眷恋之情，也有对现实人生失落的愁绪，是白话新诗中的精品。

剑桥对徐志摩有着特别的意义，在《猛虎集·序文》中，徐志摩写道："我的眼是康桥教我睁的，我的求知欲是康桥给我拨动的，我的自我的意识是康桥给我胚胎的"[1]。在离开康桥六年后重返此地，徐志摩难免对其有着难以割舍的惜别之情，因此在复杂的思绪中写作了此诗。

一、喜与悲的情感交织

陈梦家认为，《再别康桥》的"情感是澄清的"[2]。但在其清新的语言之下，

---

[1] 徐志摩：《吸烟与文化》，《徐志摩经典散文》，山东文艺出版社，2018，第 218 页。

[2] 陈梦家：《〈新月诗选〉序》，周海波《中国现代文体理论导读》，中国海洋大学出版社，2020，第 172 页。

在对过去的回忆与现实的失意中，又隐现着徐志摩的离别伤感之情。

"轻轻的我走了，/ 正如我轻轻的来；/ 我轻轻的招手，/ 作别西天的云彩。"首段开头，一连用了三个"轻轻的"，在这里，诗人告别康桥，而且是以"轻轻的"方式，有人分析说这里是徐志摩想要去拜访友人，却没有顺利找到友人，更加深了徐志摩对康桥的不舍，同时又牵涉到康桥的一些往事经历，这就只能成为一次无法圆满完成的道别。当他一个人回顾自己在康桥的过往，唯有向"西天的云彩"作别，其落寞之情可见一斑。

接下来，徐志摩再次走进康桥，在诗人的眼里，康桥的模样是明快的，"那河畔的金柳，/ 是夕阳中的新娘；/ 波光里的艳影，/ 在我的心头荡漾。"徐志摩喜爱用亮丽的颜色描绘景物，此刻柳树已经成为"金柳"，"新娘""艳影""荡漾"几个词语，似乎表现出诗人欢愉的心情，但面对的是康桥的黄昏，是否暗含了诗人无尽的愁思呢？诗人曾自述："在康河边上过一个黄昏是一服灵魂的补剂。阿！我那时蜜甜的单独，那时蜜甜的闲暇。一晚又一晚的，只见我出神似的倚在桥阑上向西天凝望——看一回凝静的桥影，数一数螺钿的波纹；我倚暖了石阑的青苔，青苔凉透了我的心坎……"[1] 可见黄昏带给诗人的感受，并非是单纯的离别之意，而是他曾经在黄昏的康河度过的美好岁月的沉淀，诗人的感受是丰富的，对桥影、波纹、青苔都有细致的描绘，但最终在诗歌中他并未展开描写，只作为他回忆的简短的部分叙述。

接下来描绘的对象与画面，康河里的水草："软泥上的青荇，/ 油油的在水底招摇；/ 在康河的柔波里，/ 我甘心做一条水草！/ 那榆荫下的一潭，/ 不是清泉，是天上虹；/ 揉碎在浮藻间，/ 沉淀着彩虹似的梦。"徐志摩对康桥的情感是"柔软"的，他甘心成为水草，一方面可看出他对康桥的爱恋，另一方面，作为水草，是因为康桥的水是"柔波"，而在康桥的三年，也是康桥自由的氛围包容了徐志摩的求学之路，"榆荫下的一潭"不是触手可及的"清泉"，而是水草所无法触及的"彩虹似的梦"，这个梦能代表徐志摩心中许多梦想的内容。

---

[1] 徐志摩：《我所知道的康桥》，《晨报副刊》1926 年 1 月 16—25 日。

进入回忆后，徐志摩暂时忘记了自己的道别，沉浸在康桥的美丽之中，这两段写得十分柔情，从这一点来看，《再别康桥》所表现的情感有着新月派前期诗歌那种单纯、动人的特点。

诗歌进入高潮处，诗人在回忆中也一时兴起，几乎要放声高歌，"寻梦？撑一支长篙，/向青草更青处漫溯；/满载一船星辉，/在星辉斑斓里放歌。"从黄昏进入夜晚，诗人徘徊在康河水边，夜晚将诗人的情绪放大，诗人从单纯的自然景物想到自己所追求的梦，想到自己在康桥的美丽的日子，其意象"星辉""星辉斑斓"都无尽动人。这里诗歌情绪显然是高涨的，快乐的。但诗人在接下来的一段马上转笔，"但我不能放歌，/悄悄是别离的笙箫；/夏虫也为我沉默，/沉默是今晚的康桥！"诗人在进入康桥的回忆时，就已经带着离别愁绪，因而在其兴致高涨之时突然转折，回到开始时的心情，自己是"轻轻"而来，要"悄悄而去"；此时诗人孤身一人，最吵闹的夏虫"也为我沉默"，诗人的愁思无处诉说，可以说，在最快乐之处，也是诗人最落寞之时。

最后一段与首段相呼应，"悄悄的我走了，/正如我悄悄的来；/我挥一挥衣袖，/不带走一片云彩。"虽然"轻轻"与"悄悄"都有安静的意思，但是"轻轻"地来，是不愿意打扰，在诗人内心有千般万般情思想要诉说；而"悄悄"地走，则意味着诗人已经没有什么可留念的，诗人的情绪已经抒发完毕，不再与谁作别，仅仅是"我挥一挥衣袖，/不带走一片云彩"，表现出诗人超脱、潇洒的人格形象。

整首诗歌，跟随徐志摩回忆康桥的情绪而展开，在回忆的喜悦中带着更深的愁绪，诗人将道别的愁绪写得轻松明快，但须体味作者在许多明快意象的背后依然有逃离不开的伤感。

二、诗歌意象的取舍

诗人的思绪一直沿着康河在游走，徐志摩在此游学三年，对康桥应该十分熟悉，为何不选择康桥的其他方面进行抒情呢？这是因为，徐志摩对康河的情感是很深的，他在《我所知道的康桥》中写道："康桥的灵性全在一条河上；康河，我敢说，是全世界最秀丽的一条水。"[1]诗人对康桥的情感凝集于这条河上，因此《再别康桥》的抒写几乎都围绕着康河而展开，而未提到康桥的建筑或他在剑桥大学的学业等内容。"我康桥经验中最神秘的一种：大自然的优美，宁静，调谐在这星光与波光的默契中不期然的淹入了你的性灵。"[2]康河与诗人本身的性灵相契合，他钟情于康河的星光与波光，在《再别康桥》中，也对其进行了渲染。

《再别康桥》中的意象，几乎都可以在徐志摩的回忆散文《我所知道的康桥》中找到更为详尽的描述。《我所知的的康桥》比《再别康桥》早作两年，可见诗人对康桥的眷恋一直萦绕于心。在《再别康桥》中，诗人描绘的意象是丰富而独特的。首先是"黄昏"，徐志摩迷恋黄昏，有对黄昏的浪漫想象，他在《我所知道的康桥》中曾说："陆放翁有一联诗句：'传呼快马迎新月，却上轻舆趁晚凉'；这是做地方官的风流。我在康桥时虽没马骑，没轿子坐，却也有我的风流：我常常在夕阳西晒时骑了车迎着天边扁大的日头直追。"徐志摩的"思乡"，对黄昏思念得最多，他对康桥的黄昏这样迷恋，夸父逐日般地追随夕阳，却仅在诗歌中提到一次夕阳，"那波光里的艳影，/是夕阳中的新娘"，诗人不多加渲染自己沉醉在黄昏中的思绪，也不继续自己浪漫主义的追夕阳，他对自己的情感是浓缩了又浓缩的，"一别二年多了，康桥，谁知我这思乡的隐忧？也不想别的，我只要那晚钟撼动的黄昏，没遮拦的田野，独自斜倚在软草里，看第一个大星在天边出现！"[3]

"草坪"与"撑船篙"也是诗人所钟情的，"这岸边的草坪又是我的爱宠，在清朝，在傍晚，我常去这天然的织锦上坐地，有时读书，有时看水，有时仰卧着看天空的行云，有时反仆着搂抱大地的温软。"[4]草坪带给诗人的感受

[1] 徐志摩：《我所知道的康桥》，《晨报副刊》1926 年 1 月 16—25 日。
[2] 徐志摩：《我所知道的康桥》，《晨报副刊》1926 年 1 月 16—25 日。
[3] 徐志摩：《我所知道的康桥》，《晨报副刊》1926 年 1 月 16—25 日。
[4] 徐志摩：《我所知道的康桥》，《晨报副刊》1926 年 1 月 16—25 日。

是柔软，正如那一条水草般柔和，诗人在《再别康桥》中所行，皆是沿着康河的草坪，他又将这种柔软、自由赋予在柔波、水草、青荇之中。

与草坪的柔和相反，撑船篙却是累人的，徐志摩描写自己学撑船，东撞西撞，十分笨拙，却始终不肯放弃撑船，而在他眼里，撑船的人也是一处风景，"你站在桥上去看人家撑，那多不费劲，多美……她们那敏捷，那闲暇，那轻盈，真是值得歌咏的。"[1] 而这些，化为了《再别康桥》中的"撑一支长篙，/ 向青草更青处漫溯；/ 满载一船星辉，在星辉斑斓里放歌"，这样轻松自由地撑船，划向星辉斑斓之处，或许是徐志摩心之所向，他不仅徜徉在大自然的美景之中，也希冀自己能够自如地撑船。

三、《再别康桥》的"三美"

这首诗歌短小清新，也符合新月派前期所强调的诗歌"三美"与格律化主张，诗歌情调哀而不伤。徐志摩用精巧的笔触，将自己对康桥的丰富生命体验转化成这样一首脍炙人口的小诗，展现了他心目中一幅幅经典的康桥镜头，即康河边、黄昏到夜晚之时的景物，体现出"绘画美"，尽管读者难以体会到诗人曾在康桥追逐夕阳、执着撑船的快乐的过往，却能同诗人一起，感受到康桥令人沉醉的自然风光。

除了绘画美，《再别康桥》也在一定程度上展现了建筑美与音乐美。全诗结构整齐，共分七段，每段四行，每行错落有致；诗人又安排每节押韵，逐节换韵，第二节"柳""娘""影""漾"四个结尾字皆押韵，第三节"摇""草"押韵，第六节"箫""桥"押韵，这种并非每节押韵的安排，使诗歌读起来节奏整齐又不失自由感。开头与结尾的"轻轻""悄悄"则增添了诗歌整体的轻盈感，同时也打破了诗歌中间的节奏，制造出新鲜感，使诗歌呈现出回环往复之美。

《再别康桥》饱含着徐志摩对康桥自在生活的回顾与深情，他对自己回忆

---

[1] 徐志摩：《我所知道的康桥》，《晨报副刊》1926 年 1 月 16—25 日。

的处理，反映出新月派诗人对中国新诗所作出的努力，而要了解《再别康桥》，需要先了解徐志摩对康河的情感，康桥的自由浪漫成就了徐志摩的精神自由，也成就了中国现代诗歌史上的这首佳作。

撰稿人：吴丽萍

拓展阅读

1. 邵华强：《徐志摩研究资料》，陕西人民出版社，1988。
2. 李怡：《中国现代新诗与古典诗歌传统》，北京大学出版社，2008。
3. 陈从周：《徐志摩年谱》，上海书店出版社，2008。
4. 韩石山：《徐志摩传》，人民文学出版社，2010。

《我底记忆》导读
——从诗"歌"到诗"情"

　　戴望舒（1905—1950），原名戴丞，浙江省杭州市人，中国现代派象征主义诗人，翻译家。在他45年的短暂生涯中，戴望舒为中国新诗的发展作出了卓越的贡献。他在世时先后出版了《我底记忆》《望舒草》《望舒诗稿》《灾难的岁月》四部诗集，在现存的90余首诗歌中，流传最广的莫过于赋予他"雨巷诗人"之称的《雨巷》与后期如泣如诉的爱国主义新诗《我用残损的手掌》。对比这两首诗歌，会发现戴望舒的诗风前后风格差异十分明显。事实上，《雨巷》之后不久，戴望舒就弃"新月"而转向"现代"，他于1929年所发表的《我底记忆》一诗，是他写诗由重"歌"转向重"情"的宣言，这首诗也因此成为现代诗派创作的一个起点，成为研究戴望舒创作历程的关键篇目。

　　据杜衡回忆，《我底记忆》实际上是在《雨巷》之后不久就成稿的：

　　　　一九二七年夏某月，望舒和我都蛰居家乡，那时候大概《雨巷》写成还不久，有一天他突然兴致勃发地拿了张原稿给我看，"你瞧我底杰作。"他这样说。我当下就读了这首诗，读后感到非常新鲜。在那里，字句底节奏已经完全被情绪底节奏替代，竟使我有点不敢相信是写了《雨巷》之后不久的望舒所作。只在几个月以前，他还在"徬徨"，"惆怅"，"迷茫"那样地凑韵脚，现在他是有勇气写"它的拜访是没有一定的"那样自由的诗句了。[1]

---

[1] 转引自陈太胜：《象征主义与中国现代诗学》，北京大学出版社，2005，第136页。

据此可知，《我底记忆》这首诗的写作时间应当是1927年。而戴望舒对于两年后此诗的发表也是十分重视的。毫无疑问，这是一首得到诗人自我充分肯定的作品。诗人对《我底记忆》的重视程度，不仅体现在杜衡回忆中的"兴致勃发"，更体现在他出版诗集的编排上。诗人第一部诗集即以此诗题命名，并将《我底记忆》这首诗放在诗集的第三辑首篇，承接第二辑末篇的《雨巷》，令人鲜明地感受到风格的切换。而他最负盛名的《雨巷》在第二部诗集《望舒草》中未被收录，《我底记忆》却被放在了整部诗集的首篇，这更显示了戴望舒以此诗作为创作关键转折点的决心。较之《雨巷》这篇成名作，他对《我底记忆》的青睐程度由此可见一斑。能够放下成名作的辉煌，放下众多评论家对"雨巷诗人"的赞赏，转而投向自己心中真正的诗歌，不让"韵和整齐的字句"去"妨碍诗情"，是戴望舒的洒脱、智慧之处，也是他作为现代诗派奠基人可贵的开创精神所在。正如他所说："愚劣的人们削足适履，比较聪明一点的人选择较合脚的鞋子，但是智者却为自己制最合自己的脚的鞋子。"[1]《我底记忆》就是戴望舒心目中"最合自己脚的鞋子"。

事实上，诗人自己概括了这种转变，即诗歌不应重音乐而是应该重诗情，正如他阅读与翻译了法国象征派诗歌后所作的十七条诗论札记——《诗论零札》中所写的："诗不能借重音乐，它应该去了音乐的成分。"[2]如果说可把《雨巷》比作一首婉转动听的小城曲调的话，那么《我底记忆》就是一段悠悠的内心诉说，前者重韵律灵动，后者重情绪流动。这种从诗"歌"到诗"情"的转变，是诗人对诗歌承载主体作出的改变。《诗论零札》中8次提到"诗情"与诗的"情绪"，并且认为过于注重诗的节奏与韵脚会破坏这种情绪，可见戴望舒最注重的莫过于诗情而非新月派所推崇的"三美"，所以他才致力于摒弃过于强调音乐节奏的创作而倾吐出杜衡口中的"自由的诗句"。不过，这种为当时诗坛注入新风的、从格调到情感的转变却并不是突然发生的，虽然杜衡"有点不敢相信"这是"雨巷诗人"几个月后的创作，但从戴望舒的个人经历与创作心态来看，

[1] 戴望舒：《望舒诗论》，姜涛主编《中国新诗总论.1，1891—1937》，宁夏人民教育出版社，2019，第304页。
[2] 戴望舒：《诗论零札》，蔡元培、高敬等《美学的盛宴》，新世界出版社，2018，第324页。

这一切早已有迹可循。

　　戴望舒早年从事过编辑工作，这一身份也形塑着他的诗风。1923 年，创办文学刊物《兰友》的初尝试让他关注到新文学。同年，他于 5 月 9 日发表在"国耻特刊"上的《国破后》一文中写道："如今我们《兰友》在这国耻日，来作一个爱国的呼声"[1]，他与当时所有的进步青年一样拥有强烈的爱国主义情怀，这使他自觉地、持续地关注社会环境，关注现实人生。他注定无法长期如《旧锦囊》诗辑中的那些前期诗歌一样，一味地转向内部探寻理想的浪漫主义。这种关注现实的倾向也成了他后续创作现实主义革命新诗的心理基础。在戴望舒任编辑期间，他还翻译发表了许多法国象征派的诗歌，这是对他产生最直接影响的诗歌流派，为他身处混乱中国以及早年情感生活所带来的惆怅忧虑情绪找到了出口。象征派对他的影响是一直在持续、变化着的，主要分为两个时期：一是《雨巷》时期，受魏尔仑的影响，诗人对诗歌韵脚要求较为严格，而部分忽略了情感上的深度，造成评论家笔下"浅白"的效果；二是以《我底记忆》为开端的《望舒草》时期，以此诗为例，研究者们都注意到其中明显能够看到法国诗人耶麦的影子，这种诗风是"更为自由的，朴素亲切的"[2]。少了词藻的华丽雕饰，也少受音乐韵律的制约，能够更大幅度地展现诗歌中情感的流转与隐表，即"诗的韵律不在字的抑扬顿挫上，而在诗的情绪的抑扬顿挫上，即在诗情的程度上。"[3]诗人认为这是更为成熟的象征主义。

　　在《旧锦囊》诗辑中，诗人表达情感的方式多是直抒胸臆。到了《雨巷》诗辑，已经能够用意象来潜藏自身的情感与思绪。而在《我底记忆》里，戴望舒又开拓了新的意象使用方式——铺排的"情感客体化"方式，这是他从法国诗人耶麦的诗篇《膳厅》处取得的经验。以下是戴望舒所译的《膳厅》的节选：

　　　　有一架不很光泽的衣橱，
　　　　它会听见过我的姑祖母的声音。

[1] 张立群、李阳：《论戴望舒的诗人心态及创作道路》，《淮北师范大学学报（哲学社会科学版）》2017 年第 1 期。

[2] 阙国虬：《试论戴望舒诗歌的外来影响与独创性》，《文学评论》1983 年第 4 期。

[3] 戴望舒：《诗论零札》，蔡元培、高敬等《美学的盛宴》，新世界出版社，2018，第 324 页。

它会听见过我的祖父的声音。

　　它会听见过我的父亲的声音。

　　对于这些记忆，衣橱是忠实的。

　　别人以为它只会缄默着是错了，

　　因为我和它谈着话。[1]

这种铺排式意象的组合也出现在《我底记忆》的第二节中：

　　它存在在燃着的烟卷上，

　　它存在在绘着百合花的笔杆上，

　　它存在在破旧的粉盒上，

　　它存在在颓垣的木莓上，

　　它存在在喝了一半的酒瓶上，

　　在撕碎的往日的诗稿上，在压干的花片上，

　　在凄暗的灯上，在平静的水上，

　　在一切有灵魂没有灵魂的东西上，

　　它在到处生存着，像我在这世界一样。[2]

同样是记忆的主题，同样是各种排列组合的意象，这种铺排意象的方式让眼前所见皆变为了记忆，这些物品无一不在与诗人对话着曾经的过去。记忆就这样随着视线流转变化，这些物象让虚幻的记忆有了"客观对应物"。而最后一句中，诗人将自己与这些"记忆"对应起来，其实戴望舒也和耶麦一样，在通过这些物品和记忆谈着话。这种联结让诗人自身也变成了一个对应物，于是我们可以认为，他们在通过这些物品回忆着各个时期或者各种场景中曾经的那个自我。在《我底记忆》中，诗人用了"破旧""颓垣""凄暗""平静"等许多形容词，形象地描摹出对应记忆的情绪与感受，这些记忆是有起伏的、多样的，共同构成了回忆中的自我。有了特定的场景与对应的情绪，记忆不再缥缈无形，仿佛是摆放在这间居室的收藏品，真实可感。这些意象的选择也并不是杂乱无章的，统领着它们的是一种古旧感与残缺感，一如"燃着的烟卷""喝

[1] 耶麦：《膳厅》，戴望舒《戴望舒诗全集》，现代出版社，2015，第228页。

[2] 戴望舒：《我底记忆》，《戴望舒作品精选集》，山西人民出版社，2020，第238页。

了一半的酒瓶""撕碎的诗稿",这种残缺也正对应着记忆的模糊性与片段性,符合人们心中对这种感受的主观认知,这更能够引起读者共鸣。从整体上看,诗人笔下的记忆是灰蒙蒙的、缺乏生机与活力的,这一点倒是与戴望舒一贯的消极情感体验一致,这令诗歌带上了强烈的个人色彩。而这些正是戴望舒所希望做到的:"诗应该有自己的 originalité(法文:特征),但你须使它有 cosmopolit é(法文:普遍)性,两者不能缺一。"[1]

如果说《雨巷》是诗人的自言自语,代表着诗人独有的朦胧情绪,这种情感说不清道不明,也不足为外人道,那么到了《我底记忆》时,诗人已经能够在自我的隐藏与显表间寻到一种平衡,在传达自身回忆年华独特感受的时候,通过"情感客体化"的方式让读者产生共鸣,达到一种"全官感或超官感"的体验。一般认为,《我底记忆》中诗人通过回忆所引发的感情有两种:一是他本人并不顺利的情感生活带来的无限感慨;二是当时黑暗的政治环境让许多资产阶级知识分子感到的迷茫无措。我们无法感受诗人的全部情感,因为他在诗歌中有意隐去了部分情感,但那杆绘着象征纯洁爱情的百合花的笔杆、那在脑海中泛起的如少女般夹着眼泪夹着太息的声音,是否是诗人在回忆往日那爱慕的女子?无论如何,这些细节都指引我们去探寻戴望舒笔下感觉与情绪"幽微精妙的去处",这是诗歌中有情感的隐表、有感觉的对象才能激起的独特阅读体验。

值得注意的是,诗中不仅用各种物象来承载记忆,还将记忆拟人化了。戴望舒对拟人手法的运用在《雨巷》时就展现出了极高的天赋,到了《我底记忆》中则更加多变与自由。拟人是他本人也非常重视的写作手法,他认为:"诗应将自己的情绪表现出来,而使人感到一种东西,诗本身就像是一个生物,不是无生物。"[2]使诗歌具有生物性的最好方法就是将诗中的情绪本身塑造成一种生物。于是在诗人这里,记忆有时是少女,但更多时候是自己的老友。与老友的相处无疑是放松的、随心所欲的,于是它"老讲着同样的故事","老唱

[1] 戴望舒:《诗论零札》,蔡元培、高敬等《美学的盛宴》,新世界出版社,2018,第 325 页。
[2] 戴望舒:《诗论零札》,蔡元培、高敬等《美学的盛宴》,新世界出版社,2018,第 326 页。

着同样的曲子"，它的拜访也"是没有一定的"，"是琐琐地永远不肯休止的"，这种如"老……""是……的"一般的口语化结构大量出现在诗歌中，还有各种介词的运用，这显然是戴望舒对解放诗句的尝试，并且达到了很好的效果——增强了诗句的散文化与口语化，将诗歌从齐整规律的形式和韵律中解放出来，塑造了一种"随想式"的美学风格。当然我们也应当认识到，他所说的"去了音乐的成分"这种态度并不极端，他反对的其实是格律诗中"一般意义的音乐成分"重于"诗的成分"，他推崇的是不必为了凑韵脚与变换韵脚（即达到表层的音乐性）而将同一种情感用不同的词反复表述，这其实才是一种真正自由的写作。

《我底记忆》是一首散文化的诗，其中仍旧有叠字叠词等优美的节奏感，但它与散文一样，是以情感为述说线索的，这就使富有节奏感的诗句中透露出诗人挣脱束缚后的从容与晓畅，让我们仿佛真的看到诗人在与过去记忆中的自我对话。这对话发生在深夜，又或是清晨，诗人在面对它时展露出内心真正的情绪，他或哭泣，或睡去。虽然这位"老友"带给他更多的是愁绪与寂寥，却也让人的内心在这种相处与审视中得到了真正的平静与慰藉。这首诗歌，不以音乐的美感取胜，它最珍贵的，是其中足以令读者动容的真挚情感。

撰稿人：刘钰洁

拓展阅读

1. 戴望舒：《戴望舒诗选》，长江文艺出版社，2021。
2. 戴望舒：《望舒草》，百花文艺出版社，2004。
3. 戴望舒：《望舒诗稿》，百花文艺出版社，2005。
4. 北塔：《雨巷诗人——戴望舒传》，浙江人民出版社，2003。
5. 阙国虬：《试论戴望舒诗歌的外来影响与独创性》，《文学评论》1983年第4期。

《距离的组织》导读
——一方"思境"，几段"距离"

卞之琳（1910—2000），江苏海门人，中国现当代作家、诗人、文学评论家、翻译家。他是后期新月派诗人，袁可嘉曾用"上承'新月'（徐、闻），中出'现代'，下启'九叶'"[1]来肯定他在新诗创作上的独特地位。卞之琳善于吸纳中西诗歌艺术技巧，据他自己所说，中学李商隐、姜白石、温庭筠，西取波德莱尔、艾略特、叶芝等人。其诗融合传统诗学的"意境"与西方的小说化、典型化、非个人化的"戏剧性处境"以及象征等，推重抒情客观化、"非个人化"，从某种意义上说，这是对早期白话新诗情感过于强烈直露的纠偏，也是对传统诗歌含蓄内敛美感的一种回归。卞之琳的诗歌偏重意象创造，诗句间跳跃性极大，内涵朦胧难解。中国诗歌传统重表情达意，"五四"之后的诗人也多以诗言情，而卞之琳致力于诗意智性化的探索，善于从生活中凝聚思维的闪光，创作了不少以哲思冷隽为特点的现代"智慧诗"，多为读者熟知的诗有《投》《断章》等。"智慧诗"可以说拓展了"五四"时期的说理诗和警句诗，甚至是对重"理趣"的宋诗一个遥远的回应。卞之琳的诗还讲究音节格律，大部分是典型的新格律诗，用韵追求复杂，诗体多变，与现代派各家有所不同。《距离的组织》是卞之琳"智慧诗"的典型代表，作于 1935 年 1 月 1 日，被收录在《鱼目集》中。

卞之琳在谈到 30 年代的创作感悟时说："总象是身在幽谷，虽然是心在

---

[1] 袁可嘉：《略论卞之琳对新诗艺术的贡献》，《文艺研究》1990 年第 1 期。

峰巅"[1]，不少学者结合时代背景将卞之琳所说的"身在幽谷"理解为诗人因国家危难感到失望痛苦，这当然无可厚非，但总令人觉得这种理解窄化了对此诗的解读，或许诗人受现实触动，而思绪却又超越了现实呢？在这首小诗的自注中，作者也说道："整诗并非讲哲理，也不是表达什么玄秘思想，而是沿袭我国诗词的传统，表现一种心情或意境。"[2]

"意境"是中国古典诗学概念，它是由意象及其承载的主观情绪共同形成的一种艺术境界。"尽意莫若象"[3]即言表情达意最宜用物象，"口能言之，而意又不可解。划然示我以默会想象之表"[4]，也就是说，言语虽能表达主体含义，却难于理解，不如意象表达得鲜明生动。同时意象又追求"韵外之致""味外之旨"，并不局限于一象一意，严羽有言"其妙处透彻玲珑，不可凑泊，如空中之音，相中之色，水中之月，镜中之象，言有尽而意无穷"[5]，讲求含蓄朦胧、耐人寻味，但又不可误于艰涩隐晦。《距离的组织》一诗所用意象并不算难，通过对"衰亡""灭亡""暮色苍茫""灰色"这些字眼的捕捉，读者可以较快地感受到此诗隐含较深的愁绪，但是又不知"我"为何而忧，皆因前后诗句的跳跃性太强，待补的空白也很多，读者似乎明了一点，却又马上陷入下一句的迷惘中。不过，正是这种似懂非懂、欲近还远的审美感受，为读者的解码旅程增添了曲折的趣味，也使这首小诗有丰富不尽的解读。

诗人思绪飘飞，更无意理清脉络，便"随意"地抛给读者。虽然从"意境"出发可以对此诗的情绪略知一二，但与其说此诗重在"意境"，倒不如说重在"思境"更为恰当。读《罗马衰亡史》、看远方而来的风景片、做梦、友人到访，这些内容之间有什么联系吗？似乎没有什么高深的逻辑，只是散乱的日常、流荡的思绪。当我们不再执着于发掘诗歌背后"一定"存在的道理时，似能发觉这首诗的美。诗人虽身拘一小屋，但自由的思绪可远观历史、神游宇宙、穿梭

---

[1] 卞之琳：《自序》，《雕虫纪历》，人民文学出版社，1984，第 3 页。

[2] 卞之琳：《距离的组织》自注，《雕虫纪历》，人民文学出版社，1984，第 37 页。

[3] 王弼：《周易略例·明象》，楼宇烈校释，《王弼集校释（下）》，中华书局，1980，第 609 页。

[4] 叶燮：《原诗·内篇下》，霍松林校注，《原诗 一瓢诗话 说诗晬语》，人民文学出版社，1979，第 31 页。

[5] 严羽：《诗辩》，郭绍虞校释，《沧浪诗话校释》，人民文学出版社，1983，第 26 页。

回忆、沉睡梦境，此之谓"思接千载""心游万仞"，从作者的创作心理来看，思绪本身就是一种"距离的组织"。读这首小诗，我们可以一如既往地感受到"智性"的特点，诗人的思绪翩飞其间，普通的日常碎片似乎都有品咂不尽的余味，这也许就是某种"思境"吧。

诗中写道："想独上高楼读一遍《罗马衰亡史》，／忽有罗马灭亡星出现在报上"[1]，"独上高楼"想必读者并不陌生，在"无言独上西楼，月如钩"，"昨夜西风凋碧树，独上高楼，望尽天涯路"等诗句中，"独上高楼"已然成为一个内涵丰富的意象，它一出现，本身就带有一定前景含义。以地理之变化寻求心境之变化，作者或许正像古人一样，想要借登楼远望来转移此时愁绪。"《罗马衰亡史》"一出现，便有不少人将其与作者所处的时代背景相勾连，认为作者是出于对国家危难的极度忧虑，而"罗马灭亡星"的出现仿佛引起不祥的预感。这样的解读无可厚非，但我们也不要因时代环境而拘囿了眼光。主人公刚想读《罗马衰亡史》，打开报纸"罗马灭亡星"的新闻便赫然入目，一切仿佛安排得极为凑巧，也许我们从文题入手，更能体悟一种哲思的妙趣。所想与所见就这样强烈地偶遇，不免令人觉得，头脑思想与现实所遇的"距离"可以如此接近。而根据作者的自注，"罗马灭亡星"本是几千年前罗马帝国倾覆之时发出灿烂光芒的星球，然而就在此刻，这遥远的承载了历史记忆的光芒才到达现代人的视野中，我们又一次感叹，宇宙的距离是如此遥远，然而悠悠历史和现实的距离竟然可以如此接近，罗马的灭亡仿佛如同身边发生的事，"距离"可以那么远，又可以在瞬间那么近。

接下来诗人写道："报纸落。地图开，因想起远人的嘱咐。／寄来的风景也暮色苍茫了。"[2]接下来，主人公可能因对时光的错愕失手掉了报纸，冥冥之中历史与此刻的距离竟然迅速消泯，令他若有所思。也许他想要看看中国同罗马之间的距离如何，打开地图，却又想起一位远在他乡的好友。因孤单一人面对黄昏日暮，"我"不免想起友人温暖的嘱咐，于是打开友人寄来的风景片，

---

[1] 卞之琳：《距离的组织》，《雕虫纪历》，人民文学出版社，1984，第36页。

[2] 卞之琳：《距离的组织》，《雕虫纪历》，人民文学出版社，1984，第36页。

却感到"暮色苍茫"。也许这张风景片已是很多年前的礼物,再次打开,追忆起当年的友情不免觉得颇为遥远陌生。此处写得尤为巧妙,风景片给予主人公以黄昏之感,暗合此时时令已至暮色时分,这里是又一种独特的"距离的组织":心中所感与现实时令竟然巧合了。

("醒来天欲暮,无聊,一访友人吧。")[1],这一句带括号的话,根据作者的自注,是写友人来访前的心理活动,"语调戏拟我国旧戏的台白"[2]。这一新颖的表达形式给人强烈的陌生感,读者往往不知所云。卞之琳曾说自己喜欢表达"西方所说'戏剧性处境'""倾向于小说化"[3],作者在此处突然穿插他人的心理活动,主人公的这一条线索暂时中断,整个小诗呈现复线并进式结构,最后在诗末主人公醒来、友人到访时,两条线汇合。这里,形式上的嵌入可能隐含另一重"距离":作者孤单的内心正需要友人的陪伴,而远处就有一位友人正想前来探访,实在是冥冥中似有天意,两颗并无沟通的心在日暮之时共同感到孤单、想要寻求友情的温暖,原来,心与心的距离也可以很近。这恰好令我们想到苏东坡恰遇朗然月色时,兴之所至,想要与一位友人相约赏月,而意中的对象张怀民恰好也并未入睡,实在是心有灵犀。

"灰色的天。灰色的海。灰色的路。"[4],此句开始写主人公的梦境,头上天空、面前大海、脚下道路,皆是灰蒙蒙一片,这样的梦境实在让人感到忧郁和压抑。"哪儿了?我又不会向灯下验一把土。"[5]这里表达"我"在这样的境遇里不知身在何处,有一种迷茫无措之感。而梦是意识卸除警戒后内心的真实反映,写梦亦写实。"忽听得一千重门外有自己的名字"[6],主人公在梦中听到有人敲门,近在咫尺的敲门声在梦里却远得像在"一千重门外",这是梦境与现实之间的又一道奇妙距离。"好累啊!我的盆舟没有人戏

---

[1] 卞之琳:《距离的组织》,《雕虫纪历》,人民文学出版社,1984,第36页。

[2] 卞之琳:《距离的组织》自注,《雕虫纪历》,人民文学出版社,1984,第36页。

[3] 卞之琳:《自序》,《雕虫纪历》,人民文学出版社,1984,第3页。

[4] 卞之琳:《距离的组织》,《雕虫纪历》,人民文学出版社,1984,第36页。

[5] 卞之琳:《距离的组织》,《雕虫纪历》,人民文学出版社,1984,第36页。

[6] 卞之琳:《距离的组织》,《雕虫纪历》,人民文学出版社,1984,第36页。

弄吗？"[1] "我"感到在梦里找不到出路，想努力醒来却无从做到，希望有人在现实中拨弄"我"的盆舟，好让我从迷茫的梦境中醒来。此处化用《聊斋志异》中的"盆舟"典故，诗人的思绪开始飘飞，他由生活中的梦联系到古人的传奇，门人拨弄师父的草舟，然而师父在修行中因此遭遇翻船，此界之动亦可影响彼界之动。那么拨动主人公睡中"盆舟"的会是谁呢？是接下来探访的友人吗？

"友人带来了雪意和五点钟"[2]，终于，"我"从沉沉的午睡中醒来，却惊喜地听到友人来访，诗人将"雪意"和"五点钟"并置，二者又怎么能被友人"带来"呢？这样的搭配实在别致又陌生。"雪意"在古诗词中也多有出现，如"雪意满潇湘"，生理上感到下雪的寒冷、心理上想象雪的洁白飘飞，皆是由友人带来的外界自然讯息，"我"便与外界的距离缩短了，孤身一人拘于狭室的处境也有了开阔的希望。"五点钟"则是一个现实的、理性的时间刻度，可能是友人来访唤醒了主人公的时间，也许意味着友人使"我"从昏暗的梦中回到踏实的现实中，从缥缈的玄想中回到理性的生活中。总的来说，友人的到来打破了"我"迷茫的梦境，开头那份"独上高楼"的孤单因友人来访而荡然无存，全诗顿时多了一缕光亮。

总体来看，诗题"距离的组织"亦是诗眼，诗中对"距离"的种种感受，构成细腻微妙的"思境"。"距离"一词平平无奇、众人皆知，然而它真的只能如此简单吗？卞之琳给了我们一些启示，普通的事物也可以带来思维的妙趣，关键在于我们有没有一颗乐于观察的心。所想与所见、历史与现代、此地与异地、心与心、梦境与现实皆有"距离的组织"，这不只是实际的物理距离，也有抽象的感受距离，距离是绝对的、无法跨越的，也是相对的，能因心灵的作用化远为近、虽近犹远。作者非常善于从普通的生活中攫取一刹那的哲思妙悟，将之凝炼为诗义，看似简单却富有理趣。

卞之琳的诗素有晦涩之称，此诗也不例外。中国现代派诗人在借鉴法国象

[1] 卞之琳：《距离的组织》，《雕虫纪历》，人民文学出版社，1984，第36页。

[2] 卞之琳：《距离的组织》，《雕虫纪历》，人民文学出版社，1984，第36页。

征主义诗艺的同时，着意继承传统诗词中的意境等观念，追求诗歌的不确定性、多义性与丰富性，力图构建具有中国传统韵味的现代诗歌。传统诗歌讲求"余味曲包"，西方现代派也追求诗歌情感的节制、非个人化，卞之琳深受二者影响，诗歌的抒情性在他的诗中已不多见，更多的是冷隽的哲思，即使需要抒情，也像一个冷静的旁观者一般，近乎毫无心绪的波动。就这首诗的艺术手法而言，"独上高楼""雪意"等言说与古典诗歌形成互文，"戏弄盆舟"的典故也拓展了诗歌的内涵空间，更有西方著作（《罗马衰亡史》）、社会新闻（"忽有罗马灭亡星出现在报上"）这种生僻的现代典故，打破了传统用典取材的范式，倒契合了现代诗的"现代"风味。在《距离的组织》中，语词的组接也具有陌生化的效果，"风景片"与"暮色苍茫"相遇，"五点钟"竟是被"友人带来"的，它们在挑战读者语言习惯的同时，也可以唤醒独特的审美感知。阅读本诗，固然可大致把握其情感主调，但短短十行就有作者的七处自注，且句与句之间跳跃极大，每句拆开来看也许能略知意思，但合在一起就不知所云，这虽然带给读者充足的想象空间，但也给厘清诗歌含义带来巨大的挑战。或许，读者就不该"妄想"穷尽诗意，索性兴至而往、兴尽而归，不必去寻求一个最终答案，有时，没有存在便是存在。

撰稿人：杨璐瑶

拓展阅读

1. 卞之琳：《雕虫纪历（1930—1958 增订本）》，人民文学出版社，1984。

2. 孙玉石：《中国现代诗歌艺术》，北京大学出版社，2010。

3. 袁可嘉：《略论卞之琳对新诗艺术的贡献》，《文艺研究》1990 年第 1 期。

4. 蓝棣之：《论卞之琳诗的脉络与潜在趋向》，《文学评论》1990 年第 1 期。

5. 蓝棣之：《论四十年代的"现代诗"派》，《中国现代文学研究丛刊》1983 年第 1 期。

《诗八首》导读

　　穆旦（1918—1977），生于天津，原名查良铮，曾用笔名梁真，祖籍浙江海宁，现代诗人、翻译家。其诗作有《赞美》《诗八首》《智慧之歌》《停电之后》《冥想》《神的变形》等，译作有《普希金抒情诗集》《欧根·奥涅金》《唐璜》等。

　　郑敏曾评价穆旦诗作《春》："穆旦的爱情诗最直接地传达了这种感觉：爱的痛苦，爱的幸福。"[1]《春》创作于1942年2月，同月，24岁的穆旦创作了另一首爱情诗《诗八首》，同样地表现了爱情的喜与悲、生命理智和情感冲动。20世纪40年代后期，穆旦将自己的部分诗作翻译成英文，其中《诗八首》也在翻译之列，因此，解析《诗八首》应该离不开原诗与自译诗的对读。

　　读《诗八首》，可以形成一个初始认知：诗人不断地与"他""它"进行探寻和对话，界定"他／它"成为解读诗歌的重要入口。在《诗八首》中，"他"不断地向你我的爱情发起挑战，不断地投来嘲笑和讥讽，动摇了诗人的爱情意志。因为"他"的介入，导致"它"出现了美感体验和反叛姿态两种趋向，因此可以推断，"他"正是穆旦诗歌中创造的一个上帝，"它"则为爱情本身，在上帝与自我意识的搏斗中，《诗八首》表现出了诗人对爱情态度的摇摆，其中第一首诗歌代表爱情初始的零点时刻，异己性体验刚要生发出来的时间。第二首至第七首两两错开，分别书写上帝制约下的爱情焦虑和冲动，以及人类理性支配下的情爱的和谐和快乐。焦虑与快乐构成了主体性内部的争吵，成为解

---

　　[1] 郑敏：《诗人的矛盾》，杜运燮、袁可嘉、周与良《一个民族已经起来——怀念诗人、翻译家穆旦》，江苏人民出版社，1987，第33页。

读诗歌外部世界的重要因子。第八首诗回归到两个对抗性因素——焦虑与快乐——的原点，此时爱情虽然已经走向了尾声，但穆旦已经规避了上帝的规训，建立起自己对爱情的理性认知体系。

诗歌第一首写的是诗人在体验过爱情之后，开始生发出异己性体验的时刻。原本"我"爱慕"你"被诗人写成了"我"被"你"点燃（Though I am enkindled by you），熊熊大火燃烧着你和我的"成熟的年代"（Ah, that which is burning is but mature years），蔓延成一场无法遏制的火灾，火灾把你我相隔数重山之远。诗人用一个"be but"的结构，就把这种无奈的心情勾勒出来，即"你"完全看不见"我"的存在，诗中的爱情正是构筑在这种不平衡的基础之上，一个人对另一个人的爱视而不见，这也是爱情走向成熟的"自然底蜕变底程序"（the process of Nature's metamorphosis），爱情质变的过程是其自然生长的周期。正因如此，"我"爱上的并不是与你我的爱情共同生长成熟的"你"——"你"恰好是暂时的（I happen to love a temporary piece of you），诗人因此陷入无限的痛苦和醒悟之中，他把这种无休止的"哭泣—变灰—新生（I weep, burn out, burn out and live again）"归咎于上帝的游戏，上帝制造了"我"的痴狂和"你"的蒙昧，他"亲手制造的矛盾，只是上帝的自我的嘲弄"[1]，不对等的情绪释放直接构成了抒情主体对爱情的复杂心理，既渴望得到双向的爱情交互，又惧怕对方的无动于衷。

《诗八首》的第二首转向抒写爱情体验中的异化面，"我们"在"山石水流"自然的孕育下生长，但"你""我"生长的环境是一个"死底子宫"——没有生机没有能量的濒死密室，此处借胎儿的生长暗喻"你""我"爱情的成长：爱情活在一个已经死亡的世界里，诗人对这个世界带着犹豫和质疑。正如胎儿是一个"变形的生命"（an ever changing and growing thing），"你""我"想要在这个过程中不断地嬗变，滤去热恋的浮躁，沉淀下保存爱情的力量，却遭到了"他"的介入——"我底主"嘲笑"我"的主动、"我"的坚定和"我"的爱，"他"让"你我"失智，变成"另外的你我"，使"我们"的爱情不能

---

[1] 孙玉石：《解读穆旦的〈诗八首〉》，《诗探索》1996 年第 4 期。

如愿以偿。在英译诗中，"水流山石间沉淀下你我"和"不断地他添来另外的你我"，穆旦都使用了"precipitate"这一动词，该词同时具有"自然沉淀"和"突然降临"两种意思，这里构成了前后文的呼应，自然状态下的爱情生长是和缓健康的，但在上帝干扰下的爱情瞬息万变甚至面目全非。可这"另外的你我"（another you and me）究竟是往何处变化，诗人并未回答，情感的前路既充满"丰富"（rich），也充满"危险"（dangerous）。穆旦认为，有些爱情是会变质的，生成一个畸形的生命折磨着"你我"，爱情的生命也是充满悖论的，爱情变形的同时就是放弃完成自己的过程，诗人再次揭露了爱情辩证的真实。

在《诗八首》的第三首诗中，抒情主体逆着上帝的意志，接受来自"你"的爱的信号，"你"的爱就像一只小小野兽，带着青涩的呼吸和丰沛的情感，带着生命能量的任性，舒适地依偎在"我们"这个热血的年龄里（The growing little animal that nestles in your age）。"颜色，芳香，丰满"（your color, fragrance, and fullness）指诗人享受着爱人生命最本质的状态，这种体验令人癫狂，而"温暖的黑暗"也在暗涌着。诗人努力穿越大理石般的层层障碍，将被埋葬的岁月重新释放出来（I'll dig through your granite temple of reason, and there, his long buried years will rescue）。诗人正是要挖通"你"那冰冷的理性神庙，将"成熟的年代"拯救出来。因为"我"已经接收到了"你"的爱意，"我"也会将"我底惊喜"传送给"你"，爱情的往来就像毛茸茸的草场，愈发生长，蓬勃盎然。这种互动是"它底固执（his insistence）"，也是"我"的固执。可见"我"开始逃脱上帝的安排，用自己的意愿去履行爱情的职责，"我"也因此尝到了爱情的甜头，但"在爱的接触中，女的仍有她的羞怯，婉拒和执着"[1]，诗中描绘了恋人之间相互试探、相互挑逗的画面，这种肉体上的接触给"我"带来的获得感远大于精神恋爱，年少轻狂的爱情就是这种感受的传递和增生，抒情主体最大程度地沉溺在爱情的滋润中。

经过热烈的追求和试探性的前进，"你我"终于相拥，享受爱情的宁静。"言语所能照明的世界"（In this small world illumined by our words）是指相爱

---

[1] 孙玉石：《解读穆旦的〈诗八首〉》，《诗探索》1996年第4期。

的人开诚布公，推心置腹，互相明白彼此所需。但就在这种平静之下，诗人又转向了对爱情的不信任，"未形成的黑暗"（unshapen darkness）和"甜蜜的未生即死的言语"（Those sweet words that died before their birth）限制了"你我"，甚至要夭折"我们"的爱情。"黑暗"是一种诱惑，一方面刺激着"你我"的感官，另一方面它的一切"可能和不可能"（possible and impossible）都会使"我们"无法自拔。"言语"原本是恋人之间沟通的符号，一旦未说出口，胎死腹中，双方的龃龉便在这种隐忍之中生根发芽，总有一天会长成巨大的藤蔓"使我们窒息"（Those that choked us）。

《诗八首》的第四首写道，爱情的危机再次出现，诗人的爱情消解，爱情体验再次回到原始，但诗人在情绪上并非完全抗拒和恐惧爱情，他在质疑之中又接受了"爱底自由和美丽"（Love's beauty and freedom）。爱情像鬼魅一般散发着魔力，也带着混乱，让"我们"无意识地游进爱情的规律中。

在《诗八首》的第五首中，诗人目力所见仍是明亮的宁静的世界，日落、晚风、田间，构成一幅和谐温暖的景象，仿佛这是对第三首诗的情感情绪的续写，而第四首诗仅是诗人在爱的港湾中臆想出的危险。在第五首诗中，"我"的目光开始投注在"你"的身上，"你"就是"移动了景物的"（What has moved the scenery）一股力量，"我底心"也开始"从最古老的开端流向你"（From the earliest beginning flowing unto you），这两句诗从空间和时间两个维度写"你"的美丽，"我"在爱"你"的过程中看到了爱情流露出的美，它就像聚光灯一样，无论空间如何切换，无论时间如何流淌，"我"始终聚焦着"你"，在乎着"你"。爱情的美同时也"教我爱你的方法，教我变更"（Show me the way to love you, and to change），诗人在此再次成为爱情的信徒，"我"爱"你"的原因也随着时空转换慢慢水落石出，化作一片安宁的境地，为"你"提供安睡的软榻。也正因为情感的浓烈和真挚，"我"开始渴望爱情永恒存在，像高耸的林木和屹立的岩石，永存世间，万古长青。然而，回读第四首诗可以发现，永恒的渴望是一种虚妄，当人类渴望永恒，上帝就会发难，"使我们游离"。

爱情是否具有永恒性？穆旦并没有直接回答这个问题，他抛出了一个现象——同质化危机——两个人相处中同样的习性、同样的生活最后会造成彼此的厌倦，而两人过大的差异又会招致无效甚至无用的沟通，这样一来，"爱之力就被双方的'相同'与'陌生'所拉拽、摩荡，如此来回摇摆着，重复着"[1]。这就是一条"危险的窄路"（Such a dangerous narrow path），诗人发现自己已经在路上踽踽独行。"我"想要打破上帝的制约，让现有的秩序"听从我底指使"（At my beck），这是一个背离常规的行动，但"我"知其不可为而为之，得到的结果是上帝保护着"我"，使"我"免受"窄路"里无数的危险的侵扰，却也让"我"尝到了爱情的"孤独"（Leaves me forlorn）。穆旦诗歌中的"上帝"的处境也十分尴尬：一方面"上帝"以其专制裹挟着"我"的爱情的生长，生成不可僭越的权力壁垒；另一方面，穆旦又在"祈求一个'上帝'，来解除内心的'惧怕'"[2]，"上帝"的痛苦实际上是"我"的孤独的折射，"我"不断地寻求适用人类爱情的新的秩序，但逃离了一个围城又被另一个围城困住，不停地往返于背离秩序——寻找依托的循环之中（To alternately conform and oppose to you）。"我"背离秩序、寻找依托是为了"你"，可见"我"在爱情中不断出现趋于"你"和背离"你"的矛盾心理。

进入寂寞的夜晚，即使外边狂风骤雨，即使"我"仍有遥远的路途，即使"我"可能在未来永续的时间里丢失了有关"你"的记忆，这些"恐惧"就像鬼魅附着在"我"的身上，无法抹去，但此刻的"我"得以在"你"的怀里安睡，这就是最大的慰藉。《诗八首》中的第七首围绕有关爱情永恒性的问题继续阐释，经历了爱情的挫折和磨难之后，"我"显然不再执着于矢志不渝、永葆青春的爱，"我"更想珍惜的是当下的在"你底怀里得到安憩"（Let me find consolation in your bosom）。"我"看见的是人生而孤独的真相，你的我的，你我的爱情"平行着生长"（Where, parallel to my passion of love, I find, Yours is growing so lonely），虽然我们的肉体依偎在一起，但是彼此的爱情却永不相交地延伸。"我"在"你""不能自主的心上"（In your heart that's never self-

---

[1] 肖伟胜：《爱的灼热与孤独的自我》，《当代文坛》2003年第1期。

[2] 易彬：《穆旦与中国新诗的历史建构》，中国社会科学出版社，2010，第26页。

controlled）意味着"爱情的自主、自动，根本上又是被推动、被动、'不能自主'而且难以阐释的"[1]，自主与被动交错之际，"我"注目的仍是"你"的"美丽的形象"，说明在爱情之中，即便坎坷与挫折袭来，但令人难忘的仍是爱情的美丽，即使前路仍有丰富的孤独等待着"我"，可"我"愿意与"你"的孤独"平行着生长"，安静地陪伴。

《诗八首》之八，爱情交响曲已至尾声。与第一首中的"我们相隔如重山"相比，此时"你我"已经无限接近，两心相合。"所有的偶然在我们间定型"（For chances have determined all between us）又是一句玄语，诗人认为，"你我"一路走来，所有不解和契合都像是莫名的偶然注定，将"你""我"定型在这条轨道中，而今心心相印平行生长，也像是偶然中的必然。"我们"再一次回到了最初的子宫——孕育"你""我"的自然，爱情的巨树沐浴着阳光，枝干长出了"缤纷的叶子"，寓意你我"情愿的心"终于萌生新的生命力量。这里，穆旦不再规避爱情，也没有带着对爱情的憧憬，行文至此，爱情已经拥有自我成长和成熟的力量，它已与大自然的规律接轨，产生了自己的生命周期，"季候一到"凋零的不只是爱情，也是人的生命，爱情的有限性并入了生命的有限性。生命随着季候凋落，爱情对"我们"投来"不仁的嘲弄"（his malicious mocking），这似乎是对人类奢望永生的爱情的否定，"它"并不知道"赐生我们的巨树永青"，"巨树"（huge tree）在这里是一种精神隐喻，人类的精神恋爱是在领悟了爱情的非永恒性和无秩序性之后，选择了孤独的陪伴和共同的羽化，最终在爱情扎根之处平静地离去，进入下一个生命循环。对于爱情，诗人似乎是带着悲观色彩，爱情的孤独本质令人涕泪，但它的消逝和重生却带有更加丰富和深厚的内蕴。

不惟《诗八首》，穆旦的诗歌《五月》《鼠辈》《森林之魅》都存在两条明显的心理线索，心理的斗争外化为诗人矛盾的情绪、境遇和命运。《诗八首》所表现的，"是爱情生活不可克服的深刻矛盾和把爱情作为一个短暂生命阶段

---

[1] 王毅：《细读穆旦〈诗八首〉》，《名作欣赏》1998年第2期。

来看待的爱情观念"[1]，诗人将爱情视为审视的对象，不仅揭开了爱情是肉欲的本质，也击碎了自古以来人类对爱情永恒和两心欢悦的执念，他告诉人们，爱情是孤独的，是无法永存的。穆旦的独特在于，在咀嚼着生命的短暂和爱情的有限的同时，他拒绝沉湎于上帝权威的虚无和绝望中，并在孤独的承受中获得了精神支撑。

撰稿人：卢伟填

拓展阅读

1. 杜运燮、袁可嘉、周与良：《一个民族已经起来——怀念诗人、翻译家穆旦》，江苏人民出版社，1987。

2. 段从学：《穆旦的精神结构与现代性问题》，人民出版社，2014。

3. 易彬：《穆旦与中国新诗的历史建构》，中国社会科学出版社，2010。

4. 穆旦：《穆旦诗文集·第一卷》，人民文学出版社，2006。

5. 江弱水：《伪奥登风与非中国性：重估穆旦》，《外国文学评论》2002年第 3 期。

---

[1] 蓝棣之：《论穆旦诗的演变轨迹及其特征》，杜运燮、袁可嘉、周与良《一个民族已经起来——怀念诗人、翻译家穆旦》，江苏人民出版社，1987，第 62 页。

《回延安》导读

　　贺敬之，笔名艾漠、荆直，山东省峄县贺窑村（今山东省枣庄市台儿庄区涧头集镇）人，当代著名诗人、剧作家。1937年，贺敬之考取滋阳县乡村师范学校，不久，流亡至湖北，入湖北国立中学学习。1939年随校辗转至四川，开始了文学创作。1940年，贺敬之奔赴革命圣地延安，在自然科学院上了一段时间高中后，又考入了鲁迅艺术学院文学系。贺敬之很早就崭露出诗歌创作的才华，何其芳对他高度赞赏，称其为"17岁的马雅可夫斯基"。1956年，《中国青年报》特邀贺敬之与时任团中央书记的胡耀邦一同回延安参加西北五省区青年造林大会，贺敬之据此创作了诗歌《回延安》，该诗发表在陕西作协主办的《延河》杂志上，全诗情感浓烈、直抒胸臆，感染了千千万万的读者。中华人民共和国成立后，贺敬之被选为中国作家协会、中国戏剧协会理事，之后到中央戏剧学院创作室工作，并任《剧本》《诗刊》编委、戏剧家协会书记处书记。1976年之后，曾任文化部副部长、代部长，中国作协副主席，鲁迅文学院院长，中共中央宣传部副部长等职。

　　我国古代有"诗言志"的说法，诗歌因篇幅相对短小、体式相对灵活，又易于抒发情感、表达态度，在社会变革、思潮纷起的时代，总会成为评说社会现实、表达政治立场、反映个人情感的重要文学载体。在社会革命与政治运动风起云涌的20世纪中叶的中国，时代、现实、政治等元素与诗歌的结合尤为突出，"十七年"的"政治抒情诗"就颇有代表性。"政治抒情诗"兼具政治性与抒情性。从政治性上说，"政治抒情诗"的重要功能之一即为"为政治服务"，通过宏大的主题凸显革命激情；从抒情性上说，"政治抒情诗"中情绪的抒发、宣泄，常通过大量的排比、对偶等修辞手法实现，"政治抒情诗"也极为注重诗歌的形式感。20世纪五六十年代，正值中华人民共和国成立之初，一个崭新的社会在发展，一个崭新的国家在前进，诗人们满怀着对祖国的热爱，表达着对时代的赞美，推动着"政治抒情诗"的进一步发展，贺敬之正是该时期"政治抒情诗"创作的代表性人物。贺敬之的政治抒情诗主要有两类：一是以《放声歌唱》、《十年颂歌》、《雷锋之歌》为代表的大型抒情诗；二是以《回延安》、《桂林山水歌》、《西去列车的窗口》等为代表的片段式的抒情短歌。

"贺敬之的诗歌，主题的宏大，情感的高昂，富有时代感的革命意象，融化古今中外的审美形式，共同铸造了一种能够反映中国社会主义革命合法性、表现一个时代共通情感和群体意志的标准表达方式，甚至上升到了一种国家话语层面。"[1]贺敬之的《回延安》作为典型的"政治抒情诗"，其忠诚、向上的主题，情感之真挚、高昂，意象之丰富、典型，形式之灵活、创新，既深化了中国革命诗歌的红色传统，又达到了新的艺术高度。

《回延安》一开篇便展示了一幅满含热泪的久别重逢场景，这也奠定了整首诗歌的感情基调——重回故乡怀抱的喜悦和对延安的深情赞颂；接着诗人回忆了在延安如火如荼的生产、战斗生活；然后写诗人与亲人们欢聚，一边回想着保卫延安的革命历史，一边畅谈着这些年来祖国的发展；最后诗人表达了目睹延安"旧貌变新颜"后的欣喜和赞叹，既歌颂了延安的光辉历史，又憧憬、展望着延安光明的未来。这时，我们不禁要发问：为何回到延安，贺敬之会如此心潮澎湃？为何延安在他心中如同伟大的母亲一般？诗歌中处处可见的浓烈、赤诚的情感又源于何处呢？实际上，贺敬之是在延安抗日战争的烽烟中生活、成长的。贺敬之从一个粗通世事的文学少年成长为一位意志坚定的文艺工作者，是因为延安；从一名默默无闻的文学耕耘者成长为蜚声中外的革命诗人，也是因为延安。1937年，中共中央进驻延安，此后，延安成为抗日战争、解放战争的指挥中心和战略总后方。这片黄河之滨，不仅养育了一批卓越的中国共产党领导人，还汇聚了文学领域的精英。1940年，15岁的贺敬之和同学李方立、吕西凡、程芸平经历了一个多月的艰苦跋涉，终于来到革命圣地延安，并考入

[1] 胡功胜：《贺敬之诗歌的"红色基因"及其当下价值》，《学术交流》2021年第7期。

了鲁迅艺术学院文学系。贺敬之在延安生活了6年，从一名普通、热血的爱国少年成长为信念坚定、积极向上的革命诗人。1956年春，贺敬之回到了阔别十年之久的延安，并以当地传统民歌"信天游"的形式，写了一首浸染着诗人火热的赤子之情的《回延安》。中国人对土地的情感极为深厚，尤其是与故乡相关的土地，延安对贺敬之来说，无疑也是他精神上、信仰上无可替代的故乡——"手抓黄土我不放，紧紧儿贴在心窝上"[1]。在延安，有他的生命之根，有他的血缘之情，有他成长的精神印迹。"几回回梦里回延安"[2]，他魂牵梦绕的是延安，辗转反侧的也是延安，当"现实"与"梦境"重合时，诗人的雀跃早已难以言表，只得"满心话登时说不出来，一头扑在亲人怀"[3]。

1942年5月，毛泽东同志在延安中央大礼堂就中国文艺的走向问题作了重要讲话，也就是《在延安文艺座谈会上的讲话》。《讲话》对贺敬之的文学思想、创作方向产生了重要的影响。之后，他积极投身到下农村、进部队的锻炼中，吸吮着民间文艺的甘露，充分了解、学习陕北一带的民间秧歌、民间小戏和民间歌舞。贺敬之曾说过，"民歌一直是我所迷恋的、不可缺少的精神食粮……在我心目中，它永远是我学习写作的光辉榜样"[4]，他主张以民歌形式开一代诗风。民间文艺和陕北民俗的滋养为贺敬之之后的诗歌创作打下了深厚的基础。《回延安》一诗就借鉴了陕北民歌"信天游"，以极富地方特色的形式展现了浓郁的陕北风情，同时又与诗歌内容完美统一。首先，根据陕北民歌"信天游"的传统形式，诗歌往往先起兴，有时也兴、比连用，这极大地拓展了作品的想象空间，比如《回延安》中的"树梢树枝树根根，亲山亲水有亲人"[5]"羊羔羔吃奶眼望着妈，小米饭养活我长大"[6]，都是如此。其次，"兴"的意象一般都取自实际的民间生活，情真意切地表达出了诗人对延安和父老乡亲们的养育之恩的感激。另外，"紧紧儿""手把手儿""几回回""树根根""羊

[1] 贺敬之：《贺敬之》，人民文学出版社，2006，第88页。

[2] 贺敬之：《贺敬之》，人民文学出版社，2006，第88页。

[3] 贺敬之：《贺敬之》，人民文学出版社，2006，第89页。

[4] 王宗法、张器友：《中国当代文学研究资料丛书·贺敬之专集》，江苏人民出版社，1982，第6页。

[5] 贺敬之：《贺敬之》，人民文学出版社，2006，第89页。

[6] 贺敬之：《贺敬之》，人民文学出版社，2006，第89页。

羔羔""白生生"等亲切的陕北方言和"黄土""白羊肚手巾""米酒""油馍""木炭火""土窑洞"等极具陕北地方特色的乡土意象以及"宝塔山""杨家岭""枣园"等蕴含着时代特色的革命意象，使整首诗充满了陕北的气息，展现出一幅陕北风土人情的画卷。除此之外，诗中还有很多拟人化了的意象，尤其是对延安的拟人化，延安如母亲般养育了诗人——"手把手儿教会了我，母亲打发我们过黄河"[1]，诗人对延安母亲的思念也从未停止——"革命的道路千万里，天南海北想着你"[2]。多年之后，"杜甫川唱来柳林铺笑，红旗飘飘把手招"[3]，杜甫川、柳林铺和红旗在"唱"、在"笑"、在"招手"，在迎接诗人回家。通常来说，对于崇高的革命感情，如果直接表达，很容易流于口号式的空泛，而贺敬之通过化用陕北民歌"信天游"中两句一节的比兴，在质朴自然和委婉含蓄中，为诗歌增添了一抹亲切、活泼的色彩，实现了情感的渲染和铺陈。而"杨家岭的红旗啊高高地飘，革命万里起高潮"[4]，则指明了延安作为中心，将革命的火种撒播至全国。最后一部分中的"枣园的灯光""延河的波浪"将虚写和实写相结合，既是诗人对过去的深切回忆，也是对延安今日建设成就的赞美。

　　贺敬之的《回延安》以一种意象化的审美创造，用"政治抒情诗"的形式将政治的审美化和审美的政治化的结合提升到了一个新高度。贺敬之说："文学文艺要群众化、大众化，但也不能绝对化。历史上有一些作品不能在当时马上被接受，这受到读者的文化程度和客观条件的限制，但不管怎样，应以作者的不胡言乱语为前提。我们的文学艺术要百花齐放，更要有主旋律。那些孤芳自赏的创作应该允许存在，但不宜提倡。文学艺术不能脱离生活、脱离社会、脱离读者。否则，你目中无'人'，人（读者）也就离你远去了。我以为，关键是作者的立场、观点、思想。"[5]贺敬之的"政治抒情诗"始终紧紧贴近时代、贴近社会、贴近生活、贴近人民，正因为如此，《回延安》中才有对延安"母亲"

[1] 贺敬之：《贺敬之》，人民文学出版社，2006，第89页。

[2] 贺敬之：《贺敬之》，人民文学出版社，2006，第89页。

[3] 贺敬之：《贺敬之》，人民文学出版社，2006，第88页。

[4] 贺敬之：《贺敬之》，人民文学出版社，2006，第91页。

[5] 薛保勤：《"我是一个离开了延安的延安人"——贺敬之访谈笔记》，《西部大开发》2022年第8期。

那发自肺腑的真情实感，才有如此真诚、热烈的对党、对人民的深情厚谊。

谈到"政治抒情诗"，就无法回避政治与文学的关系。不可否认，"政治抒情诗"曾遭到过严重的扭曲，甚至沦为政治的"传声筒"，但这不是"政治抒情诗"本身的错误。"政治抒情诗"作为诗歌的一种，其本身无所谓对或错、优或劣。历史的经验和教训是，政治入诗并不必然以牺牲诗歌的文学性和诗人的艺术个性为代价，关键是政治如何进入"诗歌"，批判、讽刺了什么，又是怎么批判、讽刺的，赞美、歌颂了什么，又是怎么赞美、歌颂的。在当下的文化语境中，如何处理"文学"与"政治"的关系或者说"文学"应该如何书写"政治"，贺敬之以《回延安》为代表的"政治抒情诗"仍然具有重要的参考价值。

时间虽在流逝，延安的面貌虽在改变，但不论是初到延安，还是离开十年后重返延安，贺敬之对延安的赤诚和热爱始终未改，对延安人民的养育之恩始终未忘，延安的伟大革命传统和革命精神也始终未变。一首饱含着赤子深情的《回延安》，不仅是那个火红的革命时代的强音，也以朴素的情感打动着此后一代又一代的读者，其生命力历久弥新，散发着不可磨灭的艺术魅力。

撰稿人：丁雨

拓展阅读

1. 刘西英：《中国百位诗人写延安》，陕西人民出版社，2019。

2. 牟方磊：《新中国成立以来中国特色文学与政治关系理论嬗变》，《湖南工业大学学报（社会科学版）》2020 年第 2 期。

3. 沈佳美：《论"十七年"政治抒情诗的艺术成就——以郭小川和贺敬之的政治抒情诗创作为代表》，宁波大学硕士学位论文，2012。

4. 李遇春：《在"现实"和"规范"之间——贺敬之文学创作转型论》，《文学评论》2005 年第 4 期。

《望星空》导读

　　郭小川（1919—1976），出生于河北省丰宁县，原名郭恩大，中国当代一位富有才华的诗人。自抗战爆发到中华人民共和国成立之后，他一直从事政治与文艺工作，创作了大量的诗歌、散文、杂文等。他早期的诗歌多发表在一些抗战文艺期刊上，其创作多延续"五四"白话新诗的自由体形式，并未形成自身的风格特点；在1955年4月到1956年6月的一年多时间里，郭小川首度采用"楼梯体"的形式，写出了组诗《致青年公民》，随后又创作出的《射出我的第一枪》《正当山青水绿花开时》《天安门广场》《风暴之歌》《登上最高峰》等诗歌作品，在当时引起了不小的反响。20世纪50年代后期，郭小川的诗歌风格再次发生了巨大的转变，慷慨激扬的"楼梯体"变成了迷茫矛盾的复杂抒情诗，《望星空》便是这一时期最具代表性的作品。

　　《望星空》初刊于《人民文学》1959年11月号，作者从1959年4月到10月历时半年写成，此诗一经发表便在文坛引起巨大轰动，但批评声也不绝于耳。1959年底，《文艺报》第二十三期发表署名华夫的文章《评郭小川〈望星空〉》，紧接着1960年第一期《人民文学》发表萧三的《谈〈望星空〉》，都认为这首诗表现了极端陈腐、虚无主义的感情而"令人不能容忍"[1]。同年十二月中国作家协会为《望星空》所作的评判是："这首诗流露了这一时期郭小川同志对党、对革命的一种极端虚无主义的情绪。"[2]接踵而来的政治

---

[1] 转引自洪子诚：《"透明的还是污浊的？"——当代中国与南斯拉夫的文学关系》，《海南大学学报（人文社会科学版）》2021年第5期。

[2] 郭晓惠等：《检讨书》，中国工人出版社，2001，第42页。

高压与扣帽子反映了当时批评界对于此诗的复杂态度，严厉的批评使得郭小川产生了短期的迷茫，之后他重新审视自己，继续"投入火热的斗争"中。

《望星空》全诗共 4 章 239 行，从其情感想象方式来看，可分为前后两个部分：前半部分叙写"我"面对广袤的星空时对人生、宇宙的思考；后半部分是对前一部分发出诘问，有一种人定胜天的昂扬之感。在前半部分的第一、第二章中写的是作者独自伫立在北京街头，面对辽阔的星空发出的自惭渺小的喟叹，以及对人生须臾、宇宙无穷的嗟叹。从诗歌第一章的后两节来看，作者表达的是对浩瀚星空的向往与赞叹之情，但在第一节中，作者心生赞赏的出发点是"明天的任务"让他感到了心烦意乱，所以踯躅街头。首先，作者从真实的地理环境出发进行想象的编排，"今夜呀 / 我站在北京的街头上，/ 向星空瞭望。"这里作者以首都北京这个政治符号为中心视角进行观察，虔诚的瞭望姿态说明了此行为的崇高性。由此，我们可以看出诗人对"明天的任务"持一种心事重重的态度，他喊着"我能退缩吗？"其实就是一种"退缩"的姿态，他抱怨"我能叫嚷困难吗？"其实就是他感到了难以释怀的重重困难。在面对困难难以释怀的情况下，作者将自己的视角转向了上方的星空。在这里，诗的描写对象"星空"第一次出现，那么，这是一种什么状态的星空呢？后文给出了详细的阐释："夜深了 / 风息了 / 雷雨逃往他乡 / 云飞了 / 雾散了 / 月亮躲在远方。"这是一个明晰、浩渺、寂静的"星空"。[1] 在第二节中，作者对星空的定义是"壮丽的""雄厚的""明朗的"，并且对"穹窿""大气""星星""银河"进行想象建构，它们分别对应着"殿堂""酒浆""灯光""桥梁"，不管是本体，还是它们的对应物，都具有广阔深远的意义阐释空间。紧接着在第三节中作者对星空进行了由衷的赞叹，"只有你 / 称得起万寿无疆！""无穷无尽，/ 浩浩荡荡。"在这一部分中，"冰河解冻，/ 火山喷浆！""白杨吐绿，/ 柳絮飞霜！""你观尽人间美景，/ 饱看世界沧桑。"均是"星空"的超越时空特性的例证，这里的星空逐渐超越了想象的层面，进一步被定义为超越一切、遗世独立的特殊物。

---

[1] 冯晓雅：《想象的转换——细读郭小川的〈望星空〉》，《名作欣赏》2021 第 2 期。

在《望星空》的第二部分，开头就写道："呵！望星空，我不免感到惆怅。""惆怅"一词的使用为这一部分定下了情感基调，紧随其后的两个"说什么""怎比得"，将个体的有限和宇宙的无穷加以对比。紧接着"我爱人间/我在人间生长/但比起你来/人间还远不辉煌"，在星空与人间的对比之中作者再次将目光放到了先前提到的熟悉的"殿堂""酒浆""星光""银河"等意象，在引起惊奇与赞赏的同时，这些宏大的意象带给作者更多的是不可触及的嗟叹，未知的地方是作者穷极一生都无法到达的彼岸所在。接下来，作者开始陷入人与自然的对比之中，后面出现两组对话，更加证明了人在面对宇宙自然这种崇高的对象时那种无力感，"你能看得见地球吗？"在地球上的"我"能够精准凝视和领会宇宙的真谛吗？"你感觉到我们的存在吗？"也即我们的存在如此之短，在这永恒的宇宙时空里，显得那么地渺小。"我"在瞭望星空的过程中逐渐感受到了这种迷茫，开始思考个体的存在。郭小川在第二章非但没有描写两者的和谐，而是将裂痕进一步扩大了，他更加颓然地对"人间"发起了否定性的批判。在第一节里诗人使用的一系列自我形容的语言，如"年富力强""情豪志大""心高胆壮"等，都是当时的流行语言，但这些能指含有巨大积极内涵的语词，被诗人引入星空的无限时空一对照，就轻易地被消解掉了，反而显现出其渺小和微不足道。[1]在与宇宙时间的对比中，人生不过是"流星般的闪光"，抑或是"微小的波浪"，诗人内心的痛苦与困惑在面对浩瀚宇宙时得到了全面的释放，这种困惑与痛苦的矛盾，自然而然地表现为对渺小的现实生活的严肃思考，对自身生命、意义和命运的探索。

第二段结尾处"于是我带着惆怅的心情，走向北京的心脏"直接指向了"我"所去的第三处地点——天安门广场。在这章中，壮美的星空发生了一百八十度的变化：天变黑了，星星也变小了，阴霾笼罩的夜空，原先壮美的星空变得暗淡无光，星空好似变成了一个恐怖的世界。之后紧接着一小节带给了"我"一丝光亮，仿佛是经过诗人在黑暗中寻找后突然出现在身边的，这是一幅奇特的景象——"在天安门广场，/升起了一座美妙的人民会堂；/就在那会堂的里面，

---

[1] 金进：《重读郭小川的〈望星空〉》，《当代作家评论》2007第4期。

/在宴会厅的杯盏中，/斟满了芬芳的友谊的酒浆"，正是人民大会堂的夺目耀眼使得星空变得暗淡，而人民大会堂在这里正是作为一种政治的象征，它代表的是无产阶级，也代表着人类的崇高和力量，在它面前即使是高高在上的宇宙也失去了色彩。"我"认为这是大地上的天堂，是真实的世界，是一个比星空还要璀璨辉煌的人间，因而在此处，诗人明确否定了前半部分在星空下惆怅的人，认为"人"有生命、会生活、会思索，人的主体性得到最大的张扬。

第四章中的"我"再次望向星空的时候已经有了"非凡的力量"，而给"我"这种力量的，是如浩荡长江般的队伍，是集体，自己也早就成为这队伍的一分子。这是一支"决不会在红灯绿酒前，/神魂飘荡"的队伍，是一支"决不只是'自扫门前雪'，/而是定管'他人瓦上霜'"的队伍，他们要建立一个通道，或走廊或桥梁，把人间的一切美好都送往迢遥的上苍，把长安街上的灯光延伸到远方，对那个曾经让人惆怅的宇宙星空进行改造，让夜空出现千万个太阳，把穹窿变成天安门广场。在这里，人类的主观能动性获得了最大的证明，先前的惆怅情绪也有了合理的解释，这只是人类在面对崇高理想时的敬畏与惧怕心理在作祟，正是这种压抑与不愉快的存在，才使得星空的"瞭望者"们可以发挥自身的主观能动性，去追寻理想的彼岸世界。因为，宇宙的无穷、人生的短暂毕竟是一种事实，毕竟是一种缺憾，毕竟是人类所不愿意的，因此产生惆怅和伤感也是很自然的，这是人类普遍存在的一种心理，是一种典型心理。[1]越是有这种惆怅与痛苦存在，越能体现出作者坚定的回归决心以及继续建设的信心。

作为一首政治抒情诗，《望星空》的意义不仅仅在于它对现实生活以及特定的时代特征的独特反映，还在于它具有更大的超越性。而它的超越性在一定程度上是思想层面的。[2]它所呈现的是在一个特定历史时期知识分子复杂真实的内心世界，是诗人对自己灵魂最真诚深刻的叩问。一方面，本诗写于"大干特干"的1959年，那个时代人人敢想敢干，以"一天等于二十年"的速度

---

[1] 姚崇实、陶淑霞：《多重角色的多重超越——郭小川〈望星空〉新探》，《承德民族师专学报》2009年第4期。
[2] 张放：《现实的困惑与思索——再论郭小川创作〈望星空〉的心理路程》，《理论界》2011年第9期。

"超英赶美"，致力于共产主义的建设。诗人置身于这样的真实与梦想之中，"为宇宙穿上盛装"的豪言壮语，就是对当时"人定胜天"的革命激情的反映。诗篇以瞭望自然星空始，以歌颂人造火箭止，以敬畏宇宙的无限神秘始，以赞美人类的无穷智慧止，以情感想象力受到压抑始，以理性主体性得到伸张止[1]，正是在这种自豪果敢的感情喷薄中体现了作者强烈的思索和自我意识。另一方面，《望星空》也体现出知识分子的敏感心思与复杂心态。例如第四章中"我"在被名利刺激之后，放弃了追求远大理想的努力，心甘情愿地进入现实——决心继续随着大的时代潮流往前走，继续去充当那些政治运动的马前卒。"我"在"诚实"与"痴心妄想"这对反义词的选择中犹豫了很久，"诚实"是说自己实事求是，而"痴心妄想"是指想入非非，追逐那个远大理想的信仰。正是这种两难的境地让作者发出了疑问，作为诗人的自己参与到现实的斗争中是否合适？自己能否胜任这"紧要的任务"？郭小川的局限和遗憾，在于他不能把面对星空时所感到的惆怅和困惑继续下去。他提了一个头便退缩了，来了个急转弯。最后还是屈从于流俗，回到"颂歌"的一体化规范中去了。

中国新诗的诗体创造将是一个永无止境的过程，郭小川诗歌的价值还在于他艰难而曲折的诗体探索过程，以及在这一过程中所表露出来的复杂创作个性和单纯的精神品质。[2]《望星空》对宇宙追问的"声音"其实就是诗人的启蒙之音，在那个时代，这样轻微的声音足以显示出人性的光辉、思想的锋芒与主体的抗争意识。《望星空》是诗人与时代相互选择的结果，更是历经时代风云的磨砺，诗人的自我造化。"共和国的诗史上没有郭小川，那么这段历史肯定显得不那么饱满"[3]，诗人主体精神矛盾而复杂的体现，折射的正是时代的真实样貌与诗人坎坷的心路历程。

撰稿人：赵茂林

---

[1] 成穷：《康德"崇高说"的一个注脚——读郭小川的〈望星空〉》，《美与时代（下）》2016年第2期。

[2] 许洪颜：《郭小川诗体流变新探》，重庆师范大学硕士毕业论文，2015，第52页。

[3] 陈晓明：《中国当代文学主潮（第二版）》，北京大学出版社，2013，第183-184页。

拓展阅读

1. 严硕、郭晓惠、丁东：《检讨书：诗人郭小川在政治运动中的另类文字》，中国工人出版社 2001 年版。

2. 于风政：《改造——1949—1957 年的知识分子》，河南人民出版社，2001。

3. 陈晓明：《中国当代文学主潮》，北京大学出版社，2013。

4. 洪子诚、刘登翰：《中国当代新诗史》，北京大学出版社，2010。

《相信未来》导读

食指，本名郭路生，1948 年出生于山东聊城，中国当代诗人。代表诗作有《相信未来》《热爱生命》《这是四点零八分的北京》等。1999 年由人民文学出版社出版的《食指的诗》诗集获得第三届"人民文学诗歌奖"。《相信未来》创作于 1968 年，初刊于 1979 年的民间刊物《今天》。《相信未来》是作者从友人逃亡南方的留言中获得灵感而创作的，诗歌想要表达的是，在生活中，不管条件如何艰苦，只要心中坚守希望，满怀着理想，生活的苦就不是真正的苦。

一、《相信未来》的创作背景

食指因母亲在行军的途中生下了他，所以取名路生，5 岁时跟随父母迁居北京。之所以用"食指"作为笔名，主要来自他尊敬的家人和师长，因为他妈妈姓"时"，是抗战时期的一个老同志，同时"食""时""师"谐音，意在感谢老师的教诲和给予的榜样力量。食指青年时思维活跃，爱好文学，"文革"时期因阻止同学殴打老师而遭到围攻。他曾到山西杏花村插队，后参军入伍并创作了许多反映军旅生活的诗歌，1973 年退伍后患精神分裂。食指的生活经历丰富而坎坷，人生中的第一次挫折是中考失利，这对于青春年少的他是不小的打击。第二次困境是"文革"给他带来的创伤，他周围的朋友有的被迫害致死、致残，有的上山下乡离开了北京。面对这不知是短暂还是长久的别离以及现实处境的艰难，尽管诗人心中不免感伤，却依然有着对未来的执着和信心。他把更多的时间放在读书和写作上。

食指是朦胧诗派的代表人物，他的诗歌具有鲜明的美学风格。"文革"期间的"斗争""批判"让作者看到了社会的扭曲，诗歌中的崇高感是他在面对自然和社会时的独特情感体验的传递，与之对应的诗歌风格主调是悲剧。食指的诗歌之所以在20世纪90年代被一些研究者看重，一方面是对他的诗歌艺术价值的认可，另一方面是他的诗歌中有对"文革"这段历史的深刻而沉痛的反思，他饱含真情寻找未来，如烛火照亮心灵，鼓励自己，温暖他人。

《相信未来》既体现出作者对现实的苦闷和彷徨，也体现出作者对未来的执着和乐观。面对时代带来的苦闷和忧愁，诗人用诗歌证明自己是一个独立的思想者，他曾在诗中强调，"坚定地相信未来吧，相信不屈不挠的努力，相信战胜死亡的年轻，相信未来，热爱生命"，这种精神力量是诗歌最有意义和价值的地方。作者坚信，未来是建立在对历史充满信心的基础之上的，同时他也意识到未来的不可预见性，包含各种不确定因素，体现出对未来的焦灼等待。诗歌之所以能够对读者产生影响，是因为诗歌中抒发的"个人之音"和"集体之音"，作者在书写个人命运的同时也在书写集体的命运。诗歌与时代形成一种特殊而又复杂的关系，从不同的角度表现出时代的情绪，既冲破了当时主流话语的束缚，又表达出对未来的社会充满期许。

二、《相信未来》的主要内容

《相信未来》全诗可以分为两个部分，前三节是第一部分，表达在物质匮乏和感情折磨的情况下，用"固执""童心"去憧憬未来。"作者在这前三节里，言简意赅地阐明了一种积极的人生态度，使所有正在各种苦难中煎熬的心灵得到安慰、欢愉和自由，并给他们以力量和勇气。"[1]后四节是第二部分，表达"我之所以坚定地相信未来"的原因和对未来的确信。"诗的第四节，讲的是'我之所以相信未来'的原因。他对'未来的人们'充满了信心，相信他们能够拨开历史的迷雾，看清事物的本质。紧接着五、六两节表述的是，相信

---

[1] 安春华：《默默忍受着的灵魂——读食指的〈相信未来〉》，《写作》2002年第19期。

'未来'的人们会客观、公正地评定：我们的脊骨是最硬的、是最直的。"[1]
作者相信的立足点和出发点不在"现在"而在"未来"，这首诗在当时之所以
能以手抄本的方式流传，就是因为它对迷茫的内心起到了拯救、治疗、指引的
作用。《相信未来》脱离了当时诗歌的崇高感，建立起个人话语体系，并采用
独特的语言表达形式，将看似"灰色"的内容直抵读者的心灵，使其产生共鸣。
诗中的"灰色"情调是痛苦的、悲哀的、敏感的，也是不合时代节拍的，发出
的是受难者、悲剧性人物的"个人"声音，在悲观中给人希望和力量。诗歌前
部分是悲观的处境，但最后经由诗人的意志转化为坚定的目标：相信未来。

　　诗人也从三个层面表达了自己坚定的信念，首先是对现实的失望、批判与
憎恨，以及对未来的憧憬。然后，内容递进一步，指出相信未来的原因，是因
为"相信未来人们的眼睛"，经过无数的探索，一定会取得成功。正是如此，
诗人在最后直抒胸臆，坚定地相信未来。三个部分层层递进，自然无痕。《相
信未来》超越了该诗歌所处时代，并引领了一个新的诗歌创作时代。《相信未
来》饱含独特的抗争意识，生活中困境和挫折是常有的，关键是我们以什么样
的心态去面对，诗人如同拥有巨人之手，能够拨开乌云看到辽阔的天空。诗人
在情感的递进中觉醒并进入理性思考，不管前路如何艰辛，不管生活如何坎坷，
相信阳光总在风雨后，最后把"小我"融入"大我"之中，表达了他那一代人
的青春与追求，提示了觉醒与伤感同振的心路历程。

　　《相信未来》从最初以手抄本的形式流传到公开发表，再到入选高中语文
教材，获得广泛传播。从整首诗的抒情进程和结构来看，《相信未来》在开头
部分，含蓄地营造了一种灰色和悲凉的氛围，运用了"蛛网""炉台""灰烬"
这些意象，来描绘那个荒芜、穷困、艰难的时代，"紫葡萄""鲜花"则成为"深
秋的泪水"，尽管如此，无论是面对"涌向天边的排浪"，还是"托住太阳的
大海"，诗人都"坚定地相信未来"。在这样一种思绪和情怀中，既有感性的
流淌，又有理性的思考，字里行间的真情感动了无数读者。

---

[1] 安春华：《默默忍受着的灵魂——读食指的〈相信未来〉》，《写作》2002 年第 19 期。

三、《相信未来》的艺术价值

《相信未来》因为是以手抄本的方式传抄的，所以后来出现了多种版本。常见的版本有两个，差异性主要体现在诗的第二节，"露水"和"泪水"，"凝霜"和"凝露"的不同。《相信未来》能够成为诗歌经典，在于诗歌还原并超越了当时的语境，尤其是诗人能够脱离当时的环境和时代氛围的禁锢，把希望引向了未来。在那样一个非理性的时代，青年人内心迷茫，充满困惑，在黑暗中寻找着理想、自由。富有社会责任感和担当的诗人充满忧患意识，在理想与现实的矛盾冲突中，对社会、时代及个人进行了理性思考；在理想与想象中充满豪情，用来自心灵的感悟呐喊，要用手指向天边的排浪，要用手托住太阳的大海。这是多么宽阔的场景和浩大的力量！它们在人们的内心世界投下一束希望之光。诗人的感知走在他人之前，令人钦佩，精神的光照是最有意义的文化实践。"这首诗的生命力和价值不仅仅属于一代人，而属于更多的乃至未来的读者群"[1]。

在抒情方式上，《相信未来》的情感表达以两种方式交替递进。迷茫与希望、未知与确信，交互形成了诗歌情感的矛盾与丰富性。通过蛛网、葡萄、鲜花等意象表达多层次的意义，并将"紫葡萄""鲜花"限定所属为"我的"，表达了诗人对现实的独特体验，具有鲜明的个人色彩。这里既有"蜘蛛网"，又有"排浪"，意象从小到大。诗中不再是空洞抽象的阐释，而是先锋与传统并重：诗歌中大量铺排的意象，带有中国古代诗歌意象的传统特征，强化了诗歌的情感与意旨，表达的是当时青年群体的心声。在当时诗歌抒情公共化的背景下，《相信未来》体现的是个体化特点，预示着诗歌抒情主体性时代即将到来。诗歌的前三节都以"相信未来"为结尾，运用了反复修辞手法，具有震撼人心的效果，感知诗人追寻过程中的澎湃激情，坚定不移的信念得到强烈的正面强化，将读者的情绪完全调动起来。诗人最初就对未来抱有坚定的信心，即使在悲凉绝望中，还坚定地相信未来，这不免令人动容。在第四节中，还运用了拟人修辞手法，将未来比作"她"，显得独特而鲜活生动。

---

[1] 刘广涛：《食指诗歌与青春主题研究》，《文艺争鸣》2008 年第 12 期。

食指的诗歌形式受到了何其芳的影响。食指与著名诗人何其芳的女儿是好朋友，因此有机会向何其芳请教诗歌问题，并汲取了他的诗歌美学观，使诗歌形式更为完善和成熟。何其芳的现代格律诗讲求顿数整齐和押韵，这样诗歌既有力度又有美感，读起来朗朗上口并富有节奏感。受何其芳的影响，食指曾多次说过，诗歌应该是"窗户"，他认为新诗的抑扬顿挫特别具有韵味，要注重汉语诗韵脚的押法，如何换韵等。多音节、多顿数就会使诗歌的节奏较快，反之节奏就较慢，不同的节奏渲染和表达不同的情绪。食指的诗也注重形式格律化，讲究诗歌的韵律和形式美，他始终坚持着自己"窗含西岭千秋雪"的诗歌理想，他的"窗式美"相当于诗歌的"建筑美"，体现为字数、行数、诗节等的固定和均匀。《相信未来》中后面诗句的音节数和顿数有所减少，就是为了使诗歌的整体情绪得到缓和，增加诗歌的意蕴。《相信未来》每行诗有六个音步，可以作这样的划分，当 / 蜘蛛网 / 无情地 / 查封了 / 我的 / 炉台 // 我 / 依然 / 固执地 / 铺平 / 失望的 / 灰烬 // 用 / 美丽的 / 雪花 / 写下： / 相信 / 未来 //……通过跌宕起伏的节奏将情感缓缓释放，在抑扬顿挫之中延长每一个音步的时间，使诗歌中郁结的情绪得到释放，在节奏变化中达到感人的效果。读者从中能够体味到诗歌的韵律美、节奏美、形式美，从某种意义上说，食指诗歌的可诵读性也是其得以广泛流传的因素。

《相信未来》讲求韵律和形式美，四行为一节，共分为七节，诗歌形式整齐，内容层层深入，衔接自然无痕，具有现代格律诗特点。总体来看，这首诗的结构和意象单纯而不复杂，象征与本体易于理解，诗人寻找历史的立足点，确信未来和历史会得到公正的评价。虽然我们有"迷途""惆怅""失败"的苦痛，但我们也有"探索"和"成功"，我们只有珍惜和拥有生命，才会更好地热爱生活，才可能以更加自信的姿态迎接灿烂美好的未来。生活是有痛苦的，但是诗歌的结尾是美好的，诗作在结尾发出了"相信未来，热爱生命"的强音，给人以积极向上的力量。十二年后，食指创作了《相信未来》的姐妹篇《热爱生命》，这可视为诗人对"相信未来"的回应和再次确信，并将"未来"升华到新的高度。

撰稿人：王雨薇

拓展阅读

1. 食指：《食指诗选》，人民文学出版社，2009。

2. 张清华：《从精神分裂的方向看——食指论》，《当代作家评论》2001年第 4 期。

3. 刘广涛：《食指诗歌与青春主题研究》，《文艺争鸣》2008 年第 12 期。

4. 易彬:《"命运"之书: 食指诗歌论稿——兼及当代诗歌史写作的相关问题》，《扬子江评论》2018 年第 6 期。

《回答》导读
——"朦胧诗"的争论与《回答》的启蒙意义

　　1978 年 12 月 22 日，在北京三里屯使馆区北头小河尽头的一处农家小院里，北岛、芒克和黄锐在友人陆焕兴家内，用东拼西凑来的印刷设备和纸张，将三个月前"创办一个文学刊物"的设想付诸现实，夜半完工时众人为《今天》的诞生举杯庆贺，并计划"要把《今天》贴遍全北京，包括政府部门（中南海、文化部）、文化机构（社会科学院、人民文学出版社、《人民文学》和《诗刊》）和公共空间（天安门、西单民主墙），还有高等院校（北大、清华、人大、北师大等）。"[1] 自此，《今天》迅速成为 20 世纪 80 年代"新诗潮"中最早创办且影响广泛，甚至成为其标志的刊物。时任主编之一的北岛发表于《今天》创刊号上的《回答》，同食指、芒克、舒婷、顾城等人当时发表的一些诗作，被称作"朦胧诗"。

　　在《回答》一诗中，抒情主体在悲剧性的抗争道路上，表现了"'觉醒者'的历史'转折'意识，和类乎'反抗绝望'的精神态度，表现了在批判、否定中寻找个体和民族'再生'之路的激情。"[2] 多数学者认为，《回答》写于 1976 年，其时发生了一场意义深远的"四五"诗歌运动，北岛参加了这场运动，并写下《回答》等诗作。但后来北岛的友人齐简在《诗的往事》中提到，《回答》初稿写于 1973 年 3 月 15 日，最初题为《告诉你吧，世界》。[3] 洪子诚认为，

---

[1] 北岛、李陀：《七十年代》，生活·读书·新知三联书店，2009，第 48 页。

[2] 洪子诚：《中国当代文学史（修订版）》，北京大学出版社，2007，第 246 页。

[3] 刘禾：《持灯的使者》，广西师范大学出版社，2009，第 12 页。

该时期北岛诗歌的特质和表达方式，在《回答》中确实体现得最为淋漓尽致。于1978年12月发表于《今天》创刊号上，次年被《诗刊》转载而声名鹊起的《回答》，被普遍认为是第一首在国家正式刊物上公开发表的"朦胧诗"。该诗反映了一代青年觉醒的心声，是与已逝的一个历史时代彻底告别的"宣言书"。

北岛的《回答》标志着"朦胧诗"时代的开始。值得一提的是，"朦胧诗"作为一种在中国文化转型期出现的新诗潮，曾经历了一场时间不短的论争，其中意见之歧异和争论之激烈皆出人意料。这场关于"朦胧诗"的论争，不仅没有由文艺论争发展为政治批判"运动"，也没有出现"批判的大旗一举，被批判者立即便缴械投降"[1]的情况，在争论中，不仅有当事人自己站出来应战，而且在一旁助阵的人更起劲，论争"高潮迭起地进行了长达五六年之久，而且批判每提高一个调门，朦胧诗在人们心目中的地位便提高一个层次"[2]。最早在"正式"出版物上讨论这一诗潮的是诗人公刘，公刘为顾城在自己作品的小序中流露出来的悲观的人生观感到"颤栗"，他没有想到这位年轻人不仅如此消沉，而且在诗歌中毫无保留地袒露自己的内心独白，也为顾城等在讲述历史时的"片面"以及意象的破碎而担忧，主张要积极给予引导，避免他们走上"危险的小路"。[3]随后，1980年4月在广西南宁召开的以新诗现状和展望为主题的"全国诗歌讨论会"上，北岛、顾城、舒婷等人的"朦胧诗"已成为会议争论的焦点，洪子诚回忆道："在那次会议上，对'朦胧诗'，特别是顾城和北岛的作品，有非常激烈的批评，也有非常激烈的支持。但那时吵归吵，面红耳赤，大家还是朋友。对一首诗，对一个诗人的写作，能那样动感情，那样辗转难眠，这在现在也难以想象。"[4]南宁会议之后不久，声援"新诗潮"的声音便响起，诗评家谢冕发表了《在新的崛起面前》一文，对"不拘一格、大胆吸收西方现代诗歌的某些表现方式"给予支持。支持的依据，来自他对诗歌"适应社会主义现代化生活"的要求的判断。谢冕以"历史见证人"的身份

---

[1] 温儒敏等：《中国现当代文学专题研究》，北京大学出版社，2002，第241页。

[2] 温儒敏等：《中国现当代文学专题研究》，北京大学出版社，2002，第241页。

[3] 公刘：《新的课题——从顾城同志的几首诗谈起》，《星星》复刊号，1979年10月。

[4] 洪子诚：《北岛早期的诗》，《海南师范学院学报（社会科学版）》2005年第1期。

吁请诗界的宽容："对于这些'古怪'的诗，……主张听听、看看、想想，不要急于'采取行动'"，不要"急着出来加以'引导'"，"我们有太多的粗暴干涉的教训（而每次的粗暴干涉都有着堂而皇之的口实）。"[1]此后，孙绍振的《新的美学原则在崛起》、徐敬亚的《崛起的诗群》也表达了对新诗歌潮流的支持，文学史后来把它们并称为"三个崛起"。每一次"崛起"的出现，几乎都引发了一次大的论争。虽然，论争的火药味一次比一次浓，但与以前的情况截然不同的是，紧跟在一阵大棍之后的不再是万马齐暗的沉寂，而是不屈不挠且公开发表的"商榷"。[2]当一位权威的文艺理论家将孙绍振的"崛起"批得体无完肤之后，立即就有人挺身而出，公然为孙绍振辩护，而且指名点姓地要与之商榷。[3]即使是在当时颇受人尊敬的大诗人站出来表态，也仍然有人敢于公开叫板。[4]虽然这场论争在年轻诗人徐敬亚的"自我批评"后逐渐偃旗息鼓，但事情并没有因此而完结，而是出现了出人意料的结果：人们不再面红耳赤地争吵，不再短兵相接地论战，而是静悄悄地以欣赏和赞扬的口吻，立场鲜明地将"朦胧诗"写入了文学史，其中达成的共识之一便有对"朦胧诗"运动这一特质的确认——它与"五四"新文学传统接轨，体现在启蒙主义的文学精神和艺术探索的创新精神两方面，此种特质不仅在其诗歌作品的思想内容上有所体现，还体现在展开论争的方式和氛围上，都与"五四"时代有着惊人的相似。这种启蒙和艺术探索的精神在北岛的《回答》中也有鲜明的表达。

有论者称："《回答》曾让二十世纪七八十年代的中国知识分子热血沸腾，这是一首开创之诗，也是一首启蒙之诗。它开创了中国现代诗在'文革'之后的一个新起点，同时，它启蒙了一代知识人的精神追求和思想格局，让他们在各个方面有了一种自觉，包括对历史的反思、对当下的认知、对未来的憧憬。"[5]这一评价道出了《回答》的启蒙主义内涵。《回答》开篇以悖论式警句斥责了

---

[1] 谢冕：《在新的崛起面前》，《诗探索》1980 年第 1 期。

[2] 温儒敏等：《中国现当代文学专题研究》，北京大学出版社，2002，第 245 页。

[3] 江枫：《沿着为社会主义、为人民的道路前进——为孙绍振一辩兼与程代熙商榷》，《诗探索》1981 年第 3 期。

[4] 李黎：《"朦胧诗"与"一代人"——兼与艾青同志商榷》，《文汇报》1981 年第 13 期。

[5] 刘波：《为当代诗歌建立启蒙的传统——北岛论》，《诗探索》2016 年第 5 期。

是非颠倒的荒谬时代，"镀金"揭示虚假，"弯曲的倒影"暗指冤魂，二者形成鲜明的对照。第二节中"冰凌"暗指人们心灵的阴影，情绪上顺承第一节。第三节渲染了普罗米修斯式的拯救者形象，诗人以此自居，表现了新时代诗人个体的觉悟和对自身肩负的责任毫不犹豫地担当。第四节"我不相信！"的诗句加重了语气，表现了无畏的挑战者形象，节末两句作者从历史的维度来表明自己不屈的决心。第五节用排比句"我不相信……/ 我不相信……"表现了否定和怀疑精神。第六节表明对苦难的态度，抒发承担未来重托的英雄情怀，并传达出对未来的企望。在第七节中，透过"五千年的象形文字"，从历史与未来中捕捉到希望和转机，显示了具有五千年历史的民族的强大再生力。北岛在《回答》中将有对立意义的意象频繁并置，构建了悖谬式的意境，这让人联想到"五四"时期鲁迅在《野草》题辞中所说的"当我沉默着的时候，我觉得充实；我将开口，同时感到空虚"[1]，在《墓碣文》中所说的"于浩歌狂热之际中寒；于天上看见深渊。于一切眼中看见无所有；于无所希望中得救。"[2]北岛或许与鲁迅一样，感知到启蒙的矛盾和曲折，因此在诗歌中运用有对立的、悖论因素的意象，来展示两方面的状况：一是环境，现实处境；二是人的行动和内心状况。"在当时，北岛比其他的诗人都更坚决地指认和描绘生活、历史的荒谬、'倒置'的性质。""提示了处于这一时空中的个人，在争取个人和民族'更生'时，可能陷入的困境，前景的不确定，和个人内心的紧张冲突。"[3]

此外，以《回答》为代表的"朦胧诗"所引发的争论，不仅牵动诗歌界，牵动诗人和批评家，而且扩大成社会性的讨论（广西南宁的"全国诗歌讨论会"），讨论的方式和氛围也体现了"五四"时代知识分子主体意识的高扬和启蒙精神的复归。20世纪80年代的知识分子异常活跃，他们在思想文化领域广泛地进行讨论和表达，并建构起独立于政治意识形态之外的公共思想界。"朦胧诗"潮流兴起后，北岛等诗人成为受人瞩目的"文化英雄"，受到人们的狂

---

[1] 鲁迅：《鲁迅全集》第二卷，人民文学出版社，2005，第 163 页。

[2] 鲁迅：《鲁迅全集》第二卷，人民文学出版社，2005，第 207 页。

[3] 洪子诚：《北岛早期的诗》，《海南师范学院学报（社会科学版）》2005 年第 1 期。

热追捧。1984年秋天，北岛参加在成都举办的"星星诗歌节"，亲自领教了诗歌爱好者的"疯狂"。后来他在散文《朗诵记》里记述了当年的情景："诗歌节还没开始，两千张票一抢而光。开幕那天，有工人纠察队维持秩序，没票的照样破窗而入，秩序大乱。听众冲上舞台，要求签名，钢笔戳在诗人身上，生疼。我和顾城夫妇躲进更衣室，关灯，缩在桌子下。脚步咚咚，人们冲来涌去。有人推门问，'顾城北岛他们呢？'我们一指，'从后门溜了。'"[1]不得不说，那是一个人们对文学充满热情的时代，诗人在某种意义上扮演着启蒙者和布道者的角色。

不过，1983年以后，"朦胧诗"的热度有所衰减。一部分原因在于"朦胧诗"影响扩大后所产生的大量模仿、复制之作，将诗艺的革新过度挥霍。另外，受惠于"朦胧诗"、对新诗抱有更高期望的"更年轻的一代"也对朦胧诗产生不满，他们认为，"朦胧诗"虽然开启了探索的前景，但已逐渐过时，诗歌表现领域和诗歌语言尚有很大的拓展空间。此时，社会生活"世俗化"加速，使公众高涨的政治热情有所滑落，读者对诗的想象也发生变化，"新生代诗歌"的兴起宣告了对朦胧诗的反叛和对新的诗歌精神的追寻。

回顾"朦胧诗"的发生发展，"朦胧诗"并不是传统意义上的诗歌流派，但其思想意义和诗学贡献是多方面的。首要一点便是诗歌写作上对"个体"精神价值的强调。"朦胧诗"以"启蒙主义"的激情，历史承担的崇高，也有些自恋的姿态，突破了"当代"诗歌语言、想象模式，对当时的诗界形成强烈冲击，也给后继者提供了前行的动力和经验。诗人柏桦在他的自传性著作《左边——毛泽东时代的抒情诗人》这本书里，讲到北岛的诗所引起的"震荡"。柏桦当年在广州外语学院读书，他读到北岛的《回答》，用了"震荡"这个词，并且说"那震荡也在广州各高校引起反应"。是的，"一首诗可以此起彼伏形成浩瀚的心灵的风波，这对于今天的年轻人来说也许显得不太真实或不可思议"，但当时的情形就是这样。柏桦对这种心灵现象，或者说阅读现象的分析是，"今天"诗人发出的是一种巨大的毁灭和献身激情，这种激情的光芒，"帮助了陷

[1] 北岛：《蓝房子》，生活·读书·新知三联书店，2015，第187–188页。

入短暂激情真空的青年""形成一种新的激情压力方式和反应方式",包括对"自我"的召唤,反抗和创造,浪漫理想和英雄幻觉……[1],而北岛的《回答》从某种意义上说,体现了对当时主流意识形态的反抗,也为下一诗歌潮流埋下了反叛和突围的种子。

撰稿人:戴沂辰

拓展阅读

1. 刘禾编:《持灯的使者》,广西师范大学出版社,2009。
2. 北岛、李陀:《七十年代》,生活·读书·新知三联书店,2009。
3. 徐敬亚:《崛起的诗群》,同济大学出版社,1989。
4. 查建英:《八十年代访谈录》,生活·读书·新知三联书店,2006。
5. 陈仲义:《中国朦胧诗人论》,江苏文艺出版社,1996。

---

[1] 洪子诚:《北岛早期的诗》,《海南师范学院学报(社会科学版)》,2005年第1期。

《致橡树》导读

　　舒婷，原名龚佩瑜，1952 年出生于福建龙海石码镇，祖籍福建泉州，中国当代女诗人、朦胧诗派的代表人物之一。她的诗作在朦胧的韵致中流露出理性的思考，擅长运用比喻、象征等艺术手法表达内心独到而深刻的感受，具有浪漫主义和现实主义相结合的风格倾向。其诗歌代表作有《致橡树》《祖国啊，我亲爱的祖国》《双桅船》《神女峰》等。

　　《致橡树》发表于 1977 年，舒婷曾说过《致橡树》并非一首爱情诗，这首诗的创作源起于在写作上给予她很大帮助的归侨诗人蔡其骄。1975 年，蔡其骄到厦门的鼓浪屿做客，舒婷在陪他散步的时候，蔡其骄向她说起这辈子碰到过的女孩。蔡其骄说，有的女孩子很漂亮，却没有才气；有才气的女孩子不漂亮；又漂亮又有才气的女孩子，又很凶悍，他觉得找一个十全十美的女孩子很难。舒婷说，当时她听了后很生气，觉得那是大男子主义思想，男性与女性应当是平等的，于是，当天晚上，她就写了首题为《橡树》的诗交给蔡其骄。后来发表时，才改作《致橡树》。[1] 舒婷之所以否定《致橡树》是一首爱情诗，是因为它其实并非一般的爱情倾诉或者激情表白之作，而是要表达自己的爱情理想和人格信念，表现自己对两性关系的理解，并彰显女性意识与人格精神的觉醒。

---

[1] 吴庆芳：《最有趣的作家故事》，湖北教育出版社，2014，第 81 页。

一、意象隐喻与独特爱情观的表达

舒婷是一位内倾型的抒情诗人，擅长以独特细腻的女性视角来体验大千世界、诉说个人的心灵秘密。舒婷凭借女性曲折幽微的心理、细腻委婉的情感长处，以体贴入微、感同身受的人生体验，传达出对他人、对国家，乃至对整个人类的挚爱关怀。她的诗作真挚婉约，善于把握与表现细腻的情感体验，她常常以曲折的方式表现对人生的思考，思维逻辑缜密。她喜欢采用隐喻、象征手法，借助具有丰富内涵的意象表达情思。《致橡树》构思精巧，能从一些日常化的生活现象中发现深刻独到的哲理，并将其表现得既有思辨性又有诗意。在《致橡树》中，诗人将男性喻为"橡树"，女性喻为"木棉"，用第一人称的口吻向他表白心境："我如果爱你——/绝不像攀援的凌霄花，/借你的高枝炫耀自己；/我如果爱你——/绝不学痴情的鸟儿，/为绿荫重复单纯的歌曲"[1]。这里，诗歌开头并未直接进入主题，先是通过假设、让步等虚拟语气，用"凌霄花"暗喻一心只想依附男性、趋炎附势的女性形象，而用"鸟儿"比喻依靠取悦男性获取物质享受的女性形象，表明自己对盛行的两种两性关系的态度：不愿像"凌霄花"那样精于算计，攀附男性，以求夫荣妻贵，谋取世俗的地位；也不愿意像"鸟儿"一般，以姣好的姿态和动人的声色取悦对方。这是对延续了千百年的男权社会中反复上演的两性悲剧的反思与拒绝。千百年来，女性的命运要依附在男性身上，她们在青春靓丽时被视作心肝宝贝，而容颜不在时即被弃之如敝屣。更可悲的是大多数女性对此丝毫没有觉悟，诗人作为新时代的知识女性，在憧憬美好爱情的同时，也表现了理智清醒的一面：不因为爱情而依附别人，放弃自尊自爱与实现自我价值的追求。"也不止像泉源，/常年送来清凉的慰藉；/也不止像险峰，/增加你的高度，衬托你的威仪。/甚至日光。/甚至春雨。/不，这些都还不够！"[2]紧接着诗人用坚定的语气，否定"男权话语"下被大肆宣扬的奉献型女性伴侣。爱情可以暂时忘我，但不可丧失自我。诗人巧妙地以"送来清凉慰藉"的"泉源"，"增加高度""衬托威仪"的"险

---

[1] 舒婷：《舒婷的诗》，人民文学出版社，2002，第117页。

[2] 舒婷：《舒婷的诗》，人民文学出版社，2002，第117页。

峰"，给人带来温暖和滋润的"日光""春雨"等意象，隐喻无条件为爱情牺牲的、传统贤妻良母型的女性角色。在诗人看来，现代女性如果甘愿为男权话语称颂下的这些"美德"所束缚，无异于精神上的"缠足"。《致橡树》开篇对"凌霄花""鸟儿""泉源""险峰""日光""春雨"的连续否定，生动有力地表达了诗人对男女不平等的婚恋关系的否定。

那么，诗人心目中理想的爱情关系里女性的姿态究竟是如何的呢？她进而给出了答案："我必须是你近旁的一株木棉，/做为树的形象和你站在一起。/根，紧握在地下，/叶，相触在云里。/每一阵风过，/我们都互相致意，/但没有人/听懂我们的言语。"[1]"凌霄花""痴情的鸟儿""泉源""险峰""日光""春雨"六个意象象征着传统社会中攀附型、依恋型、陪衬型、奉献型等不平等的两性关系，在这些男女相处的模式中，都存在一个共同的特征，那就是忽视了女性的自身价值。诗人用"木棉"象征新式女性，一改旧式审美中女性纤细柔媚的形象，它充满着明媚健朗的生命气息，与洋溢着坚韧和阳刚之美的"橡树"恰成携手共进的伴侣：不仅并肩而立，而且相知相敬，相互理解，惺惺相惜。这里，"木棉"这个意象呼吁着自尊自信、自立自强的女性独立意识，舒婷认为，只有建立在相互理解、相互欣赏基础上的爱情，才是真正的爱情，唯有如此才能共担责任，经受岁月的洗礼。这已然是很多人梦寐以求的爱情的样子，但诗人并不满足于此，而是更进一步言说心声："你有你的铜枝铁干/像刀，像剑，/也像戟；/我有我红硕的花朵，/像沉重的叹息，/又像英勇的火炬。/我们分担寒潮、风雷、霹雳；/我们共享雾霭、流岚、虹霓，/仿佛永远分离，/却又终身相依。"[2]诗人借此阐明了现代的爱情观：不仅强调两性灵魂的契合，更注重爱情关系中两性的独立人格与个性。正如你有"铜枝铁干"，我也有"红硕的花朵"，男性应该具有英雄的橡树般的刚健，而女性也应该追求木棉树一般蕙质兰心、坚韧顽强的品质。诗人认为，"这才是伟大的爱情，/坚贞就在这里：/爱——/不仅爱你伟岸的身躯，/也爱你坚持的位置，足下的土地。"[3]

[1] 舒婷：《舒婷的诗》，人民文学出版社，2002，第117—118页。

[2] 舒婷：《舒婷的诗》，人民文学出版社，2002，第118页。

[3] 舒婷：《舒婷的诗》，人民文学出版社，2002，第118页。

全诗末尾，诗人点出自己对现代理想爱情的核心理解：伟大的爱情不应该只停留在肤浅的外貌上的相互吸引，甚至也不是两情缱绻、长相厮守，而是对彼此理想信念的理解、尊重与支持，对恋人及理想的灵魂坚守，才算得上真正"伟大"的爱情。从诗歌整体来看，诗人前半部分描述了自己否定的爱情观，后半部分描述了自己所追求的理想爱情，前后形成鲜明的对比，旗帜鲜明地表达了诗人对真挚崇高的伟大爱情的追求，使整首诗表达的主旨更加明晰。诗人所神往的爱情，不仅炽热纯真，而且伟大崇高，这感召着新时代的热血青年尤其是新时代的女性，同时也在她们心里种下"自我觉醒"的种子。

二、女性意识与人格的觉醒

舒婷等朦胧诗人成长在一个极为特殊的年代，虽然没有经历硝烟和战火，但却遭受了十年浩劫的肆意冲击。他们看到了明媚阳光背后的阴影，更经历了从彷徨到觉醒的历程。对社会、对人生，每位朦胧诗人都有自己独到的理解，这些为他们创作提供了灵感。"爱情"是舒婷反复抒写的诗歌主题，值得注意的是，舒婷的爱情诗不是抒发谈情说爱的绵绵情意，而是表达了现代知识女性在男权社会中对两性爱情观、人生观的独到思考，体现了鲜明的女性意识与人格觉醒。

舒婷从女性视角出发，借助女性诗人特有的思维方式、细腻的情感和心理特征，精心构建了一个独立自主、自尊自爱、不断求索的女性精神世界。如她的《致橡树》《神女峰》等名作，对爱情的书写没有停留在表面，而是折射出多层面、多角度的社会内涵。《致橡树》表现的女性理想的"伟大爱情"观，超越了一般爱情诗的范畴，有了解放思想、女性作为独立的"人"的觉醒的意义。1977 年《致橡树》发表，是"文革"后第一首公开发表的爱情诗，在当时的社会文化氛围中还具有一定的破冰意义。这首诗在 20 世纪 70 年代末至 80 年代中期大受欢迎，影响了一代青年的婚恋观，也被视作新时期女性爱情诗歌的发端之作。此后，后起之秀群起效仿，女性诗歌逐渐摆脱长期被压抑、被忽视的状态，引起学术界的广泛关注。著名学者谢冕提出了"女性诗歌"的概念，并予以高度评价："在'文革'结束之后的诗歌成就中，除去'朦胧诗'在反思历史和艺术革新方面的贡献是别的成就无可替代之外，唯一可与之相比的艺术成就，则是女性诗歌创作。"[1]"女性诗歌"之所以有如谢冕老师评价那样的成就地位，很大程度得益于引起强烈社会反响的《致橡树》一作，它打破了中国爱情诗在"男权话语"长期笼罩下的创作模式：传统的古典爱情诗佳作颇多，但诗歌的写作者大多是男性模仿女性的口吻，在女性的幸福皆系于"良人"身上的社会秩序中，注定以思妇、闺怨主题居多；五四时期，思想空前解放，女性的地位得到提高，但女诗人大多依旧羞于在诗歌中表露爱情心迹，成熟的爱情诗大多出自男性诗人之手，如在徐志摩和戴望舒的爱情诗中往往将女性视作遥不可及的女神，以男性诗人一厢情愿的单恋和痴恋为主，抒发的情感固然真挚，但并未将女性视作一个正常的"人"来看待，少有恋爱女子心声的吐露。中华人民共和国成立之初，个人情感因被视作妨碍革命事业的绊脚石而被打入"冷宫"，同时标榜"妇女能顶半边天"、打着男女平等的口号，私人情感倾诉不被允许，这个时期闻捷的爱情诗被烙上了浓重的时代印迹，其爱情诗是写给社会大众的，是歌颂新时代美好生活的一部分。由此来看，舒婷《致橡树》的特殊意义凸显无遗：在特定的社会历史背景下，站在女性的角度，以热恋女子的口吻大声宣告自己的恋爱观，如果橡树是自己的爱人，那么自己就做它旁边的木棉树，既与之相配，又相互独立；通过枝叶的接触还能达到交流，彼此能共同经历风雨，也能共同享受美景，一同立足脚下的土地，一辈子相依相偎。诗中，诗人表现的重点不是女性的形象，而是对传统男性话语围制下的婚恋观的反叛。这首诗以个体的情感表达作为出发点和落脚点，并大加渲染，带有呼吁女性自我意识觉醒的现代意蕴。

舒婷的《致橡树》描绘了理想的男女两性关系：精神上平等、灵魂上包容。这种地位平等、灵魂相依、互相认可的两性关系也与法国存在主义作家、女权运动创始人之一西蒙·波伏娃所持的两性观不谋而合。西蒙·波伏娃在《第二性》中说："真正的爱情应建立在两个自由的人相互承认的根基之上，情人们会觉得自己既是自我又是他者：既不会失去超越，也不会变得残缺，他们将一道在

---

[1] 谢冕：《丰富又贫乏的年代——关于当前诗歌的随想》，《文学评论》1998 年第 1 期。

世界上证明自己的价值和目标。"[1]时代在变迁，人们的思想观念也在发生改变，在爱情关系中，很多人找不准自己的定位，从一开始就进入一段错误关系而不自知。《致橡树》一诗是舒婷独特的女性意识和人道主义思想所开出的奇珍花朵，诗中不仅表达了自己的爱情观，还从女性的角度发出呐喊，这种呐喊在一定程度上使得更多的女性重新审视自己的爱情生活。

撰稿人：陆娜

拓展阅读

1. 吴思敬：《舒婷：呼唤女性诗歌的春天》，《文艺争鸣》2000 年第 1 期。

2. 谢冕：《在诗歌的十字架上——论舒婷》，《文艺评论》1987 年第 2 期。

3. 刘双贵：《女性自尊的觉醒——舒婷的〈致橡树〉解读》，《北方论丛》2001 年第 6 期。

4. 赵黎明：《新的诗学话语的"崛起"——语言哲学视域中的朦胧诗运动》，《学术论坛》2022 年第 6 期。

---

[1] 西蒙·波伏娃：《第二性》，李强译，西苑出版社，2004，第 260—261 页。

《亚洲铜》导读

　　海子（1964—1989），原名查海生，出生于安徽省怀宁县高河镇查湾村，中国当代诗人。"我只愿面朝大海，春暖花开"，"春天，十个海子全都复活"，"姐姐，今夜我不关心人类，我只想你"，这些语句或许是我们关于海子诗歌最原初、最深刻的记忆。他从安徽怀宁查湾村的那条铁路走向北大，最后又顺着那条长长的铁轨回到了故乡。我们在一遍遍的诵读中感受到海子还活着。《亚洲铜》是海子在1984年发表的第一篇作品，这首诗是海子诗歌艺术走向成熟的重要开端，在海子众多的诗歌选本中，这首诗被列为首篇。20世纪70年代末80年代初，正是朦胧诗发展的高潮阶段。此时，顾城、舒婷等人在诗歌中表达着对自由人格的追求和对奴性人格的否定，对个体价值的肯定和对主体情感的宣泄。杨炼、江河等诗人则把个人与民族的命运联系在一起，表达对民族、对历史的思考。海子的诗歌一方面受朦胧诗潮的影响，自觉运用新颖的创作手法和表达技巧，另一方面在思想内容上则受"文化寻根"的影响，诗歌中有对"土地""麦田"执着的守望，充满对民族的文化寻根意味。

　　《亚洲铜》这首诗的创作与他的家乡有关，海子从弟弟查曙明的来信中得知家乡高河镇相邻的月山镇发现了铜矿，国家将要开采矿山，一部分农民可变为工人，铜陵县划归铜陵市。海子想象乡民们此刻沉浸在开采矿山的幸福之中，但自己却有说不出的感觉，并没为家乡发现矿产而高兴。在他心中，矿产开采会将大地弄得面目全非，乡村的宁静和谐景象会被打破。而失去土地的农民会是怎样的心态呢？海子带着这种思考，写下了《亚洲铜》[1]。海子对生养他

---

[1] 周玉冰：《面朝大海 春暖花开：海子的诗情人生》，安徽文艺出版社，2005，第22页。

的那片土地有着深深的眷恋之情，我们从文化寻根、历史反思的角度来解读这首诗歌，是一个可行的切入口。

海子的这首诗歌中，"亚洲铜"是贯穿全诗的重要意象，他在每一段的开头都在反复地咏叹它，那么其象征内涵究竟是什么？"它的颜色和质地隐射中国北方坚硬强悍的黄土地"[1]，具体来说，它可以是故乡查湾村的土地，因为祖父、父亲、"我"都会被埋葬在这里；更为宏大的意义是指中华大地和中华文明，因为"铜"可以引发更为广阔的联想——考古出土的众多青铜器皿及以其为标志的青铜文明、中国人古铜色的皮肤、中国广袤无垠的黄土地、风水玄学中的铜制饰品……而古老的中华文明有着极强的辐射和影响力，无论是在东亚还是在南亚地区，中华文明就像埋葬在亚洲地下的铜矿，坚硬而辉煌灿烂。诗中，"亚洲铜"这一意象赋予了中华文明更为深厚、博大的意义。三代人在这里死去，海子在过去、现在、未来的时间更替中流露出宿命的悲壮感和对悠久历史中血脉传承的认同感，而"唯一的一块埋人的地方"更是坚定地表达出海子对土地深厚的情感，他将脚下这片广袤的黄土地视为他命定的归宿，即使这片土地还很贫瘠，却不能削减诗人对这片土地的热爱。并且"亚洲铜"在每一节开头都被反复地吟咏，由此构成了一种复沓回环的音乐效果，这不仅回应了中国新诗对于音乐美的提倡，更是对《诗经》《离骚》吟咏颂唱传统的自觉传承。

第二段接着写到黄土地上的实物，有"爱怀疑和飞翔的"鸟、"淹没一切的"海水，有青草、野花。洪水具有毁灭一切的力量，世界各地都有大量关于洪水的灾难神话，中国有大禹治水三过家门而不入的神话，西方《圣经》中有为了拯救因神惩罚的洪水灾害而建造的诺亚方舟的神话。而鸟象征着希望与自由。站在中西方文化的视角来看，海子或许在担心西方的海洋文明会对农耕文明产生冲击甚至毁灭性的打击。毕竟 20 世纪 80 年代的中国社会正受西方思潮的广泛影响，知识分子以西方世界的标准审视中国社会的落后，形成了一股反思的力量。海子似乎对西方外来力量的入侵产生了不安的情绪，那只具有怀疑

---

[1] 奚密：《海子〈亚洲铜〉探析》，《当代作家评论》1993 年第 6 期。

精神的鸟隐喻的是不断追寻传统文化创新发展的力量，但是它在汹涌的潮水面前也是处境艰难，对此，海子忧心忡忡。但是他紧接着笔锋一转，用一个"却"字传达出自己对这片土地无比忠诚的信任，土地的主人是青草，即使洪水淹没大地，"青草"也仍旧能够生机勃勃，青草看似微小，但却如毛细血管一样深入到每一寸土地下，"青草"就如中国几千年的传统文化，即便一朝被打击，但是其强悍的生命力和深厚的底蕴让她能够守住"野花的手掌和秘密"，让古老的文明源远流长。"住"一方面有着美好的姿态，但另一方面又缺乏坚实的信仰根基，缺乏对死亡和生命的终极问题追寻解答的勇气。"手掌"让人有温情的感觉，而生命的问题又被黄土当作"野花的秘密"而守着。海子对农耕文化始终有一种深厚的眷恋，同时对工业文明的侵蚀充满危机感。传统的"家园"即将不复存在，这迫使他对传统做出深刻反思。[1]

　　面对危机，诗人一直在苦苦追寻一个答案，在屈原的身上他找到了诗性理想的答案。"亚洲铜，亚洲铜，/看见了吗？那两只白鸽子，它是屈原遗落在沙滩上的白鞋子。"此处依然有诺亚方舟的隐喻，和平鸽，落在地上就不回来了，谁看见？刚才是空镜头的话，现在空镜头中有了鸽子在飞，生命在第三节诗行被邀请出来，或者说被诗人雕塑出来，如同创世那种行进节奏。谁看见呢，诗人看见了，并且反问我们这些盲目忙着边读边拟像的读者，问我们是否看见。如同神在创世的时候看见并且希望人类也看见。看见什么呢？希望、光明。这里有个颜色很重要，白色，对应最后说的黑夜的黑，和心脏和血液的红。诗人心中最原初的心灵导师或应答者是屈原，海子虽不愿意承认自己是抒情诗人，但他确实更具备纯粹抒情诗人的气质和天才，他如同很多抒情诗人如萨福、品达、屈原、荷尔德林、兰波等，对抒情诗情有独钟。海子看见那两只鸽子，那是屈原留下的诗歌源头处的鞋子，那是亚洲人整体的更遥远的某种源头性的"大诗"，"让我们——我们和河流一起，穿上它吧。"不仅仅是海子自己穿上，他自觉在他那个时代——80年代——进入了为民族和中华集体创作的时代。这是不是命运性的？会有更大的命运等着我们吗？接着看诗。让我们一起继承这

[1] 张旭东：《心系传统 根植热土——海子诗歌〈亚洲铜〉的主题意蕴解读》，《文化与传播》2016年第2期。

两只鞋子吧！为什么是两只呢？可能是《诗经》和《楚辞》，虽然海子或许更热爱后者。另外，两只鞋才能行走，行走才能寻觅。行走要沿着岸边顺水而走，但首先要逆流，像《诗经》之"溯洄从之"，寻找源头：文化的源头，民族甚至亚洲精神的源头。其实这些不是海子的理想，后来他的理想更大，他理想的"大诗"是一种对人类整体性源头思索的回溯。白鸽子使人想到了《圣经》中的情景："耶稣受了洗，随即从水里上来。天忽然为他开了，他就看见神的灵仿佛鸽子降下，落在他身上。从天上有声音说：这是我的爱子，我所喜悦的。"在这里，诗人汇通中西文化和宗教性的资源，赋予亚洲铜以某种神性质素，与河流一起穿上，然后远行，背负着灵，寻找文化、精神、生命的亚洲性诗性源头。[1]

虽然要将屈原精神如"白鞋子"般穿上继续走下去，但远不止于此。海子真正关注的是什么呢？我们来看诗的最后一节。海子采用带有神话和仪式色彩的描写："击鼓之后，我们把在黑暗中跳舞的心脏叫做月亮 / 这月亮主要由你构成"。鼓在中国历史悠久，击鼓而舞往往与先民生活中重要的娱神和祭祀活动紧密联系。《易·系辞》有"鼓之以雷霆，润之以风雨"，《周礼》有"击土鼓，以乐田"的记载，屈原的纪念活动中有击鼓赛龙舟。击鼓的动作又令人联想到庄子曾在其妻死后鼓盆而歌。海子应该读过《庄子》，他在诗中曾多次引用庄子的寓言，并在《思念前生》中写出"也许庄子是我"的诗句，庄子的生死观也对海子产生了影响。但庄子和屈原都给人以苍凉之感，是一种人生的大悲哀，海子则受西方的影响将死亡引向新的境界。他使用了中国传统文化的元素——月亮来表达这种新趋向。在海子眼里，"月亮的意象，即某种关联自身与外物的象征物，或文字上的美丽的呈现，不能代表诗歌中吟咏的本身"。与鼓的仪式性特征相连，月亮也超越自身与这种神性活动相关。华夏先民崇拜月神，将其视为一个复活的神话。因为月有圆缺，亦如生死，崇拜月神，希望自己也具有月神那样死而复生的神力。死灭之后的复活曾是先民的信仰，也是现代人的梦想。《圣经》中说，人来自尘土又归于尘土，海子说"尸体是泥土

---

[1] 樊佳奇：《亚洲铜与中国梦——试析海子的诗〈亚洲铜〉》，《青春岁月》2016 年第 9 期。

的再次开始"（《太阳·土地篇》），"再次开始"意味着生命的循环，海子曾在《春天，十个海子》中以戏剧化的方式描写过这种生命循环的"复活"仪式："春天，十个海子低低地怒吼／围着你和我跳舞，唱歌／扯乱你的黑头发，骑上你飞奔而去，尘土飞扬"，整个场面带有原始巫术的色彩。"十个海子"围着跳舞、唱歌的描写与《亚洲铜》中描写的黑暗中的舞蹈有异曲同工之妙。这种打通生与死、人与物界限的仪式与思想，促使海子写出了"这月亮主要由你构成"的神来之句。这一节中的描写与第一节中的"死"与"埋"形成了遥远的呼应。作者极尽自己的想象力描写了带有原始巫术意味的场景。他使用了三种元素：屈原，代表中国诗歌书写生命的诗人；鼓，代表仪式；月亮，代表重生。海子要描写死亡经过一种仪式复活、重生，并通过这种仪式来改变"东方诗人的文人气质"，使诗歌的生命本质的色彩重生。这里复活的是中国现代诗歌的生命本质，海子是一个为诗歌而生的"圣徒"，是一个把自己当作祭品奉献于诗坛的"赤子"，他在很多地方都表达过对中国诗歌发展的焦虑之情，"中国当前的诗，大都处于实验阶段"，"旧语言旧诗歌中的平滑起伏的节拍和歌唱性差不多已经死去了"，他渴望建立一种"新的美学和新语言新诗"，因此海子在为中国新诗招魂，并渴望它能像月亮般"死而复生"。[1]

综上所述，《亚洲铜》是海子带着对这片土地深深的信任与眷恋，对中国传统文化和现代新诗命运作出的一次深入的思考。面对西方文明的涌入，一方面他忧虑不已，另一方面他和大多数赞同"寻根文学"立场的知识分子一样，相信传统文化才是我们的根基所在。他在屈子那里找寻抒情诗性的理想，担负起文化复兴的重任，重新铸造民族的自我形象。同时，他又在死亡与重生的古老仪式中展现出对中国新诗发展的焦虑。海子在《亚洲铜》中围绕"土地"所展示出来的挣扎、徘徊的心理，或许也暗示了"寻根文学"在当代文学中的一种无奈的处境。

撰稿人：刘彬茹

---

[1] 刘俊杰：《东西交汇下的涅槃之舞——海子〈亚洲铜〉赏析》，《名作欣赏》2014 年第 14 期。

拓展阅读

1. 刘小枫：《诗化哲学》，山东文艺出版社，1986。

2. 崔卫平：《不死的海子》，中国文联出版公司，1999。

3. 徐敬亚、孟浪、曹长青等：《中国现代主义诗群大观》，同济大学出版社，1988。

4. 董迎春：《"独自走上我的赤道"：海子"大诗"谬论》，中国社会科学出版社，2017。

5. 乔琦、邓艮：《斜目与重瞳：现代新诗的诗性言说》，陕西人民出版社，2021。

《尚义街六号》导读

于坚，1954 年出生于云南昆明，是中国诗坛"口语诗"的开创者之一。《尚义街六号》是于坚的著名诗歌，1986 年在《诗刊》头条发表之后，获得了巨大的反响，开启了 20 世纪 80 年代平民化书写的"第三代诗歌"时代，该诗和韩东的《有关大雁塔》及李亚伟的《中文系》等诗歌一起开创、引领了"第三代诗歌"的写作潮流。《尚义街六号》共有 90 多行，800 多字，诗中很少运用修辞手法。于坚坚持以口语入诗，拒绝隐喻，注重呈现自然、直接、本真的生活原貌，使诗歌摆脱了朦胧晦涩，没有矫揉造作之气。

一、《尚义街六号》的创作背景及"第三代诗歌"

充满个性特征的《尚义街六号》一直被认为是"第三代诗歌"的标志性作品，也为后来更多人所喜爱和模仿。产生于 20 世纪 80 年代中后期的"第三代诗歌"，有它自己的成长土壤和历史背景。创作者多出生于物质匮乏的 60 年代，但是并没有"上山下乡"的经历，他们 20 多岁时正值改革开放，国外各种哲学思潮、后现代主义和解构主义理论涌入，经济改革也使社会生活日益呈现出多元化的趋势，越来越多的新鲜事物和生活方式进入诗人的视野。于是，诗歌开始打破单一的艺术表现模式，呈现出更强的探索性质。"第三代诗歌"最早出现于 1982 年，是由四川几所大学的学生发起写作倡议的，其中包括赵野、唐亚平等，他们编辑发行了《第三代人》诗集。"第三代诗人"的命名是相对于 1949—1976 年间出现的第一代诗人和以朦胧诗为代表的第二代诗人所作的区分，后来泛指朦胧诗以后到 90 年代这段时间出现的一批诗人，也有人称其为"新生代"诗人。"第三代诗歌"是 20 世纪 80 年代中国重要的诗歌运动，主要以民刊为阵地，注重行走的生命体验，发掘生命领域，强调抒写真实的生活内容，呈现出汉语新诗前所未有的新特质，赋予诗歌个人的、深层次的以及对生命表达新的意义和价值。"第三代诗歌"决意表现普通人的普遍人生，在创作中将诗歌生活化、平民化，贴近平凡人的生活，在这样的目标下，他们的创作体现出特殊的美学风格。"第三代诗歌"践行对生命本源的探索，回应自我心灵，从文学地理的角度看，现场感强烈，诗歌多具有率真爽朗的气质，它褪去了先验价值的感知意义，强调升华个人化的认知方式。《尚义街六号》就是其中的代表，它书写的是寻常生活与寻常事物，如"抹布""拖鞋""厕所""恋爱""吵架"等，这些脱离朦胧诗的非想象的词汇充斥其中，表现对象回到日常生活，追求明晰的语言。但"第三代诗歌"也是动态的、变化的，类似一种行为主义的诗歌，充盈渴求生命的力量。

"第三代诗人"很少考虑理想主义、英雄主义这些内容，在平铺直叙的口语中，诗人对外部世界采取静止的、局外的眼光，不关心个体生命以外的情感，他们坚持书写日常生活，其诗作现实感很强。《尚义街六号》记录的就是一群文艺青年的日常生活，这种日常书写看似生活的简单再现，实则体现了对生活的现实关怀。在现当代文学中，日常书写始终处于边缘状态，但"第三代诗人"以私人化的日常书写消解了历史的厚重感。

二、《尚义街六号》与"日常化诗歌"

在 20 世纪 80 年代中后期，口语化诗歌迅速流行，口语入诗逐渐成为一种趋势。"'第三代'诗人提出了诸如'诗到语言为止'和'回到日常生活'等观念，日常生活必然地成为了'第三代'诗歌的基本表现对象，相比于其他类型的诗歌写作，这是一种典型的'日常生活的诗学'"。[1] 在此前的朦胧诗中，盛行精致的词语，高深的隐喻，而于坚另辟蹊径，不仅注重日常生活的表现，

---

[1] 李跃：《"非诗"之美——于坚的〈尚义街六号〉评析兼论"第三代"诗歌》，《无锡职业技术学院学报》2008 年第 2 期。

而且采用日常口语来写诗，呈现的是率性、自然、本真的生活质感，将未经美化的口语入诗，展现出了口语的诗性魅力。

诗歌语言和日常化语言是有一定区别的，日常口语是未经过修饰、加工、提炼的原生语言形态，日常口语是"柔软的"，于坚的《尚义街六号》以口语入诗，焕发了语言的活力，激发了诗词的表现力，与此同时，诗歌写作的视角也以平视的姿态转向日常事物。《尚义街六号》是这样描述生活的日常的："尚义街六号／法国式的黄房子／老吴的裤子晾在二楼／喊一声 胯下就钻出戴眼睛的脑袋／隔壁的大厕所／天天清早排着长队／我们往往在黄昏光临／打开烟盒 打开嘴巴／打开灯／墙上钉着于坚的画／许多人不以为然／他们只认识凡高／老卡的衬衣 揉成一团抹布／我们用它拭手上的果汁／他在翻一本黄书／后来他恋爱了／常常双双来临／在这里吵架 在这里调情／有一天他们宣告分手／朋友们一阵轻松 很高兴／次日他又送来结婚的请柬／大家也衣冠楚楚前去赴宴"。[1] 诗中描述的是普通人的生活状态和日常生活的细节，打破了传统的诗歌形式，缩短了读者和诗歌的距离。琐碎的小事也可以成为书写的对象，诗人从中探寻生命的意义，表现生活的本真，而日常事件与事物也因此得到艺术化的提升。"日常化诗歌"中的口语不仅仅是指普通话，还可以是方言。于坚的诗歌将日常口语甚至地方语言融入诗歌，运用日常化的语言，让人们感受到当地浓郁的生活气息，呈现具体的生活层面。当然，于坚所倡导的口语化诗歌并非"口水诗"，他一再强调口语不是"口水诗"。虽然口语化诗歌来源于口语，但是没有意义的口语并不能成为诗歌，所以，不能因为后来出现了价值不高的口语化诗歌，就否定于坚提倡的口语化诗歌观念。

《尚义街六号》这首诗像没有意象的生活流，仿佛是平凡生活中一个一个随意的场景，虽然看起来并没有特殊的意义，但是它们组合在一起，我们就可以感受到独特韵味。它可以代表一代人当时的生活方式、价值观念和审美趣味，这里没有所谓的崇高感和所谓的"诗意"，没有精致的语言堆砌，诗意的日常化和平凡意识得以凸显，作者像一个不动声色的旁观者。《尚义街六号》不再

---

[1] 朱永东：《从平实浅近到矫揉造作——于坚〈尚义街六号〉与〈纯棉的母亲〉诗歌语言比较》，《世界文学评论（高教版）》2016年第1期。

运用传统诗歌的象征、隐喻等手法，而是运用平常叙事的方法，描述诗人在尚义街六号的生活，表现社会小人物的平凡日常。《尚义街六号》展现了平常生活所蕴含的诗意。

三、《尚义街六号》的审美特征

《尚义街六号》具有鲜明的审美特质，客观地呈现了一群大学生在尚义街六号相聚的生活场景，在言说的过程中，将情感寓于叙述之中，拉近了人们与诗歌的距离。不同于意象繁复的朦胧诗，《尚义街六号》没有所谓的"意象"，呈现的是日常生活的平凡性与日常化，实现了当代先锋诗歌从神圣到平凡、从隐喻到客观呈现的转变。在于坚笔下，尚义街六号是一个诗歌爱好者聚会的地方，没有任何隐喻的意义，词与物之间一一对应，呈现给读者的是一个真实的世界，具有清晰、明确的意义。于坚的诗歌具有鲜明的个性特色及反传统性。拒绝隐喻是于坚诗学思想的一个重要特征，作为诗人，他坚持让诗歌回到原在的位置，意图重建诗歌精神。隐喻手法虽然可以使不可言说的内容转换成意象，但是隐喻手法的运用使本体和喻体有言此意彼之感，把原本很具体的内容形而上和抽象化，于坚试图抛却语言对存在的遮蔽，用自由的、原创的、通俗易懂、直截了当的方式写诗，以重建诗歌的表达方式，把自己想说的话直接说出来，也将读者从隐喻世界中解放出来，使其进入一个本真的没有任何修饰的诗歌世界。

《尚义街六号》从普通的生活场景切入，喊人、聚会、抽烟、聊天、恋爱、结婚等，是生活中再普通不过的事情。这些看似平淡无奇的生活，在我们的生命中也是唯一的、永恒的、无可复制的，它们的存在就是生活自身的意义。于坚以诗人特有的敏感，借助日常生活的轻缓节奏来消除紧张感，将日常生活的平凡琐事重现，以从容的心态面对每一天的日常，将日常生活艺术化地展现，诗中的人物形象也多血肉生动、充满人间烟火味。于坚摆脱了宏大叙事，关注日常生活，描写普通人的烦忧，着力展现日常生活的生动画面和日常生活的诗意，形成了独特的"日常生活的诗学"。

《尚义街六号》是一首关于青春的诗歌，里面没有诗歌惯常的各种象征、隐喻等修辞手法，语言贴近自然，读起来如行云流水，它的文字是生活的自然生长。其中也运用了借代的修辞手法，例如："偶尔有裙子们进来／大家就扣好纽扣"，这里，借"裙子"来代替"女生"，有些微俏皮。这首诗中，对琐细事物的观察描写，看似普普通通，但却以普通生活以及日常生活中的人、事、物消解了朦胧诗的神圣与崇高，建构起新生代诗人的诗歌美学。

总之，在于坚的诗学观念中，日常生活是一个关注的焦点。日常生活看似毫无意义，但却是一切意义的源头。《尚义街六号》描述的色彩斑斓的日常，带有鲜明的时代特点，充满了人性和温度，赋予生活以诗意。于坚等"第三代诗人"对日常生活的书写，不仅重建了诗意的栖居之所，也是对此前诗歌中宏大历史叙述的补充，体现出诗人强烈的现实关怀。

撰稿人：王雨薇

拓展阅读

1. 于坚：《于坚的诗》，人民文学出版社，2000。
2. 于坚：《于坚诗学随笔》，陕西师范大学出版总社有限公司，2010。
3. 于坚、谢有顺：《于坚、谢有顺对话录》，苏州大学出版社，2003。
4. 罗振亚：《论于坚的诗》，《中国现代文学丛刊》2013 年第 8 期。
5. 张柠：《于坚和"口语诗"》，《当代作家评论》1999 年第 6 期。

《车过黄河》导读

　　伊沙，1966 年出生于成都，原名吴文健，中国当代诗人、作家、翻译家，著有诗集《饿死诗人》《野种之歌》等。伊沙以解构主义的姿态进行诗歌创作，诗歌具有反权威、反中心、反崇高的后现代主义特点。伊沙被认为是非官方反学院派的"民间写作"的代表诗人，《车过黄河》是他在 1988 年创作的一首颇具争议的诗歌。

　　《车过黄河》消解了传统的崇高的意义，书写高扬的自我反叛精神。在我们儿时朗朗上口的诗句："白日依山尽，黄河入海流""君不见，黄河之水天上来，奔流到海不复还""欲渡黄河冰满川，将登太行雪满山。""黄河"这个意象承载着非常丰厚的意义，黄河在我们的想象中气势磅礴、汹涌澎湃。在中华民族的集体记忆中，黄河是母亲河，是中华文明的源头所在，承载着非凡的历史文化内涵。作为一个有着悠久"史志"传统的民族，我们不断提升黄河在我们心中的崇高地位。抗日战争期间一首《黄河大合唱》更是将中华儿女对民族、国家的深厚情感激发到了顶点。总之，提及黄河，我们总是满怀敬畏，不允许任何人侮辱亵渎黄河，这似乎已经成为渗入血液中的文化因子。

　　然而，《车过黄河》的作者却一反常态。在列车经过黄河的时候"小便"，本来人有三急，属于正常的生理现象，无可厚非。但是，诗人却要忏悔自己的行径，认为自己应该像个诗人或者伟人一样在窗前眺望。"该"与"不该"本就是人的自主自由行为，诗人在这里运用委曲求全的语气和摆出谦卑的姿态表露出自己的忏悔行为似乎被某种无意识力量控制，隐晦地说明忏悔的内容也是虚假的、被迫的。联系创作时间来看，诗人是在对长期以来的权威话语环境和意识形态进行隐射。他嘲讽的不是诗人和伟人，而是那些长期模仿"左手叉腰、右手做眉檐"故作"眺望、沉思"的人及其僵化、麻木、同质化的思想。

"我"内心不屑于和那些眺望者为舞，"我"又在干吗呢？"我在厕所里/时间很长/现在这时间属于我/我等了一天一夜"，如果说前文只是在影射，那么二十四小时的等待就是诗人蓄谋已久的反叛，当人们都在眺望的时候，我却选择待在厕所里，这表明"我"是一个有着独立意识、自我判断的个人，虽然在厕所这样一个逼仄的空间中，但是"我"独享属于自己的时间。"我在厕所里"是为了和那些"眺望者"对抗，抗争的结果是"只一泡尿的功夫/黄河已经流远"。这里，诗人将奔流的黄河以及流淌的小便放置在一起，意在表明那条被中华民族不断赋予神圣和权威意义的长河不过是一条弥漫着黄沙的普通河流，一条可以撒尿的河流，至此，黄河的崇高、伟大与神圣为诗人所消解。

《车过黄河》在思想上的魅力某种程度上就在于作者对权威精神的反叛。要理解这首诗，必须要了解 1980 年代中国的社会和思想状况。关于"真理标准的大讨论"引发了思想解放的热潮，中国新诗也迎来了自己的春天，"归来者"者们以理性的眼光审视生命，反思历史传统；朦胧诗群书写个人感受，进行哲理的思考，表达对未来的迷茫与困惑；"新生代诗人"以日常生活书写生命体验；写诗成为人们表达思考和困惑的一种方式。在这一时期，诞生了一个诗人数量庞大、影响深远的"大学生诗群"，伊沙便是其中一员，他们所追求的是个性的张扬和理性的回归。伊沙试图借助诗歌呼唤人们摆脱思想束缚，拥有自己的独立思考和理性判断，于是在诗歌中刻意彰显对固有文化思想的反叛。

在 1980 年代，西方文艺思潮大量登陆中国，现代派、后现代派、结构主义、解构主义、存在主义等风行一时。所谓解构主义就是为了反对僵化封闭的体系、逻各斯中心主义、形而上学，强调质疑和反叛精神的一种文化理论。在《车过黄河》中，伊沙采取的解构策略极具典型意义。

在这首诗中，诗人将黄河和尿液两种差别极大的事物并置在一起，用尿液肮脏、被丢弃、消逝的属性颠覆黄河伟岸、崇高、永恒的文化意义。诗人佯装谦卑的姿态，用嬉戏、轻率的语言消解严肃、宏大的意义，轻松实现了对权威的解构。正如伊沙所言，"《车过黄河》如果还有价值，那么它最后的一点价值是：以其真实的身体性对黄河的文化意义所做的一次还算干净的解构，一次性完成。"[1]

在这首诗中，还有一个常被我们忽视的意象——"列车"。高速、疾驰的列车将万物带入动态的环境中，变与不变都只是相对存在的一瞬间。无论是坐在窗前还是站在车门旁，人们所看到的黄河在短短一瞬间飞快流逝，根本等不及人们对此发出任何感叹或者产生思考。黄河和列车上的人们在沿途所看到的任何花草树木、崇山峻岭一样都是平凡的景物。设若诗人就站在黄河边，人和自然的静态对立很难不产生深入的思考，人们至少会感受到黄河的壮美和个人的渺小。但在诗中，瞬时时间概念的加入也强化了解构的意义，甚至产生更多的奇思妙想。诗人巧妙地阻断一切可能产生宏大想象的路径，保证了"一泡尿液"对"壮大黄河"的绝对消解。

将这首诗放在 1980 年代这一特定的时间节点来解读，具有特别的意义：它以街头浪语解构黄河的神圣性，其反叛理性权威、消解中心的倾向无疑具有摆脱束缚和打破已有规范的意味。可以说，是时代造就了这首诗，这首诗也堪称 80 年代思想解放的一个象征符号。

这里还可以以"黄河"为核心作一个纵向的比较。诗人公刘在 1955 年创作了一首《夜半车过黄河》的诗作，通过旧有的黄河形象，表达了一种现代性的思考。诗中，公刘将黄河比作"固执而暴躁的父亲"，借用反抗封建父权这样一个思维惯性引起人们对黄河文化的叛逆心理，再以"快改一改你的脾气吧，你应该慈祥而谦和"，暗示黄河过去所创造的旧文化应该被唾弃，伴随着中华人民共和国的成立，文化也要实现现代化的崭新目标，诗人通过"我真想把你摇醒，我真想对你说""你听听，三门峡工地上，钻探机在为谁唱歌？"等诗句表达了热切地期盼现代化的工业文明能够迅速代替古老的农耕文明的心理愿望及其对国家新风貌的想象。两相比较，公刘的《夜半车过黄河》与伊沙的《车过黄河》虽然都是以黄河为题的现代白话诗歌，但是我们从意象内涵、

---

[1] 伊沙：《序言》，《被遗忘的经典诗歌（下）》，太白文艺出版社，2005，第 1 页。

主题意蕴上能够更加深刻地感受到伊沙的《车过黄河》所具有的解构现代性的戏谑意味。

解构是为了摆脱之前的思想重负和思维惯性，是一种面对历史和现实的新姿态，解构不是最终目的，解构之后，需要的是新的建构。随着时间的流逝，一个现代思想浸润下的中国社会正在蓬勃发展，我们也需要警惕解构主义的一个重要弊端：摧毁了旧的世界却不去建构新的世界。在市场化、商业程度如此高的今天，一味地解构难免会将诗歌创作带入恶搞、庸俗的境地，好立异以为高，刻意去制造一些非诗的东西。这在伊沙的另一首诗歌《崆峒山小记》中亦有所体现，诗中写道："伊沙上去时和下来时的感觉是非常不同的 / 上去的时候那山隐现在浓雾之中 / 下来的时候这山暴露在艳阳之下 / 像是两座山 / 不知哪座更崆峒 / 不论哪一座我都爱着这崆峒 / 因为这是多年以来 / 我用自己的双脚踏上的头一座山"。这首诗在 2007 年的十大庸诗榜中被评为榜首，如果说将无聊的个人感悟作简单的断句分行就称之为诗，那么人人都可以成为诗人了。以诗歌为载体来表达对普通大众的日常生活的关注，以引起共鸣，这是没有问题的。但是我们不应该放弃对诗歌艺术的追求，我们应该追问：什么是诗？白话诗又该走向何处？我们需要思考的是，在"躲避崇高"[1] 之时，我们如何坚持自己的理想，如何不丢掉诗歌的思想深度和文学性。

传统古诗有音律、平仄、对仗的要求，符合汉语的固有特点，读起来朗朗上口，呈现出一种形式的美感。但现代白话诗运动打破了这样的固定模式，创造出新的白话的诗歌形式。事实上，早期白话新诗是重"白话"而轻"诗"的，胡适甚至喊出了"作诗如作文"的口号，早期白话新诗的非诗化倾向及其创造性在追求先锋叛逆精神的五四时代具有合法性。如果将伊沙创作的《车过黄河》《崆峒山小记》和胡适创作的白话诗放在一起考察，两者在语言形式上几乎是一致的。从思想性来看，伊沙的诗歌无疑也是一种创新，但从形式的美感看，似乎又缺少了点什么。实际上，现代白话诗歌曾经探索过一条有迹可循的前进路径。闻一多先生在《诗的格律》一文中指出，"诗的实力不独包括音乐的美

<hr>

[1] 王蒙：《躲避崇高》，《读书》1993 年第 1 期。

（音节）绘画的美（词藻），并且还有建筑的美（节的匀称和句的均齐）"[1]。这极大地纠正了早期白话新诗语言松散、随意的写作倾向，对新诗的发展提供了有益的启示，闻一多的《死水》、徐志摩的《再别康桥》积极践行"三美"的理论主张，成为新诗成功的典范。其后，以戴望舒、卞之琳为代表的现代派诗人和以穆旦、郑敏等为代表的"九叶诗人"完成了与世界现代主义诗歌的接轨。到了20世纪80年代，新诗创作迎来了又一次繁荣。但在创作繁荣和"美丽的混乱"中，我们也应该反思：在解构思潮的推动下，所谓的"反智"写作，追求民间和口语化倾向的新诗，为什么在20世纪90年代以后会陷入困境？

撰稿人：刘彬茹

拓展阅读

1. 朱寨、张炯：《当代文学新潮》，人民文学出版社，1997。

2. 朱光潜：《诗论》，安徽教育出版社，1997。

3. 姜红伟：《诗歌年代：20世纪80年代大学生诗歌运动访谈录》，北岳文艺出版社，2019。

4. 郑娟：《中国现代新诗与民间文化》，东南大学出版社，2020。

5. 董迎春：《走向反讽叙事——20世纪80年代诗歌的符号学研究》，苏州大学出版社，2013。

---

[1] 闻一多：《诗的格律》，《晨报·诗镌》7号，1926年5月13日。

戏 剧

《名优之死》导读

　　田汉（1898—1968），湖南长沙人，原名田寿昌，中国现代话剧的奠基者之一。《名优之死》是田汉于 1927 年冬创作的剧作，首演于上海艺术大学的"鱼龙会"戏剧汇演。初刊本为二幕剧，发表于《南国月刊》1929 年第 1 期，同年南国社赴南京公演时增写现第二幕（中幕），成为三幕剧，并将中幕发表于《南国月刊》1929 年第 2 期。1931 年，该剧作以三幕剧的形式被收入上海现代书局版《田汉戏曲集》第四集，1954 年经田汉修改后，于 1955 年被收入人民文学出版社版《田汉剧作选》，此后印行的《名优之死》单行本、选集、文集或全集大都以 1955 年修改本为底本。

　　作为"新文化运动与话剧运动的积极参与者与组织者"[1]，田汉早期创作表现出对艺术化的自觉追求，以及对人生的激励与重塑，使得新文化运动的个性解放、拥抱自由的精神内核与现代话剧这一表现形式得到融合。

　　《名优之死》是这一时期的重要作品，根据田汉 1931 年出版的戏曲集自序所述，这部剧作的构思源于他在日本留学时读到的一首波德莱尔的散文诗，诗歌讲述一个被迫卷入政治风波、即将被处死的名伶，在生命的最后一场演出中依然忘情歌唱、表演，以至于所有人为之惊叹，被艺术的力量征服的国王，感觉到自身的渺小与无力，他带着羞愧与恶意，唆使侍卫喝倒彩，名伶在一声倒彩中倒地。回国数年后，田汉又偶然听到晚清名须生刘鸿声的故事，在他声名日衰之际，一次出演双出好戏的中场，刘鸿声卷帘哀望日渐冷落的戏座，长

---

[1] 钱理群、温儒敏、吴福辉：《中国现代文学三十年（修订本）》，北京大学出版社，1998，第 173 页。

叹一声死在衣箱上。[1]这些人与事，成为田汉创作的素材与契机，之后《名优之死》诞生。

《名优之死》在空间构设上，采用了前台戏与后台戏相结合的方式，它们互为烘托，前台戏为戏剧人物在台前表演的京剧，如《玉堂春》《乌龙院》《汾河湾》《御碑亭》《打渔杀家》等戏目，以京剧曲目中的故事或事件映射人物关系与情感，预示人物命运走向。后台戏主要叙述了刘振声与刘凤仙戏曲道路上的分道扬镳，这对师生在外人看来有着道不明的暧昧关系，在此主线上穿插了刘振声与杨大爷的多次冲突，刘凤仙与杨大爷的多次相会，以及少量次要人物的暗示性对话，总体上形成了"以戏点题"[2]的互文性叙事效果。

《名优之死》的互文叙事也集中体现在曲目与曲目构成的对话上。这种叙事手法提供了两重"看"的视角，即剧中人看戏中人，剧本读者看剧中人，曲目与曲目互为对照与顺承，曲目与戏剧存在映射与预示关系，从而使文本呈现出寓言写作的特征。

剧作第一幕，大京班后台丑角左宝奎与花旦萧郁兰正在闲谈，一个饰演曲目《乌龙院》里的张文远，另一个饰演阎惜娇。《乌龙院》讲的是宋江纳阎惜娇为妾，建乌龙院给她居住，但阎惜娇却与宋江同衙文书张文远私通，恰逢晁盖聚义梁山，因感念宋江救命之恩，便派刘唐携带黄金和招文书探望宋江。不料招文书被阎惜娇捡去，她借此要挟宋江写下休书，宋江不得已答应，事后阎惜娇仍不归还招文书，还要将宋江告上公堂，宋江怒而将她杀死。

丑角左宝奎与花旦萧郁兰闲谈之际，前台却在演出另一出剧《玉堂春》。《玉堂春》讲的是官家子弟王金龙欲与京城名妓苏三相偕白首，不料千金散尽，流落街头，苏三得悉，赴庙赠金，劝他发奋苦读。他日王金龙一朝中举，官任八府巡按，此时苏三已被老鸨卖给山西富商为妾，还被富商发妻皮氏诬陷与人私通，毒死亲夫，县官受贿欲将苏三问成死罪。昔日初见情人的葫芦下人去楼空，王金龙以为此生无缘再见，没想到竟在公堂重逢苏三，于是不顾舆论替她平反，

---

[1] 田汉：《附录·〈田汉戏曲集〉第四集自序》，《田汉文集》第一卷，中国戏剧出版社，1983，第447–449页。

[2] 朱青：《论田汉"以戏点题"的互文性叙事——以话剧〈名优之死〉为例》，《内江师范学院学报》2018年第9期。

王、苏得以团圆的故事。

剧中，《乌龙院》与《玉堂春》原本是两出毫不相关的曲目，却因台下的故事而相互牵连：出演苏三一角的刘凤仙，少时因逃命被戏班老板刘振声救下，刘振声费尽心血将她培养成京剧名角，二人既为师徒又似伴侣，对应了《乌龙院》中宋公明勇救土娼阎惜姣。但成名以后的刘凤仙心有不正，她假借表演之名，实则与台下捧场的杨大爷传情："王公子一家多和顺，奴与他露水夫妻有的什么情？"此处以《玉堂春》真情男女指代杨大爷和刘凤仙，是借讽刺的笔调，揭露了弱势女性对社会强权的选择和屈从，以及其中的欲望膨胀与人性畸变。杨大爷是当地有名的士绅，有钱有势，可请来小报记者为刘凤仙刊报造势，因而受到刘凤仙的谄媚。恰如台前多次传来叫好之声，但亦不乏许多怪声。叫好表明刘凤仙已经成角，技艺超群，怪声则暗示了刘凤仙的歪心思。这种行为自然为刘振声所不耻，作为一个从艺多年的京剧老生，他始终觉得"人总得有德行"，理应"越有名气越用功"[1]。因而待《玉堂春》落幕，一众人等来到后台，便爆发了刘振声与杨大爷的第一次冲突，第一幕在刘振声带怒上台表演《乌龙院》之宋公明公堂对簿阎惜姣中落幕。

剧作第一幕台前表面演绎的是歌颂男女真情的《玉堂春》，实则上演的是批判忘恩负义的《乌龙院》。两个曲目既交叉地刻画了刘振声、刘凤仙和杨大爷的形象，构筑起了台前幕后的空间关系，呈现了三人的关系纠葛；又由戏曲暗合一代艺术巨匠命运的沉浮，进而比拟艺术价值消弭于金钱声名诱惑之中的现实，田汉用剧作的方式警惕与回应着现代社会的道德危机。正如小报记者评价刘凤仙定好的妆造正是《玉堂春》，而非《汾河湾》中端庄贤惠的柳迎春与《御碑亭》中恪守妇道的孟月华，曲目人物的选择无疑带有剧作家的价值判断。

《名优之死》中，曲中戏与剧中戏的相互勾连在第三幕中达到了高潮，开场写了新闻记者何景明谈起小报骂刘振生演戏不卖力气，左宝奎为之解释，刘老板年纪渐高，但身体越来越差，可他遵守行规，谨记"咱们吃的是台上的饭，玩意儿可比性命更要紧啊！"反倒是刘凤仙成名以后"就跟臭肉一样给苍蝇叮上了"[2]，甚至传出了傍上杨大爷的丑闻。二人在后台说话，而前台正上演《打

---

[1] 田汉：《名优之死》，《田汉全集》第一卷，花山文艺出版社，2000，第337页。

[2] 田汉：《名优之死》，《田汉全集》第一卷，花山文艺出版社，2000，第349页。

渔杀家》，这出戏讲梁山老英雄阮小七易名萧恩，带女儿在江边打鱼为生。后因遇旱年，收成不好，欠下了乡宦丁自燮的渔税，丁自燮遣人催讨渔税未果，又多次派人上门胡闹，甚至与官衙勾结，逼迫萧恩上门赔礼。萧恩忍无可忍夜入丁府，杀了渔霸全家。萧恩的命运暗示了刘振声的艺术生涯，一个专注技艺的巨匠因世俗琐事被推上风口浪尖，不得不出世与舆论对峙，刘振声与杨大爷的冲突，代表了以艺术作为维护个人尊严的武器和以金钱作为掌控权势的资本之间的对抗。[1]

不过，压垮刘振声的不是来自社会的强权，而是徒弟刘凤仙的背叛，他怒骂刘凤仙是"忘恩负义的东西！出卖自己的东西！"[2]而在台前却唱着："昨夜晚，吃酒醉，和衣而卧。""稼场鸡，惊醒了梦里南柯。""我本当，不打鱼，家中闲坐。怎奈我家贫穷无计奈何……"，幕后，刘振声的言语充满愤怒；台前，他的字字句句都在表达他对梨园好景不再，高徒迷途不归的哀叹。从表面上看，词曲唱的是自己每夜饮酒入眠，实际上表达的是，南柯一梦醒来之际，依旧是戏曲的衣钵后继无人的感伤。在深层意义上，词曲强化了刘振声与刘凤仙的暧昧关系，曾经隔帐轻语，如今徒弟已随他人去，师徒离心之势不可挽回。步步铺垫引来了全剧的高潮，刘振声再次带怒上台，但心力交瘁的他已无法完整唱戏，他唱腔嘶哑，中气不足，直到唱出"清晨起开柴扉，乌鸦叫过"一句，台下众人连喝倒彩，刘振声在舞台中央倒下，气绝身亡，一代名优溘然沉落。刘凤仙幡然醒悟，全剧在刘凤仙的痛哭中徐徐落幕。

关于《名优之死》的主题思想，田汉留给读者一个开放的讨论空间。剧作发表的第二年，他指出，这部剧作"写一名角和名角所爱之女伶，与捧这女伶的劣绅之三角的战斗，艺术与爱胜利乎？金钱与势力胜利乎？"[3]可是到了1957年，当他再次回忆起《名优之死》的编排时，又说："主要是体会到一个忠于艺术的演员怎样不能不与当时的邪恶势力作斗争"，"他在舞台上倒下以前的无限愤懑，代表了当时人民被压抑的感情。"[4]这两种说法分别体现了

[1] 杨润秋：《〈名优之死〉的隐喻结构：性别权力和社会权力抗衡的悲剧》，《艺术广角》1998 年 3 期。
[2] 田汉：《名优之死》，《田汉全集》第一卷，花山文艺出版社，2000，第 353 页。
[3] 田汉：《我们的自己的批判："我们的艺术运动之理论与实际"》，《南国月刊》1930 年第 1 期。
[4] 田汉：《关于〈名优之死〉——答北京人民艺术剧院》，《名优之死》，中国戏剧出版社，1957，第 1—2 页。

五四青年共通的"青春的感伤"和"十七年"文学中"现实的觉醒与集团的吼叫"，对作品的不同阐释既反映出田汉创作心态的变化和时代语境的变迁，也折射出剧作家为政治性和艺术性的统一所作的努力。[1]总体而言，《名优之死》表现出田汉对五四人道主义情怀的承继，剧作中所展现的理想价值、艺术涅槃在金钱诱惑、社会权力的钳制下销蚀，具有多维向度的延伸，刘振声的悲剧既包含着艺术理想的破灭，又夹杂着个人爱情的消亡，剧作由此勾连出的是田汉对"由爱生疏，因利见隙"这一复杂人性的探索，剧作家对这一艺术领域的开拓不应被简单的阶级论定位。

值得注意的是，剧作的互文性还体现在旧剧与话剧形成的竞争张力上。《名优之死》可视为田汉的一次先锋的话剧实验，它借用旧剧的外壳来达成话剧描摹现实、思考人生的创作主旨，关注日常生活的普通人，刻画原态生活的悲欢离合。

1920年代初，田汉积极地从话剧与旧剧的话语资源的争夺中思考现代话剧的推广与实践，随后逐渐形成了以南国社、上海艺术大学为阵地的现代话剧运动中心。在他看来，"艺术运动是应该由民间硬干起来，万不能依草附木，因为依附的东西看去总成了被依附物底形态，而且被依附物一倒也要随之而倒的。"[2]以《名优之死》为例，如何利用好京剧这一传统资源，并使新剧在与旧剧的竞争中脱颖而出，成为田汉戏剧创作中的重要问题。

在《名优之死》中，京剧曲目作为主情节的引导线，调节着剧本的叙事节奏，并隐喻着以刘振声、刘凤仙和杨大爷为中心的人物的生存际遇，含蓄地表达了"一种用个人化的悲剧掩盖了作品中'深沉而浩大'的伤感"[3]。《名优之死》中戏曲的没落也喻示了旧剧对表现人生的无力，它"仅求娱悦耳目"的观念使其无法担负起写实以揭示现实，新变以追随时代的文学使命。与之相对，话剧《名优之死》所展现的人物冲突、故事波折和悲剧意蕴更能体现五四思想革命的需要，由此也可看出，现代话剧以其通俗、直观的特点介入到现实生活中，

[1] 段新莉：《从青春的感伤到集团的吼叫——〈名优之死〉版本辨析》，《东岳论丛》2020年第11期。

[2] 田汉：《我们的自己的批判："我们的艺术运动之理论与实际"》，《南国月刊》1930年第1期。

[3] 袁捷：《〈名优之死〉笔谈——传统戏曲的隐喻作用探析》，《山东农业工程学院学报》2016年第8期。

有效地界定了文学与戏剧的社会功能和时代任务，并逐渐为民众所接受，在20世纪三四十年代的政治生活中起到宣传和动员的巨大作用。不过，田汉并未在新旧剧种的优劣对比中抨击传统戏曲的审美原则，相反，他是以传统戏曲美学价值的衰落和毁灭，来引导人们对传统文化的承扬和反思。由此，《名优之死》联动了旧剧与话剧的沟通，新旧两个剧种的审美特质和内在精神得到相互镜鉴，现代话剧的优势得以从新旧对比中显现出来，这在一定程度上推动了中国话剧的革新。

田汉早期戏剧作品传达出一种"'唯美'的民众艺术观"[1]。田汉对"艺术至上"的追求体现在对美和爱一丝不苟的崇仰与歌颂，而在唯美的背后，却包含着田汉对"人"的价值的肯定——自由、平等、个性、理想，进而构筑了属于他的民众意识。不唯《名优之死》可以读出刘振声卫护艺术理想的坚定和对爱情的挽留，在《获虎之夜》《苏州夜话》《湖上的悲剧》等作品中，我们依旧可以感受到传奇色彩的故事中浮现出的人性坚韧的力量。

撰稿人：卢伟填

拓展阅读

1. 朱寿桐：《田汉早期剧作中的唯美主义倾向》，《文学评论》1985年第4期。

2. 陈白尘、董健：《中国现代戏剧史稿》，中国戏剧出版社，1989。

3. 田汉：《获虎之夜》，载《田汉全集》第一卷，花山文艺出版社，2000。

4. 田汉：《苏州夜话》，载《田汉全集》第一卷，花山文艺出版社，2000。

5. 田汉：《新罗曼主义及其他——复黄日葵兄一封长信》，《少年中国》1920年第1卷第12期。

---

[1] 丁涛：《戏剧三人行：重读曹禺、田汉、郭沫若》，厦门大学出版社，2009，第370页。

《原野》导读

——激荡在苍茫原野上的极爱与极恨

  曹禺（1910—1996），原名万家宝，1910 年出生在天津一个没落的封建官僚家庭，中国现当代杰出的剧作家，其代表作有《雷雨》《日出》《原野》《北京人》等。作为话剧的开拓者之一，曹禺为中国现代话剧的发展与繁荣作出了不可磨灭的贡献，是中国现当代戏剧界的泰斗，曾担任中国文联执行主席、中国戏剧家协会副主席、北京人民艺术剧院院长等职务。其处女作《雷雨》的问世，标志着中国现代话剧的成熟，《原野》《日出》等剧作，亦显示出较高的艺术价值。

  不同于《雷雨》《日出》蕴涵着强烈批判色彩的现实主义创作风格，《原野》借鉴了西方表现主义的艺术手段，在创作方法和艺术作风上进行了新的探索。该剧讲述的是一段牵涉了两代人的复仇故事：多年前，仇虎一家被地主恶霸焦阎王所害，土地遭抢占，仇父被活埋，妹妹也被卖进妓院折磨致死。身负血海深仇的仇虎越狱寻仇，却发现昔日的恋人花金子竟已嫁给了仇人之子焦大星。仇虎勾引了金子并和心狠手辣的焦母展开了周旋，并准备复仇成功后就带着金子远走高飞，不料无意中杀死了焦大星的幼儿小黑子。复仇成功却深受良心谴责的仇虎被折磨得精神失常，不断出现幻觉，最终他决定用死亡来终结罪恶，选择用匕首结束了自己的生命。

  《原野》写作于 1936 年，最初发表于当年的《文学季刊》，1938 年第一次由文化生活出版社正式出版了单行本。当时的中国正被日本帝国主义的铁蹄践踏，民族危机空前严重。在这样的时代背景下诞生的《原野》几乎没能得到什么演出机会，还因其塑造的农民形象与现实生活大相径庭而遭到了文艺界严厉的否定、批评。当时的阐释与批评大多是从阶级斗争这一现实主义批评范式来解读《原野》，认为曹禺缺乏对农村阶级斗争和真实农民生活的了解，将1930年代无产阶级戏剧运动中常见的"被压迫的农民奋起反抗土豪劣绅"的创作模式处理得过于玄秘抽象，继而指责其人物性格的展现缺乏逻辑，损害了农民形象的真实性，所反映的现实内容淡薄等。1944年杨晦在《曹禺论》中甚至断言《原野》"是曹禺最失败的一部作品"。

《原野》遭受冷遇，表现出曹禺的"试探一次新路"的创作探索与主流戏剧观念和价值尺度的背离与冲突。自五四时期现代话剧兴起以来，剧作家就始终把"关注现实问题"视为创作宗旨，提倡戏剧"传播思想，组织社会，改善人生"的社会功用。进入战火纷飞的30年代后，更加注重话剧创作的革命化和政治化，追求与中国的革命历史进程相契合，反映阶级斗争、歌哭劳苦大众成为当时话剧创作的主流。正因如此，《原野》的诞生显得十分不合时宜。虽然将戏剧背景设置成了被压迫的农民和地主豪绅之间的尖锐冲突，但作家却有意淡化了作品的阶级性，让穷凶极恶的焦阎王在仇虎复仇前死去，留下瞎眼的妻子和善良的焦大星承受残酷的命运，以此刻画仇虎的游移挣扎、惊惧痛苦的复仇心理。从这个层面来解读《原野》则可以看到，它已经超出了对具体阶级与社会矛盾的描写，而走向了"着重在表现人的灵魂，将人的灵魂戏剧化、舞台化"[1]的新路。从《雷雨》讲述封建家族内部的腐朽堕落，到《日出》审视社会的阶层矛盾和底层民众的苦痛遭际，《原野》更进一步将关注的重点转向了个体的生存困境与精神困境。因而这非但不是作家的"失败之作"，反而显示出其思想意蕴的超前性和个性化的独特价值。

围绕着"复仇"主题，曹禺在《原野》中设置了两条戏剧冲突：一条是仇家与焦家跨越两代的血海深仇所构成的情节冲突，另一条是仇虎在复仇过程中所展现出的激烈的内心冲突。在序幕中，仇虎一出场就表现得极为紧张不安，刚从牢狱中逃出的他对周遭的环境十分警惕，他拖着沉重的镣铐，经年的牢狱

---

[1] 田本相：《曹禺探知录》，北京时代华文书局，2016，第194页。

生活将他折磨得不人不鬼，在他眼里涌动着痛苦的火焰，满腔积恨使他变得凶狠狡诈，一心只想着找到焦阎王报仇雪恨。因此，在得知复仇对象焦阎王竟然已经死了两年，自己的未婚妻花金子也被迫嫁给焦阎王唯一的儿子焦大星之后，他变得暴怒异常，内心的复仇欲望不降反增，遵循着"父债子偿"的封建伦理观念，他将复仇的目标转移到昔日的好友焦大星身上。为此，仇虎借着焦家的婆媳矛盾，勾引了充满原始野性的金子，试图使焦家彻底分崩离析。在第一幕中，仇虎在和金子幽会十日后，干脆直接登堂入室，与金子上演了一出极致的情欲纠葛，引来了常五的试探和焦母的暴怒，将仇、焦两家的陈年积怨再次掀开，把戏剧冲突推向了高潮。

　　戏剧发展到第二幕时，情节更加紧张，焦母、仇虎、焦大星以及金子之间多次进行着心灵和肉体上的较量与周旋。焦母对仇虎的恐惧和试探，仇虎对焦大星的挑衅与刺激，以及金子对焦母的鄙夷憎恶至此彻底暴露开来，在简洁的对话背后隐藏着尖锐的矛盾冲突与激烈的心理交锋。面对焦母不分黑白、编造谎言以及用焦阎王的鬼魂对自己施加重压的做法，仇虎决定改变复仇策略，他谎称留下是为了报答焦家的恩情，要给焦母尽孝，实则是想杀掉焦阎王唯一的儿子焦大星，让焦母余生都饱尝丧子之痛。但同时，仇虎也清醒地认识到，害得自己家破人亡的罪魁祸首是焦阎王，杀掉焦家软弱无能的儿子只是在将血腥的罪恶蔓延下去。于是他陷入了哈姆雷特式的痛苦抉择：杀掉焦家人就能为父亲和妹妹报仇雪恨，但同时自己将彻底沦为恶人；而如果放弃复仇，就会愧对九泉之下枉死的至亲。外部的复仇行为激化了仇虎内心的矛盾，至此，戏剧的重心已由尖锐的家族矛盾转为激烈的内心冲突。为了免受良心的谴责，他多次用"他是阎王的儿子"来开解自己，还故意在焦大星面前暴露自己与金子的私情，逼迫焦大星先起杀心，然后在搏斗中杀死对方。但在亲手解决了焦大星，并得知大星的儿子也因自己与焦母的缠斗而惨死后，手上的血污和焦母因痛失儿孙而爆发的惨叫使得仇虎十分惊惧，无限的内疚和悔恨之情紧紧地将仇虎包围了起来，使他陷入了精神分裂的状态。

　　到了第三幕，曹禺淡化了复仇主线，而着重刻画仇虎实施完残酷仇杀后的精神恐惧。为了躲避侦缉队的搜捕，他带着金子逃到了最初的原野。在阴森可怖的黑森林中，仇虎的感官与情绪被无限放大，他深深地陷入了血腥仇杀后的惊恐与悔恨中，并开始产生种种迷狂的幻觉，总觉得周遭鬼影重重。仇虎悲哀地发现，自己原本希冀能够通过复仇来终结上一代的恩怨，得到精神上的解脱，但真正复仇过后，他非但没能摆脱困境，还使自己变成了同仇人一样满手血腥、充满罪恶的屠戮者。于是，在万念俱灰之下，他选择以自戕的方式结束生命，留金子一人奔向充满希望的远方。

　　作为一位富有人文主义精神的戏剧家，曹禺始终"悲悯着天地间的残忍"，在他的以《雷雨》为代表的戏剧世界里，始终弥漫着对命运无常的敬畏和对苦难的同情与不忍。他曾言："我用一种悲悯的心情来写剧中人物的争执。我诚恳地祈望着看戏的人们也以一种悲悯的眼来俯视这群地上的人们。"[1] 在《原野》中，作家更是将这份"敬畏"与"不忍"发挥到了极致。透过仇、焦两家的世仇积怨和仇虎的复仇历程，曹禺试图找到一条探索无常命运与人性幽微的新路。为了更好地挖掘戏剧人物的心路历程，曹禺放弃了《雷雨》《日出》中严格遵循的写实主义创作手法，而是在《原野》里以现实主义为基石，同时大量运用了隐喻、象征等表现方式，集中笔力对仇虎的精神世界进行了深入挖掘，以此展现人物内心深处激烈的自我斗争。在《原野》中，人物、场景、道具以及戏剧冲突都具有强烈的象征意味。戏剧将故事发生的背景设置在苍茫空旷的原野之上，主人公仇虎是敢于反抗命运的人类总代表，在他的身上流动着最蓬勃的生命力和最原始的野性。而出场时仇虎身负的镣铐，则象征着难以摆脱的命运与苦痛。在仇、焦两家的世仇中，焦阎王是极恶的化身，正是由于他多年前暴虐地残害了仇家，才引发了仇虎的复仇行为。但曹禺并没有着重描写"仇虎与焦阎王这两家不解的冤仇"，而是让焦阎王在仇虎出狱前就死去，迫使仇虎不得不将复仇对象转移到焦家双目失明的老太婆、软弱无能的儿子以及尚在襁褓中的孙子身上。仇、焦两家势力强弱的逆转使得仇虎的复仇之路在一开始就背上了沉重的道德枷锁，即一旦对焦家这些老弱病残展开杀戮，他的复仇就失去了正义性而成为新的罪孽。因此，在主人公仇虎的内心世界一直进行着激

---

[1] 曹禺：《雷雨》，陕西师范大学出版总社有限公司，2011，第4页。

烈的善与恶的矛盾冲突，并且贯穿他的整个复仇行动。在序幕和第三幕中，曹禺用大量的篇幅描绘了"黑林子"的阴森可怖，如果说出场时被黑云笼罩着的苍茫诡谲的原野预示着人类险恶的生存环境，那么到了第三幕，神秘恐怖的黑森林则更多地象征着主人公仇虎的"心狱"。此时的仇虎已经完成了复仇，但却未能获得心灵的安宁，反而陷入更深的痛苦之中，从坚定地想要复仇到意识到复仇对象转移后的游移，再到成功复仇后的内心煎熬，仇虎的复仇之路，也正是他心中的良善逐渐觉醒并最终压倒恶行的过程。最后陷入良心责难的仇虎再次逃进了深邃恐怖、幽深可畏的黑森林，在那里接受了来自"地狱"的审判，他迫切地向判官解释自己杀人的理由，并对误杀小黑子的罪孽行径进行了虔诚的忏悔，但随着仇虎幻觉的加重，他愈来愈无法说服自己，终于走向了自我毁灭之路。

　　回首整个复仇过程，仇虎的悲剧就在于他主观情感上渴望善恶昭彰，希冀以正义的手段终结仇怨，但却被宿命的齿轮不断地推向血腥与罪恶。仇虎对自身命运的主动选择和拯救，他在重重压迫中显露出的野性，象征着人类面对罪恶的斗争与挣扎，彰显了人类在与命运抗争中所爆发出的力量与美。他的失败一方面显示出人在命运面前的无力和卑怯，另一方面是为了通过仇虎的忏悔激发读者与观众的恐惧与同情，净化人们的心灵，达到劝恶扬善的教化目的。从这个角度来说，《原野》深刻地展示了作家对"人生困惑"的省思与索解以及对神秘宇宙的哲学思考，这也正是曹禺剧作中对人类命运进行的一贯探索与追求。透过仇、焦两家的世仇积怨和仇虎的复仇历程，曹禺续写着"惩恶扬善"的创作主题，试图通过作品来激起人们的怜悯，唤醒人的良知，从而找到一条通往幸福之路。

　　曹禺曾说："《原野》是讲人与人极爱与极恨的感情，它是抒发一个青年作者感情的一首诗。"[1] 在《原野》里，曹禺将中国传统的生命伦理观念与西方戏剧的表现手法浑然相融，形成了独特的"诗化"美学特征。整部剧作以辛辣的笔触勾勒出了中国话剧史上一系列富有生命力和原始野性的戏剧形象，

---

[1] 田本相：《曹禺探知录》，北京时代华文书局，2016，第189页。

仇虎的粗犷桀骜，金子的狂野奔放，乃至焦老太婆的工于心计、阴狠毒辣，都栩栩如生跃然纸上，使得读者和观众都能通过人物的一举一动感受到剧中激流奔涌的生命激情和原始野性。可以说，《原野》虽然偏离了1930年代后期的主流戏剧创作模式，但是因它在戏剧形式上的表现力以及思想上对人性、人的存在境遇的深度开掘而彰显出独特的艺术魅力，为现代话剧艺术的戏剧观念和表现形式的发展开拓了新的领域，亦是曹禺戏剧世界中不可或缺的重彩之笔。

撰稿人：范鑫雨

拓展阅读

1. 曹禺：《曹禺戏剧集》，时代文艺出版社，2009。
2. 田本相：《曹禺探知录》，北京时代华文书局，2016。
3. 邹红：《曹禺剧作散论》，吉林文史出版社，2010。
4. 潘克明：《曹禺研究五十年》，天津教育出版社，1987。
5. 向宝云：《曹禺悲剧美学思想研究》，电子科技大学出版社，2004。

《茶馆》导读

　　老舍（1899—1966），中国现代小说家、剧作家、语言大师、人民艺术家。老舍的剧作《茶馆》初载于 1957 年 7 月《收获》杂志的创刊号上，因其深刻的人文精神和巨大的艺术价值成为公认的话剧经典之作，被吴祖光盛赞为"老舍编写四十个剧本当中的皇冠宝石"[1]，始终闪耀在中国话剧史上。老舍虽然延续了他以往对城市市民形象的塑造和民间文化空间的勾勒，但庞大的时间跨度和故事容量使得《茶馆》具有独特的艺术风貌。首先，人物成为阶层的代表符号。老舍不再关注个体性格的深入刻画，而是着力在人物长廊中呈现民族性格的多样性和丰富性。其次，场景成为表现的隐性对象。"茶馆"这一富有浓郁地方特色和民族文化特征的典型环境充当历史叙述的空间流转场，老舍通过茶馆由盛而衰的发展轨迹，勾勒出一个民族的末日图景，继而实现"埋葬三个时代"的意图和对已逝的传统文化的凭吊。最后，日常话语成为宏大主题的言说工具。老舍将日常话语与政治话语交织在一起，以贴合小人物的话语形式展现时代的现实景象和人民的精神面貌，从而发出对黑暗社会的抗议之声。

一、人物符号与民族性格

　　《茶馆》人物众多，全剧出场人物共达七十多人，老舍主要采取群像展览的方式，将他们全部拉到舞台上"集体亮相"。虽然在不长的篇幅中老舍成功刻画了王利发、秦仲义、常四爷、刘麻子、庞太监等个性鲜明的人物，但从这

---

[1] 吴祖光：《"绝唱"》，载雪明、云梦《〈茶馆〉研究——从话剧到电影》，中国电影出版社，2007，第 378 页。

些人物的身份来看，他们显然都被老舍有意塑造成某一阶层的代表。茶馆掌柜王利发代表着社会中的小工商业者，秦仲义代表怀揣实业救国理想的民族资产阶级，常四爷代表满族旗人中自强不息的一类人，老舍对这些阶层的人物多是充满同情和怜悯，而在面对社会黑恶势力的代表时则满怀讽刺与嘲弄之情。如刘麻子所代表的坑蒙拐骗的保媒拉纤者，以宋恩子、吴祥子为代表的横行霸道的特务与暗探，当然还有气焰嚣张的太监、社会流氓、国民党官员，等等。这些人物都成为社会特定阶层的象征符号，他们统一在茶馆中集合，构成了一个完整的"社会"层次。

出于对民族命运的关注与思考，老舍虽注重写个人，刻画其鲜明的性格特征，但并不以凸显某一阶层的代表人物为目的，而是汇集不同阶层的众多人物以展现民族性格的丰富性与多样性。[1] 首先，老舍不仅为每个人物设计了那个时代应有的职业，更赋予了与其身份相对应的价值观念与性格特征，因此《茶馆》虽然人物众多，但其职业与性格基本都不重复。茶馆掌柜王利发只想挣钱养家，不愿卷入世事纷争，因此奉行"多说好话，多请安，讨人人的喜欢"的处世哲学，在这个人物身上，尽可见一个普通的小工商业者圆滑精明却又胆小怕事、富有同情之心但也兼具自私冷酷的性格特点。民族资产阶级的代表秦仲义，对实业救国的憧憬使他满怀雄心壮志，自信且骄矜，但事业被毁、理想破灭的现实打击，又显示出他在挫折面前软弱灰心的一面。旗人常四爷关心时局，不仅仗义疏财、情深义重，而且敢作敢为，对朋友不离不弃，极具正义感。反观打手二德子、吃洋教的马五爷、特务宋恩子与吴祥子等人，恃强凌弱、作威作福是其最突出的性格特征。其次，老舍设置了"子承父业"的模式，通过身份的传承延续历时性的记忆，强化人物的个人品性。王利发既继承了父亲的裕泰茶馆，同时还继承了其为人周到的处世哲学。而大小唐铁嘴、大小二德子、大小刘麻子、两代宋恩子与吴祥子等人更是子承父业，并且他们的卑劣程度、可耻行径与其父相比，更是有过之而无不及。

老舍通过简单的形象勾勒，既展现了向善向美的传统道德人格，同时也揭

---

[1] 方维保：《〈茶馆〉："世变""民生"与民族寓言》，《文学评论》2012 年第 3 期。

露了长期存在的民族劣根性，直接呈现出社会剧变下底层人民的生存状态和整个民族的精神风貌。在这个意义上，老舍已经从先前对某个具体故事的讲述转变为对时代之下民族总体形象的书写。[1]

二、历史叙述与衰败宿命

历史性地叙述民族总体的故事是《茶馆》的一个重要特点。老舍颇具新意地选取了历史的三个横截面来展现五十年来中国社会的变迁，并将中国半个世纪的历史内容浓缩在一个茶馆之中。这种具有相当跨度的历史概括主要通过时代符号的再现来实现历史空间的转换。除了场面上的人物形象成为具体历史情境的暗示，特定的风俗习惯，标志性的历史事件，以及时代特有的事物，这些都将叙述的时空明确指向近现代中国某一具体的历史阶段。

在由"戊戌政变后的清末年代""辛亥革命失败后的民国初年""抗战胜利后的国民党统治时期"这三个时代所构成的大跨度时间线索中，茶馆作为老舍选定的观察中国社会的窗口，自然成为历史叙述的空间流转场。时间的变化被容纳在茶馆的发展变迁中，这使得茶馆不仅融汇了三个时代底层人物的故事，同时以其自身由盛而衰的发展轨迹揭示出旧社会必然溃败的历史趋势。

茶馆日渐凋敝的经营状态，折射出"世变"之下旧社会民生困顿、民不聊生的社会现实。清末国家有难，但茶馆依旧生意兴隆，呈现一片"繁荣"景象，只是"繁荣"的背后难以掩盖的是京郊贫民破产之后无力为生而出卖儿女的悲惨命运。如果说清朝末年北京城中还存有几十家大茶馆的话，那么到了民国初年，随着军阀混战，各大茶馆已相继倒闭，仅剩裕泰茶馆一家，并且面对巡警与乱兵无休止的索贿侵扰，其生意也是每况愈下。20世纪40年代后期，在国民党的混乱统治之下，裕泰茶馆更是彻底衰败，最终被人强行霸占。王利发也曾试图通过改良挽救茶馆，但结果只是"越改越凉"，他本人也在自我祭奠中走向死亡。社会改良尚且无果，何谈茶馆改良呢？即便是精明能干的掌柜王

---

[1] 关纪新：《老舍评传》，重庆出版社，2003，第450页。

利发也难以在旧社会中存活，早已处在绝境之中的其他小人物又如何能够生存呢？

随着历史的变迁，茶馆承载的市民文化交流功能退化，不仅显示出西方现代文化对我国传统文化的冲击，也暗示了统治者对底层市民言论自由的控制。[1] 作为市民休闲娱乐的场所和信息沟通、文化交往的平台，茶馆"有着超越一切的文化内涵，既有藏污纳垢的民间文化，也有高贵脱俗的上层文明"[2]。但是在西方现代文明的渗透之下，茶客们纷纷抛弃传统的大缎川绸，转而投向洋式服装。评书、戏曲等中国传统艺术渐渐被流行歌曲《纺棉花》等现代艺术替代，同时，富有传统文化色彩的醉八仙画和财神龛被换下，取而代之的是外国香烟公司时装美人的广告画。这些行为在进一步磨灭茶馆内部传统文化痕迹的同时，更致使茶馆逐渐丧失传统文化交流的原始功能。不仅如此，常四爷只因说了一句"大清国要完"便身陷牢狱之中，茶馆"莫谈国事"的纸条也是有增无减，政治恐怖色彩日渐加剧，时刻提醒人们"说话要留点神"，茶馆的社会交流空间最终在政治的挤压之下不断萎缩，直至最终消亡。

正是由于《茶馆》所截取的三个时代都是当权者统治最为黑暗的年月，其统治逐渐走向末路，整个社会随着历史的"前进"而一步步走向溃败与消亡，在这样的时代大趋势之下，裕泰茶馆的衰败在所难免。老舍在祭奠茶馆的同时，更是在埋葬三个时代。

三、日常话语与宏大主题

《茶馆》是一部以人物对话为主体的戏剧，因此无论是民众的日常生活变迁，还是茶馆的兴衰变化，都在人物的语言中得以展现。出于"埋葬三个黑暗时代"的创作意图，老舍将自然普通的日常话语与意义深远的政治话语融会在一起，这使得《茶馆》中的日常对话随即上升为时代全景的展示工具与宏大主

---

[1] 曹书文：《政治葬歌与文化挽歌的有机统一——重读老舍的〈茶馆〉》，《文艺争鸣》2014 年第 10 期。

[2] 马国栋：《略论老舍作品中的满族文化气质》，《满族研究》2004 年第 1 期。

题的言说方式，在贴合社会文化语境的同时，更通过人物生存状态的诉说达到批判旧社会的目的。

老舍巧妙地将聊天交往之地的茶馆设置成时代活动的巨大舞台，人物看似日常的交流话题也成为具有指向性的"政治隐喻"[1]，正不自觉地"侧面地透露一些政治消息"。康六与刘麻子之间卖女的对话以及乡妇乞讨卖妞的自述，都是晚清农村经济凋敝、农民生活困苦最真实的写照。茶客间关于戊戌变法的交谈，不仅直接呈现时人对变法维新的不解与仇视，更深刻地反映出国人守旧拒新的心理顽疾。再加上二德子与常四爷的冲突对话，秦仲义与庞太监针锋相对的试探，这些人物对话从外敌入侵、洋货倾销、国力衰竭、农民破产等社会问题和民生问题切入，共同暴露了晚清社会政治黑暗、道德沦丧的现实状况。军阀混战的丑恶行径与国民政府的反动统治同样也在人物的对话中得到一一反映。

当黑暗的时代剥夺人的尊严与权利时，人物的自我言说就成为强有力的控诉，《茶馆》在三个老人自悲自悼的人生诉说中达到批判社会的情感高潮。王利发"作了一辈子的顺民"，在黑暗社会中苦苦挣扎只是为了能够活下去，但即便他牺牲掉自我尊严却仍然不能求得安稳生活。在最后的自我祭奠中，王利发向这个不公道的社会发出质问："我可没作过缺德的事，伤天害理的事，为什么就不叫我活着呢？我得罪了谁？谁？皇上，娘娘那些狗男女都活得有滋有味的，单不许我吃窝窝头，谁出的主意？"[2]值得注意的是，老舍是站在小人物的立场以他们自己的生活语言来表达对社会的批判的。作为底层平民的王利发关注的是人基本的生存需要，他从自己求生而不得的生存状态出发，间接发出对黑暗社会的抗议之声，而非直接高声控诉社会的黑暗与丑恶。而秦仲义是一个立志变革中国现实社会的人，但他变卖祖业、倾注心血的产业却被政府蛮横地当作"逆产"没收，如此荒诞的现实让他开始"悔恨"自己的一生，"有

---

[1] 赖翅萍：《日常会话与宏大叙事——〈茶馆〉的语用学解读兼及十七年文学的叙事方式》，《北京科技大学学报(社会科学版)》2003年第2期。

[2] 老舍：《茶馆》，《老舍剧作全集》第二卷，中国戏剧出版社，1982，第585页。

钱哪，就该吃喝嫖赌，胡作非为，可千万别干好事！"[1]这种绝望的呐喊蕴含的是秦仲义对自己人生经历的反思，他称自己为"笑话""天生的大笨蛋"，他的自我否定实际上就是对社会渣滓越活越好的嘲弄。常四爷同样满怀爱国热忱却壮志难酬，希望通过个人奋斗挺直腰板却落得穷困潦倒，"我爱咱们的国呀，可是谁爱我呢……没有寿衣，没有棺材，我只好给自己预备下点纸钱吧，哈哈，哈哈"[2]，他所发出的至死不向恶人低头、不向命运让步的绝唱，既展现了小人物被严峻现实击倒后一无所有的悲惨人生，同时也深层反映了在政治黑暗的旧中国，个人一切求生向上的努力终成泡影的普遍处境。老舍通过他们三人不同的话语，诉说小人物不仅身体受到摧残，精神意志也被摧毁的悲惨命运，将批判的锋芒直指腐朽的旧时代。

作为公认的"人民艺术家"，老舍曾说过，"伟大文艺中必有一颗伟大的心，必有一个伟大的人格。这伟大的心田与人格来自写家对他的社会的伟大的同情与深刻的了解。"[3]正是出于对人民的关切，老舍选取了象征着被摧残得衰败不堪的旧中国的裕泰茶馆作为观察窗口，展现底层人民的日常生活变迁和悲惨宿命。在《茶馆》中，读者可以看到一个为人民累世的苦难而愁郁难消、为人类世代难逃悲剧命运而难以释怀的老舍。他作为现代知识分子的人文立场和艺术良知，是《茶馆》拥有深刻思想意蕴和巨大艺术价值的保障，也是《茶馆》能够保持经典地位的奥秘之所在。

撰稿人：马鑫月

拓展阅读

1. 关纪新：《老舍评传》，重庆出版社，2003。

[1] 老舍：《茶馆》，《老舍剧作全集》第二卷，中国戏剧出版社，1982，第584页。

[2] 老舍：《茶馆》，《老舍剧作全集》第二卷，中国戏剧出版社，1982，第585页。

[3] 老舍：《大时代与写家》，载《老舍文集》第十五卷，人民文学出版社，1990，第317页。

2. 宋永毅：《老舍与中国文化观念》，学林出版社，1988。

3. 洪忠煌、克莹：《老舍话剧的艺术世界》，学苑出版社，1993。

4. 曾令存：《〈茶馆〉文本深层结构的再解读》，《中国现代文学研究丛刊》2009 年第 5 期。

5. 吴小美：《悲剧美：老舍精神与艺术之魂》，《中国现代文学研究丛刊》2012 年第 11 期。

《丹心谱》导读

——特定环境下的历史真实剧

苏叔阳（1938—2019），笔名舒扬，河北保定人，当代著名剧作家、诗人，代表作品有《丹心谱》《左邻右舍》等。其中，话剧《丹心谱》获"庆祝中华人民共和国成立三十周年献礼演出"创作一等奖，剧本发表在《人民戏剧》1978 年第 5 期，1978 年由北京人民艺术剧院首演于北京。《丹心谱》的故事背景设定在 1975 年第四届全国人民代表大会至 1976 年"文革"后期。该剧的主要内容是，以方凌轩为代表的科研团队研发防治冠心病的"03"新药，却遭到"四人帮"亲信的百般阻挠。在这一过程中，周恩来总理的深切关怀给予了众人反抗"四人帮"的信念与力量，最终他们排除万难，取得了斗争的胜利。此剧被誉为"新时期文学的发轫点""第一批突破禁区的剧作之一"[1]，苏叔阳也因之一举成名。

苏叔阳曾这样评价自己的创作："在文学上缺乏自信"，"唯一有点儿底气的原则只有两条：第一，便是写人，写活人，活写人；第二，写我们民族的生活和心灵。"[2]事实上，在《丹心谱》中，他就将这两条原则贯彻到了实际创作中，这也是《丹心谱》能够成功的关键所在。在新时期初的文艺环境里，大量表现批判"四人帮"及"文革"的社会问题剧应运而生，颇有被压抑至极后喷涌爆发的趋势。在这样的背景下，许多作品没能摆脱"文革"创作的桎梏，

---

[1] 张帆、张志：《苏叔阳："我愿意驾一叶扁舟"》，《青年文学家》2019 年第 22 期。

[2] 张帆、张志：《苏叔阳："我愿意驾一叶扁舟"》，《青年文学家》2019 年第 22 期。

依旧从口号与概念出发：主题虽然政治正确，但内容却脱离生活，并未真正深入观众内心。内容政治化、结构单一化、人物观念化成为当时话剧的固定套路。脱离实际的话剧并不能产生与观众情感共鸣的艺术魅力，人民内心都在呼唤能够真正反映时代主题的优秀话剧。在此情况下，苏叔阳推出了"写活人，活写人"与"写民族的生活和心灵"的《丹心谱》，该作在众多作品中脱颖而出，一经上演便受到了观众的热烈喜爱。冯牧认为，《丹心谱》的成功正在于从真实的生活出发塑造了有血有肉的人物形象，从而表达出真挚的情感；邓止怡认为，《丹心谱》打动人心的魅力在于贴近生活真实；朱寨则认为，《丹心谱》中有对真实生活的深刻理解和深入体会。归结起来，《丹心谱》就是做到了在特定环境下努力接近生活真实。正因为靠近生活真实，所以在今天看来，《丹心谱》即使在剧中仍然因为政治限制而无法完全展露作者心声，却也足以在当时树立起现实主义的剧作标杆。我们看待一部作品，须要将其放在当时的历史环境中，因为历史环境对作家作出的要求，本身也是影响其创作的因素之一。

一、"写活人、活写人"

《丹心谱》的主题"落点小处，聚焦大局"，剧中通过"文革"期间的标志性事件塑造了在其中浮沉的形形色色的人物形象。如周恩来总理在四届人大的讲话、"四个现代化"目标的提出，这些是以方凌轩为代表的科研团队坚持艰苦斗争的根本动力。他们的斗争只是当时众多政治斗争运动中的一个小小侧面。"四人帮"亲信与风派人物庄济生企图窃取"03新药"的研发成果，还想利用方凌轩的文章将矛头对准周总理。在方凌轩的不断逼问下，庄济生承认自己知道批"现代之大儒"的目的，这引发了方、庄两人关系的彻底决裂，而这两人的斗争博弈代表的正是两个政治阵营之间的较量。在剧末，众人欣喜地想要将新药试验成功的喜讯告知周总理，却得知他逝世的消息。最后，方凌轩在悲痛中，讲出了一番富有力量的话语，让全剧的情感达到高潮，他号召大家化悲痛为力量，铭记周总理心愿，为建设祖国的伟大事业不懈奋斗，这番话不仅是全剧的收束，更是为观众及读者打上的一针强心剂。在剧中，人物形象的刻画鲜明、生动，其中，有兢兢业业、可亲可敬的方凌轩，有耿直敏锐、妙语惊人的丁文中，以及卖身投靠、为虎作伥的风派人物庄济生等。苏叔阳以大事件中小人物的所思所想、所作所为来塑造人物，让虚构的人物具有了一种历史的在场感与真实感，这是他"活写人"的表现之一。

塑造动态发展的人，这是苏叔阳"活写人"的表现之二。苏叔阳笔下的人物是有自身的思想发展过程的，并不是扁平的代表高尚或低劣的符号。"一成不变"是塑造人物时最常见的弊端，而苏叔阳却能够通过具体的事件来体现人物成长过程，使其呈现出一种动态的、非扁平化的真实。比如，方凌轩开始时并不理解新药所要面临的斗争为何如此严峻，当矛盾一步步激化、斗争一步步升级，他终于明白，在"03新药"研发这一场科技实验的背后，隐藏着怎样的政治漩涡。在周总理的激励下，他一步步变得坚定，战斗精神日益强大，他在女婿庄济生一次次的阻挠中逐渐认清了庄济生的风派本质。这些都让方凌轩这位主角形象处于不断成长中，这才是真正有血有肉的舞台形象。

《丹心谱》中，反派人物庄济生无疑是塑造最成功的"活人"之一。反派人物的塑造往往更显作者功底，因为作者在创作反派人物时很容易陷入套路与模式，将其写成纯粹典型的批判对象，特别是在新时期的社会问题剧中。如果这样，角色就会失去其真实感。苏叔阳笔下的庄济生形象则较好地体现了他的复杂性，作者将风派人物隐藏在日常家庭中，如此就将具有更大破坏性的主题揭露得更加深刻。庄济生作为迎合政治的墙头草，并没有在一开始就显示出他的劣性灵魂，他善于伪装：初登场时，他给人的印象是八面玲珑、待人热情。他能够讨得岳母的欢心，并为家里及时添补该有的东西。吴慷心称赞他"能把绿叶说成红花"，吴丽芳称他能把人心"琢磨透了"。这样一个出场极其高调、看起来十分受欢迎的人物，注定引起观众的格外关注。但随着剧情的展开，我们发现，庄济生在场时总会为科研团队带来前进的阻力，而他极度圆滑的话语更是与周围立场坚定的同志们格格不入，他嘴里总说"这是当下的需要""不能犯错误"，并以此为借口百般阻挠科研进展。如果说前两幕中的他只是隐藏在黑暗中的推手，那么在第三幕中，当他试图将方凌轩拉下水、一同抹黑周总理时，他为了利益出卖灵魂的嘴脸便再也伪装不住。方凌轩的怒骂撕下了庄济生披着的伪善外皮。直到第五幕全剧高潮的到来，他终于因为将要面临被罢官撤职的风险而丑态尽露、气急败坏。这种风派人物无法容忍自己的既得利益受到损害，他直接扯下了自己"出卖灵魂还是为了别人"的面具，观众终于看清了他伪善的外表下的丑恶灵魂。可以看到，剧中此人真面目的揭露是有一个过程的，这种由表及里的表现使人物不再是公式化的、一上场便知结局的扁平形象。最后，全家同庄济生决裂的情节安排也是既出乎观众意料却又符合情理逻辑的。庄济生这个人物形象充满了复杂性、伪装性，这正是真实人性的体现，这种充满真实感的人物塑造，不禁让人警觉生活中潜藏的此类风派小人物的危害性，使其作为反面形象所起的警醒作用大大增强了。

　　值得一提的是，故事中还有一个着墨不多、常被人忽略但却也塑造得十分生动的配角——新闻记者梁晨。身为记者，她有一股活泼机灵劲儿，她妙语连珠，与丁文中的一唱一和常能将可憎之事揭露无遗，以讽刺幽默的方式表明观点与立场。她擅长正话反说、巧妙设喻，比如，第一幕中，她称庄济生做的鱼为"庄氏鱼"，丁文中马上接过话头："'庄氏鱼'，吾未曾尝也。我向来是不重虚名，而求实际的。"只这一来一往，就点出了庄济生重名重利的虚伪性格。又如，她将方凌轩在大会上的勇敢发言形容成"方老在会上唱了出《孙悟空三打白骨精》"，剧中虽只通过他人之口转述了会上情形，却也令大家能够通过梁晨的这一番比喻尽情联想大会上的精彩场面。在政治斗争严峻的时代，媒体工作者往往身不由己，无法说真话。梁晨说自己"天天要完成自己良心所不愿的工作""稿子写成了，如果总编老爷大为欣赏，那我的稿子里一定有违反良心的东西"。她想发的文章发不出，想写的东西不让写，时常做着违心的工作。但仍有一些细节体现出她为人正直、善良坚定的性格，比如，在四届人大会上兴奋地为周总理照相，想要为心中敬爱的周总理当传声筒；当她只因在总编处说了几句不合时宜的话便被调往偏僻地区"锻炼"、成为政治斗争的牺牲品时，她依然能够愈挫愈勇，与郑松年定下一起努力奋斗的约定。她身上有着年轻人的机灵与朝气，也有着坚定的理想信念，这样的角色令人倍感亲近与可爱。

苏叔阳的"写活人、活写人"实际上标志着"话剧创作和话剧表演上现实主义传统的恢复"[1]，这对于重塑"文革"之后的文艺创作理念有着至关重要的作用。人物形象的塑造是为故事主题服务的，《丹心谱》能够受到观众的喜爱和支持，与方凌轩等人物形象的成功塑造和民族精神的表达不无关系。

二、写"民族的生活和心灵"

有论者指出，《丹心谱》写出了20世纪70年代这个特殊时期"现实斗争的'血和肉'"[2]。的确，它写出了我们这个国家与民族在当时的特殊情感与生活，是非常具有民族精神代表性的作品。故事在一个普通家庭中展开，这种日常场景更能够表现当时普通百姓的生活。剧中出现了许多日常生活场面，使人感到亲切、真实：如第一幕开场就是方家午餐的准备场景，亲人朋友间的打趣谈笑在一开始就拉近了剧作与受众的心灵距离；又如方凌轩、吴愫心夫妇在接听周总理电话时那温情而又朴实的表现。只有这些蕴藏在日常生活中的细节，才能够真正走进人心、引发共鸣、令人动容。

而民族心灵则凝聚在贯彻全剧的周恩来总理身上。他并没有实际出场过，更像是一个精神领袖与心灵符号。故事围绕反对与支持周总理的一系列行动展开，所以他被视为全剧最高的主线。可以说，周总理代表的不仅仅是个人意志，更是人民的意愿与精神寄托，这一形象彰显了民族的心灵。而以方凌轩、丁文中、李光等为代表的深明大义、身怀丹心者更是以他们的一句句誓言展现了可贵的民族精神。

值得一提的是，在北京人艺最初演出时，还有一场欢庆粉碎"四人帮"胜利的"尾声"，但后来出版的剧本则将这个结尾删去，而以方凌轩的一番话作结，并安排了他"面向观众无限激动而又深沉地"发言，这就打破了舞台与观众之间的"第四堵墙"，让观众与演员一起达到了情感上的高度共鸣。周总理逝世的消息是令人心碎的，戏剧在此结束更能够显示出精神崇高的力量。对此，

---

[1] 林涵表：《话剧〈丹心谱〉上演以来》，《文艺研究》1979年第2期。

[2] 林涵表：《话剧〈丹心谱〉上演以来》，《文艺研究》1979年第2期。

朱寨评论道："在悲痛中，人们受到了一次崇高圣洁的精神洗礼，总理的高大形象更加深刻地烙印在人们的心间。"[1]

《丹心谱》是一部内蕴着民族精神的温情话剧，也是充满生活细节真实的诚意之作。这份真诚感动着曾经的现场观众，也感动着后来一代又一代的观众，从中能够看到苏叔阳对生活和艺术的深刻理解。

撰稿人：刘钰洁

拓展阅读

1. 苏叔阳：《苏叔阳剧本集》，中国戏剧出版社，2006。
2. 苏叔阳：《大家人生：岁月如流》，时代文艺出版社，2011。
3. 苏叔阳：《师道师说：苏叔阳卷》，东方出版社，2016。
4. 苏叔阳：《最难品味是人生》，中国盲文出版社，2014。
5. 林涵表：《话剧〈丹心谱〉上演以来》，《文艺研究》1979年第2期。

---

[1] 朱寨：《从生活出发——评话剧〈丹心谱〉》，《文学评论》1978年第3期。

《狗儿爷涅槃》导读
——农民如何浴火重生

　　刘锦云，笔名锦云，1938 年生于河北省保定市雄县，作家、编剧。《狗儿爷涅槃》是其新时期的一部探索戏剧。刘锦云自幼酷爱戏剧，尤其受家乡草台戏影响颇深。1958 年考入北京大学中文系，读书期间，他自编自演了一些剧作，成为北大话剧团的骨干。毕业后，在北京郊区昌平工作，多年的农村生活和工作经历为他后来的创作奠定了扎实的基础。1983 年，刚调到北京人民艺术剧院不久的刘锦云，开始构思一个农民题材的长篇小说。那部酝酿中的小说，主人公名叫"狗儿爷"，人物原型是他的姑父，讲述的是一个农民和土地关系的故事。结果刘锦云把这个酝酿中的小说故事写成了戏剧《狗儿爷涅槃》，剧本刊发于《剧本》1986 年第 6 期。同年 10 月，该剧由北京人民艺术剧院刁光覃、林兆华导演，林连昆主演，在首都剧场首次与观众见面。演出后大受好评，成为评论界的焦点。北京人艺院长曹禺看了三遍，据刘锦云回忆，曹禺看到激动之处就会拍着他的肩膀说："感谢你为剧院写了出好戏啊！"在《狗儿爷涅槃》百场演出时，曹禺看完后又说："这是玉啊！"《北京晚报》记者过士行看完演出后，以《时代的杰作》为题，在晚报头版发表了观戏心得。在此后的几年中，《人民日报》《文汇报》《中国青年报》《新观察》《文艺研究》《剧本》等发表了各类评论和研究文章，人们评价它是一次"有成效的话剧创新"，感叹它是"话剧舞台上的一株大树"，称赞它展现了"现实主义艺术力量"。从此，"狗儿爷"成了新时期话剧舞台上一个不可多得的典型形象。

一、剧作梗概

《狗儿爷涅槃》的主角是个名叫陈贺祥的农民，他的父亲曾经为赢得二亩土地而与人打赌，结果因活活吞吃一条小狗而死，故而为其子赢得了二亩地和"狗儿爷"这个诨名。狗儿爷承袭了祖祖辈辈的基因，对土地的着迷程度丝毫不亚于他爹，在战争的炮火中，全村人都逃走了，唯独狗儿爷舍不得成熟的庄稼。虽然在抢收地主田里的芝麻时，他的老婆死于炮火之中，但他却成了村里的富人。

农村实行土地改革后，狗儿爷买了大马"菊花青"，拴了"气轱辘"大车，还分得了地主祁永年的高门楼，娶了年轻漂亮的小寡妇金花，一家人的生活幸福美满。于是，他开始做起了地主梦，大量收购别人的土地，雇用地主为他写买地契约。他还把地主的私人图章夺了过来，声称要改成自己的名字。孰料，农村开始实行合作化，一切生产资料归集体所有。狗儿爷虽然随了大流，内心却颇有不甘，后来竟抑郁成疾，精神错乱，媳妇也改了嫁。在神思恍惚中，他时常看见"土改"中被打死的地主出现在身边，嘲笑他的地主梦难以实现。为了显示自己的能力，狗儿爷独自住在小山坡上，开荒种庄稼。结果又有人来"割资本主义尾巴"，强行剥夺他耕种土地的权力，致使狗儿爷对土地愈加痴迷。

十一届三中全会后，农村实行家庭土地联产承包责任制。狗儿爷虽然年事已高，但逐渐清醒过来，而且雄心不减，他仍将生活的希望寄托在土地上，而他的儿子却要推倒自己的命根子高门楼，修路开矿。狗儿爷对此十分愤慨，他划着火柴，把自己的土地梦连同高门楼付之一炬。

二、狗儿爷形象

作为一部融合了现代主义技巧的现实主义悲喜剧，《狗儿爷涅槃》在广阔的历史背景下展开情节。作者以巨大的笔力，集中而真实地再现了狗儿爷这个"典型环境中的典型人物"。作品深刻的典型意义在于，狗儿爷的一生经历，包括他的前妻之死、后妻再嫁和他的疯癫，并非单纯的个人命运，他的坎坷遭遇代表了我国千百万农民的命运，他的狭隘落后和对土地的眷恋，是两千多年来中国农民意识的缩影。同时，作品也在一定程度上反映了我国农村的历史变迁，蕴含着丰富的社会内容。

刘锦云塑造的狗儿爷，可说是新时期文学艺术长廊中不可多得的艺术形象。剧作家用深沉、痛楚的笔墨描绘出一个饱经忧患的悲剧形象——狗儿爷。从狗儿爷身上，我们看到了中国农耕文化的积淀。狗儿爷对地主的痛恨，基于地主有土地，而他却没有；地主有院子有门楼，而他却没有；地主有……他感到不公平，他想要取而代之，这是他生命的全部。作者运用大量笔墨描写了狗儿爷对土地的痴迷。在中国的农业传统中，最能体现农民利益的便是土地。剧作家紧紧抓住农民的心理，准确把握住了狗儿爷的性格特征。在狗儿爷看来，有地就有希望，狗儿爷一辈子都认准一条死理："庄稼人地是根本，有地就有根，有地就有指望"[1]。他的喜怒哀乐都系在那大斜角、葫芦嘴儿、风水坡上，因此，他们父子两代人宁可丢掉性命也不舍弃土地的做法就不难理解了。这种对土地的迷恋形成了他淳朴、勤劳但又愚昧、狭隘的矛盾性格。他在地主祁永年家做了几十年长工，受尽人间苦难，对地主有刻骨的仇恨。他一辈子也忘不了自己被吊在祁家门楼上惨遭毒打的情形，心里想着有一天一定要把地主祁永年吊在门楼上毒打。他告诫儿子要记住祁家的这个仇，并且誓死不见祁家人。他梦想着翻身那天，自己和祁永年互换身份，过上地主的富足生活。可是，当他的理想变成现实的时候，他的欲望又在不断膨胀。土地、祁家门楼、大院、菊花青大马都归了他，可他仍感到不满足。特别是在精神错乱中祁永年的幽灵与他暗争高低时，他发誓"不赛倒他祁永年，不把他那小匣匣儿拿到手，不挂上千顷牌，我就在这凉水泉儿里头一头浸死！"[2]于是，连祁永年仅存的小印章（小匣匣儿）他也要想方设法弄到手。在对土地的挚爱、生活的俭朴和物欲上，狗儿爷和祁永年有着惊人的相似之处，但在生活方式及贫富方面又有着迥然的差异。在狗儿爷心里，菊花青、大斜角、祁家高门楼是他的私有财产。他无论如何也接受不了这些东西在合作化运动中要归集体所有了。特别是后来当儿子、

---

[1] 锦云：《狗儿爷涅槃：英汉对照》，英若诚译，中国对外翻译出版公司，1999，第62-64页。

[2] 锦云：《狗儿爷涅槃：英汉对照》，英若诚译，中国对外翻译出版公司，1999，第178页。

儿媳要拆掉门楼办白云石厂时，他的精神世界彻底崩溃了。

著名戏剧研究专家田本相认为，狗儿爷是中国现代话剧文学发展史中一个不可多得的、兼具思想深度与历史容量的、非常出色且有分量的悲剧人物形象；著名红学家、史学家冯其庸在这一形象身上则看到了中国农民经历的磨难；作家阎纲发现了狗儿爷的精神内涵及其对自身处境的茫然与阿Q相似性；而戏剧批评家林克欢则意识到了地主与农民在角色转换之间存在着内心扯不断的红丝线，他说："全剧从狗儿爷颤颤巍巍、窸窸窣窣地划火柴、烧门楼开始，所有的情节全包容在他的回忆之中。但回忆在剧中是作为一种结构形式，而不是一种心灵形式，编导者并不突出潜意识的凌乱、无序与不连贯性。唯有土财主祁永年的舞台形象，召之即来，挥之即去，飘忽不定，除了在狗儿爷与苏连玉买卖土地时充当代笔人外，他几乎不介入外在的戏剧冲突，不影响情节的进展，也缺少较为鲜明的个性色彩，在大多数情况下，他总是作为狗儿爷的心象出现的……可以说，祁永年形象只不过是狗儿爷形象的补充，是狗儿爷的共生形象。"[1] 土地的绝对占有者成了地主，地主对土地的支配权成为剥削他人的前提，地主为自己培养了掘墓人，客观上引起了农民的反抗，革命意在推翻残酷的制度，但是，如果新的土地垄断又伴生出新的地主阶级，那么，历史是否要陷入一个循环往复的无奈境地？这是《狗儿爷涅槃》留给人们的未解难题。

三、以何涅槃

狗儿爷的形象既有农民身上共有的质朴、勤劳、节俭的美德，又有小生产者狭隘、自私、贪婪的人性弱点。对地主祁永年的憎恨和羡慕，彼此的相似和差异，是狗儿爷复杂思想感情的根源。从贫困中挣扎过来的狗儿爷一旦过上好日子，就再也经受不住得而复失的打击。他精神世界空虚、目光短浅、思想保守，根本不会相信有新的生产方式和生活方式能够取代他的菊花青、大斜角地、高门楼子。在盛怒和绝望之下，他亲手燃起大火，让自己与那阻碍历史前进的门楼一起"涅槃"。这里，作者运用象征主义的手法，写出了历史发展的必然性，

---

[1] 林克欢：《一代农民的终结——评狗儿爷》，《文艺研究》1988年第1期。

任何旧观念、旧思想，终究要与旧事物共同"涅槃"。

佛教认为，众生既受烦恼、欲望等折磨而陷入无尽的痛苦，又受生死业力的束缚，"涅槃"就是对烦恼、欲望、生死诸苦的最后克服。"涅槃"一词也多见于文学作品中，并被赋予美好的寓意。比如，"凤凰涅槃"是西方的神话，讲述神鸟凤凰500岁时集香木自焚而后浴火重生，郭沫若以此为素材写下了热情澎湃的五四诗篇《凤凰涅槃》，鞭挞丑恶现实，呼唤美好新生活的到来。锦云2007年创作的《神荼郁垒》，也用到了"凤凰涅槃"一词，将革命者高天亮向地主父亲打出的一枪视为"凤凰涅槃"，在这里，"涅槃"意味着"决裂"与"新生"。而在"《狗儿爷涅槃》中，同样有旧时代、旧精神的代表——门楼，同样燃起了熊熊大火，同样是狗儿爷亲自掷出的火把，但是这里的'烧'不是为了'重生'，而是不被'变卖'；不是大欢乐，而是大绝望；不是放弃，而是另一种形式的坚守。'明天卖，老子今天烧！烧了才痛快，烧了才足性，烧了才踏实，烧了才……'连续四个'烧了才'把狗儿爷愤怒绝望的感情波浪一样层层推进。可以说，狗儿爷的人生是与土地纠缠在一起的'烦恼人生'，狗儿爷怒烧门楼不是因为'破执'——破除了自己对土地的痴迷与执着，也不是因为超越了由外部世界所带来的烦恼而达到至极的宁静与幸福，刚好相反，放火烧门楼是对周围这个他所不认识的世界与无法解决的'大烦恼'的极端对抗。"[1]

谈到狗儿爷的"涅槃"，刘锦云说："我感到我们这个民族如果不经过'蜕变'亦即'涅槃'是没有出路的。我写狗儿爷这样一个复杂的农民形象，就是想表达我对生活的体验与思考。当然，这一方面是由于我对农民比较熟悉，另一方面，我觉得，写农民更能表现我们的国民性。"[2]中国现代化的历史趋势，让人们必须以新的姿态迎接未来，如果"涅槃"是一种蜕变重生，那么，让存在了数千年的中国农民的旧意识"涅槃"，新意识萌生，恐怕须要经历漫长而

---

[1] 宋向阳：《反讽的力量：锦云〈狗儿爷涅槃〉新解》，《中国戏剧》2014年第3期。

[2] 锦云：《话剧〈狗儿爷涅槃〉的创作及其它——剧作家锦云答本刊记者问》，《戏剧文学》1987年第5期。

艰难的思想进程。

处在历史与现实、集体与个人的夹缝中的狗儿爷，其人生际遇固然显现了悲剧性，同时，他的欲望追求中也显现了农民心理的狭隘、自私和贪婪属性。从这个方面来说，狗儿爷这一形象体现的是农民意识的复杂性、普遍性与顽固性，这不是一把火就能烧掉的。"当两种互相矛盾或互不相容的现象紧贴着并置起来时……它们构成了直接矛盾式反讽（irony of simple incongruity）。因此，把两种矛盾陈述或不协调意象不加评论地并置在一起，乃是一种反讽技巧。"[1]在剧中，狗儿爷式的"固执"与烦恼丛生和通过"破执"才能达到的无烦恼境界——"涅槃"——构成了一组矛盾，在特定的语境中，具有鲜明的反讽意味。

《狗儿爷涅槃》是刘锦云最成熟的剧作，这与剧作中先锋的意识流手法、深刻且丰富的现实意义和丰富、饱满的人物形象是分不开的。再者，《狗儿爷涅槃》中北京方言、歇后语的运用也使剧作生动有趣，被称赞为有着"泥土的芬芳"，为其艺术性增色不少。《狗儿爷涅槃》是关于老一代农民的故事，有黑色幽默的悲剧意味，在新旧观念沼泽中挣扎的狗儿爷点起了一把火，不知道是想烧掉旧的，还是想烧掉新的，或是想偷懒似的同归于尽。总之，传说中的凤凰会涅槃重生，和尚会超脱圆寂，但作为一个被宿命束缚在对土地的眷恋里的农民，一把火下去，狗儿爷却不会有明天。这是剧作带给观众的心灵震撼与思索。

撰稿人：郝梓珺

拓展阅读

1. 林克欢：《一代农民的终结——评狗儿爷》，《文艺研究》1988年第1期。

2. 阎纲：《狗儿爷向土谷祠走去——〈狗儿爷涅槃〉观后》，《戏剧报》

---

[1] D.C.米克：《论反讽》，周发祥译，昆仑出版社，1992，第90页。

1986 年第 12 期。

　　3. 吴戈：《中国梦与美国梦——〈狗儿爷涅槃〉与〈推销员之死〉》，《戏剧艺术》2002 年第 4 期。

　　4. 柴瑜：《话剧〈狗儿爷涅槃〉的叙事空间建构》，《四川戏剧》2017 年第 10 期。

《恋爱的犀牛》导读

  《恋爱的犀牛》是 1999 年由孟京辉执导、廖一梅编剧的"先锋戏剧"，1999 年在中国青年艺术剧院首次演出，它以犀利的主题、崭新的叙述风格与表演方式、舞台设计，突破了已有的话剧形态，成了当时的文化坐标与新锐风尚的标志。《恋爱的犀牛》主要讲述了年轻的犀牛饲养员马路爱上神秘、性感的女邻居明明的故事。明明有着常人难以理解的铁石心肠，鲜花、誓言甚至肉体上的亲昵都无法令她对马路产生爱意。但马路却认为明明是爱他的，一次意外的巨奖看起来能够使马路得到明明，结果只是让他陷入了更深的绝望。绝望中的马路杀死了心爱的犀牛，期望可以获得明明的欢心，可一切都无济于事，于是陷入疯狂的马路绑架了明明。这部剧作从 1999 年首演至今，已演出过八个版本，包括世界巡演在内的成百上千场的演出使它成为票房长盛不衰的剧坛奇迹。

一、当代戏剧实验的典范

  戏剧作为一种综合性艺术形式，指的是在特定的舞台上由演员扮演不同的角色，当着观众的面再现生活，因此，具有极强的现场感与直观性。20 世纪八九十年代，正值中国改革开放之际，伴随着社会变革和外来文化的冲击，求发展、促改革成了时代最强音。在这种新的社会背景下，以话剧为主要代表的当代戏剧艺术开始了探索之旅。作为一门舶来艺术，中国话剧以传统戏剧为依托迅速发展，到 20 世纪八九十年代，在西方实验戏剧的影响下，标志着对中国传统戏剧之反叛的中国先锋戏剧诞生了。当代中国最初引进先锋戏剧概念时主要介绍荒诞派，从这一史实来看，荒诞派戏剧对中国先锋派戏剧的影响最甚。但荒诞派戏剧逻辑过于混乱，因此，以孟京辉、廖一梅为代表的中国先锋派戏剧创作者在进行创作时对西方荒诞派戏剧既有借鉴又有省思中的变革。1999 年，《恋爱的犀牛》在中央实验话剧院首演，以其新锐的风尚引起了极大的反响。之所以说它是新锐、先锋的作品，是因为这部剧作在传统戏剧的基础上加入了新的元素，具有前沿性、冒险性和艰巨性，也具有更高的艺术价值。[1]

《恋爱的犀牛》引人注目的特征之一是对异常者形象的塑造，主人公马路就是一个异常者。马路打破了集体法则，与一头犀牛建立了远超于人类之间的真挚情感。犀牛图拉之于马路，正如马路之于常人一般，都是异常者。在马路眼中，犀牛失去了其外在的突出形象而化为一系列的感受："视力很差"，靠嗅觉生活，"固执"，等等。而衰弱的视力、灵敏的嗅觉以及固执的性格也恰好是马路在常人眼中的体现，此时的犀牛不再是被建构出来的"他者"，对于犀牛的境遇，马路感同身受，甚至与它进行推心置腹的谈话，同时决定中奖后的第一件事就是给犀牛图拉买一只非洲母犀。马路在犀牛身上望见了与自己一样孤单的影子，因此他对犀牛投注了强烈的情感。马路摆脱了社会大众的衡量标准，建构了只属于自己的准则。当他的朋友劝说他忘掉明明这个他无论如何也忘不掉的女人时，马路决绝地说："忘掉是一般人能做的唯一的事，但是我决定不忘掉她。"死心眼的马路成了旁人眼中的疯子，不可理喻，疯狂至极。正如编剧廖一梅所说："在人人都懂得明智选择的今天，他算是人群中的犀牛——实属异类。"马路一腔诚挚的爱却从来没有得到回应，绝不放弃的他选择绑架自己心爱的明明，杀死自己唯一的知己——一头名为图拉的犀牛来实现自己的爱情理想。

孟京辉曾说："1994 年整个社会表现出一种怀疑，一种对自我的探寻，对社会生活的一种不信任感、犹豫和矛盾。那个时候，几代人的理想都要重新再思考一遍，新的未来空间在我们面前模糊不清，我们想用一种新的方式表达自己。"《恋爱的犀牛》虽然讲述的是爱情故事，但无论在戏剧结构还是表现手

---

[1] 张博：《孟京辉〈恋爱的犀牛〉艺术解读》，《戏剧文学》2017 年第 11 期。

法上都颠覆了传统，让人感觉很荒诞。戏剧最突出的特点就是对"人"的理解，对"人"情感诉求的剖析。我们从诞生之日起，就被束缚在各种"文明化"的局限中。我们的名字、性别、民族、所受的教育、生活道路等，在赋予我们一种"身份"指认的同时，也为我们设置了一道道障碍。这样一来，我们无法体会到原始生命在获得舒展之时所展现的那种"惊愕和冲动"。孟京辉的戏剧在看似现实主义的手法中加入了象征主义的意味，给人以陌生化的感受。

二、戏剧结构与音乐元素

《恋爱的犀牛》摆脱了传统戏剧的逻辑冲突，整部剧作以众人要建造一个世纪大钟为第一场；第二场是马路暗恋明明的大段内心独白；第三场直接跳转到马路与朋友玩牌的场景；第四场是马路一边在犀牛馆工作一边思念明明，同时明明在家中诉说自己的爱情烦恼；第五场是恋爱训练班上马路与同学A到同学E的各自独白；第六场转到明明在家中与马路一言一句的对话；第七场是众人鼓动马路买彩票及探讨恋爱技巧的场景；第八场切换到马路在犀牛馆对图拉的自白；第九场是马路向陈飞挑衅，狼狈落入泥水中；第十场是满身泥垢的马路站在明明面前，又开始两人新一轮对话的场面……全剧由二十多个这样没有明确故事线索的碎片组成，舞台时空在不同人物的自由讲述中来回跳转。人生荒诞且烦琐，卑微的爱情无法承受生活的沉重，为了突显这一主题，孟京辉在戏剧中制造出非正常机械性的停顿，无铺垫的突兀插入式情节，营造出了一种荒诞、戏谑的意味。[1]

整个舞台看似凌乱、无序，实则是以"意识流"来完成结构。第一场既交代了人物所处的时代背景，引出爱情这一话题，又隐喻了爱情在纷杂时代的难以把握与脆弱不堪。第二场中马路的内心独白表露了他对爱情的渴望。第三场中众人的加入鲜活了人物设置，也成功塑造了马路真诚执着的人物性格。第四场中女主角以爱而不得的姿态出现，同时自然地完成了与男主角的第一次同台。第五场中恋爱训练班的叙事为爱情这一主题带来了戏谑的深思。第六场是男女

---

[1] 唐蓉青：《孟京辉先锋戏剧的意义——以〈恋爱的犀牛〉为例》，《创作与评论》2016年第18期。

主角第二次同台的对演，讲述着两人对彼此更多的了解。第七场中众人的再次上场为现代人生活中的爱情议题提供了更宽广的解读。第八场中马路与犀牛图拉的自说自话为"恋爱中的犀牛"实现了形象的破题。第九场中马路与陈飞的冲突情节为上半场的故事发展带来了一个情绪拐点。第十场中男女主角完成了第三次同台，明明的固执与马路的执拗性格特征也愈发凸显……这些并非跌宕起伏的情节，以更加关注人物精神状态的方式打破了固有舞台空间的限制，在欢笑、悲伤、无奈与感慨的情感变换中与观众产生了互动。

此外，适当的音乐赋予了《恋爱的犀牛》独特的灵魂与生命。戏剧加音乐的搭配也更加符合小剧场的演出特点。在《恋爱的犀牛》中，多首歌曲的出现使得这场爱情中文艺与悲伤的情绪均得到了渲染。第十二场中，明明神情迷离而又非常用力地演唱着歌曲《氧气》，是在隐晦地表现她与马路做爱的感觉，明明没有等到陈飞，只能失望地将满腔热情给予了马路，这种失落感与马路受宠若惊地拥抱着明明的喜悦形成了鲜明的对比。灯光都暗下来后，只有马路的身边有一束光。今天他遇到了嚼着柠檬味口香糖的明明，他的世界开始被柠檬味的明明占据。当马路缓缓地唱出《柠檬》中的歌词，表达着对明明热烈而又无法控制的思念时，他的脸上有着淡淡的笑容，眼底是对爱情的憧憬，那是明明带给他的希望与快乐，灯光暗下，似乎剧场内都飘荡着柠檬口香糖淡淡的香气。这种效果是话剧中仅仅用语言所不能达到的，音乐旋律使话剧中的情绪得到了最大化的发酵。

在《恋爱的犀牛》的舞台上，浓郁的生活气息扑面而来，但它们已经不是生活的自然原态了，而是经过艺术提炼的戏剧境界。[1] 人声与乐器的现场搭配在剧场中营造出舞台所独有的魅力，演唱者的声线与现场演奏合二为一，跨领域的合作将故事的质感与音乐元素碰撞，敲击出孟京辉先锋话剧独有的艺术魅力。现场吉他手演奏着《玻璃女人》的旋律，在吟唱中，马路静静地站在原地大口呼吸着，明明在诉说着自己对陈飞的迷恋。马路恍惚在拥有明明的梦境中，在众人的哼吟中，讲述着自己不愿忘记明明的心痛与不舍，这里，歌词与台词的相互交织深化了话剧内容的表达，观众与演员的气场似乎融为了一体，

---

[1] 施懿：《一场戏剧的盛宴——浅析话剧〈恋爱的犀牛〉》，《大众文艺》2014年第24期。

感受着彼此的心绪。现场演唱与提前录制好再播出的音乐所产生的效果是不同的，那在音乐倾诉中的爱情的甜蜜与痛苦，是舞台与观众更好的情感交流渠道。

三、诗意化的台词表达

戏剧语言是戏剧艺术的重要组成部分，《恋爱的犀牛》充分利用诗意化的台词表达，为整部戏剧带来浓厚的文学色彩，这些台词搁在生活化的语言环境中也具有独立的审美意味。

整部剧以男主角马路的独白开始，"带着种清香的味道""有点湿乎乎的""擦身而过的时候，才知道你在哭"等台词分别从嗅觉、感觉、听觉的角度来表达马路初遇女主角明明时那不经意的欣喜。马路在描述明明在自己心中的感觉时，也多用连续的形容词和名词直抒胸臆，用五个形容词"你是那不同的，唯一的，柔软的，干净的，天空一样的"道出对明明的喜爱，用形容词加名词的组合结构"你是我温暖的手套，冰冷的啤酒，带着太阳光气息的衬衫"凸显明明带给自己的独特感觉。与此同时，马路向明明表达情感的话语也大都由利于表达丰富感情的整句组成，比如在最后一场中连用九个"如果"，加上比喻修辞，使得整个句式气势如虹、意蕴流转，强烈表达出马路爱得炽烈却又无能为力的情状。大段排比句的使用增强了画面感，更强化了对人物内心世界的细致刻画。第十六场中马路连续以九个"忘掉"的反复——"忘掉她，忘掉她就可以不必再忍受，忘掉她就可以不必再痛苦。忘掉她，忘掉你……忘掉仇恨，忘掉屈辱，忘掉爱情……"诉说着对"忘掉她"的不情愿，其内心的极度挣扎自然呈现。

女主角明明的台词同样具有散文化、诗化的风格。第四场的台词从人的身体感觉说起："我是说'爱'！那感觉是从哪来的？从心脏、肝脏、血管，哪一处内脏里来的？"用天文、地理、自然科学范畴的认知去讲述情感中关于时间、等待的命题："也许那一天月亮靠近了地球……蒙古形成的低气压让你心跳加快。"等等这种偏离个体化的语言，能够唤起人们内心深处共同的情感记忆。

《恋爱的犀牛》是成功的先锋戏剧，创新和突破是它成功的秘诀。中国先锋戏剧正在从小众走向大众的路上砥砺前行，如果借用一段话来作结，那就是

"这股新鲜的血液，还没有停止自己的脚步。它们将带着先锋的力量，继续前行。"[1]

撰稿人：郝丽洁

拓展阅读

1. 唐蓉青：《孟京辉先锋戏剧的意义——以〈恋爱的犀牛〉为例》，《创作与评论》2016 年第 4 期。

2. 张博、孟京辉：《〈恋爱的犀牛〉艺术解读》，《戏剧文学》2017 年第 11 期。

3. 袁腊雪：《再现与内省：中国先锋戏剧的人物塑造——以〈恋爱的犀牛〉为例》，《戏剧之家》2020 年第 35 期。

4. 姚羽佳：《抽象与灵动：先锋戏剧〈恋爱的犀牛〉的诗意阐释》，《戏剧之家》2021 年第 9 期。

---

[1] 袁腊雪：《再现与内省：中国先锋戏剧的人物塑造——以〈恋爱的犀牛〉为例》，《戏剧之家》2020 年第 35 期。

后　记

　　《中国现当代文学名篇导读》是西南大学文学院汉语言文学一流专业博雅书系之一种，是在新文科教育背景下，为适应中文融通型人才培养、建设国家级一流本科课程、满足高校中文专业现当代文学课程教学的需要而编写的。本书遴选中国现当代文学名篇佳作60篇（首）进行文本解读，旨在引导学生深入理解作品，了解其创作背景、思想内涵及艺术特色等，同时掌握文学作品鉴赏和文本细读的一些技巧与方法，增强学生品读与阐释中国现当代文学作品的能力。作品鉴赏与文本阐释是中文专业学生重要的专业技能，仅仅依赖课堂教学来培养是不够的，本书可作为课堂教学的延伸和教材的辅助资料。

　　本书遴选作品的标准，一是在文学史上有着比较重要的地位，产生过较大社会影响的作品；二是在艺术上具有一定开创性，或具有较高审美品质的作品；三是思想内涵丰富，对一个时代的社会、文化、思想等状况等有较好呈现的作品。百余年来，中国社会经历了诸多重大变革，敏感而深具情怀的作家对个体生命、社会时代的感知与艺术表现极为丰富，限于篇幅，我们只能基于作品的思想性与审美性以及课程体系的要求，从众多优秀作品中遴选出一部分来加以导读，以小说、散文、诗歌、戏剧为主，力图呈现中国现当代文学的整体风貌，并让学生对相关作品有更深入的领会和把握。

　　本书的撰写者为中国现当代文学专业的硕士研究生。他们经过多年的专业学习，具备了一定的学科知识素养，在写作中也吸纳了一些专家学者的学术研究成果，其中也不乏对作品的一些个人体悟与思考，在整体上力求做到学科知识与个人见解的平衡。文学批评鉴赏作为一种审美实践，总是伴随着复杂而幽微的心智活动，往往能在个性化的言辞中给读者以曲径通幽之妙，或豁然开朗之感，希望这些活泼的文辞能激活读者对中国现当代文学作品别样的审美体验。文学鉴赏并非持平之论，一些见解不够妥帖，学理上欠严谨之处在所难免，但蕴蓄其中的鲜活思想与诗性感触依然是宝贵的，体现出一群青年学子对作品的感悟与认识，亦可为阅读者理解作品提供参照。导读文章在体例上作了大致统一，在符合学术规范的基础上，保留了撰写者的一些个性特色。每篇导读后面列出了拓展阅读资料，意在为读者的深入研究提供一些文献方面的参考与建议。

优秀的文学作品是近乎迷宫似的花园，里面的交叉小径总能给人以各种各样的思想启迪和审美感悟，好的文学作品是言说不尽的。审美既是批判，有尖锐的思想交锋在；也是同情之欣赏，需要一份内心的从容与包容。本书中一定存在不少缺点与不足，恳请专家、读者批评指教，以便我们再版时修正完善。

编　者

2024 年 6 月 3 日